# Lea

∽

# Untermieterin bei einem Vampir

ANNA WINTER

Neuauflage 2015



ISBN-13: 978-1507528662
ISBN-10: 1507528663

~ Kein Buch mehr verpassen

durch den Newsletter auf der Homepage ~

http://annawinter.de

Email: write@annawinter.de

Facebook:
https://www.facebook.com/Anna.Winterromane

Lektorat: Friederike Kenneweg & Dorothea Kenneweg

# WIDMUNG

*Für meine romantischen Freundinnen*
*Tanja und Sandra, die sich eine Liebesgeschichte*
*von mir wünschten.*
*Und für meine liebe Lidia,*
*die mich zur Veröffentlichung ermunterte.*
*Dankeschön.*
*Ihr seid wunderbar!*
*Ohne Euch gäbe es Lea nicht.*

# ꧁ 1 ꧂

„Hey, Tom."

Ich winkte ihm flüchtig zu, als ich die Wohnung betrat, und warf meinen Rucksack auf den Boden.

„Du schuldest mir hundert Dollar", gab er zur Antwort.

Es war eine typische Tom-Ansage. Er verstand eben keinen Spaß, was Finanzen betraf. Zwar konnte er auch nett sein, aber jetzt sah er mich nur mürrisch an und hatte seine kräftigen Arme vor der Brust verschränkt. Selbst seine vampirischen Zahnspitzen ragten irgendwie grimmig über die Unterlippe. Schon vor ewiger Zeit haben die Menschen festgestellt, dass Blutsauger kleinlich in Geldfragen sind, und so war ich kein bisschen verwundert über seine ruppige Art. Denn um der Wahrheit Genüge zu tun: Ich schuldete ihm hundert Dollar.

„Du bekommst dein Geld, Tom. Habe ich jemals nicht bezahlt?"

Er blieb unangenehm still. Okay, ich hatte schon einmal nicht gezahlt. Jedenfalls nicht pünktlich. Ich hatte trotzdem keine Angst, dass Tom mich deshalb gleich hinauswerfen würde. Denn mal ehrlich: Untermieter bei einem Vampir zu sein – das war nichts, worum sich die Leute rissen.

Vampire waren nun einmal Vampire. Sie hatten unangenehme Trinkgewohnheiten und mir selbst trieb die Vorstellung, von einem Blutsauger gebissen zu werden, den Angstschweiß über den Rücken. Ihr Biss konnte nicht angenehmer sein als der eines Hundes.

Zum Glück hatte Tom sich bislang anständig benommen und seine Wohnung war wirklich traumhaft schön. Er stammte aus reichem Hause. Seine Familie besaß diese Dachwohnung in Savannahs Toplage, dem *Historic District*. Der malerische Forsyth Park lag direkt um die Ecke und vor der alten Stadtvilla, deren vierten Stock wir bewohnten, säumten Lebenseichen die Straße.

Also lebte ich bei Tom, weil ich sonst niemals so schön wohnen könnte. Aber in den ersten Wochen hatte ich nachts immer meine Tür abgeschlossen aus Angst, dass er mich doch einmal beißen kommen könnte. Dann hatte ich ihn besser kennengelernt und erfahren, dass er eine Art Ehrenkodex befolgte: Er würde mich nur mit Erlaubnis beißen.

Kaum hatte ich mich bei ihm eingelebt, gab es allerdings schon Komplikationen. Meine Eltern kamen für meine Studiengebühren und die von meinem Bruder Kyle auf. Wir waren beide an der *South University* hier in der Stadt eingeschrieben. Kyle studierte irgendeinen komplizierten IT-Kram und ich Grafikdesign. Anfangs hatten Mom und Dad uns auch mit den Mieten unterstützt, aber seit in der Firma meines Dads plötzlich einige Kürzungen stattgefunden hatten, ging dies nicht mehr.

Eigentlich hätte ich wieder zu Hause einziehen müssen, doch ich liebte Luxus und hübsche Dinge. Meine Eltern wohnten nördlich von Savannah in Port

Wentworth, einem sterbenslangweiligen Kaff, in dem ich nicht einmal begraben sein wollte. Das Pendeln zur Uni wäre nicht einmal das Schlimmste daran gewesen. Aber nachdem ich schon eine Weile bei Tom gelebt und mich in seine zauberhafte Wohnung verliebt hatte, die durch die Dachschrägen ihren ganz eigenen Charme besaß, hatte ich es nicht mehr über mich gebracht, meine Koffer zu packen. Obendrein war die Aussicht darauf, wieder unter dem Pantoffel meiner Eltern zu stehen, ganz und gar reizlos.

Deshalb hatte ich Tom die letzten Raten von meinen Ersparnissen beglichen. Inzwischen waren sie aufgebraucht. Nun, da die Sommerferien angebrochen waren, wollte ich mir schnell einen Job suchen, um meinen Minusstand auszugleichen.

Das musste einfach irgendwie gehen.

„Wann?", fragte er nur.

Es war schaurig, wie er mich auf Dinge festnageln konnte, die ich eigentlich lieber verdrängen wollte. „Wirklich, so schnell es geht."

Er schüttelte den Kopf. „Keine Chance, Lea. Wir legen jetzt zwei Punkte fest. Erstens: den genauen Zeitpunkt der Zahlung. Zweitens: die Form der Verzugszinsen."

Wie schaffte er es eigentlich immer, so viele unangenehme Wörter in einem Satz unterzubringen?

Tom starrte mich unerbittlich an. Am besten machte ich schnell ein paar Vorschläge zu seinen Forderungen, bevor er es selbst tat.

„Erstens: in einer Woche? Zweitens: Ich könnte für dich kochen."

Ich sah ihn so lieblich wie möglich an, als könnte mich kein Wässerchen trüben. Doch ich ahnte es schon: So wie Regen stets nach unten fiel oder auf einen Blitz immer der Donner folgte, so konsequent war auch Tom. Es würde mir unmöglich sein, ihn derart plump zu leimen.

„Zu erstens: Du hast zwei Tage. Zu zweitens: Streng dich ein bisschen an, Lea. Du für mich kochen? Ich muss mir um Lebensmittelvergiftungen zwar keine Sorgen machen, aber das wäre doch eher eine Strafe für mich als eine Entlohnung. Wo du aber gerade Essen erwähnst ...“

„Nein, Tom. Oh, nein!“ Abwehrend wedelte ich mit den Händen.

Ich war zwar schon einmal Blut spenden gewesen, allerdings beim Roten Kreuz und nicht bei einem Vampir. Und das machte für mich einen entscheidenden Unterschied! Man kann das vielleicht kleinlich nennen, aber ich konnte da nicht aus meiner Haut. Uh, was für eine widerliche Vorstellung! Das erschien mir wie Kannibalismus.

Mich wunderte es daher nicht, dass Tom keine Freundin hatte. Er sah zwar wirklich zum Sterben schön aus, aber niemand, der noch ganz richtig im Kopf ist, kann scharf darauf sein, das Leben aus sich herausgesaugt zu bekommen.

„Was ist dein Gegenvorschlag?“, wollte er nun wissen.

„So ziemlich alles andere als *das*.“

Allein bei dem Gedanken schüttelte es mich und ich bekam Phantomschmerzen an meinem Hals und kratzte mich an meinem Puls.

„Na, schön.“ Seine Augen wurden schmal. „Zufällig habe ich eine adäquate Alternative für den Aufschub.“

Mir war bei diesen Worten gar nicht wohl. Entsprechend vorsichtig fragte ich, was er sich darunter vorstellte.

Er zuckte mit den Schultern.

„Wirklich nur eine Kleinigkeit“, versicherte er mir. „Du wirst mir einen Gefallen tun und heute Abend mit mir essen gehen.“

„Was denn essen?“

Tom schüttelte den Kopf. „Falsche Frage. *Wo* denn essen?“, korrigierte er mich.

Ich rollte entnervt mit den Augen. „Also schön: wo?“

„Bei meinen Eltern. Sie haben mich eingeladen und darum gebeten, dass ich endlich meine Freundin mitbringe.“

Ich sah ihn an, als hätte er Pusteln. „Dann nimm sie doch mit.“

Es kam mir vor, als würde ich nahtlos von einem falschen Film in den nächsten wechseln.

„Hör mal, ich bin kein Schwarzmagier. Ich kann nicht herzaubern, was ich nicht habe.“

„Und wieso denken dann deine Eltern, dass du eine Freundin hast?“

„Ganz einfach: weil ich es ihnen gesagt habe.“

Er grinste und ich rieb mir angestrengt mit Daumen und Zeigefinger über meine Nasenwurzel.

„Ich will mich ja nicht dumm anstellen, aber wieso hast du ihnen das gesagt, wenn es nicht stimmt?“

„Tja, du kennst meine Eltern nicht.“

„Ich würde es gern dabei belassen.“

Er ignorierte meinen Einwand. „Sie versuchen schon seit einer Ewigkeit, mich mit allerhand unsäglichen Schnepfen zu verkuppeln. Es ist kaum zu fassen, wie wenig Ahnung sie von meinem Geschmack haben. Mir war klar, dass ihre Versuche, eine Beziehung zu stiften, nie enden würden, solange ich keine Freundin hatte. Also habe ich eine erfunden."

Das war wirklich mehr, als ich je über Toms Privatleben wissen wollte. Und ich mochte bisweilen auf der Leitung stehen, manchmal sogar auf sehr, sehr langen Leitungen, aber selbst mir war klar, dass ich es da nicht mit einer Kleinigkeit zu tun hatte.

„Halt mal, Tom. Das ist mehr als nur mit dir essen gehen. Ich soll vorgeben, dass du und ich ... also, dass wir ..." Ich konnte es wirklich kaum aussprechen. Er sah mich neugierig an. In diesem Punkt war er kein Gentleman. Er hätte den Satz doch wirklich irgendwie mit seinem sarkastischen Schliff für mich zu Ende bringen können. So blieb es an mir, ihn fertig zu stammeln: „... ein Paar sind?"

„Nur für heute Abend."

„Und das sind die Verzugszinsen? Das ist doch Wucher!"

Seine Augen wurden schmal. „Dann zahl mir doch mein Geld. Jetzt. Hundert Dollar bar auf die Kralle und du kannst dir den Familienschmaus sparen."

Mir lief es eiskalt den Rücken hinunter. Familienschmaus bei Vampiren. Nicht dass ich dann der Schmaus sein sollte!

„Was gibt es da überhaupt für mich zu Essen? Ich stehe nicht auf Blutkram."

„Keine Sorge, meine Schwester Megan wird ihren Freund dabeihaben. Er ist auch Mensch und entsprechend gibt es humane Küche."

Ich kannte nicht nur die gute alte amerikanische Küche. Ich wusste von italienisch, chinesisch und mexikanisch. Aber humane Küche? Das etwas andere

Synonym für *blutfrei*. Eklig, eklig, eklig.

Er hielt mir seine ausgestreckte Hand hin. „Hundert Dollar, Lea."

Dabei legte er seinen Kopf schief und lächelte ganz selbstzufrieden, denn er wusste bereits, dass ich das Geld nicht besaß. Mein Konto war hoffnungslos überzogen. Ich würde auch in zwei Tagen kein Geld haben, denn erst einmal musste ich überhaupt einen Ferienjob aufnehmen. Vermutlich würde ich die nächste Mietrate von hundert Dollar auch noch nicht pünktlich aufbringen können. Verdammt. Alle zwei Wochen hundert Kröten für diese traumhafte Wohnung. Ich musste das einfach machen, um hierzubleiben.

„Okay, ein Abendessen", stimmte ich zu und hob gleichzeitig mahnend meinen Finger. „Aber keinen Schweinkram."

Ich wurde einfach die Vorstellung nicht los, dass seine Verwandten sich besonders gerne von Blut ernährten. Ganz bestimmt wollten sie auch mein Blut. Hoffentlich verhielt sich seine Familie so anständig wie Tom.

„Ich kann das nicht garantieren. Ich glaube, es gibt Steaks oder Koteletts. Aber du kannst sicher auch was in vegetarischer Ausführung haben."

Ich atmete tief ein und sehr langsam wieder aus. Tom wusste genau, dass ich das nicht meinte. Er wusste es, weil ich regelmäßig auf seinem Balkon Spareribs grillte. Er pflegte sich dann über den Qualm zu beschweren, und dass wir kein Ungeziefer hätten, das ausgeräuchert werden müsste.

Daher funkelte ich ihn nur grimmig an.

Er verstand. „Also gut, Lea. Keine Sorge. Das ist keine Blutparty, sondern ein Familienessen. Und bitte stelle dir jetzt keine kannibalischen Szenarien vor. Meine Eltern werden da sein, ebenso meine Schwester mit ihrem Freund. Das war's. Dazu noch wir beide. Es wird ein gemütlicher Abend. Pack dir ruhig Badesachen ein. Meine Eltern haben einen Pool und ich werde vor dem Essen noch eine Runde darin schwimmen. Es ist alles sehr ungezwungen."

Ein Abendessen bei Toms Eltern war bestimmt besser, als wieder komplett bei meinen Eltern zu wohnen. Aber ungezwungen war das falsche Wort, wenn ich von Tom dazu gedrängt wurde.

„Du zwingst mich schon irgendwie", hielt ich dagegen.

„Im Gegenteil. Ich lasse dir die Wahl. Es ist nicht meine Schuld, dass du de facto keine hast, weil dir das Geld für die Alternative fehlt. Ich möchte wirklich nicht betonen müssen, dass du es eigentlich recht gut bei mir hast. Nicht viele Vermieter üben sich bei Zahlungsverzug in Geduld."

„Du gibst mir zwei lausige Tage. Was ist, wenn ich dann immer noch nicht bei Kasse bin?"

Er kam mit ein paar Schritten auf mich zu und betrachtete mich nachdenklich. „Dann sind zwei Tage genauso utopisch wie heute?"

„Nicht ganz. Es ist zwei Tage dichter an dem Tag dran, an dem ich zahlen kann." Wann immer das sein mochte.

Er schaute mich ernst an. Es ging schließlich um eine Geldfrage. „Eines nach dem anderen. Zunächst einmal hast du dir zwei Tage ausgehandelt, indem du mich zu meiner Familie begleitest. Um das andere können wir uns Gedanken machen, wenn diese Frist verstrichen ist."

Ich sah ihn ungläubig an. „Du meinst, wir könnten nachverhandeln?"

„Ich sperre mich nie vor einem fairen Handel."

Das war Ansichtssache. Ich fühlte mich gelinde gesagt erpresst. Aber er hatte auch irgendwo recht. Schließlich hatte ich etwas davon, selbst wenn die hundert Dollar deswegen nicht erlassen, sondern nur aufgeschoben waren. Mit einem Job sollte ich mir die Untermiete bald wieder leisten können, denn ich zahlte nur zweihundert Dollar monatlich für mein eigenes Zimmer und die Mitnutzung sämtlicher anderer Räume, ausgenommen Toms Schlafzimmer, und um diesen Raum machte ich gern einen Bogen. Ich bräuchte nur noch ein paar mehr Aufschübe und einen Job und alles wäre in trockenen Tüchern.

„Wann willst du los?", seufzte ich ergeben.

Er warf einen überflüssigen Blick auf seine Uhr. „Jetzt."

Ich sah an mir hinab. Ich trug die Flipflops, meine Khakishorts und das weiße Tanktop. Da ich gebräunt war, gefiel mir der Farbkontrast gut. Bei so vielen Sonnenstunden, wie Savannah sie bot, hatte ich stets einen gesunden Bronzeschimmer. Mein Haar fiel in blonden Wellen bis zu den Schultern und meine blauen Augen waren mir genug Farbe, sodass ich bis auf Lipgloss von Schminke absah.

Das war ziemlich praktisch. Falls es heiß wurde, brauchte ich mir nie Gedanken zu machen, ob mein Make-up verlief. Es war nicht so, dass ich deswegen weniger Platz auf den Ablagen im Badezimmer belegte. Tom hatte mir zu Beginn die halbe Fläche eingeräumt, doch ich fand immer, dass er das unmöglich so penibel gemeint haben konnte.

Nachdem ich mich damals bei ihm eingerichtet hatte

und er das Bad zum ersten Mal modifiziert vorfand, hatte er spöttisch eine Augenbraue hochgezogen, es aber dabei bewenden lassen und auch bisher nie ein Wort darüber verloren. Ich betrachtete es als stillschweigendes Einverständnis. Und so war das Regal unter dem Spiegel mit zwanzig verschiedenen Lippenpflegestiften voll gestellt.

„Du brauchst dich nicht umziehen. Wie ich schon sagte: Alles ist ganz informell. Schnapp dir deine Badesachen."

Ich runzelte die Stirn, denn ich hatte nicht wirklich vor, mir mit Tom einen Pool zu teilen. „Mir ist nicht nach planschen."

„Dann wärst du die Einzige. Meine Mom wird ihren Badeanzug vermutlich als Abendgarderobe tragen."

Ich glaubte ihm kein Wort und er schien es mir anzusehen.

„Es ist deine Entscheidung. Aber schiebe es nicht auf mich, wenn du dasitzt und als Einzige keine Abkühlung bekommst."

Ich seufzte, lief in mein Zimmer und zerrte die türkisblaue Badetasche mit den Bastgriffen aus dem Schrank. Ich warf ein Handtuch und meinen Bikini hinein. Dann strich ich mir noch Himbeerbalsam auf die Lippen und befand, dass mein restliches Outfit so passte. Als ich zurück in den Flur kam, fand ich Tom am Telefon vor.

„Hey, Mom, ich habe eine nette Überraschung. Meine Freundin Lea hat nun doch Zeit und kommt mit zum Essen ... Genau ... Natürlich freut sie sich schon ... Ich mich auch. Bis gleich."

Er legte auf und schnappte sich die Autoschlüssel vom

Tisch.

„Wollen wir?“, fragte er mich.

Ich sah ihn säuerlich an.

„Okay, *können* wir?“, verbesserte er sich.

„Wo hast du deine Badesachen?“, wollte ich wissen.

Ich blickte an ihm herab. Seine langen, braunen Beine steckten in beigefarbenen Shorts. Dazu kombinierte er ein blaues Poloshirt und ein Paar flache Sneakers.

„Drunter.“ Irgendetwas an seiner Stimme ließ es geheimnisvoll klingen.

Ich versuchte gar nicht erst, tiefer zu ergründen, was es war.

„Und was machst du, wenn deine Badehose nass ist? Hast du nichts zum Wechseln?“

„Ich werde einfach erst fahren, wenn alles wieder trocken ist.“

Irgendwie hörte es sich an, als wäre das erst, wenn Flüsse aufwärts flossen und die Hölle gefror. Das kam mir entschieden zu lang vor. Am liebsten hätte ich dieses Vampirdinner längst hinter mir. Das würde so eine Freakshow werden.

„In dem Fall können wir“, bestätigte ich seine Anfrage.

Wir verließen die Wohnung und liefen die Treppen hinab. Auf dem Weg zum Auto nahm ich das Gespräch wieder auf: „Muss ich irgendwas über deine Familie wissen?“

„Wenn du willst.“

„Na, wenn wir zusammen sind, sollte ich doch das ein oder andere Detail kennen, oder?“

Er nickte.

„Seit wann sind wir denn schon ... äh ... *Dings*?“, recherchierte ich weiter.

Seine Miene blieb unergründlich. „Schon zwei Monate.“

„Wie hast du mich beschrieben? Ich meine, passe ich überhaupt ins Bild deiner Erfindung?“

Tom zuckte die Achseln. „Zufällig, ja. Das macht es so gut möglich, dass du heute Abend meine Freundin spielst.“

„Also, was hast du gesagt, was ich bin?“

„Blond, blauäugig, süß.“

Ich schluckte. *Süß.*

„Du findest, dass ich süß bin?“, fragte ich mit trockenem Hals.

Er benutzte seinen Schlüssel und die Verriegelung der Autotür sprang auf.

„Ich glaube, das finden eine Menge Leute“, meinte er schlicht, als wir einstiegen.

War das eine Anspielung auf John? Oder Ivan? Oder Logan? Zugegeben, ich hatte in letzter Zeit ein paar Dates gehabt. Ich war schließlich Single, also warum nicht? Es war gar kein bisschen einfach, einen tollen Mann zu finden. Womöglich fand Tom meine Suche einfach nur verzweifelt. Der smarte Tom stand ja ach so toll über den Dingen.

Ich freute mich diebisch, dass er ebenfalls Single war, denn wenn sogar schräge Typen mit so speziellen Speisevorlieben wie Tom eine Beziehung hätten, während ich als normale, nicht mal unattraktive Frau keine hatte, dann wäre das einfach die Quintessenz des Elends. *Das* hätte mich ehrlich betrübt. Aber solange auch Tom auf dem Trockenen saß, war ich irgendwie beruhigt.

„Was hast du noch erfunden?“, hakte ich nach.

„Nicht viel. Ich hab mich recht bedeckt gehalten.“

Das konnte ich mir vorstellen. Es gab eben nicht viel zu erzählen, wo es nichts zu erzählen gab. Ich wäre vermutlich eine Spur fantasievoller beim Lügen gewesen. Doch andererseits war seine Strategie nicht dumm. Auf die Weise konnte er seinen Eltern fast jede als seine Freundin präsentieren. Sogar mich.

„Ich kann also weitestgehend ich selbst sein?“, hakte ich nach.

„Tu dir keinen Zwang an. Aber fahr nicht gleich aus der Haut, wenn ich meinen Arm um dich lege oder deine Hand halte.“

„Keine Küsse!“, insistierte ich.

Es erschien mir ratsam, das schon im Vorfeld klarzustellen. Er hob feierlich die Hand und nickte. Doch als ich seine Hand sah, kam mir gleich der nächste Gedanke.

„Keine Tuchfühlung und keine Fummeleien unter Kleidungsstücken.“

„Ich gelobe, keine *Undercover-Aktionen* zu starten.“

So konnte man es wohl auch nennen.

Er lenkte seinen *Lincoln Continental* aus der Stadt und fuhr Richtung Süden, was uns unweit der Küste entlang führte. Ich sah das goldblaue Schimmern des Atlantiks. Savannah war eine historische Hafenstadt und ich liebte diese Nähe zum Meer.

„Wo wohnt deine Familie denn?“

Die Landschaft war bezaubernd. Schweig still, mein Herz. Ich seufzte und kurbelte das Fenster herunter – Tom fuhr ein älteres Modell – und atmete die dunstige Luft ein. Mein welliges Haar kitzelte meine Haut, als die Strähnen im Wind trieben. Ich schloss die Augen und genoss die Sonne im Gesicht und das monoton flüsternde Geräusch der Räder auf der Fahrbahn.

„Es ist nicht weit. Nur ein paar Meilen südlich."

Schließlich lenkte er den Wagen von der Küstenstraße und bog landeinwärts. Wir fuhren eine prächtige Allee entlang. Das lichtdurchbrochene Grün der Bäume funkelte mit dem Gold der Sonne um die Wette und bot ein faszinierendes Wechselspiel. In einem sich durch den Wind endlos fortsetzenden und niemals still stehenden Blättermuster fügten sich die Baumkronen zu einer Schönheit, die einfach nicht irdisch sein konnte. Erst nach einigen Sekunden merkte ich, dass ich den Atem anhielt.

„Hübsch, nicht?", fragte Tom.

„Ein bisschen untertrieben."

Es war einer dieser Orte, wie ich sie sonst nur von der großen Leinwand kannte, aus erhabenen Filmepen über längst vergangene Zeiten.

„Als ich klein war, bin ich bei Nacht einmal nackt diesen Weg lang gelaufen", erzählte er unvermittelt. „Nur ich allein mit der Natur. Kennst du diesen Drang, einfach eins werden zu wollen, um zu der Schönheit eines Moments unbedingt dazuzugehören? Ich weiß noch heute, wie die Luft schmeckte, wie die Grillen zirpten und die Sterne vereinzelt durch das Blätterdach schimmerten. Wenn dieser Abend eine Farbe hatte, dann war er nicht schwarz sondern silbern. Und über allem schien der Mond. Er kam mir unendlich groß vor."

Ich schluckte. Nie, wirklich *nie*, hätte ich gedacht, dass Tom zu so einem Satz fähig wäre. Männer sagten doch nichts dieser Art. Ich schob es auf seine Erinnerung, die noch dazu als reine, unverdorbene Betrachtung eines

Kindes entstanden war. Wenn er nun diese Straße wieder entlangfuhr, dann kehrte diese Nacht wohl von ganz allein in sein Bewusstsein zurück wie die Erinnerung an eine sehnsuchtsvolle Geliebte.

Offensichtlich hatte er geschafft, was er damals wollte, als er *nackt* hier unter den Bäumen lief: Es hatte sich in ihn eingebrannt und war eins mit ihm geworden. Ich wusste nicht, woher dieses Gefühl kam, doch ich war neidisch, so eine Nacht nie gehabt zu haben.

„Tut mir leid", sagte er.

Ich sah ihn verwundert von der Seite an. Er hatte ein angenehmes Profil. Wenn er nicht sprach oder lachte, konnte ich die Spitzen seiner Zähne nicht sehen. Im Augenblick spielte ein verlegenes Lächeln um seine Mundwinkel.

„Ich sollte wohl keine Themen anschneiden, die davon handeln, dass ich nackt war", erklärte er.

„Schon okay. Du warst ein Kind."

Wieder huschte ein Schatten über sein Gesicht, doch er nickte nur. „Richtig."

Unser Gespräch endete unvermittelt, als er den Motor verstummen ließ.

„Da wären wir", sagte Tom.

# ꟷ 2 ꟷ

Ich sah auf das Haus vor mir und erneut verschlug es mir die Sprache. Es war keine *riesige* Villa, keine dieser Kolonialprachtbauten aus der Zeit der Baumwollplantagen, in denen eine ganze Kleinstadt versteckt werden konnte. Doch für mich war es jenseits von allem, was ich je erreichen könnte. Niemand in meiner Verwandtschaft hatte vergleichbaren Reichtum erlangt.

Das Home-Sweet-Home der Familie Tilly erinnerte mich stark an das *Mercer Williams House*. Da das ein Museum in Savannah war, hatte ich mich an zahlreichen Nachmittagen darin herumgetrieben und die Schönheit in mich aufgesaugt wie ein dürstender Schwamm.

Wie sein Zwilling in Savannah war Toms Elternhaus aus rotem Stein gebaut und zweistöckig. Fensterrahmen, Dachkante und beide Säulen an der hellen Eingangstür waren weiß, die Aufsätze über den Fensterbögen und das Metallgeländer am Balkon bildeten dazu einen Kontrast in Schwarz. Seine Eltern wohnten in einem kleinen Paradies, das sich mühelos in die Schönheit der Landschaft einfügte.

Nie habe ich meine Flipflops unpassender gefunden, nie habe ich mich ärmlicher gefühlt. Siedend heiß stieg mir ins Bewusstsein, dass Tom aus diesem Garten Eden stammte und ich nicht einmal hundert lausige Dollar zahlen konnte. Und noch schlimmer: Mein hübsches Köpfchen steckte auch noch in der Schuldenschlinge.

Voller Unbehagen ließ ich meinen Gurt aufschnappen und drückte die Tür auf.

Und ausgerechnet Vampire lebten in diesem Paradies. Dunkelhaarige Vampire wie Tom, während goldlockige Engel wie ich auf Erden wanderten und vom Paradies nur träumen konnten. Ja, richtig, Adam und Eva waren Menschen. In der Bibel stand nichts davon, dass auch für Vampire Sperrstunde im Himmel war.

Ich schluckte meinen Unmut herunter. Schließlich hatte ich einen Deal mit Tom. Und wenn ich Mütter richtig einschätzte, war bereits Showtime, denn wir wurden sicher durch irgendeines der Prachtfenster beobachtet.

Tom tauchte neben mir auf und streckte mir lächelnd seine Hand entgegen.

Wie eine Marionette legte ich meine in seine. Sie war warm und stark, drückte mich aber nicht zu fest. Seine Finger waren länger und kräftiger als meine. Doch so abstrus die Situation auch war, in die ich hineingeschlittert war, ich würde nicht zulassen, mir Tom als *Mann* vorzustellen, mir nicht ausmalen, wie es sein mochte, eine Beziehung mit ihm zu haben. Doch das würde sich heute Abend schwierig gestalten, denn immerhin hatte ich eine Rolle zu spielen.

Natürlich wäre es leicht, sich auf ihn einzulassen und mit einem reichen, attraktiven Mann auszugehen. Aber er war ein Vampir, nichts konnte das ändern. Ich würde bei Vampiren stets nur an ihren Blutdurst, ihre Bisse und die gierigen Sauggeräusche beim Trinken denken können. Das Bild war leider allzu plastisch. Dafür hatten die schrecklichen Horrorfilme mit Vampiren von meinem Bruder Kyle gesorgt, die er immer so gerne geschaut hatte. Seine Fernsehgewohnheiten hatten meine Phobie bloß geschürt.

Außerdem war ich mir sicher, dass Tom das Schauspiel ebenso bedauerlich fand wie ich selbst, auch wenn er gesagt hatte, dass er mich süß fand. Er zog mich genauso wenig in Betracht wie ich ihn. Also folgte ich klaren Kopfes seinem dunklen Haarschopf Richtung Haustür.

Ich hatte richtig vermutet: Wir waren gesichtet worden. Denn noch ehe wir klingelten, wurde die Tür geöffnet, und eine Frau, die nicht älter als Anfang vierzig aussah, stand vor uns. Na klar. Vampire hielten sich etwas länger frisch, wurden auch im Schnitt ein paar Jahre älter. Aber nicht so nennenswert, dass ich darauf scharf gewesen wäre.

Und tatsächlich trug Toms Mom nur einen Badeanzug. Offensichtlich hatte er vorhin doch nicht gescherzt, als er die Angemessenheit meiner Garderobe befand.

„Hallo Schatz, hallo Lea."

Sie strahlte übers ganze Gesicht und mir fielen ihre spitzen Zähne ins Auge.

„Es ist ja so schön, Liebes, dass du es geschafft hast, doch herzukommen. Wir sind schon so neugierig und malen uns seit Wochen die tollsten Sachen aus, wie du wohl sein könntest. Ich bin Toms Mom, aber nenne mich doch einfach Jenny."

Ich wusste nicht, was ich sagen sollte. Tom gab meine Hand frei und umarmte seine Mutter kurz, aber sehr herzlich. Sie strich ihm dabei über sein mokkabraunes

Haar, das in der Sonne rötlich bis golden glänzte wie flüssige Schokolade.

Jenny war fast einen ganzen Kopf kleiner als er, hatte meine Größe und eine schlanke Figur. „Kommt doch rein, wir sind alle hinten im Garten. Lasst uns das durch den Flur abkürzen, dann müssen wir nicht außen herumlaufen. Megan und Nate sind schon da."

Sie lief vor uns her und ich folgte ihr staunend über den schwarzweiß gefliesten Boden der Eingangshalle mitten hindurch zur Rückseite des Gebäudes. So sah es also von innen aus, dieses tolle Haus, von dem ich nur träumen konnte. Ich hatte keine Ahnung, wie man sich das hier leisten konnte. Banküberfall? Edelbordell? Drogenschmuggel? Lottogewinn? Erpressung?

Ich musterte Tom von der Seite. Er lächelte fröhlich, seine braunen Augen blitzten vor guter Laune als er mich ansah. Ich bemerkte sehr wohl die Falte, die sich auf seiner Stirn abzuzeichnen begann. Dann rollte er mit den Augen und erklärte – als stünde mir mein Argwohn ins Gesicht geschrieben: „Mein Vater ist ein erfolgreicher Architekt und meine Mutter Anwältin."

„Scheint ja gut zu laufen", murmelte ich.

Anwältin? Klar, sie war Vampir und Anwälte waren dafür bekannt, dass sie einen bis aufs letzte Hemd aussaugten ... Und dennoch: So mies sah seine Mom gar nicht aus.

Ich nagte an meiner Unterlippe und Tom atmete seufzend aus.

„Sie macht Wirtschaftsrecht", fügte er hinzu.

„Ach so."

Er schüttelte den Kopf und wir erreichten die Terrasse. Ganz unvermittelt legte er seinen Arm um mich und zog mich an sich heran. Ich versuchte zu ignorieren, dass ich ganz wunderbar unter Toms Schulterkuhle passte.

Plötzlich spürte ich seinen Mund an meinem Ohr, als er flüsterte: „Bitte, nur für diesen Abend: Könntest du deine Vorurteile beiseiteschieben und so tun, als wären wir zusammen?"

Er nahm seinen Kopf etwas zurück und betrachtete mich aufmerksam. Ich schien so überzeugend auszusehen wie ich mich fühlte. Also näherte sich sein Mund noch einmal und Tom ergänzte seine Bitte um ein einziges, aber äußert wirksames Wort. Wie ein kalter Schauder flüsterte seine substanzlose Stimme meine persönliche Hölle: „Verzugszinsen."

Ich schluckte und nickte etwas lahm. Tom hingegen strahlte wie ein Zaunkönig.

Wir befanden uns auf einer gefliesten Terrasse, und das Wasser in dem nierenförmigen Pool glitzerte einladend über den blau bemalten Kacheln. Auf zwei Liegen beäugten uns ein junger blonder Mann mit strubbeligem Haar und der Figur eines Footballspielers und – unverkennbar – seine vampirische Freundin, bei der es sich um Toms Schwester Megan handeln musste. Demnach war die blonde Vorspeise wohl Nate.

Sogleich wurde mein Gedankengang von Jenny wiedergegeben. Nur ohne das mit der Vorspeise. „Das ist meine Tochter Megan und ihr Verlobter Nate."

*Verlobt?* Ich versuchte, nicht auszusehen, als hätte mich ein Rammbock getroffen, aber wie konnte dieser Mann so lebensmüde sein? Was immer sein Problem sein mochte, es gab sicher einen anderen Ausweg, als in den Schatten am Ende des Tunnels zu treten. Meiner Meinung nach konnte dort kein Licht sein, wenn das

Ende Richtung Vampir führte. War das nicht ein ähnliches Gefühl, wie es ein Schaf haben musste, wenn es zur Schlachtbank geleitet wurde?

Zumindest tat ein Schaf das nicht freiwillig. Nate hingegen wirkte wie jemand, der seiner Freundin gerne mal eine nette Mahlzeit bot. Hatte er keine Angst, dass sie einmal zu durstig wurde?

Ich musste schon zugeben, dass Megan sehr verführerisch aussah. Sie hatte rot getönte Haare. Ihre Augen konnte ich nicht sehen, da sie unter einer Sonnenbrille verborgen lagen. Ohne Megans lange Zähne hätte das junge Paar mühelos Werbung für »Schöner Wohnen« machen können.

Beide winkten mir zu und riefen ein einstimmiges: „Hallo."

Ich winkte wenig enthusiastisch zurück.

„Megan ist vierundzwanzig. So ungefähr dein Alter, oder?", wollte Mrs. Tilly nun wissen.

„Wie? Oh ja, stimmt."

Sie lächelte. „Schön."

Ich hatte das dumpfe Gefühl, dass sie uns zu Freundinnen fürs Leben verkuppeln wollte. Aber um ehrlich zu sein, würde ich es nicht mal zu einer Brieffreundschaft kommen lassen. Ich wohnte bei einem Vampir, weil ich einen Vorteil davon hatte: eine tolle, unerschwingliche Bude. Ich war nicht von der Heilsarmee und für gemeinnützige Projekte oder den interkulturellen Mensch-Vampir-Dialog unterwegs. Nein, um es genau zu nehmen: Ich war hier aus keinem anderen Grund als Verzugszinsen.

Amen.

„Zu Tisch, zu Tisch", donnerte eine heitere Stimme von

der Seite des Hauses.

„Das ist mein Dad“, erklärte Tom. „Er grillt um die Ecke. Mom will nicht, dass der Qualm hier über die Terrasse zieht. Also verscheucht sie ihn immer.“

Na, da kannte ich noch jemanden mit Qualmallergie. Und da hieß es, ich sei pingelig, weil ich Blutsaugen eklig fand. Aber über eine kleine Rauchvergiftung regte sich gleich jeder auf. Also bitte.

Mit buntem Hawaiihemd und Badehosen kam ein Mann Mitte Vierzig ums Eck und lächelte bis über beide Vampirfänge. Als er meiner gewahr wurde, dehnte sich seine Freude bis zu den Ohren aus. Sehr flexible Muskulatur, das musste ich ihm lassen.

„Hallo, hübsches Kind. Du musst Toms Freundin sein. Ich bin sein Dad und Kochkönig für heute Abend. Keine Sorge, ich schaue zwar immer *Hör mal, wer da hämmert*, aber uns wird nichts um die Ohren fliegen. Das einzig Bedauerliche ist, dass wir keinen Nachbarn namens Wilson haben.“

Er strahlte mich an.

Ich stierte wie ein Fragezeichen zurück und stammelte: „Ähm, ja, hallo auch.“

Er blinzelte irritiert und klopfte mir auf die Schulter.

„*Tim Taylor, der Heimwerkerkönig*. Du weißt schon, oder?“, ermunterte er mich, es mir doch noch einfallen zu lassen.

„Wohnt er in Savannah?“, fragte ich lahm.

Toms Dad lachte los. Er hatte ein echtes Organ von Stimme. Vielleicht sang er in seiner Freizeit für die Oper.

„Na, nicht so wichtig, Mädchen. Ist nur eine Serie im Fernsehen. Ich hatte angenommen, du hättest sie mal mit Tom geschaut.“ Er blinzelte verschwörerisch zu seinem Sohn.

„Nein, wir machen eher andere Fernsehabende“, erklärte mein Vermieter nun und umsegelte das kleine Riff. Offensichtlich würden heute Abend noch ein paar gemeinsame Freizeitaktivitäten erfunden werden. Aber ich könnte es Tom schon etwas schwer machen und wortwörtlich *heim*-zahlen.

Ich blinzelte ihn süß an. „Nein, Tom und ich sehen immer Telenovelas wie *Sturm der Herzen*. Da wird er jedes Mal ganz rührselig.“

Tom sah mich an, als wollte er mich auch mal rühren: rundherum durch den Pool.

In gespielt vertrauter Geste streichelte ich unschuldig über seinen Bauch und war erstaunt, wie gemeißelt er sich anfühlte. Tom hatte ein echtes Sixpack unter seinem Poloshirt versteckt. Wer hätte das gedacht? Ich stellte daher mein Reiben ein. Ich war fest entschlossen, die Freundin nur zu spielen.

„Ach, wirklich, Tom?“, fragte Megan nun grinsend. „*Sturm der Herzen*? Hat das nicht über tausend Folgen?“

„Fünftausendsiebenhundert“, erklärte ich bereitwillig.

Nicht, dass ich so etwas tatsächlich guckte, allerdings hatte ich über die Anzahl an Folgen ziemlich gestaunt, als ich sie im Videotext gelesen hatte.

„Tom ist ein echter Fan. Anfangs hat er nur mit den Augen gerollt, aber inzwischen ist er der Erste auf dem Sofa. Schade, dass sie die alten Teile nie wiederholen. Doch falls ihr mal nach einem passenden Geburtstagsgeschenk für ihn Ausschau haltet, dann wäre das doch eine Idee, ihm die Serie auf DVD zu schenken. So ist auch gleich für die nächsten zehn Jahre sichergestellt, was auf dem Gabentisch liegt."

Ich lächelte ihn zuckersüß an und fand, dass er noch nicht genug litt. Daher ergänzte ich meine kleine Scharade mit einem: „Nicht wahr, *Purzel*?"

Tom knirschte mit den Zähnen. Was Vampire wohl taten, wenn sie sich einen Eckzahn abbrachen? Vielleicht würde ich ihn dazu bringen, mir das zu demonstrieren.

Mein Stimmungsbarometer stieg erheblich. Ich war sozusagen von einer baufälligen Baracke auf der trostlosen Nightingale-Insel umgesiedelt ins Partyzentrum auf Jamaika. Tom hatte nur definiert, dass ich bei seinen Eltern zum Essen die Freundin spielen musste, um den Verzugszinsen gerecht zu werden. Er hatte nicht geschildert, wie ich mich dabei verhalten sollte und auf welche Weise ich unsere Beziehung erfand. Hatte er nicht zugestimmt, dass ich ganz ich selbst sein dürfte? Also tat ich genau das. Ich war ich, wenn ich erpresst wurde: rachsüchtig und gemein.

Toms Mom tätschelte ihm liebevoll die Schulter. Sie schien erfreut über die feminine Seite ihres Sohnes. Na, also. Gleich noch jemanden glücklich gemacht. Männer sollten ja bisweilen ungeahnte Anwandlungen haben, wenn sie verliebt waren. *Ach, Tom, das wirst du heute wohl noch herausfinden.*

Von mir aus konnte er Jenny morgen zerknirscht am Telefon mitteilen, dass die Beziehung leider aus war. Ich wäre so charmant, dass er sich besser wieder von seinen Eltern verkuppeln ließ. Mir fiel der nette Film »Wie werde ich ihn los in 10 Tagen« ein. Nun, ich würde das Ganze herunterkürzen auf: Wie werde ich ihn los in drei Stunden?

Mit gehässiger Kreativität sollte das ein Klacks sein. Er

würde mich nie wieder als Freundin ausborgen. Nimm das, Erpresser!

Toms Dad kratzte sich nachdenklich am Hinterkopf. Er hatte dabei noch die Grillzange in der Hand, was ihn nicht zu stören schien. Ich würde nach Haaren im Essen Ausschau halten. Ganz zweifellos schien sein Vater nicht so begeistert von den filmischen Anwandlungen seines Sohnes zu sein. Da dachte man, man kennt jemanden ... und dann schlug die erfundene Realität zu.

„Jedenfalls ist das Essen fertig", lenkte sein Dad nun vom Thema ab. „Du kannst mich übrigens Dave nennen, Mädchen."

Da mich das *Mädchen* wurmte, bot ich ihm an, dass er mich Lea nennen konnte. Das versetzte ihn in helle Freude. Er schien ohnehin ein sehr fröhlicher Mann zu sein. So gar nicht finster, wie man das eigentlich bei einer Vampirfamilie erwarten würde.

Nachdem wir unsere Teller mit *humaner Küche* beladen hatten, nahmen wir alle an einem gemütlichen Esstisch im Garten Platz. Tom spielte den Gentleman. Er trug unsere Teller, goss mir zu trinken ein und schob meinen Stuhl zurecht, wobei er meinem Rücken zufällig etwas mehr Schwung als nötig mit auf den Weg gab und mich kurzerhand zwischen Lehne und Tischkante einklemmte. Ich keuchte überrascht auf und Tom rückte gleich den Stuhl etwas ab.

„Oh, Verzeihung, Schatzimaus. Da hatte ich wohl etwas zu viel Schwung."

Vielleicht lag es an der Art, wie er *Schatzimaus* betonte, vielleicht daran, dass er mich überhaupt so nannte, oder vielleicht auch an dem aufgesetzten Bedauern, doch ich war mir todsicher, dass mir Tom gerade in voller Absicht eine Retourkutsche für *Sturm der Herzen* geliefert hatte.

Ich nahm diese Kampfansage an. Dann eben von der Partyzentrale auf Jamaika in die Torero-Gassen von Pamplona.

„Nichts passiert, Tiger", tröstete ich ihn mit einem Funkeln in den Augen.

Er sah mich entsprechend ungläubig und dann zunehmend belustigt an.

„Also, erzählt mal. Wie habt ihr euch kennengelernt?", wollte Megan nun wissen. Sie häufte etwas Maissalat auf ihre Gabel und sah uns neugierig an.

„Ach, erzähl du", bot Tom an und biss genüsslich in sein Kotelett. Falls er annahm, mir damit eine lästige Aufgabe aufgebrummt zu haben, würde er sich wundern.

„Oh, das war eigentlich eine ganz nette Geschichte", hob ich an.

*Denk nach, denk nach* ... Was könnte Tom wohl Lästiges gemacht haben? Heimweg von den Anonymen Alkoholikern? Bibelstunde bei einer Polygamisten-Sekte? Strickkurs? Bingoabend? Bewährungsauflage? Gründer des Sudoku-Clubs „Neue Denker für Amerika"?

„Ich habe ihn im Kosmetikstudio kennengelernt. Tom legt ja sehr viel Wert auf ein gepflegtes Äußeres und lässt sich gerne wachsen und die Maniküre machen."

Innerlich kringelte ich mich. Sein Vater blinzelte ihn an. Dave Tilly kam sich offensichtlich vor, als wäre er im falschen Film. Hach, wie sehr ich ihm das nachfühlen konnte.

Leider.

Megan schmunzelte kauend und Nate sah aus, als wäre er sich nicht sicher, ob er sich einen Kommentar erlauben sollte. Toms Mom wiederum zog überrascht die Augenbrauen empor. An dem gekräuselten Mund und dem schiefen Nicken sah ich aber ganz eindeutig, dass sie den Gedanken an einen gepflegten Mann nicht schlecht fand.

Tom sah aus, als überlegte er noch nach einer passenden Rache. Es schien mir aber zumindest, dass sein Kotelett ihm weitaus weniger mundete als zuvor. Das gab mir neuen Auftrieb.

„Jedenfalls saßen wir nebeneinander in diesen Lederstühlen, während ich meine Maniküre bekam. Toms Haut um seine Brauen war noch etwas gerötet vom Zupfen, außerdem trug er ein rosa Hemd und bekam seine Fußnägel versiegelt. Also fragte ich ganz interessiert, wann er denn gemerkt habe, dass er vom anderen Ufer sei. Was sollte ich auch sonst denken?“

Ich sah wie Tom missmutig seine Zunge in die rechte Wange bohrte, als wollte er sie durchstechen. Es sah ungefähr so aus, wie wenn man ein Stück *Toblerone* in der Backentasche versteckt und dann die Wangen ansaugt. Als er bemerkte, dass er so etwa fünf Sekunden völlig regungslos erstarrt war, als hätte man ihn mit Flüssigstickstoff behandelt, tarnte er sein Zungenspiel, indem er es aussehen ließ, als suchte er mit der Zungenspitze nach Fleischresten zwischen seinen Zähnen.

„Ja und dann, Tom, was hast du gesagt?“, begehrte Nate nun doch zu erfahren.

Tom setzte ein sardonisches Lächeln auf und schnalzte mit der Zunge. „Ich erklärte, dass ich keinesfalls auf Männer stünde, dass ich Lea total scharf fände und ihr das gerne sofort demonstrieren könnte.“

Meine Augen wurden groß. Offensichtlich neigten manche angegriffenen Wesen zum Frontalangriff.

Nate stieß ein Pfeifen aus.

Seine Mom verschluckte sich fast und brachte ein: „Also wirklich, Tom!“ heraus.

Aber mein vampirischer Placebofreund zuckte nur leichthin mit den Schultern. „Ach, wieso? Sie wurde nur kurz rot, dann dachte sie aber zum Glück darüber nach. Ich hatte ja keine Ahnung, dass sie schon seit einem Jahr Single war.“

*Scheißkerl.* Ich war tatsächlich seit einer sehr langen Weile allein. Toms frecher Rückschlag überrumpelte mich so sehr, dass ich nicht einmal das Gespräch an mich riss, um zu retten, was vielleicht noch zu retten war.

Daher berichtete Tom ungehindert weiter: „Das kam mir sehr gelegen. Aber es stimmt nicht, dass aus schnellem Sex keine Beziehung werden kann, nicht wahr?“

Okay, es knisterte gerade definitiv etwas zwischen uns, aber es war meine Mordlust und keine sexuelle Spannung.

Ich stieß ein unbestimmtes Knurren aus. Doch dann dämmerte mir meine Rache. „Ach, mach dir nichts draus. Viele Männer schießen zu schnell ab. Ich bin keine Frau, die deswegen eine Beziehung ausschließt.“

Dafür dass ich ziemlich betäubt von seiner gemeinen Art war, hatte ich doch recht gut gekontert. Es war sein eigener verdammter Fehler, es *schnellen* Sex genannt zu haben. Er sollte mir nicht noch das Pulver reichen, mit dem ich meine Munition verschoss.

„Übrigens, das Essen ist wirklich ganz hervorragend,

Mister Tilly“, lobte ich seinen Vater, als wäre nichts gewesen.

„Ähm, ja.“ Dave sah von Tom zu mir und wieder zurück. „Sag ruhig Dave, Lea.”

„Ja, gewiss. Wo war ich nur mit meinen Gedanken?“ Ich warf einen ganz unschuldigen Seitenblick auf Tom.

Pamplona, ich komme! Diesen Stier namens Tom würde ich noch bei den Hörnern packen. Wenn er mich als billiges Flittchen abstempeln wollte, dann machte ich ihn eben zur Fehlzündung im Bett. Er sollte sich gut überlegen, auf welches Niveau er hinabstieg.

„Wollen wir uns nicht eine kleine Abkühlung gönnen, Lea?“

Tom deutete mit einer Hand auf den Pool.

„Ach, nein, man soll doch nach dem Essen nicht gleich ins Wasser“, erklärte ich ausweichend.

Tom lehnte sich mit zusammengepressten Zähnen lächelnd zu mir vor.

„Ich will dich aber als Entschädigung im Bikini sehen“, flüsterte er drohend.

Abrupt sog ich die Luft ein, tarnte es aber als Räuspern, denn wir waren nicht unbeobachtet. Es sollte wie Getuschel unter Liebenden wirken.

„Ich will mich dir aber nicht im Bikini zeigen.“

„Wusste ich es doch“, verkündete er lachend und schnappte mich kurzerhand vom Stuhl weg.

Er hob mich auf seine kräftigen Arme, als wäre ich nur eine Feder, und wirbelte mich gut gelaunt im Kreis herum. Am Rande nahm ich wahr, wie seine Mom freudig über das jung verliebte Paar jauchzte.

Tom brachte abermals seinen Mund an mein Ohr. „Du hast die Wahl, Lea. Entweder ziehst du dich freiwillig um oder ich springe in voller Montur mit dir ins Wasser. Dann wird dein Bikini das einzig Trockene an Kleidung sein, worauf du ausweichen kannst.“

Ich schluckte unwohl. „Tom, hör auf damit. Das ist nicht lustig.“

„Deine Sticheleien sind auch nicht lustig. Ich werde dich daher im Pool abkühlen, du scheinst etwas hitzig zu sein. Dir bleibt nur die Wahl, ob du es in dieser Aufmachung oder in Badesachen erlebst.“

Ich begriff, dass ich zu weit gegangen war. „Tom, es tut mir wirklich leid. Bitte lass mich herunter. Ich werde auch artig sein.“

„Schon für dein Outfit entschieden?“, fragte er ungerührt.

Er war offensichtlich scharf auf Baden.

„Bikini“, knirschte ich.

Er ließ mich von seinen Armen und fasste nach meiner Hand. „Na, komm, ich zeige dir, wo das Bad ist.“

„Ach, zeige ihr doch ruhig das ganze Haus, Schatz“, schlug seine Mom vor.

Tom griff nach meiner Badetasche. „Gute Idee.“

Dann fasste er nach meiner Hand und zog mich ins Haus. Kaum hatten wir den Flur betreten, zerrte er mich auch schon durch eine Tür in einen dunklen fensterlosen Raum. Sollte das der erste Teil der Führung sein?

Tom drängte mich mit dem Rücken an eine karge Holzwand und presste sich in voller Länge gegen mich. Mit der freien Hand knallte er die Tür zu, bis wir allein mit dem Staub und der Dunkelheit waren. Ich hörte ihn schnaufen. Sein Atem ging beschleunigt und schwer, als wäre er gerannt. Offenbar musste er sich mühsam beherrschen. Er war stinkwütend.

„Verdammt, Lea, du raubst mir noch den Verstand“, stieß er heiser hervor.

Nanu? Das klang zum Glück nicht ganz so sauer. Ich hatte mit einem riesigen Donnerwetter gerechnet. Auch egal. Eilig leckte ich über meine Lippen und nutzte die Chance, meine Haut zu retten. „Hör mal, Tom. Bitte wirf mich nicht aus der Wohnung. Ich werde das mit den Verzugszinsen ab sofort auch ganz artig spielen.“

Ich hörte ihn die Luft ausstoßen. Ansonsten blieb er eine Weile still. Er glaubte mir wohl nicht.

„Wie artig?“, fragte er schließlich.

Ich hob meine Hand zum Indianerehrenwort, auch wenn er wenig davon sehen konnte. Wieso war hier bloß kein Licht?

„Lammfromm“, gelobte ich.

„Schwöre es.“ Seine Stimme war ein gepresstes Flüstern. Er traute mir anscheinend noch immer nicht.

„Ich schwöre es, Tom. Jeder wird uns für das perfekte Paar halten.“

Er ließ sich das wohl durch den Kopf gehen, denn zumindest sagte er erstmal nichts. Dann löste er sich von mir. „Okay.“

Tom öffnete die Tür und endlich drang Licht zu uns herein. In knappen Worten erklärte er mir den Weg zum Bad, damit ich mich umziehen konnte, und ging dann nach draußen.

Ich ließ den Kopf gegen die Wand sinken und schloss kurz die Augen. Meine Knie waren noch ganz weich von der bedrohlichen Situation.

## ꧁ 3 ꧂

Ich musterte mich im Spiegel. Erst jetzt fiel mir auf, dass die blutrote Farbe meines Bikinis unter Vampiren vielleicht nicht die beste Idee war. Missmutig ließ ich den Träger meines Neckholders an den Nacken schnippen. Ich war zwar eine hübsche Badenixe, doch das Problem war, dass ich zum *Anbeißen* aussah. Ich hatte mein Haar zusammengebunden, damit es nicht nass wurde, und dabei dummerweise meinen Hals freigelegt. War ich eigentlich irre, in einem Vampirhaus herumzulaufen?

Am besten kam ich gar nicht erst aus diesem hübschen Marmorbad heraus. Allerdings würde ich mein Mietproblem damit nicht lösen und auch nichts an dem Umstand ändern, dass Tom so grimmig ausgesehen hatte. Es war klar, dass er eine Freundin zum Vorzeigen bei seinen Eltern wollte. Ohne Peinlichkeiten aus unserem nicht existierenden *gemeinsamen* Privatleben.

Also ging ich nach draußen zur Terrasse und fand Tom bereits im Pool vor. Er hatte sein Shirt und die Shorts ausgezogen und trug ziemlich scharfe Badehosen. Sie erinnerten mich ein wenig an den Sharkskinlook von Profischwimmern. Diese schwarzen hautengen Teile machten mich zu einer regelmäßigen

Sommerolympiade-Guckerin vor dem Fernseher.
Toms Oberkörper sah sogar noch besser aus, als er sich anfühlte. Die dynamische Kraft, mit der er mühelos seine Bahnen zog, war ziemlich beeindruckend. Leider war und blieb er ein Vampir.
Tom entdeckte mich und hielt lächelnd inne. Sein Blick wanderte über meinen Körper und das Lächeln wurde breiter. Ich erinnerte mich an meine Rolle und wusste, dass wir beobachtet wurden. Eltern können wie Punktrichter sein: Ihnen entgeht nichts. Besonders dann nicht, wenn man es sich am meisten wünscht.
Also lächelte ich verführerisch zurück, ließ meine Tasche auf den Korbstuhl fallen, hob meine Arme wie in einer meditativen Pose und drehte mich langsam im Kreis, damit Tom einen guten Blick auf mich werfen konnte.
Über die Schulter hinweg zwinkerte ich ihm zu, als er meine Kehrseite vor sich hatte, und wippte einmal kurz mit der Hüfte. Wenn ich wollte, konnte ich durchaus. Aber eigentlich wollte ich ja gar nicht. Ich hatte es nur versprochen. Tom sollte seine Traumfrau auf Raten bekommen. Innerlich betete ich das Wort *Verzugszinsen* wie ein Mantra herunter.
Nachdem ich eine ganze Drehung vollführt hatte, schlenderte ich auf die Beckenkante zu und rührte prüfend mit dem Zeh im Wasser. Die warme Sommersonne hatte ihm eine herrliche Temperatur verliehen. Sie versprach Abkühlung, ohne sämtliche Nervenenden gleich in einen Schockzustand zu versetzen.
„Komm, es ist wunderbar hier drin“, lud Tom mich ein.
Wir hatten den Pool für uns. Megan und Nate hatten es sich auf ihren Liegen bequem gemacht und seine Eltern

saßen noch immer am Tisch und lächelten zu uns herüber. Ich hörte den Wind sanft durch die Blätter rauschen, die friedvoll an den einzelnen Bäumen in der Umgebung wogten. Die Sonne wärmte meine Haut und das Wasser rief mich von ganz allein zu sich. Es war herrlich idyllisch. Ich wäre schön dumm, wenn ich nicht das Beste aus meiner Lage machen würde.
Also setzte ich mich an den Beckenrand und streckte die Beine ins milde Nass. Tom schwamm zu mir und blickte zu mir hoch. Ich stützte mich auf den Steinplatten ab und ließ mich ins Wasser gleiten. Dabei tauchte mein Körper an Tom entlang abwärts, bis meine Zehen den Boden des Pools erreichten und meine Schultern sich auf Höhe der glitzernden Wasseroberfläche befanden.
„Habe ich zu viel versprochen?“, fragte er.
Seufzend schloss ich die Augen und schüttelte den Kopf. „Nein, es ist toll.“
Die Luft duftete nach Sommer und einer Prise Chlor. Ich legte meinen Kopf in den Nacken und rollte wohlig meine Schultern. Das war wohl das erste Mal, seit wir hier angekommen waren, dass ich mich entspannt fühlte.
Als ich meine Augen wieder öffnete, sah ich, dass Tom mich betrachtete. Schnell setzte er ein Lächeln auf. Ich weiß nicht, was mich ritt, als ich meine Hände um seinen Nacken legte. Aber Tom sah so überrascht aus, wie ich mich fühlte. Zumindest hatte ich meine Gesichtszüge besser unter Kontrolle.
„Es ist traumhaft bei deinen Eltern“, verkündete ich und warf ihnen ein zufriedenes Lächeln zu.
Seine Mom schmunzelte. „Das freut mich, Lea. Komm ruhig öfter vorbei.“

Ich nickte nur und schaute wieder zu Tom. Er legte seine Hände um meine Taille.
Überrascht flüsterte ich: „Du hast gelobt, nicht zu fummeln."
Er grinste leutselig. „Ich habe nur versprochen, meine Hände nicht unter textile Bekleidung zu schieben." Sein Blick wanderte durch die Wasseroberfläche an mir hinab. „Aber davon hast du nicht mehr viel an. Also wage ich gerade keinen unlauteren Vorstoß, oder?"
Was für ein gerissener Schuft er doch war. Er hatte mich aus meiner schützenden Kleiderhülle gelockt. Aber das Wasser war wirklich herrlich und schließlich hatte ich ihn zuerst angefasst. Sein Körper war aber auch wirklich nett anzusehen.
Als ich keine bissige Reaktion zeigte, hob Tom mich zufrieden hoch und machte einige Schritte rückwärts. Dann drehte er sich mehrmals um die eigene Achse. Das Wasser stob kreisförmig um uns davon. Ich gebe zu, es war lustig.
„Schließ deine Augen und leg den Kopf in den Nacken", forderte er mich auf.
Warum auch immer, ich tat es. Er drehte uns weiter im Kreis herum und ich spürte die Strömung an meinen Füßen, als das Wasser durch meine Zehenspitzen glitt, fühlte seine Hände um meine Taille und den Rücken, seine Haut unter meinen Fingern.
In hellen und dunklen Flecken sah ich das Licht durch meine geschlossenen Augenlider tanzen. Obwohl mir schwindlig davon wurde, juchzte ich vergnügt. Außerdem hielt Tom mich ganz fest und so brauchte ich mich nicht darum zu sorgen.
„Jetzt öffne die Augen", raunte er.

Ich tat es. Da mein Kopf noch im Nacken lag, stand auch die Welt um mich herum Kopf. Gleichzeitig drehte sie sich dabei unaufhörlich. Die Liegen mit Nate und Megan, der Poolrand, ein Baum im Garten, dessen Äste nach unten und dessen Stamm nach oben ragten, seine Eltern am Tisch, das Haus – alles zog verkehrt herum an mir vorbei und verband sich zu konturlosen Farbschlieren. Die Erde war oben und der Himmel unten.

„Aaaaaaah!“, quiekte ich und fühlte mich ganz beduselt. Kaffeetassen in Freizeitparks zu fahren hatte nicht mal den halben Effekt.

Tom lachte und hielt inne, aber alles kreiste weiter. Behutsam ließ er mich zurück ins Wasser gleiten und ich nahm den Kopf vor. Junge, war mir vielleicht schwindlig! Meine Beine waren so weich wie ungebackener Kuchenteig, darum stützte ich mich weiter bei Tom ab.

„Lass mich bloß nicht los, sonst gehe ich unter”, warnte ich ihn.

Ich glaube, er lächelte. Doch er war genauso undeutlich und verschwommen, wie der Rest der Welt.

„Ist dir gar nicht schwindlig?“, wollte ich wissen.

„Doch, ziemlich“, gestand er atemlos. „Aber ich halte mich einfach an dir fest.“

„Oh, nein! Wir werden ertrinken.“

Tom lachte. „Das würde ich nicht zulassen.“

„Da bin ich beruhigt.“

Seine Hand wanderte an meine Wange und er neckte meine Nasenspitze mit seinem Daumen.

„Verrücktes Huhn“, flüsterte er.

Mein Kopf bekam langsam wieder ein klares Bild. Es war

erstaunlich, wie das Gehirn alles justierte und die Dinge vertraut aussehen ließ. Toms Schokoladenaugen schauten mich direkt an.
„Wollt ihr ein Stück Kuchen?“, fragte Jenny vom Tisch aus.
Ich nickte bittend zu Tom, weil ich Süßigkeiten einfach über alles liebte.
Er grinste. „Ja, wollen wir, Mom.“
Wir kletterten aus dem Wasser. Tom hob mich dabei hoch. Ich mutmaßte ja ziemlich stark, dass er einfach einen Platz in der ersten Reihe bei der Betrachtung meines Hinterns haben wollte. Daher zischte ich ihm ein rügendes: „Schwerenöter“ zu, das er nur mit einem jovialen Grinsen beantwortete.
Jenny hatte Himbeerkuchen mit Biskuitboden im Angebot. Mir lief vor Verlangen das Wasser im Mund zusammen.
„Lea-Liebling, magst du ein großes oder ein kleines Stück?“, fragte Tom mich gespielt ahnungslos.
Er kannte meine Schwäche für Obsttörtchen. Noch bevor ich antworten konnte, reichte er mir eine ordentliche Portion. Ich lächelte selig und wackelte verzückt mit den Augenbrauen.
Megan stand lächelnd neben mir. „Es ist hübsch hier, nicht?“
Ich konnte nun ihre Augen sehen, denn sie hatte ihre Brille abgenommen. Sie waren so braun wie Toms, aber ihre Gesichtszüge waren feiner und nicht so kantig.
„Weißt du, Tom hat schon ziemlich lange niemanden mehr hergebracht“, erklärte sie. „Zuletzt war ...“
„Äh, Megan“, wandte er ein und brachte sie mit einem Kopfschütteln zum Schweigen.

Was war zuletzt? Verwundert blickte ich zwischen den beiden hin und her.
„Lass uns ein paar Schritte gehen“, schlug Tom vor und zog mich von seiner Schwester weg.
Ich war zwar ein neugieriger Mensch, aber die Sache mit Tom, welche auch immer das war, ging mich im Grunde nichts an. Auch wenn ich gerade seine Freundin spielte, war er in Wirklichkeit nur mein Vermieter. Innerlich zuckte ich mit den Schultern und bummelte hinter ihm her, während ich von dem Kuchen kostete. Himmlisch!
„Der schmeckt toll“, rief ich seiner Mom mit halbvollem Mund über die Schulter zurück zu.
Sie schmunzelte begütigend. „Wunderbar, Lea. Wir haben noch mehr davon.“
Tom schlenderte auf eine kleine Bank unter einer herrlichen Lebenseiche zu, deren Äste breitgefächert über uns aufragten. Weiches Louisianamoos hing in dichten Flechten von den Zweigen herab und schaukelte in einer lieblichen Brise. Ich setzte mich auf die Bank und streckte faul und zufrieden meine Beine von mir. Die Sonne ließ meinen Bikini schnell trocknen. Mit Daumen und Zeigefinger pflückte ich eine dunkelrote Himbeere vom Kuchen und naschte sie genüsslich auf.
Tom stand eine Armlänge von mir entfernt und strich mit seiner Hand über das tief hängende Moos. Sein Gesicht bekam einen verträumten Ausdruck, als er mich ansah.
„Weißt du, was man sich über dieses Moos erzählt, Lea?“
Ich schüttelte nur den Kopf und ließ eine weitere Himbeere in meinem Mund verschwinden. Dann schleckte ich meine Finger ab, bevor ich nach der nächsten griff. Toms Blick folgte meinen Bewegungen.

Ich hatte nicht die besten Essmanieren und so wunderte es mich nicht, dass er mikroskopisch genau hinsah. Ich bot sicher einen eigenwilligen Anblick.
„Die indianische Legende besagt, dass einst eine Prinzessin am Tag ihrer Hochzeit umgebracht wurde. Der trauernde Bräutigam schnitt ihr Haar ab und hängte es an einen Baum. Dann kam der Wind“, erzählte Tom und ich hörte das Rascheln und Rauschen in der alten Lebenseiche über uns. Es war beinahe gespenstisch. „Er trug es mit sich davon und verteilte es überall.“ Zärtlich strich Tom mit seinen Fingern durch die Moosflechten. „Dies hier ist also den Indianern zufolge das Haar der toten Prinzessin, die von ihren Feinden getötet wurde.“
Ich seufzte und sah über das viele Moos in diesem und all den anderen Bäumen in der Nähe, ein kummervolles Symbol verlorener Liebender.
„Das ist eine traurige Geschichte, Tom.“
„Ich habe auch eine lustige Anekdote dazu.“
„Ja, bitte. Ich werde sonst ganz melancholisch.“
Ich hatte diese herrlichen Bäume und ihre wurzellosen Moosfäden schon immer geliebt. Doch nun gab es diese von Trauer erfüllte Mythologie dazu.
„Die Spanier nannten das Louisianamoos Franzosenperücke“, erklärte Tom. „Die Franzosen hingegen nannten es Spanischer Bart.“
Er grinste und hielt sich ein herabhängendes Büschel an sein Kinn.
„Oh, nein! Ein finsterer Spanier!“, rief ich aus.
Wir mussten beide lachen. Tom sah wirklich absurd aus mit diesem Vollbart aus Moos.
„Zumindest halten es alle einhellig für Haare“, überlegte ich.

„Ich weiß nicht“, meinte Tom und betrachtete nachdenklich das Büschel in seiner Hand. „Für mich sieht es aus wie gutes, altes Moos.“
Ich warf mit einer Himbeere nach ihm. Er strahlte mich herausfordernd an. Ich sah den Schalk in seinen Augen und bemerkte dann, wie sich ein Schatten über sein Gesicht legte. Als ich zum Himmel schaute, erkannte ich, dass die Sonne unterging. Der orange Feuerball verschwand hinter den Bäumen. Ich drehte mich zu Tom zurück und konnte sehen, dass er meine Gedanken erraten hatte.
„Es wird langsam spät, Tom.“
Er nickte nur.
„Und unsere Badesachen sind auch trocken. Ich gehe mich trotzdem schnell umziehen, bevor wir fahren.“ Mit diesen Worten stand ich auf und machte mich auf den Weg zurück zum Haus.
Tom folgte mir, sagte aber nichts mehr. Bei der Terrasse angekommen angelte ich nach meiner Tasche und verschwand zum Umziehen ins Bad. Ich löste meinen Haarknoten und fuhr mit den Fingern durch die feuchten Strähnen. Dann bestrich ich meine Lippen mit Himbeergloss. Als ich fertig war, fand ich die Terrasse verlassen vor.
„Hallo?“, rief ich.
„Wir sind hier im Wohnzimmer, Lea“, klang der Singsang seiner Mutter zu mir herüber.
Ich folgte ihrer Stimme und betrat einen großen hellen Raum, der äußerst schön möbliert war. Die ganze Familie hatte sich in bequem aussehende Couchen gesetzt und legte nun entspannt die Füße hoch.
Ich ging zu Tom. „Wollen wir dann langsam wieder?“

Seinem Gesicht war nicht anzusehen, was er dachte, doch er nickte. Er umarmte seine Mom und Megan zum Abschied und wir winkten den anderen. Tom nahm meine Hand und ging mit mir zur Tür. Wir waren schon beinahe hindurch, als ich seine Mutter ein triumphales „Ah!“ ausstoßen hörte.

Wie angewurzelt blieb ich stehen und blickte mich ganz perplex zu ihr um. Ihr Gesicht strahlte freudig wie das eines kleinen Kindes und sie deutete aufgeregt mit ihrem Finger auf etwas über unseren Köpfen. Ich folgte der imaginären Linie und blickte erstaunt blinzelnd zu einem Mistelzweig auf.

Im selben Moment rief sie auch schon begeistert: „Ihr steht unter dem Mistelzweig. Ihr müsst euch küssen!“

Mein Magen sackte einige Stockwerke tiefer.

„Aber es ist gar nicht Weihnachten“, stammelte ich.

„Ach, papperlapapp“, wischte sie meinen Einwand beiseite. „Der hängt ganzjährig bei uns. Man sollte nicht 364 Tage warten müssen, um einen Anlass zu haben, sich zu küssen. In unserem Haus ist viel Liebe.“

Entgeistert schaute ich Tom an und er schenkte mir einen hilflosen Blick. Er beugte sich zu mir vor und flüsterte: „Bitte, Lea. Wenn du mich nicht küsst, wird sie sich sehr wundern. Schließlich hält sie uns für ein glückliches Paar.“

„Aber wir hatten doch vereinbart, dass es ohne Küsse läuft“, sträubte ich mich genauso flüsternd.

„Ich erlasse dir die hundert Dollar“, schlug er verzweifelt vor.

Hundert Dollar für einen einzigen harmlosen Kuss? Wer hätte gedacht, dass meine Küsse so wertvoll waren? Ich nickte etwas betäubt, halb einer Ohnmacht nahe. Was tat

ich hier nur?
Toms braune Augen hefteten sich auf meine. Ich hielt mich an seinem Blick fest wie eine Ertrinkende. Meine Knie wurden weich wie Gummi und Tom schlang seinen rechten Arm stützend um meine Taille. „Shhh“, flüsterte er mir sanft zu.
Er streckte seine Linke nach meiner Wange aus und berührte unendlich sanft meine Haut. Seine Fingerkuppen strichen über mein Gesicht und er ließ sie bis durch mein Haar gleiten, während seine Handfläche sich auf meine Haut legte. Seine Augen waren mein Anker. Ich klammerte mich an seinen nervösen Blick und mein Herz schlug bis zum Himmel. Ich war mir sicher, man konnte es im ganzen Haus klopfen hören.
Er drückte mich gegen den Türrahmen, sodass ich stabil stand, aber auch nicht zurückweichen konnte. Dann überwand er die wenigen Zentimeter zwischen uns und ich schloss für den Bruchteil einer Sekunde meine Augen, bevor seine Lippen sich auf meine legten.
Solange war ich schon nicht mehr geküsst worden, dass alle Nervenenden in wildem Aufruhr waren und nervös kribbelten. Sein Mund war warm und weich. Zärtlich massierte er meine Lippen mit seinen und zu meiner Überraschung spürte ich seine Zähne nicht. Seine Zungenspitze glitt flüchtig über die Vertiefung zwischen meinen Lippen.
Ich wusste, dass er meinen Himbeergloss schmeckte und die fruchtige Süße des Himbeerkuchens, den ich noch vor kurzem auf der Bank genascht hatte. Ich hatte das Gefühl, als würde Tom nun an meinen Lippen naschen. Er stöhnte sanft an meinem Mund, ganz sicher wegen des Geschmacks.

Taumelig grub ich meine Hände in sein Poloshirt und spürte seine nackte Haut am Halsausschnitt. So glatt und warm. Hilflos schluckte ich. Er war ein Vampir! Es sollte nur ein flüchtiger Kuss unter einem saisonal falsch geparkten Mistelzweig sein.
Ich versteifte mich in seiner Umarmung und er löste seine Lippen von meinen. Tom hauchte ein „Danke, Lea“ in seinen Kuss und strich dann sanft mit seinem Mund an meinem Kinn hinab zu meiner Kehle. Ich zitterte am ganzen Körper. Gott erspare jedem Menschen solch ein Gefühl, aber hier hing ein Vampir gerade in den Startlöchern zum Biss an meinem Hals!
„Oh, ihr passt so wunderbar zusammen“, befand Jenny ganz hingerissen.
Warum? Weil ihr Sohn augenscheinlich eine arme Idiotin gefunden hatte, die ihn auf ihre Adern losließ? So flüchtig wie ein Windhauch knabberte er an meinem Hals entlang.
„Sag, dass ich das nicht vor meinen Eltern machen soll“, flüsterte er mir zu.
Meine Kehle war vollkommen ausgedörrt. Er sollte das verflucht noch mal überhaupt nicht machen! Diese Exklusivrolle als Freundin zerrte langsam an meinem Nervenkostüm und so stammelte ich heiser: „Tom, bitte nicht.“ Ich räusperte mich. „Nicht vor deinen Eltern.“
Gespielt seufzte er auf und ließ nur widerwillig von mir ab. Tom verdiente sich hier wirklich einen *Oscar* und ich mir die Grundlagen für meine erste Therapie. Das waren wirklich hart verdiente hundert Dollar. Doch ich hatte es überstanden und war für die nächsten zwei Wochen zumindest die Sorge um meine Miete los. Die Wohnung blieb mir also erhalten. Dieser Gedanke war es

schließlich, der mir die Kraft gab, mir ein Lächeln abzuringen.
Als wir gingen, hörte ich seine Familie freudig glucksen.
Erschöpft sank ich in den Ledersitz von Toms altem *Lincoln Continental.* Ich hatte ein paar wüste Träume auf der Rückfahrt. Doch ich hörte noch völlig klar Toms Worte, als er erleichtert „Danke, Lea“ sagte.
Und ich fühlte, wie seine warme Hand meine freundschaftlich drückte.

# 4

„Du hattest doch noch nie einen Job. Wieso willst du plötzlich einen?“, fragte mein Bruder Kyle, als wäre das aber auch eine völlig absurde Idee für mich. Er selbst jobbte schon länger in einem Imbiss, doch er schien zu finden, dass Arbeit nichts für mich wäre. Natürlich war ich nicht scharf drauf, aber wieder bei meinen Eltern einzuziehen reizte mich noch weniger.

Es war Samstag und wir saßen in einem kleinen gemütlichen Café in der *River Street*, während der gemächliche Strom der Passanten am Fenster an uns vorüber trieb.

„Geld?“, schlug ich ihm vor.

„Sicher, ein weitverbreitetes Motiv.“ Kyle nickte und schlürfte an seinem Kaffee. Er war die Verkörperung von Sorglosigkeit. Sein blondes Haar lag verstrubbelt auf seinem Kopf, seine Augen waren so blau wie das Meer und blitzten vergnügt. „Aber hast du mir nicht gesagt, du hättest das Mietproblem für die nächsten zwei Wochen gelöst.“

„Ja, und dann?“

Irgendwann käme schließlich die nächste Rate. Nein, ich würde mir einen Job als Kellnerin oder Verkaufshilfe suchen. Das Kellnern lockte mich etwas mehr, weil ich auf die Spendierlaune der Touristen und deren üppige Trinkgelder hoffte. Ich war blond und nach Toms Angaben süß. Ein kleines Zwinkern hier und da könnte helfen.

„Na, wenn dein Vermieter dir hundert Dollar erlässt, weil du seine Freundin spielst, wieso machst du das dann nicht regelmäßig alle zwei Wochen? So ein kleiner Nachmittag ist doch beileibe schnell abgehandelt und du wärst deine Mietzahlungen los."

Unbehaglich rutschte ich auf meinem Stuhl hin und her. „Er ist ein Vampir."

„Und?"

„Also, die hundert Dollar habe ich nicht bloß für das Date bei seinen Eltern erlassen bekommen", räumte ich zermürbt ein.

Kyle wölbte die Brauen. „Sondern?"

„Ja, also, weil ... äh ..."

Seine Augen wurden groß. „Lea, dafür hättest du deutlich mehr verlangen können!"

Ich unterdrückte einen Aufschrei. Mein Mund blieb stumm, war aber trotzdem entsetzt aufgerissen. „Na, hör mal, igitt, nein! Kyle, wie kannst du so was nur denken?"

Mein Bruder hielt mich für eine Prostituierte! Es war entsetzlich.

„Na ja, er ist ein Mann, du bist eine Frau, und du wirst rot, wenn du darüber reden sollst. Ist doch nicht meine Schuld, wenn ich eins und eins zusammenzähle", verteidigte er sich.

Ich nickte etwas zynisch. „Das vielleicht nicht. Aber es ist deine Schuld, wenn bei eins und eins dreizehntausend herauskommt."

Das war einfach unglaublich. Eine haltlose, ganz und

gar abwegige, beschämende Unterstellung. Ausgerechnet von Kyle!

„Na, was dann?“, bohrte er neugierig weiter.

Ich nagte an meiner Unterlippe.

„Schau, Bunny, ich habe doch schon das Schlimmste angenommen. Jetzt kann es nur noch besser werden. Also immer raus damit.“

Mein Bruder Kyle nannte mich Bunny, seit ich als kleines Mädchen einen Plüschhasen mit diesem Namen gehabt hatte und nirgendwo ohne ihn hingegangen war. Ich schleifte Bunny immer an einem seiner Ohren hinter mir her. Irgendwann ging Bunny, doch sein Spitzname blieb mir erhalten. Ein älterer Bruder wie Kyle würde vermutlich immer die kleine schützenswerte Schwester in mir sehen, egal wie alt ich wurde ... und egal, ob er mir Sex mit einem Vampir unterstellte.

„Er hat mich geküsst“, rückte ich schließlich mit den Tatsachen heraus.

Kyle lächelte, als wäre das doch wirklich nichts Dramatisches. „Na, und? Dann halt ein Küsschen alle zwei Wochen.“

„Kyle, Himmel noch eins! Hörst du mir nicht zu? Er ist ein Blutsauger!“

„Besser Blut als Geld?“, fragte er mich.

Ich schüttelte den Kopf. „Auf keinen Fall. Ich brauche einen Job.“

„Vielleicht musst du ihn ja gar nicht immer küssen. Sieh mal, du hast doch eine gute Verhandlungsbasis. Er hat dich seinen Eltern vorgestellt und sie halten dich für seine feste Freundin. Wenn er ihnen nicht jedes Mal eine andere vorsetzen, sondern eine solide Beziehung vorgaukeln will, dann wird er gerne auf dich zurückgreifen. Du machst es nun einfach wie die Filmstars in Hollywood. Deine Gage steigt eben mit der Zeit. Irgendwann sollte ihm schon ein bloßes Händchenhalten mit dir hundert Dollar wert sein. Vielmehr noch“, Kyle beugte sich aufgeregt vor. „Wenn du öfter als zweimal monatlich seine Hauptrolle besetzt, dann könnte er *dir* sogar am Ende etwas schulden. Schau, dann wärst du endlich bei Kasse und hättest deine Mietsorgen vom Hals. Ist das nicht genial?“

Ich runzelte die Stirn. Genial? Hm, ja, nein, vielleicht, möglich. Meine Gedanken fuhren Achterbahn: mit Affenzahn rauf und runter. Ich konnte mir Tolleres vorstellen als regelmäßige Verabredungen mit Tom. Auf der anderen Seite war ich nicht scharf darauf, bis nachts um Zwei zu kellnern. Jeder Job hatte seine Nachteile. Deshalb bekam man doch auch Geld dafür. Es war Schmerzensgeld. So ungern ich das zugab, aber Kyles Idee war gar nicht so schlecht.

Ich legte den Kopf schief.

„Na, Murmeltier, suchst du deinen Schatten?“, wollte Kyle grinsend wissen.

Ich seufzte. „Eigentlich suche ich eher nach einem Weg, meinen inneren Schweinehund zu überwinden.“

Noch nie hatte ich Vampire gedatet. Natürlich, es wären irgendwie keine echten Rendezvous, sondern Geschäftsabkommen. Es behagte mir trotzdem nicht so ganz. Zumal ein Verhältnis, das rein auf Vermieter und Untermieter reduziert war, seine klaren Vorteile hatte, weil es weniger Probleme bereitete. Was, wenn Tom und ich uns bei dem Schauspiel stritten? Bisher war unser einziger Knackpunkt das Zahlen der Miete. Aber eine gespielte Beziehung bot Zündstoff.

„Ich weiß nicht recht.“ Nachdenklich kratzte ich meinen Arm.

„Lade mich doch einfach mal zu dir ein, damit ich deinen Vermieter kennenlerne. Ich will wissen, was das für ein Typ ist, mit dem du zusammenwohnst.“

Kyle war eben schrecklich neugierig und von der Aufpassersorte. Andererseits, warum nicht? Ich hatte noch nie Männer zu mir mitgenommen, weil Tom eben auch da war. Aber Kyle war mein Bruder. Allerdings bräuchte ich das Tom ja nicht zu sagen. Mir kam eine Idee.

„Ich hab’s, ich hab’s“, jubilierte ich. „Wir machen es alles genauso, wie du gesagt hast.“

Kyle wirkte erfreut und überrascht. „Ach, ja?“

„Du bist genial!“

„Ähm, ja, ich weiß. Und warum noch mal genau?“

Ich sah ihn ironisch an.

„Mir ist schon klar weshalb“, erläuterte Kyle. „Ich höre es nur so gerne.“

Kyle hatte offensichtlich keine Ahnung.

„Also, ich werde Tom den Vorschlag mit der Geschäftsidee unterbreiten. Gleichzeitig ziehe ich eine klare Linie und verkünde, dass ich bereits einen festen Freund habe.“

„Wen?“, wollte Kyle wissen.

Ich rollte mit den Augen. „Na, dich, du Dummchen.“

Ich grinste sehr zufrieden mit mir selbst, doch Kyle sah aus, als besuchte er gerade ein Seminar in Gesichtsentgleisung.

„Bäh, Bunny, das ist Inzest.“

„Igitt! Wir tun ja auch gar nichts.“ Im Kombinieren war mein Bruder wirklich nicht der Held.

„Ich finde schon allein die Vorstellung schräg. Nichts gegen dich, du bist wirklich hübsch und so, aber ich glaube nicht, dass ich so tun könnte, als wären wir zusammen."

Sein Einwand war leider nicht so falsch.

„Okay, na gut. Dann sind wir nicht zusammen, sondern du bist bloß mein Date. Das erklärt, warum wir nicht kuscheln: Wir sind in der Kennenlernphase."

Er wirkte reichlich gequält und kratzte am Rand seines Kaffeebechers herum. „Muss das überhaupt sein? Wieso kann ich nicht einfach dein großer Bruder Kyle sein und du seine Scheinfreundin?"

„Kyle, du machst mich wahnsinnig. Wenn ich die ganze Zeit seine Freundin spiele, kommt er sonst noch auf dumme Gedanken."

Skeptisch runzelte er die Stirn. „Nimm es mir nicht übel, Bunny. Aber es wäre doch denkbar, dass du überhaupt nicht sein Typ bist."

„Tom hat gesagt, dass er mich süß findet", gab ich zu.

„Oh."

„Genau."

„Aber deswegen muss er doch nicht gleich eine Beziehung mit dir wollen. Klar bist du süß." Kyle kratzte sich am Nacken. „Aber er ist ein Vampir. Ich kenne dich, Bunny. Du machst es ihm sicher nicht leicht. Warum sollte er da mehr wollen?"

Ja, warum eigentlich? War ich wirklich so vermessen anzunehmen, dass er automatisch auf mich stand, nur weil er mir das Prädikat *süß* verliehen hatte?

Ich nickte. „Also gut, Kyle. Ich stelle dich einfach als meinen besten Freund vor. Das stimmt ja sogar. Du bist mein bester Freund. Aber er muss nicht gleich wissen, dass du auch mein Bruder bist. Sollte er doch auf mich stehen, würde er dich wenigstens als Konkurrenz betrachten und sich seine Überlegungen aus dem Kopf schlagen, sobald er sieht, dass er nie an unser tolles Verhältnis heranreichen kann. Und das Gute ist, dass ich weiterhin *echte* Dates haben kann."

Ich schmunzelte listig und Kyle gab sich seufzend geschlagen.

„Also gut, Bunny."

Als ich dieses Mal unsere Wohnung betrat und meinen Rucksack zu Boden warf, baute sich Tom nirgends mit verschränkten Armen auf, um zu verkünden, dass ich Zahlungsrückstände zu verantworten hätte. Puh. Neuer Tag, neues Spiel.

Wäre Tom ein weniger gut situierter Vampir, hätte ich vielleicht sogar jemandem seiner Art gegenüber ein schlechtes Gewissen dafür haben können, dass ich plante, ihn auszunehmen wie eine Weihnachtsgans. Ich war mir aber sicher, dass er zweihundert Dollar im Monat problemlos verschmerzen konnte.

Im Nachhinein war ich froh darüber, gestern doch noch so eine ausgesprochen löbliche Version von einer Freundin gemimt zu haben. Nach seinem Klartextauftritt in der Rumpelkammer war ich zur Hochform aufgelaufen und hatte eine Paraderolle geboten.

Darauf konnte ich aufbauen. Seine Mutter hatte mich dazu eingeladen, öfter vorbeikommen. Offensichtlich mochte sie mich. Also bitte, welcher Test war eigentlich schwerer, als sozusagen der *Schwiegermutter* zu gefallen?

Ich grinste fröhlich, während ich meine Flipflops von

den Füßen schleuderte. „Tom? Bist du da?“

„Arbeitszimmer“, rief er.

Ja, diese Wohnung war wirklich traumhaft. Hier gab es mehr als ein Zimmer, nirgendwo huschten Wanzen durch die Gegend, geräumige Gemütlichkeit, so weit das Auge reichte.

Ich fand Tom an seinem Schreibtisch sitzend vor. Er büffelte für sein Medizinstudium, denn er wollte ausgerechnet Zahnarzt werden. Wenn man etwas oft genug vor Augen hatte, konnte einen das schon nachhaltig beeinflussen. Und Tom starrte seinen Prachtzähnen jedes Mal entgegen, wenn er an einem Spiegel vorbeikam.

Er blickte von seinen Büchern auf und lächelte. „Sarah hat vorhin angerufen.“

Sarah war meine beste Freundin. Sie könnte sich mit Tom zusammentun, denn sie studierte Pharmakologie. Zum Glück waren endlich Semesterferien, doch bis zu Tom schien sich das noch nicht herumgesprochen zu haben.

„Oh, gut, ich rufe sie gleich zurück. Ich würde nur vorher gern eine Kleinigkeit mit dir besprechen. Wegen gestern ...“

Tom sah mich überrascht an. Ich hatte den Eindruck, dass sich seine Wangen leicht röteten.

„Hör mal, Lea, wegen dem Kuss und meinen Eltern ...“

„Genau. Du brauchst gar nichts zu sagen, ich habe mir da etwas überlegt.“

Unsicher runzelte er die Stirn. „Okay?“

„Ich weiß, dass dir das mit den hundert Dollar für einen Kuss spontan rausgerutscht ist.“

„Ja, Lea, weißt du ...“ Er fummelte an seinen Händen

und ich redete einfach weiter.

„Ich meine, ich erwarte auch gar nicht, dass du mich für jeden Kuss mit hundert Dollar bezahlst", fuhr ich fort.

Tom zog seine Stirn kraus. „Was? Lea, ich ..."

„Aber ich habe mir überlegt, dass du doch sicher auch weiterhin nicht von deinen Eltern verkuppelt werden willst."

Er sah mich irritiert an und nickte lahm.

„Schön. Da du mich ihnen nun als Freundin vorgestellt hast und ich wohl auch in nächster Zeit noch ein paar Zahlungsprobleme haben könnte, dachte ich mir, dass wir nachverhandeln sollten."

„Was denn genau verhandeln, Lea?"

„Die Mietkonditionen."

Ich sah seinen Adamsapfel hüpfen, als er schluckte.

„Inwiefern?" Seine Stimme klang heiser.

„Ich habe gedacht, dass ich statt zweihundert Dollar monatlich zu zahlen auch einfach zweimal monatlich mit dir als feste Freundin ausgehen könnte. Du weißt schon, so Familiensachen mit deinen Eltern. Und wenn du mich ein drittes Mal brauchst, dann könnte ich doch quasi noch etwas extra von dir ... äh ... also, Geld extra ..."

Als mich Toms Blick durchbohrte, strauchelte ich verbal ein wenig. Dann schloss er kurz die Augen und atmete konzentriert. Ich weiß nicht, was an meinem Angebot so schwer war, aber ich wollte ihn beim angestrengten Denken nicht stören.

„Hast du Geldnot?", fragte er schließlich.

Sollte ich das offen zugeben? Wenn er wüsste, dass ich auf den Deal angewiesen war, könnte er versuchen, den Preis zu drücken. Monopolisten waren nicht zu unterschätzen. Aber da ich ihn für hundert Dollar geküsst hatte und nun dieses unmoralische Angebot unterbreitete, war seine Frage wohl eher rhetorisch, und so nickte ich unbehaglich.

„Schau, deine Mom konnte mich, glaube ich, gut leiden und es wäre deinen Eltern sicher recht, wenn du eine stabile Beziehung hättest. Dafür wäre es doch von Vorteil, wenn du mich behältst, statt dir immer eine Neue für den Job zu suchen." Ich fand meine Argumentation stichhaltig.

„Weißt du, Lea, ich hätte schon gerne eine richtige Freundin", erklärte er. „Ich spiele meinen Eltern eine Beziehung vor, weil ich nicht verkuppelt werden will, und nicht, weil ich kein Interesse an einer festen Bindung habe. Ich bin romantisch, Lea. Ich koche gern, trage die Frau meiner Träume auf Händen und lasse für sie die Welt Kopf stehen. Ich bin aufmerksam und was ich schon länger mal sagen wollte ist, dass ..."

„Ja, Tom, das ist doch auch schön", unterbrach ich ihn. „Aber solange du keine echte Freundin hast, könntest du doch mich nehmen."

Tom räusperte sich. „Lea, ich ..."

Ich hob abwehrend die Hand. „Ich weiß, was du sagen willst."

„Wirklich?" Er schien äußerst skeptisch.

„Natürlich. Aber ich denke, dass ich mich gestern recht gut verstellt habe. Deine Eltern haben gar nicht gemerkt, dass ein Vampir für mich als Partner nicht infrage kommt. Sie haben mir meine Rolle abgekauft. Ich war doch überzeugend, oder nicht?"

Tom schwieg einen langen Moment. Die Zeit dehnte sich aus wie weicher Gummi auf Sommerasphalt. Er wirkte nachdenklich.

„Ja, ziemlich überzeugend“, räumte er ein.

„Siehst du.“ Ich strahlte ihn an. Die halbe Überredungsarbeit hatte ich schon geleistet. Ich merkte, wie sich das Gespräch zu meinen Gunsten entwickelte. Nun musste ich die Angel nur noch einholen und Tom, der Karpfen, wäre mir gewiss.

„Du willst dich also von mir dafür bezahlen lassen, dass du meine Freundin spielst?“, hakte er nun nüchtern nach.

Da sieht man es wieder: Wenn es ums Geld geht, werden Vampire kühl und rational. Tom kam mir nun wie eine verschlossene, uneinnehmbare Festung vor. Das Lächeln war aus seinem Gesicht gewichen, eben ganz der Businessmann.

„Sagen wir es so: Ich würde gerne meine Miete auf diese Weise begleichen. Und falls du mich mehr als zweimal brauchst, wäre ein kleines Extra nicht schlecht.“

Er atmete tief durch und rieb sich die Stirn. „Mein Angebot sieht folgendermaßen aus: Du bekommst von mir als Festbetrag vierhundert Dollar monatlich. Dafür spielst du meine Freundin, wann immer ich es möchte; ob es achtmal im Monat ist oder keinmal. Von diesen Vierhundert ziehe ich dir die Miete ab. Also erhältst du ab sofort zweihundert Dollar monatlich in bar und wohnst mietfrei. Bist du einverstanden?“

„Ähm ...“

Ich überlegte. Festbetrag? Wenn er mich öfter als viermal brauchte, zahlte ich sozusagen gehörig drauf. Andererseits könnte es genauso gut positiv für mich laufen, wenn seine Eltern mal nicht da waren und er ganz auf mich verzichten konnte. Summa summarum kam es wohl aufs Gleiche heraus. Dafür hatte ich ein regelmäßiges Einkommen, mit dem ich fest rechnen und planen konnte. Das war nicht schlecht.

„Wann bekomme ich die Zweihundert?"

„Heißt das, mein Vorschlag sagt dir zu?" Tom konnte schrecklich nüchtern sein.

„Wir müssten noch ein paar Details klären, aber im Großen und Ganzen bin ich einverstanden."

Augenblicklich kam er auf meine Frage zurück. „Du erhältst je hundert Dollar am ersten und am fünfzehnten eines Monats."

„Im Voraus?", hakte ich nach. „Miete habe ich auch im Voraus entrichtet."

Tom nickte emotionslos. „Du bist echt pleite, oder?"

„Ja."

Innerlich war ich ganz aufgeregt. Er hatte sich wirklich darauf eingelassen und ich würde nicht bis in die Nächte kellnern müssen, um die Mieten für das nächste Semester anzusparen.

„Eigentlich hast du ja gestern schon die erste Rate bekommen, aber ich bin bereit, das heutige Abkommen als Beginn zu werten."

Meine Augen strahlten, als er seine schwarze Brieftasche aus der Hosentasche zog und aufklappte. Er zählte mir hundert Dollar ab und legte sie auf den Schreibtisch. Freudig lief ich auf ihn zu und wollte schon danach greifen, doch Toms Hand schnellte vor und schloss sich um mein Handgelenk.

„Warte, Lea", sagte er.

Nervös sah ich ihn an. Es kostete mich eine gewisse Konzentration, mit dem Geld vor der Nase noch einmal auf unser Gespräch zurückzukommen. „Wenn du jetzt nach den Scheinen greifst, ist unser Vertrag, so wie er definiert wurde, besiegelt. Bist du sicher, dass du nichts vergessen hast?“

Ich blinzelte irritiert und dachte nach.

„Ich spiele für vierhundert Dollar im Monat deine Freundin, unabhängig von der Zahl meiner Einsätze – quasi als Beziehungs-Flatrate. Was ist daran unklar, Tom?“

Lächelnd ließ er meine Hand los. „Nichts, Lea.“

Mich beschlich der Verdacht, dass ich etwas übersah, aber der Stapel Scheine auf dem Tisch stahl sich immer wieder in mein Blickfeld. Innerlich zuckte ich mit den Schultern. Toms Mom war Anwältin, nicht meine. Er wusste es vermutlich besser. Was auch immer ich vergessen hatte, es kam mir nicht so dramatisch vor, wie ein Pakt mit dem Teufel, bei dem man seine Seele verkaufte. Die zehn grünen Papierscheine mit dem Konterfei von Alexander Hamilton baten mich inständig, Besitz von ihnen zu ergreifen, und so steckte ich sie ein.

# ꙮ 5 ꙮ

Ich huschte zurück in die Diele und schnappte mir das schnurlose Telefon. Dann hämmerte ich die Nummer von Sarah in die Tasten und wartete ungeduldig, bis sie endlich dran ging.

„Sarah Jones, hallo?"

"Huhu, hier ist Lea", tönte ich fröhlich in den Apparat.

Meine Welt erschien mir mit einem Mal so viel wundervoller. Ich hatte keine Mietkosten mehr zu begleichen und darüber hinaus sogar ein monatliches Taschengeld ausgehandelt. Vierhundert Dollar allein dafür, dass ich gelegentlich für Tom die Freundin spielte! Wofür studierte ich eigentlich? Fünf Placebofreunde und ich wäre die Shoppingqueen in der Einkaufsmeile. Und das alles ohne Kyles Befürchtung, dass ich mich prostituieren würde.

Tom hatte offensichtlich einen Knall. Er zahlte soviel Geld – bloß dafür, seinen Eltern vorzugaukeln, er sei kein Single! Ich versuchte mir intensiv vorzustellen, was für grässliche Kreaturen mit der Y-freien Genkombination Jenny und Dave ihm da ausgesucht haben könnten.

Hatte Mary Shelley einen weiblichen Frankenstein ins Leben gerufen? Etwa eine scheußlich entstellte Frau mit gewaltigem Überbiss, Herkulesmuskeln, Zahnfäule und Fußpilz. *Das* könnte vierhundert Dollar rechtfertigen. Aber ehrlich, wenn es solch ein Geschöpf hier in Savannah gegeben hätte, wäre Savannah verdammt noch mal bekannter als Loch Ness.

Sarah kreischte mir freudig ins Ohr. „Oh, prima, dass du so schnell zurückrufst. Ich habe gerade überlegt, ob ich darauf warte oder doch allein zum Strand fahre."

„Nimm mich mit", bettelte ich. „Das Wetter ist herrlich und außerdem muss ich dir dringend was erzählen."

„Alles klar. Dann hole ich dich ab. Mach dich schon mal startklar."

„Bis gleich."

Vergnügt ging ich meine Badesachen zusammensuchen. Ich freute mich darauf zu sehen, wie Sarah große Augen machen würde, wenn ich ihr von meinem Abkommen mit Tom erzählte.

Als ich meine Badetasche in die Hand nahm, musste ich daran denken, wie Tom mich im Pool im Kreis gedreht hatte. Das hatte sogar Spaß gemacht und es war zum Glück zu keinen dummen Spannungen gekommen. Aber Tom war ja auch ein Vampir. Sicher kam ich für ihn genauso wenig in Betracht wie er für mich. Seit einem halben Jahr wohnte ich schon bei ihm und in der ganzen Zeit hatte er nie etwas unternommen. Das war doch Beweis genug.

Sorglos schlüpfte ich in ein knappes sommerliches Strandkleid, doch als ich nach meinem Himbeergloss griff, fiel mir ein, dass ich es auch auf meinem Mund gehabt hatte, als Tom mich *geküsst* hatte. Meine Wangen wurden rot. Oh Mann, was hatte ich da nur getan?

Glücklicherweise klingelte es an der Tür, bevor mir weitere Details einfielen.

„Ich gehe schon“, rief ich, damit Tom nicht extra aus dem Arbeitszimmer kam.

Vor der Tür stand Sarah und musterte mich grinsend von oben bis unten.

„Wow, du siehst ja heiß aus. Da kann nicht mal die Außentemperatur mithalten.“

„Danke, du siehst aber auch blendend aus.“ Sarah war etwas größer als ich und superschlank. Sie hatte grüne Augen, braunes Haar und sah wie ein Model aus. „Hast du deine Badesachen unten gelassen?“

„Ach, das mit dem Strand klappt nun doch nicht, denn ich habe etwas anderes für uns. Eine Überraschung. Aber erst will ich wissen, was du mir sagen wolltest.“

Tom tauchte neben mir auf. „Hallo Sarah, komm doch rein.“

Er sah mich an, als hätte ich darauf von alleine kommen können. Allerdings hatte ich ja auch angenommen, dass wir gleich zum Strand verschwinden würden.

„Hallo Tom“, trällerte meine Freundin und ging an mir vorbei.

Ich machte die Tür zu und schnappte mir Sarahs Arm.

„Tschüs, Tom“, sagte ich und zog meine Freundin zum Balkon. Ich musste ihn wirklich nicht dabeihaben.

Sarah sah mich fragend an, entgegnete jedoch nichts, sondern winkte nur, als wir ihn stehenließen. Sie musste nicht wissen, worum es ging, um mir zu vertrauen. Wir machten es uns auf dem Balkon gemütlich und ich zog die Glastür fest zu, damit Tom keinen Anfall von Spionage bekommen konnte. Schon gar nicht, da er Teil des Gesprächsthemas sein würde.

Sarah streckte sich auf einer der Liegen aus und seufzte zufrieden. „Wieso haben wir Tom gerade stehengelassen?“

„Ich muss dir etwas über ihn sagen.“

„Uh, klingt spannend. Was hat das süße Früchtchen ausgefressen?“

Irritiert schaute ich sie an. „Gott, Sarah, er ist ein Vampir und mein Vermieter.“

„Klar. Also, was ist los?“ Sie räkelte sich faul.

Ich legte mich auf die zweite Liege neben sie und überlegte, wie ich es am besten verkünden sollte. „Tom und ich haben noch eine weitere Vereinbarung als nur die Miete.“

Neugierig stützte sich Sarah auf ihren Ellbogen. „Die da wäre?“

„Für vierhundert Mäuse im Monat spiele ich seine Freundin.“ Ich versuchte, nicht zu kichern. Es war beinahe so gut wie zu sagen: *„Ich habe den Weihnachtsmann oben auf dem Dachboden versteckt. Der macht nur noch uns Geschenke.“*

„Was meinst du mit spielen?“

„Nur vor seinen Eltern, nicht in echt. Die denken, dass er eine Freundin hat. Deshalb bezahlt er mich dafür, dass ich so tue, als ob ich das wäre.“

„Himmel, ist das wirr. Wer macht denn so was? Wozu?“

Ich zuckte die Schultern. „Seine Eltern scheinen eine kleine Geschmacksverirrung bei ihren Kuppelversuchen zu haben und um sich das Thema vom Hals zu schaffen, hat Tom eine Freundin erfunden. Weil es langsam merkwürdig wurde, dass er sie nie mitbrachte, haben wir nun einen Deal abgeschlossen. Stell dir vor: Er zahlt mir Vierhundert!“

Sarah grinste. „Aha. Na gut, er ist offensichtlich reich und in was Blödes hineingeschlittert. Aber so viel Geld nur dafür, dass ihr fromm Händchen haltet? Ist da wirklich nichts weiter?“

„Im Prinzip schon“, murmelte ich.

Sarah begann zu kichern. „Ich will alles wissen, was du mir verschweigst. Du enthältst mir hier doch gerade den spannenden Teil vor, oder?“

„Weißt du, seine Eltern sind merkwürdig.“

„Sie essen bestimmt keine kleinen Kinder.“ Sarah strich sich das Haar über die Schulter.

„Nein, sie haben einen Mistelzweig.“

„Hä?“ Jetzt schaute sie mich verständnislos an.

„Wir standen versehentlich drunter und ... also, Tom hat mich geküsst.“

Sarah kreischte freudig auf. „Jetzt wird’s spannend! Erzähl.“

„Das ist gar nicht spannend“, dementierte ich. „Das war ...“

Wie sollte ich das bloß beschreiben?

„Ja? Rück schon raus: Wie küsst er so?“

Ich spürte, wie meine Wangen zu glühen begannen. Natürlich hätte ich lügen können, aber dafür waren beste Freundinnen nicht da. Außerdem hätte Sarah es sowieso durchschaut und sie schien nicht im Geringsten schockiert über meine Enthüllung zu sein.

„Zugegebenermaßen küsst er ziemlich gut. Aber vielleicht kam es mir nur so vor, weil es bei mir schon so lange her ist.“

Sie nickte amüsiert. „Verstehe, du willst behaupten,

dass deine ausgehungerten Lippen daran schuld sind, dass du in seinen Armen dahingeschmolzen bist und dein Fleisch willig wurde?“

„Bäh, Sarah, nein! So doch nicht. Es war nur ... verstehst du, seine Lippen sind sehr weich.“ Ich wurde schon wieder rot. „Lass uns einfach das Thema wechseln.“

„Auf keinen Fall. Ich habe selber keinen Freund, mit dem ich herumknutschen kann. Darum muss ich von deinen Abenteuern zehren. Also, sag schon. Er hat weiche Lippen?“

Ich stieß die Luft aus. „Er hat eine ganz gute Technik, würde ich sagen. Irgendwie, ich weiß nicht, elektrisierend. Vielleicht war das ja auch, weil er ein Vampir ist und ich so was noch nie vorher gemacht habe. Dieses Spiel mit dem Feuer und den kleinen Tanz auf dem Vulkan.“ Ich schüttelte den Kopf. „Keine Ahnung. Zum Glück habe ich von seinen Zähnen nichts gespürt.“

„Und hat er seine Zunge benutzt?“

Etwas unwohl kratzte ich meinen Hals. „Ja. Ich hatte vorher Himbeerkuchen gegessen. Ich glaube, er fand es lecker. Jedenfalls hat er ziemlich hungrig zwischen meinen Lippen ...“

„Seine Zunge war in deinem Mund?“, versuchte Sarah mir auszuhelfen.

„Nein. Nein, das nicht.“

„Er hat dich also nur geleckt?“, kicherte sie.

„Oh, Sarah, jetzt reicht es! Themenwechsel“, beharrte ich. „Wieso fahren wir nicht zum Strand? Was soll das für eine Überraschung sein?“

Sie rollte mit den Augen, ließ es aber dabei bewenden. „Miles hat mich vorhin angerufen, gerade als wir aufgelegt haben."

Miles war Sarahs Bruder.

„Ich habe was Tolles für uns", verkündete sie freudestrahlend.

Nur so aus Gewohnheit ahnte ich nichts Gutes, weil Sarahs Pläne gerne mal in die Hose gingen. Einmal waren wir in einem brackigen Froschteich gelandet. Bei der Erinnerung könnte ich mich heute noch schütteln. Trotzdem blieb ich höflich und zog interessiert die Augenbrauen hoch, damit sie fortfuhr.

„Wir gehen auf eine Kostümparty", erklärte sie. „Heute Abend."

Also, ich fand, das hielt sich noch im Rahmen. Könnte sogar lustig werden. „Cool, Party klingt genau nach etwas, das ich vertragen könnte."

Sarah nickte begeistert. „Ich weiß!"

Was wollte sie mir denn damit sagen? War ich etwa so übellaunig gewesen, dass nur eine Party mich aufmuntern konnte?

„Du bist nämlich in letzter Zeit so übellaunig, dass du eine Party brauchst."

Meine Augen wurden groß wie Megamurmeln. Doch Sarah plapperte schon weiter: „Und der absolut beste Knüller kommt erst noch."

Ich fand ja, dass das mit dem übellaunig schon ein Knüller war. So etwas bekam niemand gerne gesagt. Selbst wenn ich diesen Eindruck schon selbst von mir gehabt hatte. Schuld waren natürlich nur dieses blöde Single-Dasein und meine Sorge um das liebe Geld.

Mit meiner Hand machte ich eine drehende Bewegung, damit sie fortfuhr, denn auf ihren Knüller war ich trotzdem gespannt.

„Das ist nämlich keine gewöhnliche Kostümparty, sondern eine mit Speed-Dating“, ließ sie die Bombe platzen und sah mich so begeistert an wie diese Leute aus den Verkaufskanälen im Fernsehen, wenn sie einen neuen Mixer anpriesen, der tatsächlich mixen konnte. Man sollte es kaum glauben. *Rufen Sie gleich jetzt an, und Sie bekommen einen blödsinnigen Ladenhüter gratis dazu. Blinzel, blinzel.*

„Ähm ...“ Möglicherweise stand ich schon wieder auf der Leitung, aber: „Warte, wir sind verkleidet beim Speed-Dating? Wieso? Wenn man schon keine Zeit hat, sich kennenzulernen, sollte man doch wenigstens was zum Gucken haben. Aber wenn ich den anderen nicht mal genau erkenne, könnte ich genauso gut wahllos im Telefonbuch nach einem Date suchen.“

„Eine Party ist doch viel lustiger als ein Telefonbuch“, wandte Sarah ein.

Ich hatte da so meine Zweifel.

„Aber das bringt mich auf eine Idee“, grübelte sie.

Diesen Gesichtsausdruck kannte ich. Sie heckte etwas aus. Das konnte bei ihr nur bedeuten, dass sie einen neuen Eintrag in ihrem Blog machen wollte.

„Wir schauen erst mal, wie erfolgreich das kostümierte Speed-Dating ist. Und danach probieren wir das mit dem Telefonbuch. Dann schau ich mal, wie die Quote ist, und schreib einen Blog.“

„Die Quote ist in beiden Fällen null“, orakelte ich.

„Hallo, die Damen“, hörte ich Tom sagen. „Habt ihr ein Wettbüro eröffnet?“

Er war unbemerkt durch die Glastür getreten und gesellte sich zu uns. Weil beide Liegen besetzt waren, hockte er sich auf den Boden und bot uns von seinem selbstgemachten Popcorn an. Es war warm und lecker. Also gut. Tom wusste, wie man sich beliebt macht. Sarah war sofort begeistert von ihm.

„Oh, Tom. Du hast ja echte Traummann-Qualitäten", lobte sie ihn.

Gewiss, wenn man darüber hinwegsehen konnte, dass er ein Blutsauger war ...

Tom hatte den Anstand, rot zu werden und sich verlegen zu bedanken.

„Aber im Gegenteil. Ich muss mich bedanken, denn du verwöhnst uns mit diesem tollen Popcorn, nicht wahr, Lea?", säuselte sie.

Zum Glück hatte ich gerade eine Portion von der Größe Indiens in meinem Mund, sodass ich nur stumm nickte.

Sarah flirtete weiter mit Tom.

„Ach, weißt du, wir gehen heute Abend auf eine Kostümparty mit Speed-Dating. Und Lea behauptete gerade, dass die Chancen, dabei jemanden kennenzulernen, so groß seien, wie die, dass man jemanden über das Telefonbuch entdeckt. Nämlich null. Darüber werde ich in meinem Blog schreiben. Wir werden deshalb beides recherchieren."

Tom zog amüsiert die Augenbrauen hoch. „Klingt lustig."

Es kam mir vor, als sagte er das nicht nur, um nett zu sein. Irrtiert runzelte ich die Stirn.

Sarah war total begeistert und faltete ihre Hände vor der Brust. „Ja, nicht wahr? Ach, Tom, komm doch mit. Du bist ja selber Single. Wir könnten dich als männlichen Testkandidaten einspannen. Und danach wäre es prima, wenn du noch mit ein paar Frauen telefonierst. Das könnte ich für meinen Artikel toll verwenden."

„Ich, äh ... habe gar kein Kostüm", wich Tom aus.

Haha, er wand sich wie ein Aal. Das fand ich schon amüsanter und ich schob mir noch mehr Popcorn in den Mund.

„Das macht nichts. Wir haben selbst noch keine", erklärte Sarah eifrig. „Wir gehen zum Kostümverleih. Da finden wir sicher auch etwas für dich."

„Ja, du könntest als Vampir gehen", schlug ich ohne große Begeisterung vor. Ich musste Tom echt nicht auf einer Party dabeihaben.

„Und als was gehst du, Lea? Als Mensch?", erwiderte Tom spitz.

„Nein", schaltete sich Sarah ein und tätschelte seine Hand. Dabei warf sie mir einen strengen Seitenblick zu. „Unsere Lea geht als Giftspritze."

„Hey!" Ich war empört. Meine beste Freundin solidarisierte sich mit Tom. Und wieder eine Sequenz aus: *Ich bin im falschen Film.*

Toms Augen funkelten mich an. Dann lächelte er schlagartig, wohl weil er erkannt hatte, wie er es mir am besten heimzahlen konnte.

„Also, gut Sarah. Ich komme mit", erklärte er mit Honigstimme.

Das war wirklich mies. Sollte ich mich etwa den ganzen Abend in Gesellschaft eines Vampirs zeigen? Nein, wir würden uns auf der Party zerstreuen und ich würde mit anderen flirten.

Also lächelte ich und sagte nur: „Bestens, Tom, ich bin auch schon auf deinen Beitrag für Sarah gespannt."

Die Schüssel mit dem Popcorn war leer und Tom erhob sich aus dem Schneidersitz. Er war so viel größer, wenn er stand. Ich hasste es, zu ihm aufblicken zu müssen, also stand ich ebenfalls auf. Doch ich war noch immer mehr als einen halben Kopf kleiner.

Tom und ich waren wieder in Pamplona. Egal wie nett sein Mund zu lächeln versuchte, ich erkannte es in seinen Augen. Aus ihnen konnte ich auch ablesen, dass es ihm Spaß machte, sich mit mir zu messen.

„Wunderbar. Dann lasst uns gleich zum Verleih fahren“, schlug Sarah vor.

Wir schlüpften in unsere Schuhe und Tom fuhr, während meine Freundin ihn unumwunden anhimmelte: „Oh, Tom, du bist ein echter Gentleman. Du solltest als Musketier gehen.“

Ich prustete los. „Ja, oder als Herzbube.“

Da Sarah größer war als ich, hatte sie vorn bei Tom Platz genommen, doch seine Augen fanden mich im Rückspiegel. Die Ampel war rot und sein unergründlicher Blick fixierte mich. Ich hatte keine Ahnung, was in ihm vorging. Nach endlosen Sekunden schaute er wieder auf die Straße und fuhr an, als hätte er gespürt, dass die Ampel auf Grün gesprungen war. Ich rieb über die Gänsehaut auf meinen Armen.

Der Kostümverleih war überraschend groß und farbenprächtig. Ich stromerte durch die Prinzessinnenabteilung, als neben mir *Dracula* auftauchte. Ironischerweise hatte Tom sich tatsächlich als Dracula verkleidet.

„Huh, Tom! Hast du mich erschreckt. Das ist ganz schön gruselig. Willst du als Dracula gehen?“

„Klar, war doch deine eigene Idee, dass ich mich als Vampir verkleide. Ich brauche mir die Zähne nicht mal ankleben. Übrigens, dein Kostüm habe ich auch gefunden."

Er hielt mir einen Bügel hin, der lässig an seinem Finger baumelte. Daran war ein ziemlich knappes Schwesternkostüm – ein kurzes Weißes mit Rot-Kreuz-Häubchen – angebracht.

„Ich soll als Krankenschwester gehen?", fragte ich verwundert.

Er zuckte mit den Schultern. „Es ist nicht ganz dasselbe wie eine Giftspritze, aber so was haben sie hier nicht. Aber Krankenschwestern geben ja Spritzen, also ist es nicht so verkehrt. Was meinst du?"

„Ich meine", knirschte ich unter zusammengebissenen Zähnen hervor, „dass du das besser dorthin zurückbringst, wo du es her hast."

Schmunzelnd betrachtete Tom das Kostüm in meinen Händen. „Cinderella?"

„Wieso nicht?", gab ich bockig zurück.

„Lea, schau nur", rief Sarah verzückt und eilte herbei. Auf ihrem Arm balancierte sie ihr eigenes und zwei weitere Kostüme. „Ich habe hier einmal Schneewittchen und einen Engel. Wäre das nicht was für dich?"

Unbehaglich spähte ich zu Tom herüber. Sein Blick schien mir zu sagen, dass ich weit daneben läge, falls ich mich für Engelsflügel entschied.

„Wo ist denn das Teufelchen versteckt?", wollte er wissen.

Sarah wurde etwas verlegen. „Tja, Tom, das war ein ziemlich knapper Fummel in rot und schwarz. Das ganze Ding schrie förmlich: *Ich bin ein böses, böses Mädchen*", informierte sie ihn.

Daher kam es offensichtlich nicht für mich infrage.

Interessiert zog Tom die Brauen hoch. „Wirklich?“

Sein Blick wanderte anzüglich an meinem Körper hinab und wieder hinauf und fand wenigstens den Anstand, bis zu meinen Augen aufwärts zu huschen. Tom leckte sich die Lippen. Es sah etwas schaurig aus, wenn er das als Dracula tat. Jedenfalls lief mir ein Schaudern über den Rücken. Dabei war es furchtbar heiß hier drin. Wann war es bloß so stickig geworden?

Tom grinste mich an. „Nein, besser nicht. Sonst kommt vielleicht noch einer auf die Idee, dir den frechen Hintern zu versohlen, *Lucifera*.“

Meine Augen wurden schmal. „Ja, besser nicht. Sonst denkt noch einer, wir hätten Partnerlook. Du scheinst ja auch Freigang aus der Hölle zu haben, Dracula.“

Bevor ich es verhindern konnte, nahm er meine Hand und küsste sie galant. „Stets zu Diensten, dein ergebener Dracula.“

Sarah kicherte und Tom zog sich zurück, um die *Krankenschwester* wegzuhängen. Säuerlich hängte ich *Cinderella* wieder auf die Stange und schnappte mir Sarahs *Schneewittchen*.

„Als wer gehst du?“, fragte ich sie.

Sichtlich irritiert stierte Sarah immer noch meinem Vermieter hinterher. Als er außer Reichweite war, meinte sie verschwörerisch: „Tom ist wirklich süß. Er sieht wahnsinnig gut aus und ist so witzig, hilfsbereit, intelligent und außerdem wohlhabend. Und erst dieses spitzbübische Funkeln in den Augen! Oder die Grübchen, wenn er lächelt. Sein Mund ist traumhaft sinnlich. Diese Lippen sind fantastisch“, schwärmte sie.

Mein Mund begann zu prickeln, als mir Toms Kuss durch den Kopf schoss.

„Du stehst auf Tom?“, fragte ich entsetzt. Hatte Sarah mich deshalb so genau nach unserem Kuss ausgequetscht?

Sie lächelte süß und unschuldig.

„Nein“, raunte sie. „Aber ich dachte, *du*.“

Ich fiel aus allen Wolken. Dabei hatte ich gar kein Engelskostüm an. Ironie, oder?

„Ich?“, krakeelte ich heiser.

Sarah nickte. „Ja, genau.“

„Aber er ist ein *Vampir*!“

Sie rollte mit den Augen. „Gott, Lea. In welchem Jahrtausend lebst du eigentlich? So borniert kannst du doch gar nicht sein. Außerdem wäre das nur ein winziger Schwachpunkt, der es gegen eine Armada von guten Gründen aufnehmen müsste.“

„Die spanische Armada wurde ja auch vernichtend geschlagen von einer Untermacht an Schiffen. Masse allein reicht eben nicht“, unterrichtete ich sie.

„Lea, du hast mir doch von eurem Kuss erzählt und bist dabei rot angelaufen. Genau wie jetzt, als ich von Tom sprach. Du bist verknallt.“

„Das nimmst du zurück! Das bin ich nicht. Nie, nie im Leben, hörst du“, verwehrte ich mich.

Sarah kicherte. „Uh, oh. Ich halte das für einen ziemlich heftigen Emotionsausbruch dafür, dass ich danebenliegen soll.“

„Das ist pervers. Er trinkt Blut. Ich reagiere nur so, weil es völlig eklig ist.“

„Dann hast du dir noch nie den Finger in den Mund gesteckt, wenn du dich geschnitten hast?“

„Das ist überhaupt nicht dasselbe.“

„Ach, nein?“, fragte sie belustigt.

„Nein. Ich habe mich nicht absichtlich geschnitten, um mir ein Schlückchen zu genehmigen. Und ganz bestimmt habe ich nicht an den Wunden anderer Leute geschlabbert. Stell dir doch nur mal vor, dass Tom sich in einen verbeißt“, versuchte ich es ihr zu verdeutlichen und klemmte meine Finger an den Hals wie Zähne.

Sie blinzelte mich ganz unschuldig an. „Du meinst, wenn ihr nackt aneinander liegt, sein heißer Bauch an deinem Rücken, sein kräftiger Leib auf deinem, und eure erhitzten Körper mit einem sinnlichen Schweißfilm überzogen sind und er dich beißt, während er dich ...“

„Sarah!“, schrie ich und hielt mir entsetzt die Ohren zu. Ich kniff meine Augen zusammen, weil ich dieses Bild nicht sehen wollte. Aber sie hatte es schon gezeichnet. Und selbst unter geschlossenen Lidern sah ich Toms nackten Körper, dieses Mal auch ohne Badehose, mit einem muskulösen Hintern, sah, wie sich seine Pobacken anspannten, wenn er vor- und zurückstieß, glaubte sein Stöhnen förmlich zu hören, als wäre sein Mund wirklich auf meinen Nacken gepresst.

„Oh Gott, nein!“, wimmerte ich und versuchte diese Fantasie von ihm und mir – *nackt!* – in flackerndes, orange schimmerndes Kerzenlicht getaucht aus dem Kopf zu bekommen.

Sarah lachte und ich hörte Tom fragen: „Gibt es etwas, ihr zwei?“

Ich riss die Augen wieder auf und funkelte ihn wütend an, als wäre diese Vision in meiner Hirnrinde allein seine Schuld. „Nein, hier gibt es nichts für dich, Tom! Überhaupt nichts!“

Damit marschierte ich an den beiden vorbei zur Umkleide, um zu sehen, wie mir *Schneewittchen* stand.

Ich hörte Sarah hinter mir prusten und stellte mir geradezu vor, wie sie ihre Hand tröstend auf Toms Arm legte, als sie sagte: „Ach, Tom, nimm es nicht persönlich ... oder vielleicht ja doch.“

Hahaha, Sarah! Das war nicht komisch. Ich hatte keine Ahnung, welche Geschichte sie ihm auftischte, denn ich verwandelte mich in *Schneewittchen*, um Sarah, meiner Nemesis, zu entfliehen.

## 6

Ein wenig später fand ich mich in einem Raum voller verkleideter Menschen wieder. Ich entdeckte die Schneekönigin, den Matrixmann, Captain Kirk und Captain Picard, mindestens drei Cinderellas, die Blues Brothers, Pinocchio, dem ich beim Speed-Dating kein Wort glauben würde, einen Mönch, bei dem ich mich fragte, wieso er sich auf eine Flirtparty verlaufen hatte, Frau Holle und den bösen Wolf – *rrrrrrr* – der sah etwas spannender aus. Marilyn Monroe stand neben Elvis Presley, zwei Tote hatten sich also schon gefunden, und allerlei andere wuselten noch herum. Neben mir standen mein Vermieter *Dracula* und meine beste Freundin *Alice im Wunderland.*

Tom beugte sich zu mir und fragte zuckersüß: „Einen Apfel, die Dame?“

Dann zauberte er einen rot leuchtenden Apfel unter seinem Umhang hervor.

„Nein, danke, ich soll nichts von Fremden annehmen“, informierte ich ihn.

„Aber schönes Kind, ich bin doch wahrlich kein Fremder. Ich bin der Dracula. Jetzt kennst du mich. Also kannst du den Apfel annehmen.“

„Bestechende Logik, du Teufel.“ Aber es half nichts.

Ich musste kichern.

„Der würde dein Kostüm toll abrunden, Kleines."

„Shhh, das ist aber nicht originalgetreu. Nur Humphrey Bogart darf mich *Kleines* nennen", stellte ich klar.

„Wenn ich das gewusst hätte, schönes Kind."

Er ließ den Apfel in meine geöffneten Hände fallen.

„Den esse ich aber bestimmt nicht", erklärte ich gleich.

„Sehr weise, wenn die Leute dazulernen. Ich bin kein Freund davon, dass jeder unbedingt seine eigenen Fehler machen muss. Besonders nicht, wenn es sich um tödliche handelt. Andererseits ..." Er sah mich listig grinsend an.

„Andererseits?", hakte ich nach.

„Schneewittchen ist ja nicht wirklich gestorben. Ihr stockte nur der Atem und sie wurde frei geküsst."

„Und?"

Tom beugte sich zu mir vor. Seine braunen Augen umwölkten sich dunkel und geheimnisvoll im gedämpften Licht des Raumes. Ein orangefarbener Schein von einer Lavalampe glänzte auf seiner Haut und verschlug mich zurück in Sarahs Fantasie von Tom, wie er bei körperlichen Freuden zubiss.

„Stockt dir denn schon der Atem, Liebes?", fragte er mit rauchiger Stimme.

Überrascht sah ich Tom an und schüttelte dann den Kopf.

„Nein", krächzte ich. Mein Hals fühlte sich merkwürdig trocken an. Zum Glück trug ich nicht das Pinocchio-Kostüm, sonst würde meine Nase nun verräterisch gegen seine stoßen.

„Schade", seufzte Tom gespielt enttäuscht. „Falls das

doch noch der Fall sein sollte, stehe ich gern für deine Rettung zur Verfügung. Und nun entschuldige mich. Ich werde mich unters Volk mischen."

Er zwinkerte mir zu, griff an den Rand seines Capes und warf es sich dramatisch schwingend vor die Brust, als er davonschritt.

Sarah spielte nachdenklich mit ihrem Armband. „Also, ich weiß nicht, *mein* Atem kam schon irgendwie ins Stocken, als ich euch beiden zugesehen habe."

Ich schaute sie schief an und versuchte, unbeteiligt zu klingen. „Ach?"

„Ja, ach. Die Luft um euch hat ganz schön geknistert. Da gingen eine Million Volt durch. So dicht wie ich dran stand, habe ich glatt das Gefühl, meine Haare sind ganz geladen und stehen ab."

Sie tastete an ihrer Frisur herum und grinste mich an.

Ich nestelte an meinem Apfel. *Toms* Apfel. Toll, jetzt hatte ich den ganzen Abend etwas von ihm bei mir, was mich ständig an ihn, stockenden Atem und äh ... Rettung aus der Atemnot erinnern würde.

Mir kam mein Erste-Hilfe-Rettungskurs und Mund-zu-Mund-Beatmung in den Sinn. Das war doch absurd. Klar, Tom war Arzt oder würde es bald sein. Der verstand sich bestimmt hervorragend auf so was. Aber wenn ich an den Kuss unter dem Mistelzweig seiner Eltern zurückdachte, dann hatte ich damals kein Stück das Gefühl gehabt, *besser* atmen zu können.

Sarah alias *Alice im Wunderland* betrachtete mich lächelnd. „Na, ist dir was Schönes eingefallen?"

„Was meinst du?"

„Du sahst aus, als würdest du über euren letzten Kuss nachdenken."

„Ach, Blödsinn. Ich habe mich nur gefragt, wie viele Kohlenhydrate in diesem Apfel stecken, wenn ich ihn verputze."

Ach, wie gut, dass niemand weiß, dass ich eigentlich Pinocchio heiß.

„Kohlenhydrate? Ja, klar. Du solltest deine Dekoration nicht für Frustfutterzwecke missbrauchen."

„Welcher Frust?", fragte ich mit tönerner Stimme.

„Dich entgegen all deiner absurden Vorurteile in einen Vampir verliebt zu haben."

„Ist doch lachhaft."

„Aber wenn du ihn nicht bald mal etwas aufmunterst", fuhr sie ungerührt fort und deutete mit ihrem Finger in die Menge, „dann wird sich eine andere, die nicht so feige ist, Tom angeln."

Ich folgte der gewiesenen Richtung und sah Tom neben der Teufelin stehen. Sie hatte sich jenes sündige Kostüm ausgeliehen und flirtete heftig mit meinem Vermieter.

„Tom kann machen, was er will", konstatierte ich, denn ich wollte ganz gewiss keinen Vampir und würde es mir von Sarah auch nicht einreden lassen.

Sarahs Bruder Miles trat als der größte bekannte Römer aller Zeiten an uns heran.

„Ave Cäsar", empfing ich ihn und war dankbar für seine Ablenkung.

Miles gab einen hübschen Römer ab. Die weiße Tunika passte hervorragend zu seiner gebräunten Haut. Sein dunkles Haar machte sich nützlich, um ihn südländisch genug für einen Römer aussehen zu lassen. Anders als Sarahs grüne Augen waren seine blau. Aber ich fand, dass helle Augen und dunkles Haar schon immer eine hübsche Kombination waren. Die beiden Jones-Geschwister neben mir sahen aus, wie die Lotteriegewinner in der großen Ziehung der Gene.

„Hey Alice, hey Schneewittchen“, grüßte er fröhlich. „Toll, dass ihr es her geschafft habt. Ich hoffe, die Einladung war nicht zu kurzfristig. Ich habe total vergessen, Sarah anzurufen.“

„Und dabei ist die halbe Stadt hier“, behauptete sie gespielt beleidigt und zog eine süße Flunsch.

Miles schaute sich überrascht um. „Ach, wirklich? Wann sind alle ausgewandert? Hier tummeln sich höchstens dreißig Leute. Morgen steht bestimmt in der Zeitung, dass sie uns den Status als Stadt aberkennen und wir zum Dorfkaff degradiert werden, weil wir nur noch sechzig Bürger sind. Und übermorgen singt der Erste den Song von der großen Flucht aus Savannah, als hundertdreißigtausend Menschen aus bis dato ungeklärten Gründen das Weite suchten.“

Miles grinste.

„Ach, du Doofkopf.“ Alice schlug neckisch gegen Cäsars Schädel.

„Oh bitte, Schwesterchen. Meine Lorbeeren verrutschen.“

„Womit hast du dir die denn verdient?“, spottete sie.

„Ach, ehrlich: Wer verdient denn je die Lorbeeren, die er erntet? Es erwischt doch immer die falschen Leute“, erklärte er voller Weisheit.

Sie nickte. „Du bist das beste Beispiel.“

„Bitte etwas mehr Respekt für den Herrscher von Rom.“ Er zwinkerte und wandte sich an mich: „Wie ich sehe, hat dich die böse Königin schon gefunden. Von wem hast du denn den Apfel?“

„Von Tom“, antwortete Sarah fröhlich.

„Der alte Dieb. Ich wette, der Apfel fehlt hinten in der Obstschale“, behauptete Miles.

Sarah verschränkte die Arme vor der Brust. „Quatsch, Tom war nicht an deiner Obstschale. Da gehen nicht mal mehr die Fliegen ran. Das ist eine Kompostschale.“

„Komm, es ist Plastikobst. Das wird nicht schlecht“, verteidigte sich Miles.

„Ui, wann hast du denn dazugelernt und dein Gammelobst entsorgt?“, fragte sie staunend.

„Das war ich nicht. Das war Mom, als sie letztens vorbeigeschaut hat. Sie hat einen Apfel angestupst, der etwas schrumpelig aussah. Und als er *puff* machte und halb explodierte, hat sie mir Plastikobst hingestellt.“

Sarah stöhnte. „Igitt, Miles.“

„Ich wusste überhaupt nicht, dass es darum geht, Obst als Dekoration herumstehen zu haben, bis sie es mit Plastik austauschte. Ich hätte es einfach ganz weggelassen. Ist dein Apfel etwa echt?“, wollte er nun von mir wissen.

Mein Kopf war bei dem Schlagabtausch zwischen ihnen hin und her gesegelt wie bei einem Tennisspiel. Für gewöhnlich konnten die beiden stundenlang so weitermachen, bevor sie merkten, dass noch andere um sie herum existierten. Miles war erstaunlich schnell aus dieser Geschwisterblase aufgetaucht.

„Ja, der ist echt. Aber aus der schlechten Erfahrung meiner Kostümvorlage habe ich gelernt und werde ihn nicht essen. Schau dir den bloß mal an: Der ist rundherum rot. Tom hat sicher mit Absicht so einen genommen.“

„Ja, aber die spannende Frage ist doch: Hat er ihn

auch vergiftet?“ Miles zwinkerte.

„So was würde er nie tun“, ereiferte sich Sarah gleich.

„Stimmt“, sagte ich und sie lächelte. Völlig trocken fuhr ich fort: „Seine Mom ist schließlich Anwältin. Er weiß es sicher besser, als so plump einen Mord zu begehen.“

Sie rollte mit den Augen und Miles grinste.

„Das habe ich nicht gemeint“, stellte sie klar. „Wann beginnt denn das Speed-Dating?“

„Jetzt wo ihr da seid, könnten wir eigentlich loslegen. Es wäre gut, das vorweg zu machen, bevor sich die Leute stundenlang unterhalten und sich *wirklich* schon kennen. Dann sind die fünf Minuten völlig umsonst.“

„Klingt vernünftig“, stimmte Sarah zu.

Wir schnappten uns etwas von der Bowle, als Miles auf eine Kiste kletterte und sich laut räusperte. Er deutete dabei dem Wolf an, die Musik leiser zu drehen, was dieser auch prompt tat. Der böse Wolf sah wirklich verdammt gut aus.

Ob der noch wusste, dass er eigentlich zu Rotkäppchen statt zu Schneewittchen gehörte? Ich hoffte, dass er charmant war und sich als wenig bewandert in Märchenkunde herausstellte.

„Liebe Bürger Roms“, eröffnete Miles seine Ansprache. „Ich bitte um Ruhe. Euer Cäsar hat etwas zu sagen.“

Das Stimmengemurmel verstummte und alle sahen erwartungsvoll zu Miles. Er war ein echter Sunnyboy mit jeder Menge Charme.

„Schön, dass ihr hierher gefunden habt“, setzte er seine Ansprache fort. „Wie es der Zufall will, sind wir je fünfzehn Mädels und Jungs. Womit wir schon zum Thema kommen. Das hier ist eine Singleparty. Die meisten kennen sich nicht, aber sind auf der Suche nach jemandem. Daher wünsche ich uns allen viel Spaß beim Speed-Dating. Jeder hat fünf Minuten, wodurch die ganze Sache also etwa eine Stunde dauert. Da wir Gentlemen sind, dürfen die Damen an den Tischen sitzen bleiben, während die Herren nach jedem Läuten einen Stuhl weiterwandern. Am Ende hat sich jeder mal beschnuppern können. Ich werde es so machen, dass mein letztes Date meine wunderbare Schwester Sarah sein wird. Dann haben wir beide schon eine Runde eher Schluss und können uns darum kümmern, dass die Häppchen nicht ausgehen und frische Sektgläser bereitstehen. Viel Vergnügen. Ich bitte die Damen nun, sich einen Tisch zu suchen."

Miles kletterte von seiner Kiste und Sarah schob mich zu zwei freien Stühlen, damit wir nebeneinander saßen.

„Dann kann ich bei dir reinlauschen, falls mich einer langweilt", erklärte sie. „Und denk dran, dass wir hier auch zur Recherche für meinen Blog sind."

Ich setzte mich gemütlich hin und war schon gespannt, wer mein erstes Date sein würde. Wie sollte ich mir bei meinem Gedächtnis bloß fünfzehn Typen einprägen? Mir brauchte niemand auf den Kopf zu hauen, damit ich Dinge vergaß. Sie purzelten von allein heraus wie aus einem großen Sieb. Deshalb würde ich einfach alle pflaumigen Typen vergessen und mich auf die netten konzentrieren.

Hoffentlich hatte Miles seine Gästeliste gut zusammengestellt. Altersmäßig waren wir alle zwischen Anfang bis Ende Zwanzig. Das passte. Vielleicht wäre ja einer für mich dabei.

Die männlichen Gäste verteilten sich nun ebenfalls

und vor mir nahm Elvis Platz.

„Okay, es geht los“, verkündete Miles und es ertönte ein Gong.

„Hey“, begrüßte Elvis mich lächelnd. Seine Pomadenlocke hing ihm kess in die Stirn und er hatte tatsächlich blaue Augen.

„Hey“, erwiderte ich. „Ich dachte, du bist tot. Wie geht’s dir so?“

Er grinste. „Ach, ganz gut. Bin damals wegen der Mafia abgetaucht. Hat prima geklappt, oder?“

„Ja, ganz prächtig. Deine Alben verkaufen sich weiter toll.“

„Ich bin recht zufrieden.“

„Und was machst du hier auf dieser Party?“

„Tja, ich bin vielleicht der *King*, aber um es mit meinem besten Song zu sagen: I can’t help falling in love with you.“

Würg.

„Du steigst ganz schön in die Eisen, oder?“

„Na ja“, er zuckte mit den Achseln und sah sich nach links und rechts um. „Ich kann hier nirgends einen deiner Zwerge entdecken. Da dachte ich: Junge, nutze die Chance und schmeiß dich ran. Außerdem haben wir nur fünf Minuten.“

Das könnten ziemlich lange fünf Minuten werden.

„Und was machst du so in deinem neuen Leben?“, fragte ich ohne echtes Interesse.

„Ich bin Versicherungsvertreter. Hast du dich schon gegen Liebeskummer versichert?“

Oh Mann, igitt. Er war so schmalzig wie seine Haartolle.

„Nein danke, ich kaufe nichts. Bin knapp bei Kasse.

Kann ich mich bei dir auch gegen Geldnot versichern?"

Er sah mich stirnrunzelnd an, was ihm überhaupt nicht stand, denn dadurch hing ihm seine Locke fast ins Auge.

Innerlich machte ich einen Seufzer als der Gong mich von ihm erlöste. Aber sahen wir der grausamen Realität ins Auge: Einer wie Elvis verkaufte nach seinem Tod Versicherungen. Hätte er sich mal besser dagegen versichert, jung zu sterben.

Sarah tat mir total leid, denn sie würde immer meine abgelegten Typen bekommen, da sie neben mir saß.

Neugierig spickte ich zur Seite, mit wem Sarah sich gerade getroffen hatte, und lehnte mich zu ihr herüber. „Hey, wie war das Tier im Mann?"

Sie lächelte. „Ein echter Wolf im Wolfspelz. Mit dem wirst du Spaß haben. Und wie war Elvis so?"

Er kletterte gerade zu ihr an den Tisch, weshalb ich meine Stimme noch mehr senkte. „Ich halte es für angezeigt, dir wegen des Toten zu kondolieren."

„Oh, nein", stöhnte sie, wandte sich jedoch mit professionellem Lächeln zu ihm.

Innerlich konzentrierte sie sich wohl schon auf die Recherche für ihren Artikel. Ich sah den Titel bereits vor mir: *Warum es gut ist, die Toten ruhen zu lassen.* Vielleicht könnte ich Sarah schon weiterhelfen, wenn ich jedem Date einfach eine Überschrift verpasste.

Vor mir nahm eine gewisse hölzerne Marionette Platz. Der Gong ertönte und leitete die nächsten fünf Minuten ein.

„Hi, ich bin Robert", stellte sich Pinocchio vor.

„Hi, ich glaube dir kein Wort", stellte ich grinsend klar.

„Keine Angst, wenn ich lüge, wird meine Nase sofort

lang“, behauptete er.

„Sie ist kaputt.“

Er lachte und lehnte sich etwas vor. „Du kannst mich Bob nennen. Das machen alle. Und wie darf ich dich anreden, Schneewittchen?“

Irgendwie war er sympathisch.

„Lea.“

„Schön, dich kennenzulernen, Lea. Ich steh auf Brünette.“

Ich kratzte an meiner Perücke. „Also, eigentlich bin ich blond.“

„Wow, das gibt niemand so einfach zu.“

„Das Haar habe ich mir nur dunkel gemacht, damit meine Stiefmutter mich nicht findet. Die sucht irgendwo hinter den Rocky Mountains nach einer Blondine.“

„Ganz schön clever“, meinte Robert grinsend.

„Hey Bob, ich soll es ja eigentlich keinem sagen, aber ich bin im Zeugenschutzprogramm. Das FBI versteckt mich.“

„Solltest nicht eigentlich *du* meine Nase tragen?“, fragte er zwinkernd.

Na, so was, wir waren gehirnverwandt. Ich hatte heute schon mindestens zweimal dasselbe gedacht.

„Dir kann ich es ja anvertrauen, weil dir ohnehin niemand glauben würde.“

„So etwas würde ich nicht weitersagen. Mich hält jetzt schon jeder für einen Schwindler. Wenn ich nun hingehe und erzähle, dass Schneewittchen eine scharfe Blondine ist, die vom FBI vor ihrer tobsüchtigen in den Rockys campenden Stiefmutter versteckt wird, dann schrauben sie mir eine Nase an, so lang wie eine Kleiderstange.“

Er kratzte sich gespielt am Hinterkopf und sein

aschblondes Haar verstrubbelte. „Damit komme ich um keine Kurve mehr, würde ständig die Frontscheibe meines Wagens zerkratzen und überall anecken. Ich müsste einen Anstandsabstand halten, der länger als nur eine Armeslänge ist, damit ich keinem mit meiner Nase versehentlich das Auge ausbohre. Am besten, ich hänge mir ein Schild um: *Wenn Sie das hier lesen können, sind Sie zu dicht dran. Bitte halten Sie eine Nasenlänge Abstand.*“

Pinocchio war richtig unterhaltsam. Es war auch die Art wie er sprach, die Mimik in seinem so gar nicht hölzernen Gesicht. Er war unkompliziert und hatte keinen *Überbiss*, will sagen: keine Vampirzähne. Ich fand ihn charmant. Ob die Analogie von Männernasen zu anderen Körperteilen wohl auch für Pinocchio galt?

Gong.

„Hat mich gefreut, Lea“, verabschiedete er sich und ging weiter zu Sarah.

Wieder lehnte ich mich flüsternd zu Sarah. „Sssst, Pinocchio war total nett. Finde mal raus, was er so macht.“

„Okay.“ Sie machte einen kleinen Salut.

„Wie war Elvis?“

„So schmalzig wie seine Haare. Abgesehen von der Haarpflegeindustrie hat niemand Freude an dem. Betty tut mir jetzt schon leid.“ Betty saß wieder einen Tisch weiter.

Innerlich schmunzelte ich. Das war wie eine Flüsterpost des Bedauerns, wo Elvis entlangzog. Sarah lächelte ihrem Rendezvous mit Pinocchio entgegen und ich sah mich einem der Blues Brothers gegenüber. *Gong.*

„Hey, welcher bist du? Elwood oder Jake?”

Er zog überrascht die Augenbrauen aufwärts. „Nicht schlecht. Du kennst die Namen. Ich bin Elwood. Und das da ist Jake.“ Er deutete mit seinem Finger einen Platz neben sich auf den nächsten Kandidaten in meiner Reihe. „Kannst mich aber Ronny nennen.“

„Hallo Ronny. Ich bin Lea.“

Er räusperte sich und schielte einen Platz weiter. „Sag mal, kennst du die?“

Dabei deutete er auf Sarah.

„Zufällig ja.“

„Oh, gut.“ Er lehnte sich verschwörerisch vor: „Ich kenne Miles vom Volleyball. Als er mir ein Foto von seiner Schwester zeigte, habe ich ihn angebettelt, mich mit ihr bekannt zu machen. Also hat er mich zur Party eingeladen. Aber ...“

Er zuckte mit den Schultern.

„Aber?“

„Ich bin etwas schüchtern. Wenn mich eine Frau interessiert, weiß ich nie, was ich sagen soll. Deshalb hatte Miles die Idee, seine Kostümparty um das Speed-Dating zu erweitern, sodass ich ganz ungezwungen an die Reihe käme und sie nicht so offensichtlich anflirten muss.“

Also das steckte hinter dieser Aktion. Ich hatte mich schon gefragt, wie Miles auf die schräge Idee gekommen war, eine Maskerade mit Rendezvous zu kombinieren. Irgendwie lag das nicht gerade auf der Hand. Wir alle flirteten also nur wegen Ronny und Sarah auf Kommando. Bestimmt wusste Sarah von dieser fragwürdigen Ehre noch nichts, aber ich freute mich darauf, es ihr am Ende des Abends aufs Butterbrot zu schmieren. Armer Ronny.

„Verstehe", sagte ich nur.

„Sei nicht sauer, dass ich dich hier wegen ihr ausquetsche."

„Schon in Ordnung, Ronny."

„Und, hast du einen Tipp für mich?"

Ich überlegte. „Sarah ist ziemlich romantisch. Ich könnte mir vorstellen, dass sie die Wahrheit recht lustig fände."

„Eher nicht. Hast du keine andere Idee? Sie gibt mir sicher keine Chance, wenn sie mich für einen Psychopathen hält."

„Wohl wahr." Ich zuckte leichthin mit den Achseln.

Ronny sah etwas schockiert aus. „Du hältst es auch für verrückt?"

„Total", gestand ich. „Aber glaub mir, sie wird es mögen. Nebenbei: Sie geht sehr gern ins Kino, hat ein loses Mundwerk und du bist ihr Typ."

Er schaute etwas verblüfft. Vielleicht waren diese drei zusammenhanglosen Offenbarungen etwas viel für ihn. „Ehrlich?"

„Hör mal, wir haben nur fünf Minuten. Lade sie einfach zum Kino ein. Ronny, ich schreibe dir hier kein Drehbuch. Schau nur, dass du lieb lächelst, ihr ein paar Komplimente machst und sie dann einlädst. Soweit ich weiß, wird nachher noch getanzt. Versuch doch mal dein Glück."

Ronny nickte. „Danke, Lea."

„Kein Problem."

*Gong.*

Ronny wanderte sichtlich aufgeregt weiter und ich verkniff es mir, Sarah vorzuwarnen. Würde ich mich jetzt herüberlehnen, wäre Ronny völlig verunsichert.

Schade, denn ich brannte vor Neugier, was Sarah über Pinocchio herausgefunden hatte. Ich baute auf ihr gutes Gedächtnis, das durch ihre Ambitionen für den Blog hoffentlich besonders detailreich funktionierte. Ich wollte jedes verdammte Wort ihrer letzten fünf Minuten wissen. Die süße Holzpuppe hatte es mir angetan.

Vor mir nahm der andere Blues Brother Platz.

*Gong*.

„Hallo Jake“, begrüßte ich ihn.

Er schmunzelte. „Hey, Ronny hat dir schon erzählt, welcher ich bin, hm?“

„Genau. Sonst seid ihr ja nicht auseinanderzuhalten. Ich bin übrigens Lea.“

„Hi Lea. Ich bin Colin.“

Ich lehnte mich zu ihm vor und flüsterte. „Hey Colin, bist du auch wegen Sarah hier?“

Er grinste. „Nein, keine Sorge. Ich werde mich hüten, mir Sarah näher anzuschauen, sonst würde Ronny sicher stinkig. Ist ja quasi sein Mädel.“

Irgendwie kam mir das Bild von Hunden in den Kopf, die Bäume markierten. Reviere abzustecken schien für alle Rüden, äh Männer zu gelten.

„Bloß, dass sie davon noch nichts weiß“, merkte ich an.

Colin ging darauf nicht ein. „Hey, Lea, lass uns mal kurz lauschen, wie es nebenan so läuft. Tu einfach so, als schauten wir uns verzaubert in die Augen. Dann wundert sich keiner, warum wir nicht quatschen.“

Ich kicherte. „Okay.“

Colin schnappte sich meine Hand und starrte mich wohl an. Allerdings gab es da einen kleinen Schönheitsfehler.

„Nimm die Sonnenbrille ab“, zischte ich.

„Was? Oh, ja klar.“ Er legte sie auf den Tisch und ich sah, dass er hübsche braune Augen hatte. Dann setzte er einen romantischen Blick auf, während wir in Wahrheit die Ohren spitzten. Nur mit Mühe verkniff ich mir ein Kichern. War das gemein. War das lustig. Ich versuchte, die Geräusche auf meiner rechten Seite auszublenden und mich auf das Gesprochene links von mir zu konzentrieren.

*„... kenne Miles vom Volleyball.“*

*„Ach, wie nett. Dann bist du also auch einer dieser Beach-Volleyballer.“*

*„Ja, aber ich mag auch noch andere Sachen.“*

*„Na ja, man kann ja nicht immer nur am Strand sein. Was machst du sonst so?“*

*„Ich liebe Kino.“*

*„Das mag ich auch furchtbar gern.“*

*„Ach, ehrlich? Wollen wir mal zusammen gehen?“*

*„Klar, wieso nicht?“*

*„Prima. Falls du Lust hast, könnte ich dich danach ins Restaurant einladen. Natürlich darfst du frei wählen, welchen Film wir sehen und wohin es zum Essen geht.“*

*„Das ist nett, Ronny. Sag mal, tanzt du? Weil nachher ...“*

„Sag mal, tanzt du?“, hörte ich wie ein Déjà-vu. Im ersten Moment dachte ich, dass meine Platte einen Sprung hätte, doch dann merkte ich, dass Colin gesprochen hatte.

„Was?“, fragte ich verwundert.

„Unsere fünf Minuten sind gleich um und ich hatte kaum Gelegenheit, etwas über dich zu erfahren. Wir sollten das nachher mit einem Tanz ausgleichen. Wenn du willst ...“ Er sah mich abwartend an.

Ich lächelte. „Ja, warum nicht?“

„Sehr gut. Dann muss ich nicht meinen Lebenslauf in fünf Minuten pressen. Das habe ich jetzt schon dreimal gemacht. Du warst eine angenehme Abwechslung.“

„Danke.”

*Gong.*

„Bis dann, Lea.“

„Bis nachher, Colin.”

Der nächste Rendezvouspartner war Captain Kirk.

„Hallo, ich bin Jeremy“, stellte er sich freundlich vor.

*Gong.*

Jeremy verlor offenbar keine Zeit.

„Ich bin Lea.“

*Immer noch.*

Es war irritierend, wie oft ich mich in den letzten Minuten vorgestellt hatte. Diese Art von Fließband-Dates war ein wenig anstrengend, obwohl ich noch keine Biografien abgefragt hatte. Möglicherweise gingen die Leute es falsch an, wenn sie nur auf der Suche nach dem perfekten Werdegang waren. Außerdem hatte ich selbst so etwas auch nicht vorzuweisen. Mein Konto war leer, Adelstitel waren nirgendwo zu finden, egal wie tief man unter meinem Stammbaum nach blauen Wurzeln grub, und ich würde wohl keine grandiose Karriere hinlegen.

Zum Glück schauten Männer bei Frauen auf andere Dinge, von denen ich durchaus welche hatte. Deshalb dankte ich dem lieben Gott gründlich dafür, mich zu einer hübschen Blondine gemacht zu haben.

Vor mir saß nun Captain Kirk. Seit seinem letzten Fernsehauftritt hatte die Zeit definitiv *für* ihn gearbeitet, denn er sah deutlich jünger aus.

„Irgendwie witzig, oder, Lea? Da komme ich aus der

fiktiven Zukunft und du aus der fantasievollen Welt einer märchenhaften Vergangenheit mit Prinzen und Schlössern."

„Stimmt. Klingt ziemlich gegensätzlich."

„Was sich ja bekanntlich anziehen soll." Das sagte er zwar, aber so wie er mir zuzwinkerte, hatte er wohl eher *aus*ziehen im Sinn. Ganz schön dreist, dieser Raumschiffmann.

„Du selbst bist auch eine recht gegensätzliche Figur." Ich überging einfach seinen anzüglichen Blick.

„Und weswegen?"

„Du bist zwar ein Mann aus der Zukunft, kommst aber aus einer Serie der Vergangenheit. Einerseits hast du ein Raumschiff, was selbst die NASA in unseren Tagen nicht zustande gebracht hat, und du kannst dich beamen lassen, was eine spannende Technologie ist. Darüber kannst du ja mit Albert Einstein zwei Tische weiter noch plaudern. Aber gleichzeitig sind die Armaturen und Effekte von deinem Raumschiff völlig lahm und veraltet. Ich finde das widersprüchlich."

„Da hast du wohl Recht. Captain Picard dahinten hat das neuere Gefährt, doch bei uns gibt es noch gute *alte* Qualitätsarbeit."

„Verstehe. Dem machst du also noch was vor?"

„Ja, sicher."

„Und wo hast du dein Raumschiff versteckt?"

„Wieso?" Er grinste mich an. „Soll ich dich damit abschleppen?"

Dicker Minuspunkt. Schnellstarts konnte ich nicht leiden. Wenn diese Männer immer so viel Dampf in alles legten, Hauptsache *schnell, schnell,* dann war das keine Einstellung, mit der ich etwas anfangen konnte. Kirk hatte sich gerade definitiv auf den Mond geschossen und konnte Schmalz-Elvis auf den Weg dorthin gerne mit einpacken. Kein Wunder, dass er sich für ein Kostüm von Captain Kirk entschieden hatte. Er stand offensichtlich auf ultraschnelle *Warpgeschwindigkeit.*

„Nein, lass mal“, wehrte ich ab.

Irgendwie bekam ich die restliche Zeit noch herum und plauderte mich tapfer durch die Rendezvous, auch wenn mir langsam der Kopf schwirrte. Stoisch brachte ich den Matrixmann, Captain Picard und Albert Einstein hinter mich. Keiner von ihnen war sonderlich spannend, witzig oder attraktiv.

*Gong.*

„Hey, Lea“, hörte ich eine wohlbekannte Stimme.

Endlich konnte ich wieder normal plaudern. „Na, Tom. Wie läuft es denn so bis jetzt?“

„Ganz okay. Bei dir und dem einen Blues Brother schien es auch ganz gut zu klappen. Immerhin habt ihr Händchen gehalten und euch die Augen aus dem Kopf gestarrt.“

Ich war verblüfft. Toms Miene und seinem Tonfall war nichts anzumerken. War das nur Neugier oder noch etwas anderes?

„Wie hast du das überhaupt mitbekommen? Du hast doch etliche Tische weiter gesessen.“

„Da hatte ich gerade eine langweilige Tischdame.“

„Demnach also nicht die scharfe Teufelsbraut, wie?“

Er lächelte ein wenig. „Nein, die war spannender“, gab er zu.

„Das kann ich mir vorstellen.“ Zum Glück störte mich das nicht die Bohne. „Also, welche war die Heuschrecke?“, versuchte ich ihn auszuhorchen.

Tom schüttelte nur den Kopf. „Ein Gentleman leidet und schweigt."

„Haha." Wenn ich wollte, könnte ich es einfach abzählen, doch es spielte schließlich keine Rolle.

„Wie ich sehe, hast du meinen Apfel noch gar nicht verdrückt. Aber Schneewittchen, du hältst dich ja kein klitzekleines bisschen ans Drehbuch", tadelte er mich.

„Ich bin nur ein Fake", zwitscherte ich.

„Ach, so?" Tom griff mit seiner Hand nach meinem dunklen Haar. Vor Schreck wäre ich fast ausgewichen, doch er ließ nur eine der Strähnen von meiner Perücke durch seine Finger gleiten. Sein Blick verankerte sich in meinem, als er lächelnd durch das falsche Haar strich.

„Dein Echtes ist viel weicher", flüsterte er.

„Danke." Ich schluckte und fühlte mich etwas flattrig. Mein Puls hämmerte schneller. Toms braune Augen betrachteten mich eingehend und er griff mit seiner freien Hand nach meiner.

„So hast du mit dem Blues Brother ausgesehen", erklärte er.

Der hatte mich allerdings weit weniger nervös gemacht. Toms Hand war warm auf meiner Haut. Er verschränkte seine Finger mit meinen und massierte mit seinem Daumen meine Handfläche. Es kribbelte vorwitzig.

„Suchst du meine Lebenslinie?", fragte ich angespannt.

Sein Kopf kam meinem noch näher, als wollte er mir etwas Vertrauliches zuflüstern. Kurz vor meinem Gesicht stoppte er und raunte: „Und, Schneewittchen, stockt dir schon der Atem?"

Mein Hals war vom vielen Sprechen vollkommen trocken. Ich leckte über meine Lippen und Toms Blick ruckte von meinen Augen zu meinem Mund. Ich ließ meine Zunge wieder im Mund verschwinden, doch Tom betrachtete weiter meine Lippen.

„Wieso?“, fragte ich tonlos.

„Weil ich zufällig gerade da bin und dir in diesem lächerlich kurzen Fünf-Minuten-Zeitfenster meine Rettung anbieten könnte.“

„Die da wäre?“

„Ach, Lea.“ Er lächelte etwas gequält und sah wieder in meine Augen. Ich spürte, wie seine Finger mein Haar losließen und seine Fingerkuppe hauchzart über meine Wange strich. Sein Blick flackerte. „Wie wurde Schneewittchen denn gerettet?“

„Tom ...“ Ich spürte, wie die Wärme durch mein Gesicht schoss.

„Nur weil du dich nicht ans Drehbuch hältst, heißt das ja nicht, dass ich es auch sein lasse.“ Seine Stimme klang wie der Wind.

Ich musste an das magische Rascheln der Blätter im alten Eichbaum von Toms Eltern denken, als er mir die Legende vom Haar der Prinzessin erzählte. Ich erinnerte mich daran, wie seine Finger durch das Moos streichelten und wusste, dass er mein Haar genauso berührt hatte. Mit einem Schlag nahm ich sehr deutlich meinen Atem wahr und wie mein Brustkorb sich hob und senkte.

„Im Drehbuch wird Schneewittchen aber von einem Prinzen geküsst. Nicht von Dracula“, flüsterte ich atemlos.

Toms Blick wurde finster, seine Stirn krauste sich und er lehnte sich zurück und nahm dabei seine Hände mit sich fort. Diese Leere fühlte sich plötzlich ziemlich kalt an.

„Verstehe. Schneewittchen lässt sich von keinem Vampir küssen", sagte er bitter.

„Was?" Irritiert blinzelte ich. In welchem Film waren wir gerade?

„Habe schon verstanden, Lea." Das Funkeln in seinen Augen war erloschen. Er sah aus, als hätte ich ihn geschlagen.

Automatisch sah ich auf seine Zähne. Schlagartig fielen sie mir wieder auf. Seltsamerweise hatte ich nicht mehr an sie gedacht, obwohl ich doch sonst nichts anderes an Tom wahrnahm.

Mit einem Mal kehrten die Geräusche um uns herum zurück. Ich hörte andere Pärchen kichern und sich unterhalten. Nur zwischen Tom und mir stand eine Mauer des Schweigens. Die unbekümmerte Art der anderen Gäste erschien mir plötzlich unerreichbar. Ich fühlte mich auf unbestimmte Weise elend.

„Tom, so meinte ich das gar nicht", versuchte ich, es zu erklären.

*Gong*, hämmerte es in meinem Schädel.

Tom schoss von seinem Stuhl hoch und setzte sich zu Sarah, bevor ich noch ein einziges Wort sagen konnte. Als der Mönch vor mir Stellung bezog, nahm ich ihn kaum wahr. Er stellte sich als Ray vor. An mehr erinnerte ich mich später nicht.

In mir herrschte nur Chaos. Wieso war Tom so sauer? Warum hatte ich überhaupt ein so mieses Gefühl dabei? Ich hatte Tom schon ein Dutzend Mal vor den Kopf gestoßen. Seit wann störte mich das? Wieso rechtfertigte ich mich überhaupt dafür, keinen Vampir küssen zu wollen? So ein Scheibenkleister.

Ein eigentlich schöner Abend hatte mit einem Schlag Schiffbruch erlitten und mich kalt erwischt. Eine Welle eisigen Wassers schlug über mir zusammen, als ich zu Tom hinüber blickte. Er sah mich finster an. Weder beachtete ich den Mönch, noch kümmerte Tom sich um Sarah. Kaltes Schweigen waberte zwischen uns. Auch ohne Worte verstand ich die tiefe Kluft, die uns beide auseinanderhielt.

Ich hatte doch recht gehabt. Diese dumpfe Ahnung, die mich beschlichen hatte, war echt. Tom wollte tatsächlich etwas mehr. Oder nicht? Ich war so verwirrt. Hatte er mit mir geflirtet? Ich wusste nicht mehr, was echt war und was Einbildung. Ich wusste nicht mehr, ob Tom und ich nun ein Problem hatten oder nicht. Im Augenblick – offensichtlich – war er sauer. Aber verflog diese üble Laune wieder?

Der Mönch ging, ohne dass ich mit ihm gesprochen hatte, und auch Tom stand unvermittelt auf und lief weiter. Er schaute mich nicht mehr an, sondern widmete sich sogleich eingehend seiner neuen Tischdame, der kleinen blonden Marilyn Monroe, die auch als Betty bekannt war. Ich begriff, dass wohl ein weiterer *Gong* ertönt sein musste, allerdings hatte ich ihn nicht wahrgenommen.

Sarah lehnte sich zu mir herüber. „Mensch, Lea. Das war ganz schön gruselig, wie du und Tom euch angestarrt habt. Was war denn los?“

Hilflos zuckte ich mit den Schultern. „Eigentlich weiß ich es gar nicht.“

„Ich habe die ganze Zeit ein paar Blicke mit deinem Mönch ausgetauscht. Der arme Kerl kam sich völlig überflüssig vor. Ich werde mal sehen, ob ich Bruder Tuck ein wenig aufheitern kann. Bis nachher.“

Ich nickte nur und warf dem Mönch einen bedauernden Blick zu. Es tat mir ehrlich leid, dass ich ihn ignoriert hatte. Ich hörte Tom zwei Tische weiter lachen und war wie betäubt. Er schien unseren Vorfall bereits vergessen zu haben und sich prächtig mit dem Frauenwunder zu verstehen.

Spiderman und die anderen zogen an mir vorbei. Irgendwie waren mir diese Dates schal geworden und es waren einfach zu viele. Erst als Miles vor mir auftauchte, lächelte ich wieder, denn endlich brach mein vorletztes Date an und es würde völlig unkompliziert sein.

*Gong.*

„Hey, Lea. Wie ist es bisher?” Zweifelsohne war er neugierig, wie seine Party bislang ankam.

Etwas erledigt beugte ich mich zu ihm vor. „Der Abend ist wirklich nett. Der Einfall mit den Kostümen und Dates und überhaupt alles war prima. Deine Gäste sind witzig und ...“ Ich begann zu flüstern. „... das mit Ronny und Sarah finde ich total lustig. Mal sehen, was dabei herauskommt.“

Er nickte. „Ja, Ronny ist ein lustiger Kerl. Ein bisschen schüchtern vielleicht. Und jetzt rücke endlich damit raus, was los ist, Lea.“

Ich seufzte. Miles kannte mich eben zu gut. Das blieb nicht aus, wenn man seit Jahren die beste Freundin der Schwester war. „Irgendwie habe ich mich mit Tom gestritten.“

„Wie streitet man denn *irgendwie*?“, wollte er wissen.

„Ich habe keine Ahnung. In einem Moment ist er noch lustig und dann hat er mich falsch verstanden.“

„Was genau hat er denn falsch verstanden?“

Wie sollte ich das Miles erklären, ohne zu erwähnen, dass es um einen Kuss ging? Das war etwas, was ich mit Sarah besprechen konnte, aber mit Miles?

Also zuckte ich mit den Schultern. „Tom dachte wohl, ich hätte ihn als Vampir beleidigt. Dabei war das gar nicht so gemeint. Es ist alles bloß, weil er als Dracula verkleidet ist. Nur weil Dracula zufällig ein Vampir ist, hat Tom es gleich auf sich bezogen. Verstehst du?“

„Eigentlich nicht. Aber bring das wieder in Ordnung, Lea. Wenn es wirklich nur ein Missverständnis war, sollte Tom das wissen. So oft, wie du etwas gegen Vampire sagst, ist es klar, dass er es persönlich nimmt. Man kann einem Mann nicht vorwerfen, wie er aussieht oder was er ist. Aber Tom ist ein feiner Kerl und wird dir sicher verzeihen, wenn du ihm die Chance dazu gibst.“ Miles lächelte mich aufmunternd an.

„Ich weiß nur gar nicht, wie ich Tom heute noch zum Reden bringen soll“, jammerte ich etwas hilflos.

„Kein Problem. Ich rufe kurzerhand Damenwahl aus und verpflichte jeden Herren, den aufgeforderten Tanz anzunehmen. Du schnappst dir Tom und dann los.“ Er zwinkerte mir zu.

„So einfach, wie? Das erinnert mich an das ganze Speed-Dating für Ronny.“

Miles zuckte grinsend die Achseln. „Und schau wie viele andere Menschen noch was davon haben. Das ist jedes Mal die reinste Massenwohltätigkeit. Die Damenwahl für dich und Tom wird auch jeden anderen begeistern. Sei nur schneller als die Teufelin und Marilyn. Cleopatra scheint auch ein Auge auf ihn geworfen zu haben. Ich werde es so machen, dass Cleo mit mir tanzt. Und dann bitte ich noch Jeremy und

Colin, sich um die anderen beiden zu kümmern."

„Ich dachte, es sei Damenwahl."

„Na ja, es ist schwer, jemanden so mitten im Gespräch stehen zu lassen. Entweder werden sie mit ihrem Gesprächspartner tanzen oder aber zumindest die Höflichkeit besitzen, sich freundlich aus der Plauderei zu verabschieden. Solange sie dafür brauchen, hast du dir längst deinen Weg zu Tom gebahnt. Ich gebe dir rechtzeitig ein Zeichen. Und Wolf neben dir wird den Song einspielen."

„Danke, Miles."

„Keine Ursache. Übrigens: Wolf. Du hast noch ein Date offen. Versuche doch, es noch zu genießen. Es ist dein letztes für diesen Abend."

Ich nickte lächelnd.

*Gong.*

Miles hatte scheinbar immer für alles eine Lösung. Meine Laune besserte sich deutlich. Er und Sarah verschwanden, um das Buffet aufzufüllen und die Sektgläser zu richten, damit der Abschluss dieser Rendezvous-Runde gebührend gefeiert werden konnte.

Nun konnte ich sogar das Date mit dem Wolf genießen. Immerhin war er mir schon beim Betreten des Raums aufgefallen. Sarahs Worte gingen mir durch den Kopf: *Er ist ein Wolf im Wolfspelz. Du wirst deinen Spaß haben.*

Hoffentlich.

Ich lächelte und der Archetyp eines tierischen Mannes lächelte zu mir zurück. Er hatte sogar ein wölfisches Grinsen, aber eben keine langen Eckzähne. Ich schob jeden Gedanken an Tom – den einzigen männlichen Vampir dieser Feier – beiseite, denn das bevorstehende Date versprach, interessant zu werden.

*Gong.*

„Hallo, ich bin Wolf."

„Ich bin Lea. Ähm, du heißt Wolf? Habe ich das richtig verstanden?"

Er nickte lächelnd. „Du bist die Fünfzehnte, die mich das fragt."

„Tut mir leid."

„Ich bin selbst schuld. Wenn ich mich mit diesem Namen als Wolf verkleide, sind erst mal alle irritiert. Ist schon in Ordnung."

Er klang nett und sein Lächeln war warm. Er hatte kräftige, breite Schultern, an die ich mich gerne angelehnt hätte, weil ich nach der Spannung zwischen Tom und mir noch immer aufgewühlt war. Allerdings konnte ich Wolf mit den strahlenden blauen Augen – ein echter Eyecatcher – schlecht sagen, dass ich in den Arm genommen werden wollte.

„Möchtest du auch noch im Schnelldurchlauf die anderen Daten haben, die ich reihum gefragt wurde?", erkundigte er sich.

„Ich weiß nicht recht. Bekommst du dann nicht das Gefühl, dass du besser ein Diktiergerät hergeschickt hättest, statt selbst zu kommen?"

Er lächelte und zuckte mit den Schultern. „Auf einmal mehr kommt es auch nicht an."

„Sag mir lieber etwas, worüber du heute noch mit keiner gesprochen hast. Dann wüsste ich etwas, was nur zwischen uns beiden ist. Worüber möchtest du eigentlich reden?"

Gott, sah der Mann gut aus. Er hatte wundervoll große Hände, mit denen er mir gern den verspannten Rücken massieren dürfte. Sein Mund war mindestens so sinnlich und einladend wie Toms und sein Gesicht war sehr markant. Er sah wirklich wie ein Wolf aus. Seine Eltern hatten den passendsten Namen auf dem ganzen Planeten für ihn gefunden. Selbst seine Körperspannung wirkte attraktiv.

Alle Gedanken an Tom waren vergessen, null und nichtig angesichts dieses Prachtexemplars. Ich war mir sicher, dass alle Damen im Raum Wolf auch bemerkt hatten, aber keine konnte ihn so sehr wollen wie ich. Denn keine fühlte sich gerade so verzweifelt wie ich. Ich wollte nur noch Ablenkung und diesen köstlich süßen Flirt. Ich würde versuchen, in diesen fünf Minuten völlig zu ertrinken.

„Das gefällt mir, Lea. Worüber ich selbst reden möchte, hat mich heute noch keine gefragt."

Innerlich jubilierte ich, denn ich war aus dem Schwarm der breiten Masse heraus. Ich wollte vor diesem tollen Mann auffallen wie ein Leuchtfeuer. Er sollte mich sehen und begehren, denn erst dann würde ich mich gut fühlen.

„Sag mal, Lea, ich weiß, dass du als Schneewittchen hier bist, aber willst du nicht trotzdem mit zu mir in meinen Film kommen?", fragte er liebenswert.

„Und welcher Film ist das?" Ich dachte an Rotkäppchen.

Doch er sagte: „Der mit dem Wolf tanzt", und lächelte mich an.

„Ja, richtig, es wird gleich getanzt."

„Und ich hoffe auch mit mir." Er sah mich erwartungsvoll an und ich lächelte und nickte.

„Gern."

Ich würde sogar eine Menge Dinge gern mit Wolf tun.

Tanzen war eine wunderbare Gelegenheit, in seine starken Arme zu gelangen. Der Abend klang wieder gut.

Ich lächelte und Wolfs Augen blitzten betörend.

*Gong.*

# ᘓ 7 ᘐ

Nach dem letzten Gong erhob sich Cäsar auf seine Kiste, räusperte sich kunstvoll und bat mit einer beschwichtigenden Geste um Ruhe. „Bürger Savannahs, Brot und Spiele sind noch nicht beendet. Wir möchten mit euch den Abschluss der Rendezvous und die Einleitung des weiteren Abends mit Sekt feiern. Also bedient euch. Die Tänze werden gleich eröffnet. Ein Dankeschön vorweg an unseren Musikmann Wolf. Applaus."

Der Mann vor mir grinste und ich klatschte artig. Dann schlenderten wir zu den Sektgläsern und stießen an. Ich entdeckte Tom mit der Teufelin. Unsere Blicke trafen sich und mir wurde bewusst, dass wir beide zwar attraktive Gesprächspartner hatten, aber doch nur wieder uns ansahen. Dann wurde Toms Blick von Marilyn und Cleo abgelenkt, die ihre Gläser an seines schlagen wollten.

Sarah erschien an meiner Seite und hatte Ronny im Schlepptau. Miles und Colin gesellten sich dazu und auch Pinocchio fädelte sich durch die Gäste zu unserer Gruppe. Eine Menge Glasränder begegneten sich. Sarah hakte sich lächelnd bei mir ein. Mir wurde bewusst, dass wir beide gleich fünf Männer unter Beschlag nahmen.

Doch dann fiel mir auf, dass Tom das ausglich, indem er unerhört viele Frauen um sich scharte.

„Tolle Party“, wurde Miles einhellig gelobt.

„Freut mich.“ Er sonnte sich in den Komplimenten.

„Sag mal, Miles, könntest du vielleicht den ersten Song bedienen?“, fragte Wolf. „Ich würde gerne mit Lea tanzen.“

Colin klinkte sich ein. „Mir hat sie auch mindestens einen Tanz versprochen.“

Pinocchio grinste. „Ich melde ebenfalls Interesse an. Zum Glück sind wir nur zu dritt und nicht zu siebt, nicht wahr, Schneewittchen?“

*Klar*, dachte ich mit schwindenden Sinnen, *und Tom ist der vierte Zwerg*. Nun ja, der Abend war jung und Sarah schaltete sich zu meiner Rettung ein.

„Und ich?“, fragte sie gespielt betrübt ins konkurrierende Testosteron hinein.

„Ich würde wahnsinnig gern mit dir tanzen“, erbot sich Ronny sofort.

Ihr Gesicht erhellte sich und sie zog mich kurz davon.

„Was machst du wegen Tom? Miles hat erklärt, du schnappst ihn dir während der Damenwahl?“

Ich nickte. Natürlich hatte ihr Bruder mit ihr geplaudert. Dafür würde ich ihr das später mit Ronny erzählen. Mein Blick wanderte zu Tom, der von mehreren Mädels belagert wurde. Hoffentlich würde ich durch die weiblichen Fronten brechen können, wenn es zur Damenwahl kam.

„Zumindest werde ich mein Bestes versuchen“, sagte ich daher.

Sarah schaute zu ihm und schenkte mir dann einen „Ich hab’s dir ja gesagt“-Blick.

Ich war trotzdem überrascht, wie viel Interesse an einem Vampir bestand. Wieso verschwand Tom dann nie zu Dates? Seit ich bei ihm wohnte, hatte ich noch von keiner Verabredung etwas bemerkt. Bisher hatte ich mir das mit seinen langen Zähnen erklärt, aber anscheinend war Tom sogar recht beliebt. Außerdem hätte er ja auch mit Vampirinnen ausgehen können. Er hatte mir doch vorhin selbst erzählt, dass er eigentlich ganz gerne eine Beziehung hätte. Was war nur mit ihm los?

Wolf tauchte neben mir auf und ich hörte, wie Tanzmusik eingespielt wurde.

„Wollen wir?“, fragte er mit diesem betörenden Glanz in den Augen.

Ich nickte und ließ mich von ihm auf die Tanzfläche entführen. Wolf bewegte sich sehr sicher auf dem Parkett. Das war gut so, denn ich fühlte mich etwas schwach in seinen kräftigen Armen.

„So, Schneewittchen“, meinte er schmunzelnd. „Da konnte ich dich den anderen also doch noch entreißen.“

Mein Mund war ganz trocken und mein Kopf völlig leer. Ich spürte der Bewegung seiner Muskeln unter meinen Händen nach. Am liebsten hätte ich meine Handflächen wieder und wieder über seinen sehnigen Körper gerieben, aber ich behielt sie brav an Ort und Stelle.

„Hattest du da Zweifel?“, fragte ich lächelnd.

„Für einen Moment habe ich schon befürchtet, dass du mich versetzen könntest“, gestand er.

Hahaha! Ich hätte ehrlich hysterisch kichern mögen. Klar, ich und Wolf versetzen ... und morgen ging die Sonne im Westen auf.

„Die Gefahr besteht nicht“, versicherte ich und seine

erfreute Reaktion wärmte mich innerlich. Das war definitiv beidseitig.

„Ich ärgere mich gerade schwarz, dass ich heute für die Musik zuständig bin. Jetzt hätte ich lieber Zeit, um mit dir zu tanzen.“ Er setzte ein zerknirschtes Gesicht auf. „Stattdessen stehe ich hinter dem Mischpult und lege auch noch die Musik auf, zu der andere Typen dich herumwirbeln dürfen. Am besten spiele ich konsequent *Death Metal.*“ Wolf zwinkerte mir zu.

„Davon wäre Miles bestimmt nicht sehr erbaut. Aber ich kann dir einen Gegenvorschlag machen.“

„Lass hören. Ich kann jede Aufheiterung brauchen.“

„Ich kann dich ja hinter deiner Musikanlage besuchen, DJ Wolf. Dann können wir plaudern und den anderen beim Tanzen zusehen. Außerdem ...“ Ich grinste. Seine Miene hatte sich immer mehr erhellt und sein Blick klebte nun neugierig an mir.

„Ja?“, raunte er. Seine blauen Augen durchdrangen mich.

*Huh,* eine Gänsehaut prickelte meinen Körper entlang. Zum Glück musste ich bei diesem Tanz nicht führen, sonst wären wir jetzt hingefallen.

„Wenn du Elvis Presley auflegst und *Elvis* dazu bringst, zu dem Song zu performen, wäre das genial“, gluckste ich.

„Aber du bist dann bei mir hinterm Mischpult und lachst dich zusammen mit mir tot, ja?“, fragte er hoffnungsvoll.

Ich nickte kichernd und fühlte mich etwas beschwipst vom Sekt. Vielleicht sollte ich mal etwas essen.

„Okay, Lea, wenn du mich dahinten besuchst, gebe ich mein Bestes.“

Ich fand es ja süß, dass er so auf meine Gesellschaft aus war.

Mit einem dicken Frosch im Hals wollte ich da mal nachhaken. „Sag mal, Wolf, ich bin etwas irritiert. Ich meine ...“ Ja, genau, wie verpackte ich meine Frage so, dass ich nicht völlig dämlich klang?

„Spuck's aus, Schneewittchen“, forderte er lächelnd.

Meine Wangen glühten. Irgendwie musste ich an ein Stück Apfel denken, das Schneewittchen im Mund steckte und ihr den Atem stocken ließ. Dabei hatte ich keinen Apfel gegessen. Und irgendwie dachte ich an Tom. Genau als ich das tat, sah ich ihn hinter Wolfs Schulter. Sein Blick, den ich nicht deuten konnte, ruhte auf mir.

*Jetzt gerade stockt mir ziemlich der Atem, Tom.*

Aber da ich ihn verprellt hatte, würde er mich sicher nicht mehr retten kommen. Außerdem hing Cleopatra an ihm wie eine räudige Katze und drückte gerade ihren Zeigefinger in Toms Mundwinkel, um seiner verhärmten Lippenlinie zu seinem bewährten Lächeln zu verhelfen. Ich hätte das Weib schlagen mögen.

Gleichzeitig fühlte ich mich hundeelend, weil der kalte Blick und der freudlose Mund mein Werk waren. Es stieß mir sauer auf zu sehen, dass Cleopatra Toms Gemüt reparieren wollte, während das eigentlich meine Aufgabe war. Doch ihr bohrender Finger raubte mir Toms Aufmerksamkeit. Eine gewaltige Entfernung schoss zwischen uns, als er fortsah. Aus fünf Metern war ein Lichtjahr geworden. Es musste an Einstein und den beiden Raumschiffkapitänen hier liegen, dass dies möglich war. Gleichzeitig katapultierte mich der Abriss unseres Blickkontakts zurück in Wolfs Arme. Für einen

Moment hatte ich seine Gegenwart völlig vergessen.

„Lea?"

„Ja?"

„Was hat dich irritiert?"

Ich brauchte einen Augenblick, um zu begreifen, dass er nicht das Intermezzo mit Tom meinte. Und es dauerte noch ein paar Sekunden, bis mir unser Thema wieder einfiel.

„Ich habe mich nur gefragt, ob denn hier keine anderen Damen ... na ja ..."

„Ob ich mit keiner anderen meine Zeit verbringen will?", versuchte er, meine Worte zu erraten.

„Ja."

„Nein", gestand er.

*Pump-pump*. Mein Herz beschleunigte sich wieder.

Der Tanz endete und Colin stand bereit, um unser Date nachzuholen. Was für ein denkbar ungünstiger Moment! Wolf lächelte mich etwas verloren an und verschwand zur Musikstation. Als er ging, blickten einige Frauen ihm nach. Aber er wollte mich.

Eigentlich konnte ich mir das mit dem süßen Colin nun sparen. Allerdings wäre das unhöflich gewesen und so ließ ich mich von ihm zum Tanz entführen. Er war nicht ganz so groß wie Wolf. Ich konnte meine Arme bequemer parken.

Mit einer Kopfbewegung deutete ich zu Sarah, die mit Ronny tanzte. „Die beiden sind hübsch zusammen, oder?"

Er schüttelte den Kopf und ich sah ihn fragend an.

„Es geht hier nicht um die beiden", informierte er mich. „Dieser Tanz ist für uns, Lea. Dieses Mal will ich nur von dir und mir sprechen."

Mir schwanden beinahe die Sinne. Hatte ich etwas nicht mitbekommen? War ich heute früh im Café mit Kyle in der *River Street* von irgendwem mit Männer lockenden Botenstoffen bestäubt worden? Es war nicht so, dass ich sonst nicht bei Männern ankam, aber in solch einer Konzentration war es bemerkenswert. Und wie jede Überdosis versetzte auch diese mich in einen surrealen, alltagsfremden Zustand. Vielleicht lag es daran, dass wir kostümiert waren, keiner war wirklich er selbst. Ich fühlte mich fast mehr wie Schneewittchen als wie ich, Lea. Noch eine Stunde und ich würde paranoid über die Schulter blicken und wahrhaft glauben, eine rachelüsterne Stiefmutter käme mich heimsuchen, während kleine Zwerge sich über das Buffet hermachten.

Was war hier nur los? Ich konnte wirklich etwas Luft und einen klaren Kopf gebrauchen. Besonders, weil ich da noch etwas mit Tom ausbügeln musste. Seinem Blick nach stand mir echte Knochenarbeit bevor.

*Zuviel,* dachte ich erschöpft. Das war einfach zu viel. Dieser Abend war zu ereignisreich, zu dicht von Kuriositäten durchdrungen, und kleine Sektbläschen wirbelten und schäumten durch meine Großhirnrinde.

„Alles okay bei dir?“, fragte mich Colin.

„Mir ist etwas schwindlig, aber es geht schon.“

„Ich bin ja froh, wenn ich diese Wirkung auf dich habe, aber falls du es gar nicht aushältst, sagst du Bescheid“, erklärte er fürsorglich.

Ich lächelte schwach. „Mache ich.“

Sacht und behutsam tanzte Colin mit mir und wir schwebten auf einer Wolke von Musik dahin. Er war leichtfüßig, doch er hielt mich nicht so dominant wie Wolf. Schade eigentlich, denn diese Energie von Wolf besaß einen gewissen Reiz. Es war schön, wenn ich mich einfach anlehnen konnte.

„Okay, dann fange ich mal an“, erklärte Colin. „Ich bin zweiundzwanzig, mache meine Ausbildung bei der Polizei und bin hier gerade verdeckt ermittelnd unterwegs, um zu kontrollieren, ob niemand Drogen nimmt.“ Er sah mich todernst an. Doch dann grinste er plötzlich. „Außerdem spiele ich natürlich Volleyball mit Miles. Daher kennen wir uns alle: Ronny, Miles und ich.“

Allein der Gedanke, dass Colin sonst eine Uniform, Handschellen und eine Knarre trug, Leute filzte und ihnen dabei mit der stahlharten Miene von eben ihre Rechte vorlas, machte mich ziemlich an. Colin war also einer dieser fürsorglichen Männer, die für Recht und Ordnung sorgten und für mein Wohlergehen ihren knackigen Hintern riskierten. Und ich hatte ihn für einen Softie gehalten!

Dabei war er ein Beschützertyp. Sollte ich mich nun darüber freuen, dass Colin wieder im Rennen war? Es machte die Sache nicht leichter, dass ich nun prüfen musste, ob ich einen süßen Polizisten wirklich für einen tierischen Mann sausen lassen wollte. Kruzifix noch mal, da war ich seit über einem Jahr solo und suchte wie ein Trüffelschwein nach einem Freund, und plötzlich tanzten sich einfach so zwei tolle Exemplare in mein beschwipstes Leben und stellten mich vor die grausame Qual der Wahl.

Irgendwie nahm mich das Leben doch auf die Schippe. Und irgendwo war auch noch Pinocchio unterwegs. Wer weiß, vielleicht war er Feuerwehrmann und rettete alte Frauen aus brennenden Häusern und kleine Katzenbabys von Bäumen. Das würde zumindest passen, denn er war in einer Tanzreihenfolge mit dem Polizisten und Tom, dem angehenden Mediziner, dran. *Lasst mich durch, ich bin Arzt.* Es kam mir ein bisschen vor, als wäre ich auf einem skurrilen Ball der städtischen Bürgerdienste gelandet.

„Du trägst sonst also eine Knarre mit dir herum, Colin?“, hakte ich neugierig nach.

„Sicher, die gehört zur Grundausstattung.“

„Hast du keine Angst, dass dir etwas passiert?“

Er sah mich nachdenklich an. „Weißt du, Lea, natürlich habe ich auch Angst, wenn jemand eine Waffe auf mich oder einen anderen Menschen richtet. Aber ich werde dafür trainiert, trotz meiner Angst, einen kühlen Kopf zu bewahren, nicht gelähmt zu sein oder in Panik zu geraten, sondern zu versuchen, zu helfen und zu deeskalieren. Und auf jemanden wie dich würde ich furchtbar gern aufpassen.“

Dabei sah er ganz ernst aus. Das spielerische Zwinkern fehlte. Es waren die Worte eines Mannes, der jeden Tag erschossen werden konnte.

„Ich hoffe, dass ich mich nicht so dumm anstelle, mich und damit dich oder jemand anderen in eine gefährliche Situation zu bringen“, antwortete ich berührt.

Allein der Gedanke, dass er sich für mich anschießen lassen könnte, war furchtbar.

„Lea, man kann nicht immer etwas dafür. Dinge passieren einfach, ob unverschuldet oder nicht.“

„Das ist irgendwie erschreckend, oder?“ Ich fühlte mich ganz betrübt und mir war so schwindlig.

Er nickte ernst. „Vieles, was ich sehe, ist erschreckend.“

Ich musste schwer schlucken. Für jemanden in seinem

Alter wirkte er, als hätte er definitiv schon mehr gesehen, als es der Fall sein sollte.

„Wenn du jemanden zum Reden brauchst, ich kann manchmal ganz gut zuhören“, bot ich ihm an.

„Manchmal?“ Jetzt lächelte er wieder.

„Weißt du, ich bin gelegentlich etwas unkonzentriert“, gab ich zu. Dann fragte ich aus einem Impuls heraus: „Du magst sicher Kaffee, oder? Und Donuts?“

„Etwa, weil ich Polizist bin?“ Er grinste unverhohlen.

„Ja, genau. Außerdem mag ich Süßigkeiten“, gestand ich.

Er schaute mich überrascht an. „Und das heißt?“

„Na, wenn du Süßigkeiten magst und ich Süßigkeiten mag ...“, versuchte ich zu erklären. Puh, war das schwierig, jemanden einzuladen. Besonders, wenn ich eigentlich wollte, dass er mich einlud.

„Dann bräuchten wir immer ziemlich viel davon im Haus?“, probierte er meinen Satz zu beenden.

Ich schüttelte den Kopf. So weit hatte ich noch nicht gedacht. Ich war erst beim Organisieren eines Dates, weniger bei der Einrichtung unserer Wohnung.

Er startete einen zweiten Versuch. „Dann werde ich in Coffeeshops immer nach dir Ausschau halten?“, schlug er vor.

Hm, das klang irgendwie nicht nach einer Verabredung. Doch bevor ich darüber grübeln konnte fügte er hinzu: „Zum Beispiel morgen? Mittag? In einem Shop deiner Wahl?“

Ich musste schmunzeln. „Du meinst, du bist zufällig da, wo ich bin und schaust, ob du mich findest?“

Er nickte. „Und?“

„Schwierig ...“ Gespielt nachdenklich legte ich den

Finger an den Mund. „Ich könnte vielleicht im *Krispy Kreme* in der *Abercorn Street* sein“, orakelte ich.

„Ja, vielleicht“, stimmte er zu. Wir lächelten uns an.

Der Tanz endete und Sarah tauchte neben mir auf. Ronny stand glückselig hinter ihr. Der war ja so was von verknallt. Sie entführte mich von Colin und ich sah, wie er von Ronny in Beschlag genommen wurde.

„Wow, was hast du denn mit Ronny angestellt?“, fragte ich.

Mein Kopf kam mir reichlich vernebelt vor. Daher schlug ich die Richtung zum Buffet ein. Eine heiße Schokolade im Café mit Kyle und etwas Popcorn von Tom ... War das wirklich alles, was ich heute gegessen hatte? Kein Wunder, dass der Sekt mich so außer Gefecht setzte.

„Ach, Ronny ist irgendwie süß. Er himmelt mich schon die ganze Zeit an. Du hättest mal unser Date hören sollen.“

*Ähm, ja.* Ich behielt meinen Lauschangriff mit Colin für mich.

„Jedenfalls“, fuhr sie fort, „gehen Miles und die Jungs morgen am Strand Volleyball spielen. Ronny hat gefragt, ob ich zuschauen will. Also habe ich okay gesagt, obwohl es schon schräg ist, dass mein Bruder immer mit dabei ist, wenn ich Ronny sehe. Allmählich beginne ich zu begreifen, wie das mit Anstandsdamen im Mittelalter funktioniert hat.“

„Ach, mach dir keine Sorgen. Miles wirft sich bestimmt nicht dazwischen, wenn ihr beide auf Tuchfühlung geht.“

„Weißt du zufällig mehr als ich?“, horchte sie auf.

Ich konnte mir ein breites Grinsen nicht verkneifen und zog Sarah zu mir heran. „Sag Ronny nicht, dass ich es dir verraten habe, aber er hat Miles gebeten, dass er euch miteinander bekannt macht. Ronny hat ein Foto von dir gesehen, das Miles herumgezeigt hat. Und daraufhin hatte Miles die Idee ..."

Ich brach ab, denn ich kicherte mich halb schlapp.

Sarah sah mich mit großen Augen an. Sie erinnerte mich an ein Cartoon-Kaninchen, so niedlich war sie. „Lea, sag schon. Was läuft da genau?"

Oh, wie sie beinahe platzte vor Neugier. Und wie mir vor lauter Lachen fast der Bauch und vor Schwindel fast der Schädel zerknallten. Sie begann, mich ein klein wenig zu schütteln. Ich sah ein paar Sternchen vor meinen Augen tanzen.

„Shhh!", bat ich sie beschwichtigend.

Sie stellte das Rütteln ein und ich flüsterte grinsend: „Miles hat extra für dich und Ronny das Speed-Dating arrangiert. Ist das nicht witzig? Der arme Ronny ist doch so scheu. Nimm es ihnen nicht übel. Ich habe ja auch gerne für euch mitgeflirtet. Nur durch euch bin ich morgen mit Colin verabredet. Wir treffen uns zufällig im *Krispy Kreme*."

Sarahs Augen weiteten sich entzückt. „Oh, toll, du hast ein ... äh ..." Jetzt runzelte sie doch die Stirn. „Was ist das mit dem *zufällig* genau?"

„Schicksal nehme ich an. Eine Verabredung wäre ja geplant. Aber uns wird die flüchtige Eingebung in die gleiche Filiale führen, zu genau derselben Zeit. Schon irre, oder?"

„Ja, das ist wirklich *irre*. Könnt ihr Leute keine normalen Dates mehr haben?" Sie verdrehte die Augen und grinste.

„Er ist Cop", zwitscherte ich.

Sarah warf mir einen vieldeutigen Blick zu. „Oh, Süße, da fallen mir eine Menge unanständige Dinge ein, für die mich ein Cop mal durchsuchen könnte."

Ich gluckste und zeigte ihr einen Vogel. „Geh weg, das ist meiner. Du hast Ronny. Ach, was ist eigentlich mit Pinocchio? Hast du herausgefunden, was er so macht?"

„Automechaniker", erklärte sie.

„Ich habe gar kein Auto."

„Ja, das ist ungeschickt. Aber ich muss sagen, du sammelst hilfreiche Verbindungen. Reicht dir Colin denn nicht? Willst du wirklich noch mit der Holznase anbandeln?"

Vage zuckte ich die Schultern. „Mir wird es schon etwas viel", gab ich zu. „Denn Wolf hat mir gestanden, dass er außer mir keine andere hier will und ich ihn hinter seinem Mischpult besuchen soll."

„Uh, hinter dem Mischpult", säuselte Sarah mit unanständigem Tonfall.

Ich schlug ihr gespielt auf den Arm. „Hast du immer nur das Eine im Kopf?"

„Na, zumindest habe ich dabei immer nur *einen* im Kopf. Du hast gleich ... oh, weia, drei! Colin, Wolf und die Langnase."

„Er heißt Robert."

„Übernimm dich bloß nicht, Mädchen."

„Hey, ich treffe mich bloß mit ihnen. Ich will sicher nicht mit allen dreien etwas anfangen. Aber ich will mir in Ruhe den Richtigen aussuchen."

Sarah lächelte mich merkwürdig an. „Weißt du, Lea, wenn du dir den *Richtigen* aussuchen willst, dann solltest du Tom nehmen."

Ich war sprachlos. „Du fandest schon drei zu viel und

bringst noch einen Vierten ins Spiel?“, fragte ich ungläubig.

*Tom? Ausgerechnet Tom!*

„Nein, du solltest die anderen weglassen und *nur* Tom nehmen. Aber wenn du schon Dates mit anderen hast, solltest du diesen Sammeltrieb ablegen.“

„Ich wollte auch gar nicht, dass es so viele werden.“

Sie zuckte die Schultern, als könnte ich jetzt auch nichts mehr daran ändern. „Wenn du morgen sowieso schon mit Colin zum Donutsessen verabredet bist, kannst du ihn doch auch noch begleiten, wenn er danach zum Beach-Volleyball geht. Dann können wir den Jungs gemeinsam beim Spiel zuschauen und uns sonnen, nachdem wir heute schon nicht am Strand waren. Außerdem bin ich dann nicht so allein und kann noch dazu mit dir quatschen. Lauter gute Gründe“, meinte sie zwinkernd.

Ich grinste. „Du hattest mich schon nach dem ersten überzeugt und bist bei mir erfolgreich offene Türen eingerannt. Meinen Glückwunsch.“

„Wunderbar.“ Sie strahlte mich an.

Dann blickte sie kritisch in die Menge und warf Miles ein paar Zeichen zu. Sicher irgendeine geschwisterliche Ausgeburt der Kommunikation, die für Outsider völlig unverständlich war.

„Ich habe Miles gerade signalisiert, dass er sich für die Damenwahl startklar halten soll“, informierte sie mich schließlich. „Ich werde mir jetzt Tom angeln und ihn aus den Klauen dieser Weiber reißen. Dann tänzele ich in deine Nähe und sobald die Damenwahl ausgerufen wird, steht er vor dir. Bereit?“

„Das hast du gerade mit Miles abgemacht?“ Ich war

verblüfft.

„Klar. Bis gleich.“ Damit verschwand sie und drängelte sich zu Tom durch.

Gerade als ich mich zum Buffet wandte, um mir endlich Zeit für die leckeren Häppchen zu nehmen und etwas Kraft vor meiner Tanzeinlage mit Tom zu tanken, vernahm ich ein Räuspern hinter mir. Als ich mich umblickte, stand Pinocchio – im echten Leben auch Robert genannt – vor mir und lächelte mich entschuldigend an.

„Ich bin Agent Bob und muss sie dringend auf die Tanzfläche in Sicherheit bringen, Madame. Meine sieben Spitzel haben mir verraten, dass eure werte Stiefmutter mit einer Sackladung giftiger Äpfel unterwegs ist, Schneewittchen.“

Ich musste schmunzeln. „Mensch, Bob, hast du deine Nase immer noch nicht repariert?“

Robert zwinkerte und griff nach meinen Händen. Er zog mich auf die Tanzfläche und ich sah flüchtig, wie Wolf uns missmutig beäugte. Himmel, ich war doch nur Schneewittchen. Warum waren sie nicht alle auf Marilyn und die Teufelin scharf? Aber Wolf war wirklich zu attraktiv, als dass ich mich über seine Aufmerksamkeit beschwert hätte.

„Nein, ich schraube an Autos, nicht an Nasen“, gestand Pinocchio.

„Davon habe ich schon gehört.“

Er tanzte ziemlich gut, beinahe schwindelerregend. Mir war reichlich flau im Magen.

„Sei nicht sauer, wenn ich so drängele, aber ich hab nicht viel Zeit“, erklärte er.

„Was meinst du?“ Ich verstand rein gar nichts.

„Ich habe meiner Schwester versprochen, dass ich ihr beim Umzug mit den schweren Schränken helfe. Sie hat heute Abend das Geschirr eingewickelt und alles leergemacht und ich schraube jetzt an den großen Möbeln herum, damit wir sie morgen abtransportieren können. Deswegen muss ich gleich los. Aber vorher wollte ich dich nach einem Date fragen."

Okay, das ging wirklich schnell. Eigentlich mochte ich das nicht, aber wenigstens hatte er einen guten Grund für seine Eilattacke. Zwar hatte ich schon genug Dates, doch ich wollte ihn nicht einfach durch die Tür spazieren lassen, falls er der Richtige für mich war. Wir hatten uns beim Date prima verstanden.

„Also, gut", stimmte ich zu.

Vielleicht verlief sich das mit Colin und Wolf ja im Sande. Ich war zu wirr im Kopf, um klare Entscheidungen treffen zu können. Ich musste schnellstens zum Buffet und meinen Blutzucker aufpeppen.

Robert lächelte mich an. „Was hältst du von Freitagabend?"

„Klingt gut, da habe ich Zeit."

„Wie wäre es, wenn wir uns halb acht vorm *Carmike Cinema* treffen?", schlug er vor.

Ich überlegte kurz. „Das ist das Kino in der *Stephenson*, oder?"

„Genau."

Das hörte sich gemütlich an: Kino, bequeme Sitze, leckeres Popcorn ...

„Okay, dann also Freitag."

„Hey, toll, Lea. Dann verabschiede ich mich jetzt. Lass dich nicht von den Zwergen ärgern. Ich wünsche dir noch einen lustigen Abend. Bis Freitag."

„Bis dann."

Er ließ meine Hände los und lächelte, bevor er verschwand.

Etwas benommen wollte ich mich endlich zu den gelobten Häppchen aufmachen, als Sarah sich mit Tom in mein Blickfeld tanzte und mir verschwörerisch zuzwinkerte. Ich wollte ihr noch signalisieren, dass ich schnell etwas Nahrung brauchte, als ich Miles bereits sagen hörte: „Liebe Gäste. Höchste Zeit, der Party neuen Schwung zu verleihen. Ich rufe hiermit Damenwahl aus. Und jeder der Männer ist verpflichtet, den Tanz anzunehmen. Auf geht's!"

Dabei hielt er grinsend Cleopatra im Arm.

Sarah war direkt vor mir angelangt und ich atmete tief durch. Der Blutzuckerspiegel musste warten. Nervös tippte ich Toms Schulter an und er sah sich überrascht zu mir um. Ich erkannte aus den Augenwinkeln, wie die Teufelin und die Schneekönigin sich heranpirschen wollten und nun enttäuscht innehielten und sich nach Ersatz umsahen.

„Huhu, Sarah, dürfte ich wohl übernehmen?", fragte ich wie besprochen.

Sarah nickte zufrieden und trat mir Tom großzügig ab. „Klar, Schatz."

Seine Augen wurden schmal. Er schien das abgekartete Spiel zu durchschauen, aber Miles hatte ihn der Möglichkeit beraubt abzulehnen. Es war eigenartig. Plötzlich stand ich vor ihm und so reserviert Toms Blick auch war, er fügte sich in sein auferlegtes Schicksal und nahm meine Hände zum Tanz. Seine eigenen waren warm und kräftig und mir war schwindlig. Aber das jetzt war wichtig. Ich musste mich bei ihm entschuldigen oder ihm vielmehr klarmachen, dass ich ihn eigentlich gar nicht beleidigt hatte.

„Hey Tom“, meinte ich etwas betreten. Seit wann war ich schüchtern?

„Hey Lea.“

Für einen Moment glaubte ich, dass er mich fragen würde, ob ich mir für meine Damenwahl keinen anderen nehmen wollte, doch Tom schwieg. Er sah mich unentwegt an, mitten in meine Augen, und ich war zu gebannt, um wegsehen zu können. Tom hatte wirklich schöne Augen. Er konnte mit ihnen mehr Freude und Heiterkeit ausstrahlen, als manch anderer mit einem breiten Grinsen. Doch im Moment fehlte das Lächeln in seinem Blick. Ich wollte es wiederhaben, wollte, dass die Welt zwischen uns in Ordnung kam. Kleine goldene Sprenkeln flammten um seine Pupillen. Ohne es zu merken rückte ich näher, um sie mir besser ansehen zu können.

Tom zog mich fester in seine Arme und tanzte wunderbar schwerelos mit mir über das Parkett. Seine Hände fühlten sich unglaublich stark und sicher an und in meiner Nervosität verwob ich meine Finger mit seinen. Mir war warm und schwindlig. Jeder Zentimeter schien sich zu drehen. Ich hörte nur noch Musik, sah nur noch Gold getupfte braune Augen ... wie warmer Mokka.

„Lea?“, fragte er mich.

Er klang merkwürdig entrückt. Ich taumelte gegen Tom. Mein ganzer Körper strandete auf ihm und sein fester Bauch und die kräftige Brust boten mir einen herrlichen Halt. Ich legte meinen Kopf an seine Schulter und spürte, wie sein Arm sich fest um meinen Rücken spannte und mich aufrecht hielt. Wie ein Blitz schoss die Erinnerung an unseren Kuss in mein Bewusstsein. Warme, weiche Lippen. Meine Wangen fühlten sich heiß an. Tom küsste so seidenzart, schmeckte so gut, so ...

„Lea“, wiederholte er noch eindringlicher.

„Mir ist so schwindlig, Tom“, stammelte ich.

Er brachte mich von der Tanzfläche, führte mich nach draußen und setzte mich neben sich auf eine Bank. Sein Arm ruhte um meinen Schultern und das Cape seines Kostüms hüllte uns beide ein. Er sah mich forschend an.

„Deine Pupillen sind okay“, stellte er fest. Was auch immer das hieß. Seine freie Hand strich über meine Wange. „Komm, iss deinen Apfel, Schneewittchen“, lockte er mich verführerisch, an meinem Schicksal zu kosten. Irgendwie kam ich mir erneut vor, als wäre ich im verdrehten Garten Eden. Das letzte Mal war es mir so gegangen, als ich das prachtvolle Haus seiner Eltern gesehen hatte.

Ich kicherte wie im Nebel. „Keine Chance. So dumm ist Schneewittchen nur einmal.“

„Lea, du musst etwas essen“, behauptete er.

Mir war wunderbar kribblig.

„Du willst mich ja nur retten und küssen“, durchschaute ich ihn benommen.

Himmel, waren seine Augen braun!

Er drückte mir den Apfel fest in die Hand. „Ich küss dich gleich, wenn du ihn *nicht* isst.“

War das ein Versuch, mir zu drohen?

Ein irrwitziges Prickeln tanzte durch meinen Körper wie prasselnde Funken von einem Lagerfeuer. Ich dachte an seine warmen, zarten Lippen und schaute seine braunen Augen herausfordernd an. Dann lächelte ich überlegen und warf den Apfel kurzerhand davon. Er schlug dumpf vor mir auf dem Boden auf und kullerte ins Gras.

Ich hätte kichern mögen. Die ganze Situation hatte ein urtümliches Eigenleben entwickelt. Ironisch zog ich meine Augenbrauen hinauf, denn erneut hatte ich Tom zum Duell gefordert.

Einen Moment schaute er verblüfft und forschte in meinem Gesicht nach einer Antwort. Ganz plötzlich zog er mich in seine Arme und begrub meinen Mund unter seinen Lippen. Er schmeckte süß und köstlich und ich ertrank eine kleine Weile in seinen Armen. Junge, konnte der küssen! Mir war so schwindlig und meine Welt stand Kopf. Das schien bei Tom Gewohnheit zu werden. Ich wollte nicht aufhören, aber benommen glitt ich aus seinem Kuss.

„Alles dreht sich“, murmelte ich matt.

Tom fluchte und drückte mich fest gegen die Lehne der Bank.

„Bin gleich wieder da“, erklärte er und verschwand. Erschöpft legte ich meinen Kopf in den Nacken und blickte hinauf in den Sternenhimmel. Lichterloh tanzten die Punkte der Sonnen und Galaxien wie Myriaden Glühwürmchen vor meinen Augen. Ich schloss die Lider und atmete tief durch. Die Luft war kühl und klar. Ich hatte gar nicht gemerkt, wie frisch es geworden war und begann ein wenig zu frösteln. Eine kalte Brise rauschte in den Bäumen, als tausende Blätter dem Wind antworteten.

„Hier“, hörte ich Tom sagen.

Ich blinzelte ganz benommen. Mir war, als wäre ich eingeschlafen und er würde mich wecken. Wieder kicherte ich. Tom hielt sich dicht an der Märchenvorlage: Erst hatte er mich geküsst und nun rüttelte er mich wach. Es fehlte nur noch, dass ich ein Stück Apfel ausspuckte.

Mir fiel wieder ein, was ich ihm so dringend hatte sagen wollen.

„Tom, es tut mir leid." Nervös schaute ich zu ihm auf.

Er stand wie angewurzelt da. Zögernd setzte er sich neben mich auf die Bank und hielt mir einen Teller und ein Glas hin.

„Trink die Cola und iss etwas", instruierte er mich.

„Ist das Diätcola?", wollte ich wissen.

„Ganz bestimmt nicht. Du brauchst den Zucker. Trink!"

Jede Herzlichkeit war aus seiner Stimme gewichen. Er war ganz der strenge Doktor. Ich gehorchte und nippte an der Cola. Sie war süß, kühl und tat erstaunlich gut. Ich schlürfte das Glas leer. Dann nahm Tom es mir aus der Hand.

„Iss das", forderte er.

Meinem Kreislauf ging es langsam besser, doch ich folgte artig seiner Anweisung und schaufelte die verschiedenen Häppchen in mich hinein. Himmel, tat das gut.

Als der Teller leer war, nahm Tom mir auch diesen weg.

„Bist du wieder okay?", fragte er ganz sachlich.

Ich nickte belustigt. „Danke, Herr Doktor."

„Kann ich dich alleine lassen?"

*Was?*

Sein Gesicht war noch immer völlig freudlos. Mit strengen ärztlichen Anordnungen hatte das nichts mehr zu tun. Wieso war er wieder so verschlossen? Er hatte mich doch gerade noch geküsst.

„Tom, es tut mir ehrlich leid“, beteuerte ich.

Er nickte knapp. „Habe ich schon verstanden. Ist alles bei mir angekommen, Lea.“

Seine Stimme klang bitter. Was auch immer da angekommen war, es funktionierte nicht, um unsere Welt zu kitten.

„Tom, warum bist du so sauer?“

„Mein Fehler“, sagte er nur und wollte gehen, doch ich packte ihn am Handgelenk.

„Was ist los? Wieso gibst du mir keine Chance, mich zu entschuldigen?“

„Dir tut der Kuss leid. Ich hab es kapiert. Vergiss es einfach. So wild war es nicht“, versicherte er mir und wollte wieder hinein. Langsam dämmerte mir unser zweites Missverständnis an diesem Abend.

„Tom, nein. Ich wollte damit sagen, dass mir die Sache von vorhin leidtut, als wir beim Speed-Date saßen.“

Irritiert zog er seine Augenbrauen zusammen. „Was genau tut dir leid, Lea?“ Er klang ganz bleiern.

„Ich wollte nicht sagen, dass Schneewittchen von keinem *Vampir* geküsst wird. Ich meinte doch nur, dass du kein Prinzenkostüm trägst, so wie es das Protokoll des Märchens vorschreibt“, versuchte ich, es ihm zu erklären.

„Ach, wirklich?“ Tom sah mich misstrauisch an und ich nickte überzeugt. Er ging vor mir in die Hocke und seufzte. „Da liegst du leider falsch, Lea. Draculas Mutter war eine Prinzessin und die Walachei ein Fürstentum.“

„Dracula war adlig?“, fragte ich erstaunt.

„Durchaus.“ Er nickte schwach. Irgendwie sah Tom

furchtbar traurig aus.

„Dann hast du alles richtig gemacht“, probierte ich ihn aufzumuntern.

„Ach, ja? Habe ich das?“ Bitterkeit schwang in seiner Stimme. „Warum sind dann die Dinge, wie sie sind? Es ist kein bisschen tröstlich, dass ich nicht mal eine Chance habe zu bekommen, was ich will, sogar wenn ich alles richtig mache.“

Ich schluckte schwer. „Was willst du denn?“, fragte ich leise.

„Lea, weshalb habe ich vorhin wohl geglaubt, dass du auf meinen Zähnen herumreiten und mich als Vampir beleidigen würdest? Ich habe in meinem Leben schon viele Vampirwitze gehört, aber niemand macht sich so oft über mich lustig wie du. Keiner gibt mir so sehr das Gefühl, defekt zu sein, wie du. Ich würde mir wünschen, dass du mehr als nur meine langen Zähne an mir sehen könntest. Ja, ich bin ein Vampir. Aber ich bin auch Tom. Gönne mir doch ein wenig Persönlichkeit. Mach die Augen auf und sieh das große Ganze dieser Welt, statt nur deine kleine Insel aus Vorurteilen.“

Er schüttelte den Kopf, stand auf und ging, ohne sich umzusehen. Unseren Kuss erwähnte er nicht mehr. Jedoch fiel mir ein, dass er gesagt hätte, er sei nicht so wild gewesen.

Etwas betäubt blieb ich zurück, denn noch immer spürte ich das Prickeln auf meinem Mund. Mir waren seine beiden Küsse durchaus bewusst. Und unter dem verwirrenden Beben meiner Lippen fühlte ich mich vor allen Dingen wie ein unglaublich schlechter Mensch.

Es war das erste Mal, dass Tom mich so kritisiert hatte. War ich wirklich so grausam? Ich hatte ihn wohl ziemlich verletzt und musste zugeben, dass ich mich bisher wenig um Toms Gefühle gekümmert hatte. Dabei war er einer der freundlichsten Leute, die ich kannte.

Zitternd von der Kälte stand ich auf und huschte zurück zur Party. Ich fühlte mich wie ein Fremdkörper, denn während alle um mich herum lachten und scherzten, war in mir alles schal. Ich beobachtete, wie Sarah träumerisch mit Ronny tanzte, als eine Ballade aufspielte. Ich erspähte Miles mit Cleopatra und Colin mit der Schneekönigin. Ich sah Tom, wie er sich lächelnd mit Marilyn im Takt wiegte. Wieso juckte es mich, dass er einer anderen das Lächeln schenkte, das er mir verwehrt hatte?

Ich brauchte jemanden, der mich nicht für einen miesen Menschen hielt. Jemanden, der mir sagte, dass er mich mochte. Also ging ich zu Wolf, der hinter seinem Mischpult zu lächeln begann, als ich auf ihn zusteuerte.

Ohne ein Wort zu sagen, zog ich ihn an mich und schmiegte mich an seine kräftige Brust. Wolf verstand meine stumme Aufforderung sofort, barg mich in seinen starken Armen und eröffnete den Tanz mit mir. Wir kreisten abseits der Tanzfläche hinter seinem Reglertisch im sanften Takt der Ballade. Ich schlang meine Arme um seinen Hals und lehnte meinen Kopf an seine Brust. Ich spürte seinen Atem in meinem Haar und lauschte seinem Herzschlag unter meinem Ohr. Sein kraftvoller Puls lullte mich ein und ich schenkte dem Takt seines Lebens mehr Gehör als dem Takt der Musik.

„Hey, Lea“, seufzte er zufrieden und ich schloss meine Augen vor dem Rest der Welt. Wolfs rauchige Stimme hieß mich willkommen. Für den Moment war ich kein schlechter Mensch mehr.

Mir war egal, dass Sarah uns sehen konnte, dass Colin seine Konkurrenz bemerkte, dass Tom mich für eine verzweifelte Singlefrau hielt. Ich klammerte mich an das gute Gefühl, das Wolf mir schenkte. Wohlig atmete ich ein und roch seinen angenehm herben Duft.

„Jetzt bin ich ziemlich froh, dass ich keinen *Death Metal* aufgelegt habe", gestand er. Ich hörte sein warmes Lächeln, ohne es zu sehen. Noch immer waren meine Augen geschlossen und die Dunkelheit wirkte wie ein isolierender Vorhang, hinter dem es nur uns beide gab. Ich hatte Angst, dass, wenn ich sie öffnete, die wohltuende Zweisamkeit platzte wie eine Seifenblase. Ich wollte die anderen nicht sehen, nicht die Skepsis in ihrem Blick, nicht den Neid der anderen Frauen und vor allem nicht Toms tadelnde Augen. Ich konnte auf jede Wertung verzichten.

„Hör nicht auf, mit mir zu tanzen, ja?", bat ich ihn.

„Auf keinen Fall", versprach er. „Weißt du noch? Du bist in meinem Film."

„*Der mit dem Wolf tanzt*", flüsterte ich.

„Genau. Hier gibt es keine böse Stiefmutter, die dir etwas antun will. Wo hast du denn den Apfel von ihr gelassen?", raunte er in mein Haar.

Ich schluckte schwer, weil es Toms Apfel war. „Weggeworfen."

„War er schlecht?", fragte er überrascht.

*Nein, der Apfel war gut. Mir war nur schlecht und dann ... warm und weich ...*

„Da war ein Wurm drin", log ich, obwohl es gleichzeitig stimmte, denn bei Tom und mir war neuerdings der Wurm drin. „Schneewittchen sollte keine Äpfel annehmen. Äpfel sind katastrophal."

Das hatte schon Eva merken müssen. Ein einziger Apfel hatte die Macht, ein Paradies dem Untergang zu weihen. Und was für Eva galt, war auch für Schneewittchen ein wahr gewordenes Verhängnis. Umso mehr, wenn sie von Dracula verführt wurde. Der Teufel steckte im Apfel. Aber ich hatte ihn doch weggeworfen und nicht gekostet. Wieso trieb mich dann dieser sündigsüße Kuss um? Warum schmeckten Toms Lippen so verboten gut?

Bestimmt, weil er nach so langer Zeit der einzige war, der meinen Mund berührt hatte. Es lag unmöglich an Tom. Jeder andere, der meine ausgehungerten Lippen küsste, würde dieselbe wunderbare Wirkung erzielen.

Ein Schauder rann Wirbel für Wirbel meinen Rücken hinab, als ich begriff, was ich tun würde. Sehnsuchtsvoll schmiegte ich mich an Wolf und er begann wie zur Antwort, über meinen Rücken zu streicheln. Meine Hände strichen unablässig über seinen Nacken.

„Lea", flüsterte er hungrig in mein Ohr.

Sein Mund war an mein Haar gewandert und ich fühlte seine Lippen wie einen zarten Hauch über mein Ohr streichen. Ich spürte die plötzliche Spannung in seinem Körper, als hätte jemand den Strom angestellt. Mir wurde bewusst, wie verschlungen wir uns aneinanderklammerten. Kein noch so dünnes Blatt Papier passte mehr zwischen uns. Ich drängte mich an ihn und nahm jeden Zentimeter seines Körpers wahr. Meine Finger gruben sich durch sein weiches Haar.

„Ich wünschte, ich könnte den Film umschreiben", murmelte er.

„In was?", flüsterte ich zurück.

„Ich würde *tanzen* gegen *küssen* tauschen."

Mein Hals wurde trocken und ich leckte über meine Lippen.

„Geht nicht beides?“, fragte ich vorsichtig. Wir waren dabei, Ernst zu machen. Mein aufgewühlter Herzschlag explodierte vor Nervosität. Ich schlug die Lider auf und sah seine Schulter im schummrigen Licht.

„Ich bin nur ein Mann. Zwei Dinge gleichzeitig könnten mich überfordern.“ Er nahm seinen Kopf zurück, um mich ansehen zu können. „Aber ich will es gerne versuchen.“

Seine Hand streichelte über meine Wange und drang zu meinem Nacken vor, bis er meinen Hinterkopf umschloss.

„Lea“, hauchte er und sein Blick verankerte sich mit meinem. Das Blau seiner Augen war klar wie Kristall. Nirgendwo strahlten goldene Sprenkel. Er zog mich an sich und senkte seinen Kopf zu mir herunter. Ich sah ihn an, als sein Mund meine Lippen berührte. Sah, wie er die Augen schloss. Ich spürte seinen Kuss. Zart strich er über meine Haut. Wolf sah gut aus, fühlte sich gut an und er konnte wunderbare Worte in mein Ohr seufzen. Dennoch ...

Wieso kribbelte es nicht? Wo waren die Sterne, die ich erwartet hatte? Was war nur falsch mit mir? Ich schloss die Augen und versuchte, mich auf ihn einzulassen. Wolf war doch toll. *Bitte prickle*, sandte ich ein stummes Sehnen an meine Lippen. *Lass meine Welt Kopf stehen. Zeig mir den Himmel eines Kusses.*

Wir schlugen beide gleichzeitig die Augen auf, sahen uns direkt an, während unsere Münder sich berührten. Ich sah das Flackern in seinem Blick. Mit einem Seufzen löste er den Kuss und schaute etwas bekümmert zu

Boden.

„Tut mir leid“, wisperte ich hilflos.

Ich wünschte mir so sehr, dass Wolf für mich der Richtige war. Wie ein Kartenhaus brach die schöne Hoffnung zusammen, als unsere Seifenblase platzte.

„Schon okay“, sagte er und sah mich wieder an.

Sein Blick war freundlich, doch er hatte sich innerlich zurückgezogen. Ich fühlte mich so ausgebrannt, so enttäuscht, allein und leer. Mir war so kummervoll zumute. Seine Augen sahen mich überrascht an. „Shhh“, begann er, mich zu trösten.

Er zog mich in seine festen Arme. „Schon gut, Lea. So nett es auch gewesen wäre, wenn es nicht funktioniert, können wir es nicht erzwingen.“

„Ich wünschte einfach, dass es knistern würde.“

„Ich weiß. Ich auch. Wir wären ein hübsches Paar“, meinte er schmunzelnd.

Damit brachte er mich zum Lächeln. „Du bist mir nicht böse?“

„Nein, niemand kann beeinflussen, was unsere eigenwilligen Hormone sich für uns ausdenken. Ich mag dich trotzdem, Lea. Dann sind wir eben bloß Freunde. Freundschaften halten ohnehin länger als Beziehungen. Wir können auch so Spaß haben. Lass uns damit anfangen, Elvis in die Gänge zu bringen“, schlug er vor.

Sein wölfischer Ausdruck ließ mich auflachen. Einfach so hatte er meine Stimmung gerettet und ich nickte.

Was mir allerdings zu denken gab, war der Umstand, dass meine wunderbare Theorie sich in Luft aufgelöst hatte. Offensichtlich waren nicht nur ausgehungerte Lippen der Grund für das unerfindliche Kribbeln bei Toms Küssen. Ich würde mir beizeiten eine neue

Hypothese zusammenreimen müssen.

Doch nun wandte sich Wolf seiner Anlage zu und spielte Elvis ein. Bevor er den neuen *King* der Versicherungen tatsächlich dazu beschwatzte, zu seiner Kostümvorlage eine Darbietung zu liefern, nahm ich die Blicke von Sarah, Colin und Tom wahr. Offensichtlich hatten sie Wolf und mir bei dem misslungenen Kussversuch zugesehen.

Toms Augen brannten sich mir ein. Ich sah tausend Dinge gleichzeitig in ihm vorgehen, bevor Elvis loslegte und uns alle irritierte. Vielleicht lebte der *King* ja tatsächlich noch irgendwo. Aber definitiv nicht hier und heute in Savannah. Wolf und ich taten, was wir uns bei unserem ersten Tanz vorgenommen hatten: Wir lachten uns hinter dem Mischpult tot.

# ꧁ 8 ꧂

Der nächste Tag brach sonnig an. Das Wetter war perfekt für den Strand und stimmte mich heiter für meine Zufallsbegegnung mit Colin. Vergnügt summte ich unter der Dusche, frisierte mich vor dem Spiegel und warf mir selbst ein Küsschen zu. Im knappen Handtuch schlenderte ich aus dem Bad, um mir ein sexy Sommeroutfit aus dem Schrank zu kramen. Dabei rannte ich beinahe Tom um.

„Hey, Prinz Dracula", begrüßte ich ihn strahlend.

Er lächelte freudlos. „Hey, Lea."

Sein Blick huschte kurz über meinen Körper, doch er riss sich schnell von meinen nackten Beinen los und wollte weiter ins Arbeitszimmer.

„Du willst doch nicht bei *diesem* Wetter lernen?", fragte ich ihn ungläubig.

Er sah mich an, als hätte ich etwas völlig Dummes geäußert. „Lea, wir leben in Georgia. So ein Wetter haben wir dauernd. Wenn ich jedes Mal bei Sonnenschein faulenzen würde, könnte ich mein Medizinstudium gleich in den Wind schießen oder nach Alaska umziehen."

„Aber willst du nicht mal ausgehen?"

„Etwa mit dir?", versetzte er zynisch.

„Ähm …“ Nun gut, nein, ich würde ihn nicht zu Colin mitnehmen.

„Dachte ich mir“, meinte er kopfschüttelnd. „Na ja, ich hatte gestern schließlich schon Freigang aus der Hölle.“

„Tom, das mit der Vampirsache tut mir wirklich leid“, versicherte ich nochmals.

„Welche Vampirsache genau meinst du: dass ich einer bin? Oder dass du mich gern dafür verhöhnst? Du musst dich schon klarer ausdrücken, sonst missverstehe ich dich am Ende noch.“

„Himmel, welche Laus ist dir denn heute Morgen über die Leber gelaufen?“

„Klein, blond und trägt ein lächerlich knappes Handtuch“, meinte er lakonisch.

„Kruzifix noch mal, rutsch mir doch den Buckel runter!“

„Ach, verdammt, Lea …“

„Nee, lass mal. Man munkelt übrigens, dass es etwas bringen soll, wenn man mit dem rechten Bein voran aus dem Bett steigt.”

„Ich studiere Medizin und nicht Orakelkunde“, bemerkte er spitz und verschwand im Arbeitszimmer. Die Tür fiel krachend ins Schloss.

Ich atmete tief durch. Oh nein, ich würde mir von Tom auf keinen Fall die gute Laune zerstören lassen, also ging ich mich umziehen. Mein Handtuch landete auf dem Boden vor meinem Schrank und ich schlüpfte in meinen Bikini, der mich farblich vor gar nicht so langer Zeit an Sonnenaufgänge und nicht an Blut erinnert hatte. Darüber zog ich ein passendes burgunderrotes Strandkleid. Dazu wühlte ich meine roten Riemchensandaletten aus dem Schuhkarton. *Schmuck*, ich bräuchte Schmuck. Schließlich fühlte ich mich bestens und wollte funkeln.

Bevor ich an den Strand ging, hatte ich immerhin ein Date mit einem schnuckeligen Cop, der in mir etwas Schärferes als seine Knarre sehen sollte. Ich band meine Kette mit den unzähligen kleinen Karneolsteinen um und machte mich auf den Weg.

Dabei bummelte ich wie so oft durch meinen geliebten Forsyth-Park. Vögel zwitscherten in den Bäumen, die Blätter warfen wunderschöne Schattenspiele auf den Boden und das Plätschern des Brunnenwassers drang schon von Weitem an mein Ohr.

Ich seufzte selig und strich durch mein Haar, als ich etwas im Gebüsch neben mir knacken hörte. Zunächst dachte ich an einen Vogel, vielleicht ein kleines Nest. Babyvögel konnten so niedlich sein. Neugierig spähte ich zur Seite und blieb dann erschrocken stehen.

Hinter dem Hibiskus wechselte Geld den Besitzer. Ein düster aussehender Vampir steckte einem etwas heruntergekommen wirkenden jungen Mann ein paar Scheine zu. Dieser schob sie sich in die Hosentasche und blieb dann starr wie eine Puppe stehen. Der Vampir fackelte nicht lange, zog den Jungen an sich heran und rammte ihm seine Zähne in den Hals.

Entsetzt schlug ich mir die Hände vor den Mund und unterdrückte einen Aufschrei. Das Gesicht des jungen Mannes verzerrte sich vor Schmerz, ich sah seine aufgerissenen Augen und hörte dann das grauenvolle Schmatzen, als der Vampir zu trinken begann.

Igitt!

Oh Gott!

Schnell stolperte ich davon. Wieso musste das

ausgerechnet in meinem Lieblingspark passieren? Natürlich hatte ich schon von Blut-Freiern gehört. Davon, dass Menschen ihr Blut an Vampire feilboten wie eine Form von Prostitution. Das war nicht einmal illegal, aber eigentlich geschah so etwas still und heimlich und nicht in aller Öffentlichkeit.

Mein Bauch zog sich angeekelt zusammen und ich rieb über meine Arme, als könnte ich mir das Gesehene vom Leib kratzen. Einfach schrecklich. Dieser Blick aus seinen Augen ... das würde ich nie vergessen. Es war genauso gewesen wie in Kyles Horrorfilmen mit Dracula.

Ob Tom das auch machte? Die Vorstellung war abstoßend.

Zum Glück hatte ich jetzt ein Date mit einem menschlichen Mann. Mit Colin. Ich war so erleichtert, dass ich ihn auf der Party nicht hatte abblitzen lassen.

Schließlich spazierte ich – völlig unverhofft – zur Mittagsstunde ins *Krispy Kreme*. Mein Erlebnis im Park wollte ich einfach nur verdrängen.

„Hey, das nenne ich Zufall. Du auch hier?“, begrüßte mich Colin grinsend.

„Mensch, Colin, mit dir hätte ich ja im Leben nicht gerechnet.“ Ich war so erleichtert, ihn zu sehen. Wenn er lächelte, ragten nirgends Zahnspitzen über seine Lippen.

„Zum Glück ist die Welt klein. Unser letztes Treffen ist doch schon unzählige, grausam lange Stunden her“, behauptete er. „Komm, lass dich zu ein paar sonntäglichen Donuts einladen.“

„Das wäre wunderbar.“

Wir stellten uns an und suchten uns die leckersten Donuts aus. Schließlich türmte sich ein kleiner Berg von ihnen auf unserem Tisch. Außerdem hatten wir uns

Kaffee geholt.

„Du siehst toll aus“, meinte Colin. „Mein armes Polizistenherz weiß gar nicht, wie ihm geschieht, von etwas noch Tollerem als Donuts heimgesucht zu werden.“

Ich lächelte und schnappte mir ein Gebäckstück mit viel Schokolade. „Es ist sehr umsichtig von dir, dass du heute keine Uniform trägst“, bemerkte ich.

„Ach? Wie das?“ Er angelte nach einem Vanilledonut.

„Na ja, sonst wüsste ich gar nicht, wohin *ich* schauen soll“, gestand ich grinsend.

Colin fasste sich gespielt ans Herz. „Also, wenn ich das gewusst hätte, wäre ich nicht in zivil aufgetaucht. Uniformen gefallen dir also, ja?“

Ich nickte kichernd. „Nicht nur mir. Sarah bekommt einen ganz verklärten Blick bei der Vorstellung.“

„Da werde ich Ronny wohl besser mal flüstern, dass er seine Berufswahl überdenken sollte. Es darf ruhig mehr Glückspilze als nur mich geben.“ Seine braunen Augen funkelten fröhlich. Colin konnte mit diesem Blick Glasuren zum Schmelzen bringen, da würde ich jede Wette eingehen. „Also, erzähl“, lud er mich ein. „Was ist an meiner Uniform eigentlich so toll?“

Ich verschluckte mich fast und lächelte verlegen. „Das ist ja nicht irgendeine Uniform. Es funktioniert zum Beispiel nicht mit Baumarktkleidung.“

„Also nicht jede x-beliebige Uniform?“

„Nein. Es ist ziemlich attraktiv, dass du so ein Beschützertyp bist. Einer, der mit einer Waffe umgehen kann, vermutlich etwas Kampfsport beherrscht, jemand, der Recht und Ordnung verteidigt. Mit dir kann man sich sicher fühlen.“

„Das geht ja runter wie Öl. Aber wann genau kommt die Uniform ins Spiel? Ich passe auch auf dich auf, wenn ich keine trage, Lea. Großes Ehrenwort."

*Puh, also das war heiß!* Definitiv knisterte da etwas mehr zwischen Colin und mir als gestern mit Wolf. Vielleicht würde es mit ihm prickeln. Ich blickte auf seine Lippen und versuchte, mir einen Kuss mit ihm vorzustellen. Als mir klar wurde, dass ich ihn anstarrte, ohne mich zu rühren, räusperte ich mich verlegen.

Er lächelte mich zwar an, wurde aber eindeutig rot.

Ich biss in meinen Donut und lächelte möglichst unverfänglich.

Colin streckte seine Hand nach einem Blaubeermuffin aus und betrachtete mich nachdenklich. „Wir haben das mit der Uniform noch nicht geklärt."

Bildete ich mir das ein, oder klang er leicht heiser?

Ich schenkte ihm einen vielsagenden Blick. „Ich glaube, wir kennen uns noch nicht gut genug, um das mit der Uniform abschließend zu klären."

Er sah mich mit weiten Augen an, als er begriff, in welche Gefilde unser Gespräch sonst vordringen würde. Langsam und geräuschvoll ließ er die Luft aus seinen Lungen entweichen.

„Heiliger Bimbam", murmelte er.

Ich schmunzelte. Es war unglaublich lange her, dass ich jemanden diesen Ausdruck hatte verwenden hören. Colin war offensichtlich ein Gentleman und fluchte nicht vor Frauen.

Ich trank einen Schluck Kaffee und er blickte mich an, als hätte ich ihn einer weitreichenden Folter unterzogen.

Etwas gequält fragte er: „Wie soll ich mich von dieser Offenbarung denn erholen?"

„Keine Ahnung." Ich warf einen gespielt gleichgültigen Blick auf die Uhr. „Ist es nicht ein wenig früh für Kopfkino?"

Er sah mich ziemlich intensiv an. „Ich hatte noch nie so ein aufregendes Date mit einer so wunderschönen Frau wie dir, Lea."

Aufregendes Date? Wir saßen doch nur in einem Donutshop!

Colin fuhr fort: „Ich hatte überhaupt noch nicht so viele Dates. Als ich dich mit Wolf gesehen habe, dachte ich schon, das wär's. Ich war mir nicht sicher, ob du heute wirklich hier sein würdest."

Er blickte mich eindringlich an. „Lea, wenn du kein Interesse hast und das hier zu nichts führen kann, dann sage es mir gleich. Wir haben unsere Kostüme zwar ausgezogen, aber für mich ist das immer noch wie ein Märchen. Übrigens, ich mag dein blondes Haar."

Er lächelte verlegen. Nun verstand ich, weshalb er nicht Wolfs dominante Art ausstrahlte. Er hatte also kaum Erfahrung mit Frauen. Falls er überhaupt schon mal Sex gehabt hatte, gehörten Rollenspiele und Handschellen jedenfalls nicht in seinen Erfahrungsfundus. In meinen rein praktisch betrachtet auch nicht. Aber woran Sarah und ich zumindest automatisch bei Polizisten *dachten*, schien für ihn eine völlig neue Idee zu sein.

Ich griff über den kleinen Tisch und legte meine Hand auf seinen Unterarm. „Colin, ich bin nicht vergeben. Ich bin Single und möchte eine feste Beziehung. Natürlich kann ich dir nicht versprechen, dass es mit uns klappt, aber ich möchte dich kennenlernen. Lass uns einfach schauen, was dabei herauskommt, okay?"

Er sah mich forschend an. „Was ist mit Wolf?“

„Nichts ist mit Wolf. Wir haben gestern ganz schnell festgestellt, dass es zwischen uns einfach nicht funkt.“

„Es sah völlig anders aus.“

„Wir werden uns bestimmt nicht mehr küssen. Da ist nichts Romantisches zwischen ihm und mir.“

Colin lächelte und streichelte meinen Handrücken. Die vertrauliche Geste fühlte sich angenehm an. Wir blickten uns dabei die ganze Zeit in die Augen. Es erinnerte mich an den gestrigen Abend mit ihm. Eine stumme Magie lag in der Luft. *Er könnte es sein.*

„Sarah hat mir verraten, dass ihr nachher Volleyball spielt, und sie hat gefragt, ob wir zusammen hingehen.“

„Und? Kommst du mit mir mit?“, fragte er hoffnungsvoll.

„Auf jeden Fall.“

Wir verputzten unsere Donuts und fuhren zum Strand. Colin fuhr sehr umsichtig. Das schien eben seine Art zu sein. Möglicherweise war er viel zu nett und viel zu gut für mich. Tom hatte mir gestern ein paar unschöne Charakterzüge vorgeworfen. Ich war kein Engel und konnte ziemlich gemein sein. Ich würde alles versuchen, dass Colin mich nicht für einen kaltherzigen Menschen hielt.

Am Strand angekommen parkten wir den Wagen und schlenderten durch den weichen Sand zum Volleyballfeld. Ronny half Sarah gerade dabei, ihr riesiges Handtuch auszubreiten. Als sie uns sah, lächelte und winkte sie fröhlich. Miles pritschte mit einem Jungen ein paar Bälle hin und her. Mit den Sommersprossen und den rötlich leuchtenden Haaren sah der andere aus wie eine jüngere Ausgabe von Ronny.

Colin deutete in seine Richtung. „Das ist Ronnys kleiner Bruder Matthew. Er ist siebzehn und spielt immer mit uns zusammen."

„Interessant, so sah Ronny also mit siebzehn aus?"

Colin schmunzelte. „Genau. Aber das Spannendere ist doch für Matthew, dass er schon sehen kann, wie er mal mit fünfundzwanzig aussehen wird."

Ich kicherte. „Stimmt. Wer hat schon den Spiegel acht Jahre in die Zukunft? So habe ich das noch gar nicht gesehen."

„Hey, ihr zwei. Cool, dass ihr da seid", begrüßte uns Miles. „Ich sehe schon, dass meine Party recht erfolgreich war. Bereits das zweite junge Glück, das uns beim Volleyball beehrt."

Gut gelaunt umarmte ich erst Sarah und dann Miles.

„Komm mit auf mein Handtuch", lud sie mich ein.

Das ließ ich mir nicht zweimal sagen. Ich warf meine Tasche in den Sand, zog mein Strandkleid über die Schultern und befreite meine Füße aus den Riemchensandaletten.

„Hey, Colin, kipp mir nicht um", hörte ich Miles sagen und blickte mich über meine Schulter zu ihnen um. Colin starrte mich sprachlos an. Wenn das kein nettes Kompliment war, wusste ich auch nicht.

„Nicht bloß gucken", meinte Sarah munter. „Wir wollen auch was sehen."

Ronny und Colin sahen sich achselzuckend an und zogen ihre Shirts aus. Nett, nett, nett. Das lud unsere Blicke wirklich zum Verweilen ein. Sarah und ich nickten uns lächelnd zu. Ich warf meine Schuhe neben das Handtuch und grub meine nackten Zehen in den Sand. Es gab einfach kaum etwas Wundervolleres, als die Füße in warmen Sand zu bohren.

Wir legten uns faul und zufrieden auf Sarahs riesiges Handtuch und rieben uns mit Sonnencreme ein. Dabei sahen wir zu, wie die vier sich warmspielten. Miles war der Kräftigste, weil er gerne Gewichte stemmte. Doch Colin konnte gut mithalten. Das musste sein Polizeitraining sein. Ronny und sein Bruder schienen eher drahtige Typen zu sein. Zusammen mit dem roten Schimmer in den Haaren und den Sommersprossen im Gesicht fand ich jedoch, dass es gut zu ihnen passte.

Sarah mochte sicher, dass Ronny recht hochgeschossen war, da sie selbst auch einen halben Kopf größer war als ich.

„Und, wie war euer Date?“, fragte sie mich neugierig.

„Wirklich nett. Wir haben Donuts im *Krispy Kreme* genascht. Colin hat mich eingeladen.“

„Klingt gut. Er scheint ein anständiger Kerl zu sein.“

„Glaube ich auch.“

„Sag mal, was war das eigentlich mit dir und Wolf? Es sah ganz so aus, als würdet ihr dieselbe Luft atmen.“ Ja, das war eine nette Umschreibung für Küssen.

„Ach, es war ...“ Ich zuckte die Schultern. „... schwierig.“

„Ich dachte, du wärst mit Tom draußen. Eben tanze ich ihn dir noch zu, und plötzlich sehe ich dich mit Wolf rummachen. Was genau ist denn in den zehn Minuten dazwischen passiert? Erst haust du mit Tom nach draußen ab. Dann kommt er lächelnd zurück, hamstert Nahrung auf einen Teller und verschwindet wieder nach draußen. Und als ich ihn das nächste Mal sah, wirkte er, als hätte man ihn überfahren. Du hast nicht zufällig was damit zu tun?“

„Ach, Mensch, es ist so kompliziert mit Tom. Es war irgendwie ...“ Ich brach ab.

Schlagartig fühlte ich mich betrübt. Die Wellen des Meeres rauschten durch meinen Kopf. Wann war nur alles so aus den Fugen geraten?

*Einstmals – vor zwei Tagen – da lebte Prinzessin Lea glücklich und zufrieden in ihrer kleinen Welt, wo alles schwarz und weiß war und jedes Ding an seinem Platz stand. Aber dann war ihre Schatzkammer ganz leer und ihr Pachtmeister erinnerte sie an Zahlungsrückstände. Nach einer Reihe unvorhersehbarer Ereignisse traf sie auf einen schicksalhaften Mistelzweig.*

War das mein Märchen?

*Und das Schneewittchen namens Lea verwarf den Apfel, glaubte, allen Gefahren entgangen zu sein, und hatte nicht geahnt, dass Schicksal sich nicht von Details aufhalten ließ. Äpfel oder Mistelzweige spielten im großen Gefüge keine Rolle. Unaufhaltsam schlitterte sie in eine verdorbene Welt aus Komplikationen. Ein Prinz würde kommen und sie retten. Aber wer war der Prinz? War es Colin? Oder Robert? Oder ...*

„Was genau machst du bloß immer mit Tom?“, fragte mich Sarah.

*Tom?*

Ich blinzelte irritiert und seufzte. Die Luft schmeckte wunderbar salzig. Wenn ich nun ins Wasser ging, würde niemand sehen können, falls ich frustriert weinte. Das Meer würde das Salzwasser meiner Augen in sich aufnehmen und meine Tränen als kleine Wellen an den Strand spülen. Schaumkronen würden darauf tanzen und in der Brandung könnte ich sie für alle Zeit hören. Es war wie das wunderbare Märchen, das mir Tom erzählt hatte ... von dem Haar einer indianischen Prinzessin, das stumm klagend im Wind der Bäume wehte.

„Lea? Kontrollpunkt Savannah an Lea?"

Sarah fächerte ihre Hand vor meinen Augen rauf und runter. Ich atmete tief ein und sehr geräuschvoll wieder aus.

„Gott, Sarah, wir haben uns geküsst", gestand ich ihr.

„Ich weiß, ich habe euch gesehen."

„Nein, ich meine nicht Wolf. Ich meine Tom und mich."

Sie nickte und sprach etwas leiser weiter. „Davon weiß ich auch, du hast es mir erzählt."

Verloren schüttelte ich den Kopf. „Nein, ich meine noch mal."

Ihre Augen wurden groß. Sie sah mich erstaunt an. „Wann? Etwa als ihr draußen wart?"

Ich nickte betrübt.

„Aber wieso sah Tom dann so traurig aus und wieso hängst du nur Minuten später an einem weiteren Mund? Lea, es gibt das Spiel Flüsterpost, nicht Flüster*kuss*. Du kannst doch nicht reihum einfach so Küsse verteilen und mit Gefühlen spielen."

„Ich weiß. Verdammt, ich weiß! Ich fühle mich unglaublich schlecht deswegen."

Tröstend legte sie ihren Arm um meine Schultern. „Ist ja gut. Sag mir einfach, was passiert ist. Wir biegen es wieder gerade. Es kann gar nicht so krumm sein, dass wir es nicht wieder gerade bekommen."

„Vielleicht ist ja etwas zerbrochen."

Sie streichelte über mein Haar. „Aber nein. Nichts ist kaputt. Rede einfach mit mir und sag mir, was los ist. Ich helfe dir.“

Also ließ ich mich in Sarahs Umarmung sinken und erzählte ihr, was gestern passiert war.

„Wolltest du denn, dass Tom dich küsst?“, fragte sie mich vorsichtig.

Das war eine gute Frage, über die ich noch viel zu wenig nachgedacht hatte. Mir war so schwindlig gewesen, dass ich eigentlich überhaupt nichts mehr gedacht hatte. Ich hatte ganz impulsiv gehandelt, auf eine Art, die ich nie für möglich gehalten hatte. Tom war doch schließlich ein Vampir! Wenn dieser eine Kuss zwischen uns vorher nicht gewesen wäre, hätte ich sicher niemals den Apfel fortgeworfen. Ich hätte ihn verzweifelt aufgegessen.

Ja, er konnte wirklich gut küssen. Wäre mir nicht schon schwindlig gewesen, spätestens von seinen Lippen wäre es das geworden. Wir mochten vielleicht nicht zusammenpassen, aber zumindest unsere Münder sprachen dieselbe Sprache.

Ich nickte. „Irgendwie schon. Vielleicht war ich auch nur neugierig, ob es sich wieder so prickelnd anfühlen würde wie beim ersten Mal.“

„Und? Hat es?“

Ich lächelte schief. „Kann nicht klagen. Küssen kann er wirklich.“

„Hm ... Denkst du nicht, dass das etwas über die Chemie zwischen euch aussagt?“

Ich lachte fast. „Nein, sicher nicht. Heute Morgen war Tom total kurz angebunden. Am Ende hat er die Tür zugeschmissen.“

„Tom? Sieht ihm gar nicht ähnlich. Was ist denn nach dem zweiten Kuss passiert?“

„Ich habe versucht, mich für das Missverständnis beim Speed-Dating zu entschuldigen. Aber er meinte nur, dass ich mich eigentlich nicht wundern bräuchte, dass er mich falsch verstanden hat, weil ich ihn oft beleidigen würde. Außerdem meinte er noch, unser Kuss sei nicht so wild gewesen."

„Autsch." Sarah sah mich mitfühlend an. „Deswegen war er so frustriert, als er wieder reinkam", grübelte sie.

„Und deswegen bin ich auch zu Wolf gegangen. Ich wollte eigentlich nur mit ihm tanzen. Aber dann hat es sich verselbständigt. Ich wollte wissen, ob es nicht auch mit einem anderen prickelt, wenn er mich küsst."

„Und?" Sarah sah mich gespannt an.

Ich schüttelte den Kopf. „Zumindest nicht mit Wolf."

„Also hat sich das mit Wolf erledigt?"

Ich nickte. „Ja."

„Hast du mit Tom nach eurer Auseinandersetzung noch mal gesprochen?"

„Nein, ich habe einen tödlichen Blick von ihm eingefangen und bin lieber in Deckung geblieben."

„Oh, jetzt wird mir einiges klar. Tom hat den Kuss mit Wolf gesehen, kaum dass er dich selbst geküsst hat. Du hast ihn sofort ausgewechselt. Kein Wunder, wenn er heute Morgen nicht so gut drauf war. Lea, denk doch mal nach! Glaubst du, Tom küsst dich einfach so, ohne etwas dabei zu empfinden?"

Ich zuckte mit den Achseln. „Keine Ahnung. Aber er macht sich bestimmt nicht halb so viele blöde Gedanken wie ich. Mal ehrlich, welcher Mann setzt sich stundenlang mit seinem Kumpel hin und geht alles noch einmal durch?"

„Umso schlimmer. Du kannst wenigstens mit mir

reden. Tom schleppt seinen Kummer mit sich herum."

„Haha, Kummer. Von wegen! Er hat behauptet, unser Kuss war nicht so wild."

Sarah verzog ironisch den Mund. „In Mexiko soll neulich ein fliegendes Schwein gesichtet worden sein."

„Was hat das damit zu tun?"

„Mensch, Lea, wenn du so langweilig küsst: Wieso macht er es dann überhaupt ein zweites Mal? Er hätte doch sonst schon unter dem Mistelzweig merken müssen, dass er es nicht mag."

Sie sah mich erwartungsvoll an und tatsächlich: Es machte *klick*.

„Du meinst, er mag es auch?"

Sie grinste mich an und nickte. „Aber hallo! Vielleicht seid ihr heute früh aneinander geraten, aber ich wette mit dir, dass Tom dasselbe Kribbeln spürt. Und was seine Behauptung betrifft, dass es nicht so besonders gewesen wäre: Na ja, was soll er in dem Moment sagen? War das vor oder nach eurem Konflikt?"

„Oh", meinte ich, als ich darüber nachdachte. „Es war nach unserem zweiten Missverständnis. Er dachte, ich wollte den zweiten Kuss rückgängig machen, als ich mich entschuldigte."

„Okay, dann zählt seine Aussage definitiv nicht. Er wollte dich nur zurückstoßen, weil du ihn verletzt hast."

„Hm, macht Sinn."

„Vielleicht solltet ihr beide euch mal zusammensetzen und reden", schlug Sarah vor.

„Oh, nein, als ich das letzte Mal etwas mit ihm klären wollte, gab es nur ein weiteres Missverständnis. Außerdem bin ich gerade in meiner Tellerrandphase. Das war nicht gerade nett, was Tom mir da gestern an den Kopf geworfen hat. Ich kam mir richtig schäbig vor."

„Dann hör auf, Vampirwitze zu machen. Tom erzählt auch nie Blondinenwitze, oder?"

„Was für Blondinenwitze?", fragte ich scheinheilig, als ob ich davon noch nie gehört hätte. Mein sonniges Haar konnte doch wohl kaum Objekt von perfiden Witzen sein. *Niemals.*

„Na ja, du gehst doch gern joggen. Hat Tom etwa je zu dir als joggende Blondine gesagt: *dumm gelaufen?*"

„Hey!", empörte ich mich.

„Hat er dir je eine Taschenlampe ans Ohr gehalten und behauptet, er könne damit deine Augen zum Leuchten bringen?"

„Sarah Jones, du hörst jetzt aber sofort auf!", forderte ich grinsend.

„Und hat er dir je erklärt, dass man Brezeln nicht aufknoten braucht?"

„Aaaaah!"

Die Jungs drehten sich in unsere Richtung und unterbrachen ihr Spiel.

„Was ist denn los, Lea?", fragte mich Colin.

„Die da ist gemein zu mir, Officer!", sagte ich, während ich meinen Finger in Sarahs Richtung streckte. „Die erzählt gemeine Blondinenwitze."

„Da kenne ich auch einen", meinte Matthew gleich: „Eine Blondine kommt in eine Verkehrskontrolle und ..."

„Frechheit!", schimpfte ich.

Colin grinste und Sarah neben mir kringelte sich.

„Colin, du sollst sie verhaften und nicht mitlachen", beschwerte ich mich, wobei ich wohl wenig ernst aussah.

„Los, Jungs, spielt weiter", rief Sarah und wischte sich eine Lachträne aus den Augenwinkeln. Die vier nahmen ihr Match wieder auf.

Sarah wurde wieder ernst. „Aber es geht nicht nur um deine Witze, Lea. Das könnte er irgendwie verkraften. Wobei ich dir anvertrauen muss, dass *mehr* nicht immer *besser* ist."

Ich ließ es mir durch den Kopf gehen. „Also gut."

„Und Tom ist doch sehr rücksichtsvoll. Er macht überhaupt nichts *Nichtmenschliches* in eurer Wohnung. Trotzdem kann er es dir nie recht machen. Du kannst Leuten einen schlechten Charakter vorwerfen, aber doch nicht, dass sie Menschen oder Vampire sind. Dafür kann niemand etwas."

Ich stieß einen Seufzer aus und schaute auf das Meer. Seine blutigen Angewohnheiten waren einfach ein Problem für mich.

„Vergiss mal die langen Zähne und sieh dir Tom als Mann an. Eine Menge Frauen hatten gestern jedenfalls Augen für ihn."

„Das hat mich irgendwie gewundert", gab ich zu.

„Mich nicht. Tom sieht fantastisch aus und ist ein echter Schatz. Ach, und aus zuverlässiger Quelle habe ich gehört, dass er besonders toll küssen kann. Geradezu magisch gut."

Sarah streckte sich zufrieden auf ihrem Handtuch aus. Ich warf einen nachdenklichen Blick auf die vier Volleyballer und tat es Sarah dann gleich.

„Außerdem ist Tom ziemlich treu", säuselte sie und seufzte zufrieden. Sie schob sich ihre Sonnenbrille auf der Nase zurecht.

„Ach, ja? Und was macht dich so sicher?"

„Weil ich mich auf der Party mit ihm unterhalten und mit ihm getanzt habe. Es war immerhin eine Dating-

Party für Singles, also habe ich ihn gefragt, wie lange er schon solo ist und was aus seiner letzten Beziehung wurde."

Neugierig stützte ich mich auf meinen Ellbogen. „Und?"

Sarah setzte sich in Seelenruhe auf und wühlte umständlich in ihrer Tasche nach einem Getränk. Dann nippte sie an ihrer Cola als sei es die pure Verheißung.

„Und?", fragte ich ungeduldiger, als es mir lieb war.

Sie zuckte mit den Achseln. „Er ist seit einem Jahr allein."

Wieder nahm sie einen kräftigen Schluck. Ich rollte mit den Augen.

„Was ist mit seiner Ex?", hakte ich nach.

Sarah sah mich eindringlich an. „Sie ist fremdgegangen."

„Oh."

„Mit seinem Kumpel, irgend so einem Dustin."

„Oh."

„Genau, an dem Tag hat er nicht nur seine Freundin Gabriella sondern auch noch einen Freund verloren. Er kam sich also ziemlich hintergangen vor. Das würde er nie jemandem antun."

„Oh je." Das hatte Tom wirklich nicht verdient. Er war tatsächlich ein zu anständiger Kerl, um so benutzt zu werden – Vampir hin oder her. Mit schlechtem Gewissen dachte ich an die vierhundert Kröten im Monat, um die ich ihn erleichterte.

Verdammt. Ich *würde* mir unbedingt einen normalen Job suchen müssen. Wie konnte ich ihn bloß so ausnutzen?

*Bamm.*

Der Volleyball schlug auf unserem Handtuch ein und schreckte mich hoch.

„Ihr Amateure“, beschwerte sich Sarah. „Könnt ihr denn gar nicht spielen?“

Grinsend schnappte sie sich den Ball. „Komm, Lea. Wir hüpfen mal eine Runde mit.“

„Ja, genau, kommt“, stimmten die Jungs zu und winkten uns zu sich heran.

Dann würden wir eben drei gegen drei spielen. Ich landete im Team von Colin und Matthew, während Sarah mit ihrem Bruder und Ronny spielte.

Es machte unglaublich viel Spaß, obwohl wir völlig untalentiert waren. Die Jungs hatten so viel Anstand, so zu tun, als wären wir nicht komplett unfähig. Und wir waren unsererseits so hochmütig, sie über jeden ihrer Fehler zu informieren: „Meine Oma kann das besser“, „Mein Hamster kann das besser“, „Eine Karotte kann das besser“, „Eine Tennisballmaschine kann das besser“, „Ein Kühlschrank hat mehr Ballgefühl“, und natürlich bemerkte Sarah: „Neulich soll ja ein fliegendes Schwein in Mexiko gesehen worden sein, das besser Volleyball spielen konnte.“

Colin brachte den Wagemut auf zu behaupten: „Eine Blondine kann das besser“, als Miles nur knapp auf Linie vorbeischmetterte.

Ich entschied, dass ich lange genug dumm herum gehüpft war und rempelte ihn zum Ausgleich an. Er fing meine angreifende Schulter ab und packte mich mühelos in einen sicheren Griff.

„Schuft, du benutzt Spezialtricks“, beschwerte ich mich lachend, als er mich zu kitzeln begann. „Ruft die Polizei!“

„Bin schon da“, erklärte er grinsend.

„Du bist korrupt. Amtsmissbrauch. Ich will meinen Anwalt."

„Wir haben keinen da", bemerkte Miles wenig hilfreich. „Aber Sarah ist Pharmakologin. Sie könnte ihn sedieren."

„Miles, du Knallkopf. Womit soll ich ihn sedieren? Hier ist nur Sand!"

„Nimm das", bot er ihr an und streckte ihr eine Wasserflasche entgegen.

„Hau ihn, hau ihn!", stachelte ich sie an.

Sarah schnappte sich die Plastikflasche und ging gackernd auf Colin los, der sich nun gegen zwei Frauen behaupten musste. Wir guckten reichlich doof, als er sich viel zu erfolgreich wehrte. Doch ich zappelte tollkühn weiter. Schließlich beschloss Colin, dass er lieber Sarah freie Bahn ließ, als mich aus seinem Griff herzugeben. Ich hörte, wie sie ihm ein paar Mal die leere Plastikflasche auf den Rücken hämmerte, doch er lachte sich nur darüber kaputt.

„Ist das komisch!", behauptete Colin. „Angriff der Knuffelmäuse!"

Ich strengte mich an, mich in seinem Griff zu winden, aber er war wirklich eisern. Es fühlte sich ziemlich gut an, von einem halbnackten Polizisten festgesetzt zu werden.

Und so verlebten wir einen wunderbaren Tag am Strand.

# ꕥ 9 ꕥ

Ich lag in meinem Bett und räkelte mich wohlig. Die Sonne streckte ihre Fühler in mein Zimmer aus und tauchte alles in ein herrliches Morgenlicht. Ich quiekte vergnügt.

„Alles in Ordnung bei dir?“, hörte ich Tom von draußen fragen.

Seine Stimme jagte mir einen Schauer über den Rücken. Schob er etwa Wache vor meiner Tür? Ich schwang meine Beine über die Bettkante und tapste auf nackten Sohlen über den Teppich. Dann zog ich mit einem fragenden Blick die Tür auf.

„Alles bestens. Was machst du hier draußen?“

Er sah mich merkwürdig an. „Ich wohne hier.“

„Ich meine: vor meiner Tür“, stellte ich klar.

„Ich bin nur dran vorbeigelaufen und habe dich quieken hören. Ich dachte, du brauchst vielleicht Hilfe mit einem Insekt.“ Er zuckte mit den Schultern und stierte mich an.

„Oh.“ Verlegen kratzte ich mich am verstrubbelten Hinterkopf. Er hatte also nur hilfsbereit sein wollen.

„Na, dann scheint ja alles in Ordnung zu sein.“ Er nickte knapp. „Schöne Unterwäsche“, bemerkte er noch, bevor er weiterging.

Ich schaute an mir herunter und ihm dann hinterher. Ich wusste nicht, was mich mehr irritierte: Dass ich meine Zimmertür in einem Hauch von Nichts aufgerissen hatte, oder dass Tom bei seinem Kompliment ein Gesicht wie zehn Tage Regenwetter auflegte. Ich sprang zurück in mein Zimmer, grapschte mir ein weites T-Shirt und zwängte mich auf dem Weg nach draußen hinein.

„Tom, warte!“, rief ich ihm nach und kam halb bekleidet vor seinem Zimmer zum Stehen. Die Tür war offen und ich sah sein einladend großes Bett. Es wirkte gemütlich. Kein Wunder, dass er wieder hinein wollte.

„Hör mal“, begann ich und legte meine Hand auf seinen Unterarm.

Er blieb vor mir stehen und blickte mich fragend an. Seinen Augen fehlte jede Freude. „Ja?“ Anscheinend war er auch noch einsilbig geworden.

„Wieso streiten wir in letzter Zeit so oft, Tom?“

„Das ist dir aufgefallen?“

„Hey, bitte. Ich schwenke gerade eine weiße Fahne. Ich ergebe mich, keine Deckung, alle Waffen entladen. Lass uns das Kriegsbeil begraben.“

Er atmete tief durch und warf mir einen undurchschaubaren Blick zu.

„Tom, wir wohnen zusammen. Wir sehen uns täglich. Ich mag nicht mit dir streiten.“

Er seufzte. „Lea, ich will auch nicht mit dir streiten. Von allen Dingen möchte ich das am wenigsten. Es ist nur ...“ Er zuckte die Schultern. Tom wirkte so bedrückt, dass ich ihm tröstend über seinen Unterarm rieb.

„Komm, du arbeitest zu hart“, sagte ich zu ihm.

Er war in letzter Zeit so überspannt. Ich hatte mich

dazu entschieden, etwas netter zu ihm zu sein, und ich würde gleich mal damit anfangen. Zu Tom gehörte einfach ein spitzbübisches Lächeln, sonnige Lachfältchen um die Augen und dieses Funkeln im Blick. Es war, als wäre Tom kaputt, wenn ihn all das nicht schmückte.

„Ich lerne doch nur“, wiegelte er ab.

„Nein, Tom. Heute stellen wir dich einmal in den Dienst von Spaß. Du sahst am Samstagabend auch fröhlicher aus, als du bei der Party dabei warst.“

Ich stockte. Nun ja, zumindest bis zu den Missverständnissen oder bis er mich küssend mit Wolf sah. Aber von diesen Dingen einmal abgesehen hatte er heiter gewirkt. „Ich sehe dich so selten weggehen und nie hast du Dates. Du bist so gewissenhaft und zuverlässig und ...“

„Und?“, fragte er neugierig.

„Und das ist toll“, gab ich zu. „Aber du wirkst betrübt.“

Tom runzelte die Stirn. „Lea, ich ...“

Er sah mich eindringlich an und ich war wie hypnotisiert von den goldenen Tupfen in seinen Augen. Ich musste daran denken, wie ich sie mir bei unserem Tanz genauer angesehen hatte, wie ich gegen ihn getaumelt war, wie er mich hielt, mich nach draußen an die Luft brachte, wie er mich ...

*Kling.*

Das Telefon läutete und riss mich aus der Erinnerung.

Ich nahm meine Hand von seinem Arm. „Lauf nicht weg, Tom.“

Dann sprintete ich den Flur entlang zur Ladestation und ging ans Telefon. „Hallo?“

„Huhu Lealein“, flötete Sarah in mein Ohr.

„Hey, Sarah.“

„Alles klar für unseren Abend?“

„Immer. Ich würde dich nie versetzen.“

Sie lachte glockenhell. „Super. Wollen wir uns schon früher treffen? Ich wollte an meinem Blog basteln. Wir könnten die Telefonaktion machen“, schlug sie vor.

Strahlend drehte ich mich zu Tom um. „Das ist eine geniale Idee, Sarah. Dann können wir Tom gleich mit einspannen.“

Er sah mich fragend an und deutete ein „Was?“ an. Klar wollte er wissen, worum es ging und wofür ich ihn verplante.

„Tom?“, fragte Sarah heiter. „Prima, dass du ihn vorschlägst.“

Ich nickte zufrieden und ging zu ihm. Wieder legte ich halb meine Hand auf seinen Unterarm. Er war kräftig und warm. „Hey Tom, wir haben die ideale Idee, um dich vom Lernen abzulenken.“

Er lächelte schief. „Ich wollte mich eigentlich mit Zahn-, Mund- und Kieferkrankheiten befassen.“ Das sagte er mit nicht gerade viel Gegenwehr.

„Aber Tom“, säuselte ich. „Zähne sind auch morgen noch da.“

Anfangs hatte es mich befangen gemacht, Tom breit anzulächeln, als ich erfahren hatte, was er da studierte. Aber nachdem er einmal meine Zähne gelobt hatte, traute ich mich, offen zu strahlen. Jetzt grinste ich besonders, weil ich *Zähne* sagte und ihn einmal nicht mit seinen Vampirfängen aufzog.

Er lächelte überrascht zurück.

„Wenn du dich heute hübsch artig amüsierst“, erklärte ich, „dann frage ich dich morgen auch ab.“

Das hatte ich noch nie getan und Toms Überraschung

wuchs weiter an. „Okay, wo ist die versteckte Kamera?"

Ich kicherte und Sarah, die alles mithörte, kicherte auch.

„Nirgends", gluckste ich.

„Wer sind Sie und was haben Sie mit Lea gemacht?"

Ich hätte ihn vor Freude drücken können, dass er wieder gute Laune bekam. Ich sah den Schalk in seinem Blick und plötzlich wurde mir atemlos warm. *Oh Gott.* Ich schluckte und blinzelte.

„Alles okay?", fragte er mich und legte nun seinerseits die Hand auf meine Schulter.

„Ja. Alles bestens, ich ähm, wir ... Also, es geht um das Telefondings."

Toms Augenbrauen wanderten dichter zueinander, als er mich fragend betrachtete.

„Oh, Mann, Lea", gluckste Sarah in mein Ohr. „Hoffentlich bist du nachher gesprächiger. Wenn du so wortgewandt bleibst, findest du bestimmt keinen Typen am Telefon."

Ich hüstelte gekünstelt. „Frosch im Hals", log ich.

Tom grinste mich an und ich bohrte ihm zum Dank den Finger in den Bauch.

„Uh!", keuchte er und hielt sich schützend die Hände davor.

Dann wechselte er die Strategie, als ihm aufging, dass er zwei freie Hände zur Verfügung hatte, während ich ja den Hörer halten musste. Er packte meine andere Hand, zog vorwitzig eine Augenbraue hoch und sah mich so etwa zwei Sekündchen an, damit mir sein Vorteil klar werden konnte.

Schnell schüttelte ich den Kopf. Doch Tom grinste diabolisch und begann, mit seiner freien Hand auf

Streifzug zu gehen. Wie ein Hauch berührte er meine Taille. Seine flinken Fingerkuppen huschten zwischen Bauch und Rippen umher, fanden jede Seite und meinen Nabel, bis ich nur noch quiekte.

„Lea?", fragte Sarah irritiert. „Schatz, alles klar bei dir?"

„Aaaaaaaaaaah!", stieß ich aus. „Nein, Tom, Gnade!"

Doch das Wort *Gnade* war so zusammengekichert, dass jeder Buchstaben zu einem eigenen Wort wurde, das unter Stottern litt. Ich versuchte, Tom mit dem Telefonhörer zu hauen, denn meine andere Hand war in seinem warmen, festen Griff gefangen. Er schnappte sich den Hörer und sagte nur: „Sie ruft zurück."

Dann drückte er die *Auflegen*-Taste und schmiss das Telefon auf sein Bett.

„Na, warte", verkündete ich und probierte, es ihm heimzuzahlen.

Doch Tom war viel stärker und gewandter. Wir rangelten wie zwei Epileptikerfrösche, bis wir zu einem zuckenden und quiekenden Knäuel wurden. Verdammt, soviel Spaß hatte ich schon lange nicht mehr gehabt.

Ich ignorierte, dass ich nur ein T-Shirt trug und schlang mein nacktes Bein um Tom, um ihn zu Fall zu bringen. Sein Knie sackte ein, während ich mich unter seinen Fingern vor Lachen krümmte.

Wir krachten beide auf den Boden und riefen gemeinsam „Autsch!", während wir uns dabei schlapplachten. Das Telefon begann, erneut zu klingeln, doch keiner von uns wollte aufgeben. Tom nicht, weil er sowieso gewann, und ich nicht, weil ich zu stur war, mich geschlagen zu geben.

Das Läuten ebbte ab, doch unser Lachen klang durch

die ganze Wohnung. Wir lagen halb ausgestreckt zwischen dem Flur und Toms Zimmer. Ich zappelte und wand mich unter ihm und bemühte mich, die Oberhand zu gewinnen, während sein Körpergewicht mich zu Boden drückte. Nicht, dass es dieses Gewichts bedurft hätte, denn Tom war ohnehin stärker.

Ich weiß nicht, was mich ritt, als ich ihm spontan in die Schulter biss. Vor lauter Lachen bekam ich kaum noch Luft. Meine Hände waren gepackt, meine Beine verschlungen und mein Oberkörper unter seinem breiten Torso begraben. Es waren bloß noch mein Kopf und meine Zehen zum Wackeln frei.

Natürlich biss ich ihn nicht fest. Es reichte nicht einmal für einen blauen Fleck. Allerdings fühlte es sich so absurd an, dass ausgerechnet ich den Vampir biss.

Tom drückte meine Hände rechts und links von meinem Kopf zu Boden und verwob seine Finger mit meinen. Er lag in voller Länge auf mir und hatte meine Beine eingekesselt. Seine Hüfte lag auf mir und fixierte mich. Ich bekam nur schwer Luft, weil ich mich so sehr anstrengte, lachte und von seinem Brustkorb niedergedrückt wurde.

„Lea“, hörte ich Tom an meinem Ohr und hielt im Beißen inne.

Mit rauchig dunklem Versprechen flüsterte er: „Wenn du mich beißt, beiße ich dich.“

*Oh, Gott!*

Ich war gefangen in einer irren Mischung aus Lachen und Entsetzen. Würde er nur knabbern oder mich wirklich beißen? Es war so absurd. *Er beißt mich, er beißt mich nicht, er beißt mich ...* Doch nirgendwo war ein Gänseblümchen zum Blütenzupfen. Ich wusste nicht, ob er mir drohte oder mich spöttisch aufzog. Vermutlich wussten wir beide nicht, was los war.

Mein Kopf sackte zurück auf den Boden und ich sah sein Gesicht unmittelbar über meinem aufragen. Seine Hüfte lag auf meiner und da er größer war, wölbte er seinen Rücken, um mir Auge in Auge gegenüberzuliegen. Ich sah die mokkabraune Iris, die goldenen Sprenkeln um seine Pupille, und vor allem sah ich seinen Blick auf mir darin. Eine Mischung aus Belustigung, Schalk und glühendem Feuer.

Ich spürte mit jeder Faser meines Körpers sein Gewicht, seine Wärme und seine Hände. Mir wurden meine nackten Beine bewusst und seine Verwirrtheit. Es fühlte sich viel zu gut an, einen Mann auf mir zu haben. *Tom*. Aber er war ein Vampir!

Der Türrahmen ragte über uns auf und mir schoss der Mistelzweig durch den Kopf.

„Woran denkst du?“, fragte Tom mit heiserer Stimme.

„Dass meine Lippen kribbeln, wenn du mich küsst“, flüsterte ich.

Sein Gesicht kam mir noch näher. Seine Nasenspitze strich über meine Wange hinauf zu meiner Nase und er sog tief die Luft ein, als atmete er meinen Duft, als wäre ich *köstlich*. Ein irres, flatterndes Gefühl stürmte durch meinen Bauch.

Seine braunen Augen nahmen mich gefangen. Er betrachtete mich nachdenklich und so unglaublich intensiv, dass alle Zeit stillstand. Wieder gab es nur Tom und mich. Kein Zimmer, keinen Boden, nichts sonst. Er war warm, er war hart und er duftete gut. Und einmal mehr war mir schwindlig.

Seine Lippen waren ein Flüstern an meinem Mund, ein

so zarter Hauch, dass ich mir die Berührung auch hätte einbilden können. Seine Nähe kitzelte meine Sinne.

„Hast du Angst?“, fragte er mich.

Ich schluckte, denn ich wusste es nicht. Ich verzehrte mich nach seinen Küssen, aber Tom konnte nicht der Richtige für mich sein. Wohin sollte das führen? Mein Herz hämmerte bang und mein ganzer Körper prickelte, als würde Brausepulver auf meiner Haut tanzen.

„Ich weiß es nicht“, gab ich zu.

Als Tom schließlich nickte und sich von mir zurückzog, folgte mein Mund seinem für einen kurzen Moment. Doch der Kuss blieb unerfüllt, passierte nicht. Nur wenige Sekunden, nur wenige Millimeter trennten unsere Lippen, teilten unsere gegenwärtige Welt von einer alternativen. Taumelig fragte ich mich, ob es ein paralleles Universum gab, in dem eine Lea anders geantwortet hatte und nun küssend unter Tom lag. Gab es eine Doppelgängerin von mir, die sich ihm hingab? Und vor allen Dingen: War diese glücklicher als ich?

Tom kam auf die Beine und zog mich hoch. „Alles klar bei dir?“

„Ich weiß nicht. Doch. Ja, irgendwie schon.“

*Woher sollte ich das bloß wissen!*

Er nickte und atmete schwer ein. „Soll ich dann doch besser lernen gehen?“

Ich schloss die Augen und schüttelte den Kopf. „Nein“, flüsterte ich und taumelte zu seinem Bett, um das Telefon zu nehmen.

Ich würde Sarah anrufen und ich war völlig verwirrt, was mit meiner Welt passiert war. Seit Tom aufgelegt hatte, seit Tom mich unter dem Sternenhimmel küsste. Sarah ahnte nicht einmal, was ich zu erzählen hatte. Ich hatte das unbestimmte Gefühl, dass sie entzückt sein würde, dass Tom und ich unseren Streit *irgendwie* beigelegt hatten.

Aber nun waberte diese eigenartige Stimmung zwischen uns. Das Plastik des Telefons fühlte sich merkwürdig surreal an. Doch ich erkannte, dass nicht das Telefon anders war, sondern meine Gefühlswelt. Ich hing noch immer in dieser verrückten Situation mit Tom am Boden fest, als lebte ich eine kleine Zeit im Rückstand von der Gegenwart, als liefen Ton und Bildspur nicht synchron.

Plötzlich kehrte die Realität zurück, spürte ich den Boden unter meinen Füßen wieder, hörte ich die Geräusche der Wohnung, der Stadt, lärmten meine Gedanken viel zu laut durch meinen Kopf. Und das Telefon war wieder echt. Die Benommenheit war fort, doch die Fragezeichen in mir blieben.

Mein Daumen schwebte über der Wahlwiederholungstaste, als ich mich zu Tom umdrehte. Er stand in der Tür und sah mich einfach nur an, seine Arme am Rahmen abgestützt. Seine Hände hatten eben noch mich gehalten und lagen nun auf dem Holz. Ich selbst stand zum ersten Mal überhaupt in Toms Zimmer. Neben seinem Bett.

Was wohl eine alternative Lea darin mit ihm täte? Mir wurde merkwürdig heiß. Ich hatte mir Tom schon einmal nackt auf mir vorgestellt. Es war erst zwei Tage her.

„Ähm, ich rufe nur schnell Sarah zurück, bevor sie die Spezialeinheiten zu meiner Rettung die Wohnung stürmen lässt."

Tom nickte sanft und betrachtete mich weiter.

„Weißt du, sie möchte ihren Blog schreiben und dafür will sie noch die Telefonaktion machen.“

„Oh je.“ Tom lächelte gequält.

„Komm, Indianer, das stehst du durch.“

„Klar, ein Mann muss tun, was ein Mann tun muss.“

„Ja, weißt du, heutzutage scheint da telefonieren zu reichen. Früher hättest du Drachen töten sollen.“

„Hab ich ein Glück.“

Ich schlüpfte an ihm vorbei aus dem Zimmer.

„Tom?“, fragte ich und wandte mich noch einmal zu ihm um.

„Ja?“

„Vielleicht wurde *Drachentöten* auch mit *Popcorn machen* vertauscht.“

Ich zwinkerte ihn an und er lächelte. Aber es war befangen und grüblerisch. So als fragte auch er sich, was ein Tom in einer alternativen Welt gerade täte, der weniger Gentleman war als er.

Der echte Tom in meiner Welt stand in der Tür und nickte.

„Okay, alles klar. Große oder kleine Schüssel?“

Ich schaute ihn an, als hätte ich eine Sehstörung.

„Sag nichts“, wehrte er ab. „Das war eine dumme Frage von mir, oder? Ich schau mal, ob ich die Wanne aus dem Badezimmer reißen kann, damit wir sie als Popcornschüssel benutzen können.“

„Los, Graf Dracula, schnapp sie dir“, feuerte ich ihn an.

„Ich schnappe gleich dich, wenn du mich weiter *Dracula* nennst.“

Ach, wie süß. Wieder eine dieser Drohungen, die entgegen seines Wissens in die Rubrik *heimliche Verlockungen* gewandert waren. So wie ich den Apfel zu

Boden geworfen hatte, kurz bevor er mich küsste, so sehr reizte es mich nun, ihn *Dracula* zu nennen.

Allerdings tat ich es nicht und lief winkend in mein Zimmer, täuschte eine Heiterkeit vor, die ich angesichts meiner Verwirrung nicht empfand. Das würde ich wohl mit Sarah ergründen müssen, um alles an den rechten Platz zu sortieren.

Ich warf mich zurück in mein Bett. Himmel, er war ein Vampir.

Vampir!

Vampir!

Vampir!

Ein zahndeformierter ... Küssgott. Verdammt! Er konnte so wahnsinnig gut küssen, dass ich das Telefon an meine Brust presste und kurz meine Augen schloss. Ich stellte mir seine köstlich weichen Lippen auf meinem Mund vor und knurrte frustriert auf.

Mein Daumen fand die Wahlwiederholung und das Telefon tutete die Tastenkombination, die mich direkt mit Sarah verbinden würde. Wenige Sekunden später hatte ich ihre Stimme an meinem Ohr.

„Lea?“

„Ja.“

„Was ist los?“

„Komm her“, bat ich sie.

„Ist was passiert?“

„Ich bin so konfus und müde und überhaupt ...“, seufzte ich.

„Müde und konfus, hm?“

„Ja. Bring deinen Pyjama mit und komm her.“

„Den hätte ich sowieso eingepackt. Schließlich übernachte ich bei dir“, meinte sie irritiert.

„Für jetzt“, erklärte ich.

„Du willst jetzt wieder schlafen?“

„Ich will im Bett liegen und über alles reden.“

„Wieso legst du dich nicht mit Tom ins Bett und lässt dich von ihm halten?“, hörte ich ihren fröhlichen Vorschlag. *Du Natter im Paradies!*

„Säusele mir doch so was nicht ins Ohr“, bat ich sie.

„Hey“, fand sie überrascht. „Das klingt aber ganz anders als neulich im Kostümverleih. Kann es sein, dass ein gewisser *Vampir* in deinem Kopf herumspukt?“

„Also, kommst du jetzt, oder muss ich mich unter meinem Kopfkissen verkriechen?“

„Juhu!“, jauchzte sie. „Ich bin schon unterwegs und dann erzählst du mir *alles*!“

# ꕤ 10 ꕤ

Sarah tauchte mit einer großen Tasche für den Abend und einer Thermoskanne voll köstlich warmem Kakao auf. Sie musste jeden Geschwindigkeitsrekord gebrochen haben, um so schnell zu mir zu gelangen. Nun stand sie heiter in der Wohnung.

„Hallo, Sarah", grüßte Tom, der noch ein wenig Zeit im Arbeitszimmer verbracht hatte.

„Tom!" Freudig gab sie ihm ein Küsschen links und ein Küsschen rechts, als wäre er ihr lang verschollener, endlich heimgekehrter Schwager.

Tom räusperte sich verlegen, denn das war keinesfalls Sarahs übliche Begrüßung für ihn. Seine mokkabraunen Verführeraugen wanderten in meine Richtung. Ich hatte mir das rote Strandkleid von gestern übergezogen. Wieder verfingen sich unsere Blicke.

Wieso war ich bloß so nervös? Es waren doch nur Sarah und Tom hier. Allerdings sah mich mein Vermieter völlig anders an als früher. So, als würde er an unsere Küsse denken.

Mir brach förmlich der Schweiß aus.

Sarah räusperte sich und Tom verschwand in der Küche. Meine Freundin nestelte an ihren Haaren.

„Gott, ich glaube, die stehen mir schon wieder zu Berge

vor lauter Knistern in der Luft." Sie zwinkerte vielsagend und ich seufzte. „Zeit für Schokolade?"

„Ja, bitte", flehte ich.

„So durcheinander?" Fürsorglich legte sie mir ihren Arm um die Schultern. Wir gingen in mein Zimmer und sie flößte mir zwei Becher warmen Kakao ein, bevor sie zu fragen begann.

„Also, was genau habt ihr diesmal wieder angestellt?"

Wir kuschelten uns auf das Bett und ich berichtete Sarah von Toms Kitzelattacke und wie wir rangelnd auf dem Boden gelandet waren.

„Vollkontakt?", fragte sie vergnügt.

„Allerdings. Vom Zeh bis zur Nasenspitze."

„Hach, das gefällt mir. Tom und du, das passt einfach."

Ich sah sie mit gerunzelter Stirn an, aber Sarah kombinierte auch Sachen und Farben miteinander, wie es sonst niemand tat. Eigentlich brauchte es mich da nicht zu wundern, dass sie Tom und mich kombinieren wollte.

Allerdings brannte mir gerade eine ganz andere Sache unter den Nägeln. „Da war noch etwas. Ich ... also ..."

„Ja?" Sie sah mich neugierig an und klimperte hoffnungsvoll mit ihren Wimpern. Vermutlich glaubte sie, ich würde ihr Kuss Nummer drei beichten. Wenn es mal so leicht wäre.

„Ich habe ihn bei der Rauferei ... na, eigentlich hat er mich ..."

„Ja?" Sie grinste das breiteste Grinsen aller Zeiten.

„Er hat mich so eingekesselt, dass ich mich gar nicht mehr bewegen konnte, und da hab ich ihn ... also, ich weiß natürlich, dass es total verrückt ist, aber ich habe auch wirklich nicht nachgedacht ..."

„Ja? Immer raus damit." Allmählich wurde sie zappelig vor Neugierde. Es war, als witterte sie ein zweites Watergate.

„Ich habe ihn vielleicht ganz flüchtig mit meinen Zähnen gezwickt", murmelte ich.

Eine Sekunde war es ruhig. Dann hörte ich ein schallendes „Aaaaaaaaaaaaaahahaha!", als Sarah begann, sich totzulachen.

Sie fächerte wild mit ihrer Hand und prustete: „Sie hat *ihn* gebissen! Ist das komisch!" Sie hörte überhaupt nicht mehr auf zu lachen. „Ausgerechnet *du! Ihn! Einen Vampir!* Ich bekomme Bauchweh vom Lachen, ich bekomme Bauchmuskelkater, ich bekomme keine Luft!", japste sie.

Ich klappste sie mehrmals auf ihren Arm.

„Shhh, Sarah nicht so laut!"

„Zu spät. Das haben sie sogar in Manhattan gehört! Von hier bis New York gluckst gerade halb Amerika!"

„Du sollst mir beistehen und mich nicht auslachen!"

„Tut mir leid, Süße. Das ist doch nur, weil du so lustig bist."

„Du hast doch keine Ahnung, was das wirkliche Problem ist", jammerte ich.

Während Sarah versuchte, wieder normal zu atmen, versank meine Welt in der Tiefsee.

„Okay." Sarah nickte und atmete tief durch. „Du hast dich also mit deinen Zähnen in seinem Hals verkeilt", versuchte sie den Faden wieder aufzunehmen.

Ich klappste ihr noch einmal auf den Arm. „Nein, ich habe ihn eher nur so auf Schulterhöhe gezwickt."

„Ach, genau. Mein Fehler. Und dann?"

Ich funkelte sie kurz an.

„Komm, gib zu, dass es witzig ist, wenn ein Vampir gebissen wird“, behauptete sie. „Vor allem, wo du immer so pingelig auf das Beißen reagierst.“

„Ich reagiere überhaupt nicht pingelig. Außerdem habe ich ihn ja nur gezwickt und nicht sein Blut trinken wollen. Er hat mich so in die Enge gedrängt und ich bin doch tierisch kitzlig. Ich musste einfach irgendwas tun.“

Sarah blickte lächelnd an die Decke, als dächte sie über etwas nach. „Also, du hast ihn nur gezwickt. Und Zwicken ist ja nichts Schlimmes.“

Ich nickte zufrieden, weil sie so verständnisvoll war.

„Dann wäre es also okay, wenn ein Mann dir mit seinen Zähnen ganz sanft und zärtlich am Nacken entlang knabbern würde bis zu deinen süßen Öhrchen, solange er dich nicht wirklich beißt, oder?“, hakte sie nach.

Ich zuckte die Schultern. „Ja, wieso nicht?“

„Auch wenn das Tom wäre?“

Bei der Vorstellung bekam ich eine Gänsehaut. War das für mich in Ordnung? Menschliche Männer hatten meinen Nacken auch schon angeknabbert.

„Du meinst als Liebkosung?“, stellte ich klar.

„Genau. Nur flüchtig und liebevoll, während er dabei deinen Hals küsst und mit seiner Zunge eine warme Spur auf deiner Haut hinterlässt.“

*Puh, definitiv Gänsehaut.*

„Irgendwie ja“, gab ich zu.

„Ich rede aber schon von Tom“, erinnerte sie mich.

Hm, stimmt. Seit wann stellte ich mir Tom dabei vor? Definitiv seit er seinen Mund auf meinem geparkt hatte. Und er konnte so verdammt gut küssen, dass ich dabei sogar seine Zähne vergaß. Schuld war doch nur der

Mistelzweig! Nun gut, vielleicht war auch meine Raffgier ein bisschen daran schuld, als er mir hundert Dollar für einen einzigen Kuss anbot.

„Oh, Mann!", jammerte ich. „Wir sollten das Thema wechseln."

„Aber wieso denn? Ich finde es gerade so spannend."

„Er hat geflüstert, dass er mich auch beißt, wenn ich ihn beiße", erinnerte ich mich laut.

Sarahs Augen weiteten sich. „Wow. Wie hast du dich denn dabei gefühlt?"

„Wirr", gab ich zu.

Sie nickte nachdenklich. „Na, wenigstens hast du nicht vor Angst gekreischt."

Ich seufzte. Im Grunde hatte ich nicht wirklich vor Tom Angst gehabt, aber dieser Moment hatte mich daran erinnert, was er war. Und was seine Natur war.

„Er kann zwar gut küssen, aber wir passen trotzdem nicht zusammen."

„Schade. Immer wenn ihr euch anseht, kann jeder Blitz einpacken. Ich bekomme jedes Mal fast einen Stromschlag. Und wenn er an deinem Nacken knabbern würde ..."

„Hm", meinte ich unbestimmt.

„Und seine rauchige Stimme dir sanft in dein Ohr stöhnt."

„Mh." Das konnte ich mir lebhaft vorstellen.

„Und seine Hände dein Haar und deine Schultern streicheln, deine Verspannungen fort massieren."

„Mh-hm", murmelte ich. Das klang wirklich gut und ich konnte nicht verhindern, dass mein Herz schneller klopfte.

„Und sein Körper wieder auf dir liegt, sein Gewicht

dich zu Boden drückt und ...“

„Ah!“, unterbrach ich sie. „Hör auf, mich heiß zu machen!“

„Ich wusste es! Er macht dich heiß.“

„Vielleicht ein bisschen. Aber er ist trotzdem ein Vampir! Das wird sich nun mal nicht ändern.“

„Das nicht“, gab sie zu. „Tom wird immer ein Vampir bleiben, für alle Zeit seines Lebens. Aber weißt du, was sich ändert?“, fragte sie mich listig.

„Was?“ Mir schwante mal wieder nichts Gutes.

„Du.“

„Ich?“

„Ja, deine verschrobene Einstellung. Noch vor einer Woche hättest du Tom nicht einmal mit der Kneifzange angefasst, bloß weil seine Zähne ergonomisch angepasst sind.“

„Ergonomisch angepasst? Er saugt damit Leute aus!“

„Eben. Da braucht man längere Zähne.“

„Sarah Jones!“ Das war doch nicht zu fassen.

„Na, wie sollte er denn beißen, wenn er so kurze Stummelchen hätte wie wir?“

„Ja, nee. Ist klar.“ Ich schüttelte den Kopf.

Aber ja, Toms Zähne waren zum Beißen gemacht. Mir war klar, dass einem Vampir, der das Blut nicht von seiner Partnerin bekam, in seiner Beziehung immer etwas Entscheidendes fehlen würde. Das Beißen gehörte auch zu ihrer Art, Zuneigung zu signalisieren.

Sarah grinste und streichelte über mein Haar. „Geht es dir denn jetzt besser als vorhin? Du warst ganz schön durch den Wind.“

„Ich glaube schon. Etwas Distanz und reden helfen immer. Danke“, meinte ich lächelnd. „Kann ich noch einen Kakao haben?“

„Na, klar. Dafür habe ich ihn doch mitgebracht.“ Sie goss mir einen weiteren Becher ein und ich genoss die warme, cremige Schokolade.

Sarah grinste und deutete auf meinen Mund. „Ich wette, Tom würde davon gerne kosten.“

Ich verschluckte mich fast. „Dann gib ihm doch auch einen Becher.“

Sie wackelte mit den Augenbrauen. Verrücktes Huhn. So langsam brauchte sie einen Freund, sonst würde sie noch alles auf mich und Tom projizieren.

„Wie lief eigentlich dein Date mit Colin?“

„Er ist sehr liebenswert. Ein bisschen unbedarft vielleicht.“

„Es ist ja ganz nett, dass er ein Polizist ist“, räumte Sarah ein, auch wenn er nicht ihre erste Wahl für mich war.

Ich zuckte die Schultern. „Schon, aber irgendwie kann ich mir nicht vorstellen, dass er mit seiner Uniform ins Schlafzimmer geht, eine Leibesvisitation durchführt und dann die Handschellen auspackt.“

„Nicht? Aber wofür ist er dann Polizist?“, wollte Sarah enttäuscht wissen.

Ich musste lachen. „Vermutlich, um auf den Straßen draußen *echte* Verbrecher zu jagen“, schlug ich vor.

„Der Mann nimmt seinen Job zu ernst. Weißt du, wir Frauen können doch auch ganz böse, böse Mädchen sein“, gluckste sie. „Stell dir vor, er liest uns die Rechte vor. Ich meine sehr *spezifische* Rechte, wenn du verstehst.“

Sie warf sich seufzend zurück in die Kissen.

„Ich glaube, du wohnst in einer Einflugschneise von

Sexualhormonen“, meinte ich lachend. „Du bist ja noch viel schärfer als ein Mann. Kyle redet nicht halb so oft von Sex.“

„Du bist seine Schwester“, erklärte Sarah, als ob es dadurch nie ein Thema sein könnte. Nach einer Weile fragte sie: „Kyle redet also manchmal über Sex?“

„Davon will ich echt nichts hören. Er ist mein Bruder. Das geht mich nichts an.“

Sie seufzte gespielt und lächelte. „Was macht Tom eigentlich gerade?“

„Lernen, lernen, lernen.“

„Tja. Männer und ihre Berufe.“

„Ist es nicht ein Witz, dass Tom Medizin studiert?“

„Inwiefern?“ Sie schien mir nicht ganz folgen zu können.

„Na ja, Zahnmedizin. Ausgerechnet als Vampir. Ich sehe den Werbespot schon vor mir: Ich bin Tom Tilly. Kaufen Sie *Permadent-Zahncreme* für gesundes Zahnfleisch und seeeeehr feste Zähne. Damit sie kräftig zubeißen können.“

Sarah schmunzelte. „Könnte funktionieren. Tom ist ziemlich charismatisch. Ich würde jede blöde Zahnpasta kaufen, die er bewirbt, *Dr. med.* hin oder her. Stell dir vor, wenn sich seine magnetischen braunen Augen mit diesem Funkeln auf die Kamera richten ... Der Mann ist geradezu hypnotisch.“

Ich wusste nur zu gut, was sie meinte und hatte genau diesen Blick, den sie da beschrieb, schon gesehen ... auf mir. Vorhin. Als ich am Boden lag. Neulich, bevor er mich in Miles’ Garten küsste. Und neulich-neulich unter dem Mistelzweig.

„Genau“, sagte Sarah und grinste mich an. „Du hast dir

gerade seinen Verkaufsblick vorgestellt, oder?“

Ich nickte mit ironischem Lächeln.

„Obendrein hat er einen Superkörper“, schmachtete sie weiter.

„Wieso nimmst du ihn dir eigentlich nicht? Jetzt mal ernsthaft.“

„Kein Interesse“, erklärte sie schmunzelnd.

Ich bohrte ihr den Zeigefinger in die Brust. „Aha, du willst ihn auch nicht.“

Sie verdrehte die Augen. „Klar will ich nichts von *deinem* Tom. Nebenbei gefällt mir schon ein anderer“, gestand sie lächelnd und etwas scheu.

Es sah ihr gar nicht ähnlich, so unsicher zu werden. Sarah war draufgängerisch und es schien einfacher, eine Banane rot werden zu lassen als sie. Trotzdem schwächelte sie gerade.

„Wow, ehrlich? Du und Ronny versteht euch also?“

„Nein. Das funktioniert nicht. Ronny und ich passen nicht zusammen. Es haut eben nicht hin, wenn ein anderer der Richtige ist. Das habe ich eingesehen.“

Sie lächelte mich an, als wäre ich noch jenen Schritt von der Erkenntnis entfernt.

„Wer ist es dann?“

„Popcorn ist fertig!“, tönte es in genau dem Moment von draußen vor der Tür, als ich glaubte, dass sie damit herausrücken würde. Ah!

„Ich habe so viel, dass es aus der Wohnung herausquillt“, erklärte Tom und Sarah kicherte sich halb tot.

„Schicksal“, hauchte sie lachend.

Nein, nein, nein. Ich platzte vor Neugier.

„Wer?“, fauchte ich.

„Ich glaube, das ist Tom da draußen“, sagte sie glucksend.

„Du Natter, ich erzähl dir auch alles! Also, wer ist es?“

Wieder klopfte es.

„Kann ich reinkommen, oder seid ihr nackt?“, wollte Tom wissen und ich konnte mir lebhaft sein Grinsen vorstellen.

Sarah kicherte lauthals. „Gib uns zehn Sekunden und frag uns dann noch mal, Tom.“

„Oh, Sarah!“ Entsetzt klappste ich ihr auf den Arm.

„Komm rein, Tom“, trällerte sie.

„*Wer?*“, zischte ich, als die Tür aufging.

„Später, Süße. Ich bin noch den ganzen Tag da.“ Ihre Augen strahlten, als sie das Popcorn und meine Ungeduld sah.

Na, warte. Ich würde es nachher aus ihr heraus pressen, als wäre sie eine Orange und ich die Hauptaktionärin von Valensina.

„Oh, Tom, wusstest du, dass es eine echte Traummann-Qualität ist, eine Frau mit Süßigkeiten zu überhäufen?“

Tom blinzelte irritiert und sah mich dann an. Ihm war völlig klar, welche von uns beiden auf so etwas stehen würde. Er lächelte liebenswert.

„Na, dann“, sagte er und hielt mir die Schüssel hin. „Mehr?“

Ich rollte die Augen und griff hinein. Süßigkeiten waren in diesem Haushalt doch offensichtlich der einzige Trost, denn ich war in einem Raum mit meinem heutigen *Fast-Beinahe-Kuss* Tom und meiner mich auf die Folter spannenden Freundin Sarah. Wenn man es genau nahm, waren die beiden viel zu gut darin, mich leiden zu lassen. Nur auf unterschiedliche Arten.

Entnervt ließ ich mich zurück auf mein Kopfkissen fallen.

Sarah schlug mit der Hand über mich hinüber auf die andere Bettseite und klopfte einladend. „Komm zu uns, Tom. Wir beißen auch nicht."

*Unerhörtes Weib!*

Tom sah mich zweifelnd an. Als ich jedoch nichts erwiderte, setzte er sich neben mich. Sarah kuschelte sich von der anderen Seite an mich.

„Ach, Tom, mach es dir doch etwas bequemer. Wir sitzen hier alle am Kopfteil."

Er schluckte und streckte sich neben mich. Sein aufgerichteter Oberkörper berührte beinahe meine Schulter. Ich wusste nicht, was mich so irre machte: dass er zu nahe war oder nicht nahe genug. Oder überhaupt, dass ich Tom in meinem Bett hatte.

„Ich hole schnell das Telefon", verkündete Sarah und sprang wieder auf.

Sie lief aus dem Zimmer, war aber seltsamerweise nur so lange schnell, wie sie brauchte, um hinauszugelangen. Danach dauerte es eine ganze Weile, in der sie nicht mehr auftauchte.

„Soll ich gehen?", fragte mich Tom leise.

Ich schluckte nervös. „Nein."

Ich hörte ihn tief einatmen. „Es ist ... sehr bequem."

Ich konnte nicht anders und sah ihn an. Meine Augen fanden direkt seine. Obwohl ich das Flackern in seinem Blick bemerkte und wusste, dass er in meinem dasselbe fand, sah doch keiner von uns fort.

Gott, ich hatte Tom in meinem Bett! Sarah hatte es eingefädelt. Ich würde heute Nacht sicher wachliegen und an Tom denken, obwohl wir gerade bloß am Kopfteil saßen, stocksteif waren, uns mit keiner Körperzelle berührten und vollkommen bekleidet waren. Das hier sorgte garantiert für atemlose Erinnerungen.

„Das Popcorn ist toll“, lobte ich, um wenigstens irgendetwas zu sagen.

*Spitze,* wieso *quatschte ich nicht gleich über das Wetter?*

Tom nickte nur. Die Stille zwischen uns war unerträglich. Das Einzige, was unseren Blick zerriss, war ein gelegentliches Blinzeln. Ansonsten konnte ich nicht anders, als in seinen mokkabraunen Augen zu versinken. Seine Hand war nicht weit weg von meiner. Nur ein paar Zentimeter. Es war, als gäbe es eine magnetische Anziehung und ich musste mich beherrschen, meine Fingerkuppen nicht zu seiner Hand wandern zu lassen, um ihn zu berühren. Ich wollte seinen Handrücken streicheln und meine Finger – wie so oft in letzter Zeit – mit seinen verflechten. Ich wusste, sie waren warm und kräftig. All das wollte ich, als ich ihn ansah. Und gleichzeitig wusste ich, dass ich das mit dem Bluttrinken nicht wollte.

Tom streckte seine Hand nach meinem Gesicht aus und ich zuckte davon. Sein sanfter Gesichtsausdruck verschloss sich sofort.

„Ich wollte dir nur das Popcorn aus deinem Haar holen.“

Ups.

Ich gratulierte mir selbst dazu, ihn schon wieder vor den Kopf gestoßen zu haben. Umständlich suchte ich das Popcorn aus meinem Haar und betrachtete es. Ich hatte keine Ahnung, ob ich es essen oder fortwerfen sollte.

Irgendwie war mir gerade sogar der Appetit auf Süßes vergangen.

„Ich gehe mir mal die Hände waschen", sagte ich.

Auf dem Weg zum Bad, kam mir Sarah mit einem fragenden Blick entgegen, doch ich schloss die Badezimmertür und ließ mir kaltes Wasser über die Unterarme laufen. Erschöpft betrachtete ich mich im Spiegel, sah das hübsche rote Kleid, in dem ich steckte, sah mein weiches blondes Haar über meine Schultern fallen, sah den Himbeergloss auf meinem Mund.

*Verflucht!* Ich musste endlich aufhören, zweideutige Signale zu senden. Tom war nichts für mich.

„Er trinkt Blut", erklärte ich meinem völlig dummen Spiegelbild.

Ich trocknete meine Hände ab und band meine Haare zu einem Zopf zusammen. Dann wischte ich mit einem Papier meinen Mund sauber, damit er nicht mehr so rot leuchtete und vor allem auch nicht mehr nach unserem erstem Kuss schmeckte. War ich eigentlich bescheuert? Kurzerhand nahm ich den Himbeergloss und warf ihn in den Müll. Schließlich zog ich mir noch mein Kleid aus und schlüpfte in Khakishorts und ein blaues Tanktop, die auf der Wäscheleine getrocknet waren.

Ich wusste, dass ich mit Colin ausgehen und mich in ihn verlieben wollte. Und dafür sollte ich nicht mehr diese destruktive Unklarheit zwischen mir und Tom auch noch anfachen.

*Vergiss also Tom, so wie du Wolf vergessen hast, und konzentriere dich auf den lieben Colin.*

Nachdem ich ungefähr zehn Minuten im Bad vertrödelt hatte, ging ich zurück. Innerlich fühlte ich mich nun gefestigt, so als wäre ich irgendwie zu mir selbst zurückgekehrt.

Tom und Sarah blickten auf und verstummten. Sie hatten leise geredet und ich hatte nichts davon verstanden. Aber es ging mich wohl nichts an.

„Du hast dich ja umgezogen“, bemerkte Sarah erstaunt.

„Ist so bequemer.“ Ich betrachtete beide so neutral wie möglich und versuchte, Tom nicht anders anzusehen als Sarah. Keine Signale mehr. Das war doch ganz leicht.

Ja, genau.

Ich setzte mich zu den beiden, diesmal jedoch ans Fußende des Bettes.

„Also, ich wollte doch den Blog schreiben“, erinnerte uns Sarah. „Fangen wir mal mit den Dates an. Wie lief das Speed-Dating denn so bei euch?“

„Es war ganz lustig“, antwortete ich unspezifisch. „Also meistens ...“ Mir fielen die Langweiler und Schmierlappen wieder ein. Nicht zu vergessen der Streit mit Tom.

„Und bei dir, Tom?“, fragte sie ihn.

„Ähm, gut.“

Sarah rollte mit den Augen. „Leute, so kann ich doch keine Geschichte schreiben. Ihr müsst schon etwas redseliger werden. Wie viele Dates hattest du nach den Schnellrendezvous?“, fragte sie Tom.

„Ich glaube, ich tauge nicht besonders für deine Story.“ Er wirkte ganz schön verschlossen. Ob das immer noch von meiner Ausweichaktion kam?

„Quatsch! Du passt super. Du siehst doch toll aus. Also?“ Sarah sah ihn erwartungsvoll an und hielt Stift und Papier bereit.

„Keins“, war seine Antwort.

Ich schaute ihn verwundert an. „Aber ich dachte ..."

Dann bremste ich mich selbst.

Doch Tom sah mich herausfordernd an. „Du dachtest was, Lea?"

„Na, weil doch Teufelin und Marilyn und auch die Schneekönigin so anhänglich schienen. Und du hast bei unserem Date gesagt, dass die Teufelin durchaus interessant war."

„Lea, es war eine Party. Es war okay. Aber ich bin mit niemandem heim und hab auch später keine mehr von ihnen getroffen."

„Wollten sie denn nicht?", fragte ich unüberlegt.

Ich konnte mir das einfach überhaupt nicht vorstellen. Es schien sie nicht gestört zu haben, dass Tom ein Vampir war. Oder hatten sie am Ende gedacht, seine Zähne seien doch nur Teil der Kostümierung? Das würde eine ganze Menge erklären. War Tom am Ende gemobbt worden, weil er ein Vampir war? Hm ... nun ja, ich musste nicht gleich von mir auf andere schließen.

Er zuckte die Schultern. „Ich wollte nicht."

„Warum?"

Seine Augen wurden schmal. „Es hat nicht gepasst, okay, Lea? Die, die mich wollten, interessierten mich nicht. Und andersrum war es andersrum."

Damit sagte er nicht, wie viele er gewollt hatte. Ich würde darüber wohl bis ins Grab grübeln können. Sarah kritzelte eifrig mit.

„Und wie viele hast du geküsst nach den Dates?", erkundigte sie sich unverblümt.

Tom runzelte die Stirn, als überraschte ihn die Frage. Dann richtete sich sein Blick auf mich. Tonlos antwortete er: „Eine."

Das war die Bilanz seines Abends. Ich war die Bilanz. Ein Kuss. Sarah und ich, wir wussten beide, wen er meinte. Ich, weil ich dabei gewesen war, und Sarah, weil ich es ihr erzählt hatte. Sie ging daher nicht weiter darauf ein.

„Und bei dir, Lea?", fragte sie mich nun.

„Ähm, zwei Dates", sagte ich etwas mulmig.

„Wann war dein Zweites?" Sie schaute mich verwundert an.

„Es ist erst noch. Am Freitag zum Kino."

„Wie viele Küsse bei dir?"

Ungläubig schaute ich zu ihr. Das wusste sie doch wohl. Wieso fragte sie mich das dann? Also, bitte, was soll's?

„Zwei."

Wieder wusste jeder hier, welche Küsse das waren. Eigentlich störte es mich nicht, dass Tom nun wusste, dass ich mich nicht durch den Abend geknutscht hatte, als wollte ich Koma-Küssen betreiben.

„Okay. Ich hatte ein Date mit Ronny", erzählte Sarah. Fair war fair. Wir hatten uns schließlich auch offenbart. Aber wer war dann der geheimnisvolle andere?

„Und Küsse?", hakte ich nach.

Sie sah mich lächelnd an. „Keine."

Irgendwie war ich überrascht. „Aber Ronny ..."

„War nicht der Richtige", unterbrach sie mich. Ironisch fügte sie hinzu: „Ich brauchte ihn nicht erst zu küssen, um das zu wissen."

Vielen Dank auch, Sarah. Das mit Wolf war aber wenigstens aufschlussreich gewesen.

„Ich dachte, du warst Schneewittchen", merkte Tom mit eigenartigem Ausdruck an.

„Und?"

Sarah grinste. „Genau, nicht die Prinzessin vom Froschkönig."

Tja, schade, es hatte sich keiner in einen Prinzen verwandelt. Aber na ja, Dracula war ja schließlich schon einer.

„Wollen wir dann die Telefonaktion machen?", fragte sie nun.

„Irgendwie habe ich keine Lust", gestand ich. „Es war eine blöde Behauptung von mir, dass es mit dem Telefon genauso gut ginge. Vergessen wir es doch einfach."

„Was ist denn mit dir los, Süße?", fragte Sarah erstaunt.

Gute Frage. Wieso war ich schon wieder schlecht gelaunt?

„Komm, ich habe dich doch nur aufgezogen mit dem Froschkönig", probierte sie, mich aufzumuntern.

Irgendwie hatte mich der Kommentar ziemlich getroffen. Ich küsste mich schließlich nicht wie wild durch die Weltgeschichte, um damit meinen Traumprinzen zu enttarnen.

„Weißt du ... Ich meine, eigentlich solltest du es wissen. Ich hätte gerne einen Freund. Und klar ist es unwahrscheinlich, gleich jemanden bei einer Party kennenzulernen. Ich hatte nur gehofft, dass ..."

Ich brach ab. Da saß immer noch Tom auf meinem Bett. Er sollte da verschwinden!

„Ach, Spatz", sagte Sarah und streckte ihre Hand nach mir aus. Doch ich schlüpfte vom Bett.

„Ist nicht so wichtig", nuschelte ich und verließ das Zimmer.

Ich lief in die Küche, weil ich noch mehr Süßigkeiten

wollte, und spürte auf einmal eine Hand auf meiner Schulter. Als ich mich umdrehte, stand Tom vor mir. Ich hatte gar nicht gemerkt, dass er mir nachgegangen war.

„Wieso hast du Wolf geküsst, nachdem du gerade erst mich geküsst hattest?“, wollte er wissen.

Wahrscheinlich war es sinnvoll, das zu klären.

„Du hast mich da draußen im Garten ziemlich verletzt, Tom. Ich kam mir total schäbig vor, als gäbe es an mir nichts zum Liebhaben. Mit diesem Gefühl hast du mich einfach sitzengelassen. Ich war noch so verwirrt vom Alkohol und unserem Kuss. Im einen Moment bist du zärtlich und dann packst du die Wortpeitsche aus. Ich wollte einfach nur festgehalten werden. Deshalb bin ich zu Wolf.“

„Du läufst also von einem zum anderen“, bemerkte er, doch es klang nicht mehr ganz so vorwurfsvoll. „Wieso hast du ihn geküsst?“

„Mann, Tom, verdammt! Ich war durcheinander. Außerdem will ich einen Freund und ich hatte gehofft, Wolf könnte es werden.“

„Aber?“

„Es ...“

*... prickelt nicht wie mit dir.*

Das würde ich ihm unmöglich sagen. Keine falschen Signale mehr. „Es hat nicht gepasst“, sagte ich stattdessen.

„Das hast du bei einem Kuss herausgefunden?“

Ich antwortete nicht.

„Lea ...“, flüsterte er und schluckte. „Was hast du bei unserem Kuss herausgefunden?“

Ich konnte ihm nicht in die Augen sehen, also starrte ich auf sein Kinn. „Wir passen auch nicht zusammen,

Tom. Ich spiele deine Freundin nur, aber ich bin es nicht. Wenn ich es wäre, würdest du mich nicht dafür bezahlen.“

Tom sah mich mit weiten Augen an. Er wirkte wie ein geschlagenes Tier und ließ meine Schulter los, als hätte er sich verbrannt.

„Also doch kein Prickeln, hm?“, meinte er finster.

Mist. Ich hatte ihm heute Morgen gestanden, dass ich seine Küsse prickelnd fand.

Müde schüttelte ich den Kopf. „Tom, ich will wirklich netter zu dir sein. Es war nicht in Ordnung von mir, dass ich dich geärgert habe, weil du ein Vampir bist. Ich hoffe, dass wir uns künftig besser verstehen. Aber mehr ist da nicht.“

Seine Kiefermuskeln spannten sich an und seine Nasenflügel blähten sich unter der harten Miene auf.

„Gut“, sagte er nur. „Dann ist an unseren Mietverhältnissen ja alles klar.“ Er nickte knapp. „Ich lerne jetzt mal doch besser. Ich finde, ich hatte heute genug Spaß.“

Mit diesen Worten ging er und ließ mich stehen. Einmal mehr fühlte ich mich wie ein Stück Abfall. Also schnappte ich mir ein Nutellaglas und einen Löffel. Schokolade naschend schlurfte ich in mein Zimmer zurück. Irgendwie haperte es noch an der guten Umsetzung meines Entschlusses, zweideutige Signale zu vermeiden und mich dadurch besser mit Tom zu verstehen. Er war echt nicht gut drauf.

Jetzt hatte ich schon wieder etwas, das ich Sarah beichten konnte. Sie sah mich erwartungsvoll an, als ich zurückkam. Andererseits konnte ich es genauso gut für mich behalten. Sie war so ein Tom-Fan.

„Tom ist weg“, sagte ich nur lapidar.

„Ist mir auch schon aufgefallen.“ Es klang ein wenig ratlos.

„Schluss mit Tom“, beschloss ich. „Wer ist der unbekannte Fremde, der dich so um den Verstand bringt?“

„Als ob du das nicht wüsstest“, unterstellte sie mir.

*Hä?*

Sollte ich etwa drei Milliarden Männer durchraten? Man reiche mir bitte das örtliche Telefonbuch, damit ich in Savannah anfangen konnte.

„Wer?“

„Kyle“, gab sie zu.

*Was?*

Kyle, so wie mein Bruder Kyle?

„Aaaah!“ Ich kreischte begeistert und klatschte in die Hände. Dann fiel ich ihr um den Hals. „Das ist so cool. Kyle könnte so dringend eine Freundin gebrauchen und stell dir nur vor, was wäre, wenn du meine Schwägerin wärst? Das wäre riesig!“

„Stopp mal. Ich war noch nicht mal mit ihm zu einem Rendezvous aus und du hörst schon das Hochzeitsgebimmel?“

„Klar. Ich habe eine Vision.“ Mit der Hand glitt ich durch die Luft, als stünde alles deutlich vor mir geschrieben. Plötzlich hatte ich gigantisch gute Laune.

„Ich auch. Die sieht vielleicht etwas *anders* aus. Was meinst du mit: Er braucht dringend eine Freundin?“

„Na ja, er hatte schon furchtbar lange keine mehr. Das kann nicht gesund sein.“

Sie lächelte verzückt. „Da bauen sich bestimmt gewisse Bedürfnisse auf.“

„Sarah, wir reden von Kyle“, erinnerte ich sie.

„Und der ist kein Mann und steht nicht auf so was?“

„Doch, ganz sicher. Aber er ist mein Bruder. Ich will mir das nicht unbedingt vorstellen.“

„Ach, durchatmen, Lea. Falls du mich wirklich zur Schwägerin willst, bleibt das nicht aus. Ich erzähle dir sonst immer von meinen Bettgeschichten.“

„Aber bisher lag Kyle nicht zwischen deinen Laken.“

Dann kam mir eine Idee. Sarah hatte mich die ganze Zeit gedrängt, einen Kochabend mit Tom zu machen, weil sie mich verkuppeln wollte. Kyle wiederum hatte herkommen wollen, um Toms Bekanntschaft zu machen. Was lag da näher, als den Spieß umzudrehen und zur Abwechslung selbst einmal das Kuppeln zu übernehmen?

Ja, ich würde den Kochabend mit Tom machen. Aber Kyle und Sarah würden uns dabei Gesellschaft leisten.

# 11

„Ich muss noch einkaufen“, sagte ich zu Tom. Es war Dienstagnachmittag und ich hatte eine Mission.

Er sah von seinem Medizinschmöker zu mir auf und betrachtete mich fragend.

„Kyle kommt nachher vorbei. Ich will was zum Futtern im Haus haben. Wir wollen einen Couchabend machen.“

Tom nickte stumm und sah sehr konzentriert wieder auf sein Buch. Ich dachte schon, er würde nichts mehr sagen, doch er meinte nur: „Verstehe, ich werde euch nicht stören.“

Ich schluckte. Irgendwie musste ich daran denken, dass Toms Ex ihm so übel mitgespielt hatte, dass Tom immerzu nur lernte und sich in Büchern vergrub. Er sollte nicht das Gefühl haben, dass ich ihn aus seiner Wohnung verdrängte.

Ich würde heute Kyle mit Sarah verkuppeln und ich würde verdammt noch mal dafür sorgen, dass Tom und ich uns besser verstanden als je zuvor – und zwar rein freundschaftlich.

Allerdings sah er mich nicht an, sondern studierte weiter intensiv sein Fachbuch. Wie spannend konnten Keime im Mund schon sein?

„Du störst nicht, Tom. Kyle ist mein Bruder.“

Die ganze Idee, Kyle als jemand anderen auszugeben, war nicht gerade meine Beste gewesen. Ohnehin beabsichtigte ich, Kyle vor Toms Augen mit Sarah zu verkuppeln. Also raus aus dem Sack mit der Katze.

Tom sah wenigstens wieder zu mir auf. Fröhlich wirkte er immer noch nicht. „Brauchst du Geld für den Einkauf?"

Himmel, konnte ich mich eigentlich noch parasitärer fühlen? Bitte tragt mich gleich in der Liste von Keimen in diesen medizinischen Tabellen aus Toms Buch ein.

Strikt schüttelte ich den Kopf. „Nein, Tom. Ich besorge einfach ein paar Kleinigkeiten und dann können wir nachher alle zusammen fernsehen."

Seine Augenbrauen gesellten sich dichter zueinander. Er sah eindeutig irritiert aus.

„Falls du willst", schob ich daher nach.

In Wirklichkeit würde ich ihn heute Abend dringend brauchen, denn Tom konnte gut kochen. Kyle und Sarah sollten sich nicht mit verbrannten Nudeln in romantische Stimmung versetzen lassen müssen. Es sollte viel mehr geben als nur den vorgeblichen Fernsehabend.

„Wann kommt denn dieser Kyle?"

Ich suchte an der Wanduhr nach der Antwort. „Erst heute Abend gegen Sieben. Wir haben also knapp zwei Stündchen."

Mit einem Mal wurde mir bewusst, dass ich im Begriff war, Tom zu etwas einzuladen.

„Ich habe Hunger", sagte er.

Ich nickte verständnisvoll. „Außer Müsli habe ich heute auch noch nichts gegessen."

„Wir könnten uns etwas kochen", schlug er vor.

Tom kochte fantastisch und mein Magen begann, sich vorfreudig zusammenzuziehen.

„Ehrlich?“

Das war genau das, was ich wollte.

Er legte ein Lesezeichen in sein Buch und klappte das dicke Ungetüm geballter Keimforschung zu. Tom wirkte nun irgendwie aufgeräumter. Mit hungrigem Magen zu lernen, hatte ihn sicher nicht froh gemacht.

„Komm, wir besorgen gleich noch ein paar Zutaten neben den Knabbereien. Was hältst du von Pasta mit meiner Spezialsauce?“

Ich grinste. „Was halte ich von Lottogewinnen? Was halte ich von Urlaub? Was halte ich von Süßigkeiten?“

Er schmunzelte. „So gut, ja?“

Ich nickte. Leugnen war zwecklos.

„Komm, schnapp dir deine Schuhe und auf geht's.“ Tom war schon auf dem Weg in den Flur. Er schlüpfte in ein paar Sneakers und griff nach seinen Schlüsseln. Ich hüpfte fröhlich wie ein Floh hinter ihm her und zog meine Flipflops an.

„Ach, weißt du, Tom“, sagte ich, als wir das Treppenhaus hinunter polterten. „Wir könnten doch eigentlich ein paar mehr Zutaten besorgen und eine richtig große Portion von deiner Spezialsauce machen.“

Er grinste mich an. „Du scheinst da wirklich drauf zu stehen. Du zeigst für meine Sauce gerade dieselbe Begeisterung wie für Schokolade.“

„Erwischt. Aber ich dachte eben, dass Kyle dann auch kosten könnte. Na ja, und Sarah kommt auch vorbei und dann ...“

Tom blieb stehen und sah mich mit großen Augen an. „Du hast das geplant. Du benutzt mich als Küchenhilfe für deine Freunde."

„Verflucht, das ist manchmal nicht leicht mit dir, wenn du immer zu solchem Scharfsinn neigst."

„Lea", mahnte er lachend.

„Ach, Tom", gab ich zu. „Ich will die beiden miteinander verkuppeln."

Sein Lächeln verschwand und er betrachtete mich merkwürdig. Dann runzelte er die Stirn. „Verkuppeln funktioniert nicht immer so, wie man sich das denkt."

„Vertrau mir, das wird ein Kinderspiel."

Ich sah die Skepsis in seinem Gesicht wachsen.

„Sarah steht auf meinen Bruder", erklärte ich ihm, als wäre das der Schlüssel ins Glück und die *„Du kommst aus allen Hindernissen frei"-Karte.*

Tom packte mich an der Schulter und sah mich eindringlich an. „Verkuppelt werden ist nichts Lustiges, Lea."

Seine Stimme war dunkel. Für einen Moment war ich sprachlos, aber dann fiel mir ein, wie seine Eltern ihm immer diese Schreckschrauben andrehen wollten. Also legte ich ihm nun meinerseits – vollkommen freundschaftlich – die Hand auf seinen Arm.

„Tom, ich habe ein bisschen mehr Einfühlung als deine Eltern. Ich glaube, Sarah und Kyle passen toll zusammen. Du wirst es sehen, wenn du die beiden miteinander erlebst."

Er atmete tief durch, als hätte ich ihn damit auf einen unbemerkten Gedanken gebracht. Schließlich nickte er lahm. „Ja, du hast recht. Das war meine Befürchtung. Meine Eltern haben mich eben etwas geprägt."

Ich strahlte ihn an. „Komm, Tom, lass uns beide Liebesfee spielen. Du magst Sarah doch auch, oder?"

„Ja, sie ist sehr nett“, gab er zu.

„Und sie sieht toll aus und ist schlau. Kein Vergleich zu den Frauen, die deine Eltern für dich wollten, oder?“

„Nein“, räumte er ein.

„Dann ist Sarah also durchaus eine Frau, die für Männer interessant sein kann, nicht wahr?“

„Ja.“ Er lächelte.

„Siehst du. Dann ist Kyle doch nicht so schlecht mit ihr bedient. Und von Sarah weiß ich, dass sie auf ihn steht. Kochen wir also etwas mehr?“

„Wir?“, fragte er zweifelnd.

„Ich helfe dir auch. Versprochen.“

Schmunzelnd schüttelte er den Kopf. „Meinetwegen. Aber ich habe etwas gut bei dir dafür, das Dinner für die beiden zu zaubern.“

„Natürlich. Das wird langsam zur Gewohnheit, dass du Dinge bei mir gut hast“, sagte ich kleinlaut.

„Schon okay. Steig ein.“ Er hielt mir die Autotür auf und ich nahm gemütlich Platz.

Fröhlich plaudernd fuhren wir zum nächsten Supermarkt und sprachen uns ab, wer was aus den Regalen zusammentragen sollte. Im Laden war es angenehm ruhig. Tom schob mit allergrößter Selbstverständlichkeit den Wagen Richtung Pastaregal.

„Besorgst du die Tomaten?“, fragte er.

Ich nickte und machte mich auf den Weg. Ich schnupperte an jeder einzelnen und prüfte mit leichtem Druck, ob sie noch nicht matschig waren. Bewaffnet mit einem Dutzend rot leuchtender und duftender Rispentomaten schlenderte ich fröhlich zur Nudelabteilung.

Dann hörte ich Tom sprechen. Er musste offensichtlich

jemanden getroffen haben. Bevor ich um die Ecke des Regals herum war, vernahm ich seine Worte: „Hallo Gabriella ... Dustin.“

Seine Stimme klang etwas blechern. Geräuschlos spähte ich in den Gang. Seine Körperhaltung war steif und in seinen Augen sah ich den alten Schmerz über Verlust und Verrat. Mein Gott, liebte er seine Ex etwa immer noch?

Sie war eine kleine, farblose Blondine. Etwas kürzer geraten als ich. Ihr Gesicht war nicht besonders aufregend. Sie machte auf jeden Fall nicht viel her. Doch sie sah ihn mit einer Überheblichkeit an, als genösse sie es noch immer, Tom zu bezaubern und ihn sprachlos machen zu können. Miststück!

Ich stopfte die Tomaten ins Kuchenregal neben mir, brachte meine Haare in Form und zog meine Lippen nach. Dann schnappte ich mir ein paar Süßigkeiten und war in Windeseile zurück, um hüftschwingend in ihren Gang zu biegen.

„Hey, Tom-Schatz“, zwitscherte ich möglichst verführerisch.

Zufrieden sah ich, wie sich die Blicke der drei auf mich hefteten. Mit katzenhafter Eleganz ging ich auf Tom zu. Meine Augen zogen ihn förmlich aus. Ich ignorierte die anderen völlig, so als seien Tom und ich in unserer ganz eigenen Welt verhaftet. Mit knapper Geste ließ ich die drei Kleinigkeiten in meinen Händen wackeln, bevor ich sie in den Wagen legte.

Dann glitt ich an seine Seite und schlang meine Arme um ihn. Tom sah mich die ganze Zeit atemlos an. Er schien angenehm überrascht zu sein, auch wenn ihm wohl nicht ganz klar war, was ich genau tat. Das war mir im Grunde selbst kaum klar. Ich half einfach einem unglaublich lieben Kerl mit seiner biestigen Vergangenheit. Ohne Gabriella zu kennen, verachtete ich seine grausame Exfreundin und den Waschlappen von ehemaligem Freund daneben bis aufs Mark.

„Ich habe Honig, Sahne und belgische Pralinen besorgt“, raunte ich ihm wie pure Sinnlichkeit zu.

Dann hauchte ich ihm einen Kuss auf die Wange. Dabei musste ich mich auf die Zehenspitzen stellen, aber sollte Dustin doch ruhig sehen, wie viel länger meine Beine in den knappen Hotpants wirkten, wenn ich meinen Körper durchstreckte. Sollte Gabriella ruhig sehen, wie herrlich groß gewachsen Tom im Vergleich zu ihrem neuen, abgebrochenen Zwerg war. Sollten ruhig beide merken, dass Tom und ich das tollere Paar waren und vor allen Dingen, dass Tom über sie hinweggekommen war.

Ich lächelte und strich über seinen Nacken. Meine Fingerkuppen formten Kreise an Toms weichem Haaransatz. Mein Blick wanderte hinüber zu Dustin. Gabriella ignorierte ich weiterhin. Ich war schließlich die Männer verschlingende Femme fatale.

„Hey.“ Ich machte eine kurze Pause, bevor ich anfügte: „Ich bin Lea.“

Dabei sah ich Dustin ganz geschmeidig an. Die beiden standen da, wie die Ölgötzen. Am liebsten hätte ich sie ausgelacht.

Ich wandte mich zu Tom und fragte gelangweilt: „Wer ist das?“

Dabei zeigte ich mit meinem Daumen in ihre Richtung. Es gab viele Menschen, die es nicht mochten, wenn man mit dem Finger auf sie zeigte. Auf die Chance hin, dass die beiden Idioten dazu gehörten, probierte ich es mal.

Tom räusperte sich. „Das sind Gabriella und Dustin."

Er schien sich zu fangen und legte mir seine Hand in einer vertraut intimen Geste um die Hüfte. Ich drückte mich noch etwas mehr an ihn heran, damit er merkte, dass es okay war, und damit Gabriella sich nicht mehr für die Märchenprinzessin hielt, sondern für den rußigen Kamin. Sie war hier eben nicht Aschenputtel.

Ich küsste Toms Hals, knabberte dem Schwung seines Nackens folgend an ihm entlang und leckte über die Wölbung seiner Muskeln und Wirbel. Dabei spürte ich seine Gänsehaut unter meiner Zunge. Die aufgerichteten Nackenhärchen kitzelten hauchzart über meine Lippen.

Ich raunte Tom vertraut, aber für die beiden hörbar zu: „Liebling, ich besorge uns noch Nougatcreme. Mach hier nicht mehr so lange. Ich will wieder mit dir zurück ins Bett. Lass mich nicht warten." Dann küsste ich sein Ohrläppchen und spürte, wie Tom förmlich erstarrte.

Ich lächelte und schaute flüchtig zu Dustin. „Hat mich gefreut." Das sagte ich zwar, aber meine Stimme ließ nichts von dieser angeblichen Freude durchsickern. Pure Langeweile. Gabriella ignorierte ich konsequent weiter.

Lasziv schlenderte ich davon, denn ich war ja angeblich auf der Suche nach Nougatcreme. In Wahrheit kramte ich die Tomaten aus dem Regal hervor, in dem ich sie zwischengelagert hatte. Von hier konnte ich auch gut lauschen.

Ich hörte, wie Gabriella und Dustin sich von Tom verabschiedeten. Sie klangen ziemlich kurz angebunden. Haha. Als sie von dannen gezogen waren, tauchte ich mit den Tomaten bei Tom auf. Ich lief jetzt wieder normal und packte das Gemüse in den Wagen.

Tom schaute mich verblüfft an. Plötzlich schüttelte er den Kopf und grinste. „Aber Schatz. Ich glaube, du brauchst langsam eine Brille. Das da sind Tomaten und nicht Nougatcreme."

Ich grinste zurück. „Tut mir leid, aber ich konnte nicht anders, als ich mitbekam, wer die waren."

„Sarah hat es dir also erzählt", folgerte er.

Ich nickte unsicher. „Hätte sie etwa nicht sollen?"

„Schon okay. Danke."

„Du, Tom, ich wollte einfach nur, dass sie nicht denkt, dass sie vermisst wird. Sie sah so überheblich aus. Dabei hat sie sich so schäbig benommen und hätte viel eher im Boden versinken müssen. Aber sie hat nur blöd gegrinst, als würde sie glauben, dass du sie noch immer vermisst."

Toms Augenbrauen wanderten hoch und er studierte das Muster des Laminatbodens. Es war nicht aufregender als in anderen Supermärkten.

„Ich meine, wie grausam ist das denn?", fuhr ich fort, weil er nichts sagte. „Das ist ziemlich abartig von deiner Ex. Ich hoffe, dass du über sie hinweg bist, weil ..."

Ich stockte. Konnte ich ihm so etwas an den Kopf werfen?

„Weil?", fragte er leise.

„Weil sie es nicht wert ist, dass du dich wegen ihr schlecht fühlst. Aber mir wird gerade klar, dass ich dich ziemlich vor den Kopf stoße, falls du sie noch willst. Dann würdest du nichts Gemeines über sie hören wollen. Also ..."

„Schon gut, Lea. Ich vermisse sie schon lange nicht mehr. Sie kann mich nicht mehr verletzen."

„Dann ist es ja gut." Erleichtert lächelte ich ihn an und gluckste dann: „Ich fand ja, sie sah nicht mehr ganz so überheblich aus, als sie dachte, dass du sie gegen eine andere räudige Blondine ersetzt hättest."

„Lea!" Er lachte auf. „Du bist doch keine räudige Blondine."

Sein Lächeln brachte etwas in mir zum Schmelzen. Rein freundschaftlich.

„Na ja, aber ich habe so getan, als würden wir es den ganzen Tag miteinander treiben. Ich dachte, auf die Weise würde sich Dustin ein bisschen ärgern, weil Gabriella nicht ganz so scharf ist. Und gleichzeitig würde sie sich nicht mehr so unersetzbar vorkommen."

„Verstehe." Er lächelte noch immer warmherzig und strich mir mit der Hand flüchtig durchs Haar. Wir blickten uns einige Sekunden an und mein Herz bekam leichte Aussetzer. Ich war definitiv zu jung für Herzrhythmusstörungen!

Also stupste ich mit meinem Finger die Tomaten an. „Sind die gut für die Sauce?"

Tom räusperte sich und nahm mein Mitbringsel unter die Lupe. „Passt."

Wir besorgten die restlichen Zutaten und noch etwas zum Knabbern für den Couchabend. Aber als ich zahlen wollte, wehrte Tom mich ab.

„Ich esse schließlich auch davon", war sein einziger Kommentar.

Okay, ich würde noch viel, viiiiiel netter zu ihm sein müssen. Tom war so zuvorkommend, dass ich gar nicht damit hinterherkam, mich zu revanchieren.

Wir verstauten unsere Einkaufstüte im Kofferraum von Toms altem *Continental*. Natürlich würde er ihn niemals alt nennen, sondern ein Liebhaberstück.

Nachdenklich betrachtete Tom die einsame Papiertüte.

„Was?“, fragte ich ihn.

„Nichts. Ich dachte nur, dass ich noch genügend Platz im Kofferraum habe: für eine kleine, freche Blondine wie dich.“

„Haha. Das kommt ja wohl mal gar nicht infrage.“

„Du würdest auch bestimmt nicht hungern. Wir haben Tomaten und ungekochte Nudeln. Die kannst du wie Chips knabbern.“

„Witzig, witzig, Herr Vampirvorsteher.“ Ich verschränkte die Arme vor der Brust.

„Außerdem erinnere ich mich dunkel, dass jemand zu diesem Einkauf belgische Pralinen beigesteuert hat.“

„Ich habe sie wieder aus dem Wagen nehmen wollen“, verteidigte ich mich.

Tom räusperte sich, als er ein Lachen unterdrückte.

„Was denn nun schon wieder?“, wollte ich wissen.

„Ich musste bloß daran denken, wie du versucht hast, unserem Liebesleben Schokopralinen beizusteuern.“

„Na, das ist doch nicht schwer.“

„Wie hättest du sie denn verwendet?“ Er musterte mich neugierig.

Ich schenkte ihm ein geschmeidiges Lächeln. „Ganz einfach, Tom. Ich hätte mich nackt auf den Tisch gelegt und mich mit den Pralinen drapiert, so wie man das von manchen Sushi-Partys kennt.“

„Du meinst, ich hätte Pralinen aus deinem Bauchnabel naschen können?“

„Nein.“

„Nein?“

„Ich bin kitzlig. Schon vergessen?“

*Mist, ich war schon wieder auf Flirtkurs geraten.*

„Nein, Lea“, sagte Tom mit belegter Stimme. „Das habe

ich nicht vergessen.“

„Komm, lass uns fahren. Und ich sitze vorne bei dir, Freundchen. Falls du versuchst, mich da hinten reinzustopfen, wehre ich mich mit der Sprühsahne.“

Ich grinste ihn an und wir stiegen vorn ein.

„Ich habe da doch noch mal eine Frage“, meinte Tom, als wir auf der Rückfahrt waren.

„Ja?“

„Wenn Sarah und Kyle sich schon kennen, wie willst du sie dann verkuppeln?“

„Na ja. Sarah kennt meinen Bruder, so wie ich ihren Bruder kenne. Das ist bisher immer nur rein freundschaftlich gelaufen. Es waren keine Dates oder so. Außerdem kennen wir uns ewig. Ich schätze, dass Kyle in Sarah immer noch das kleine Mädchen von früher sieht. So wie er mich weiter behandelt, als wäre ich zehn.“ Ich seufzte, als hätte ich ein schweres Los zu tragen. „Es wird Zeit, dass wir ihm bewusst machen, dass beide in einem Alter sind, in dem Platz für romantische Stimmung ist. Deshalb wollte ich Kerzen anzünden und italienische Musik im Hintergrund abspielen.“

„Wir könnten nach dem Essen etwas Tanzen“, schlug Tom vor.

Fragend schaute ich ihn von der Seite an.

„Na, wenn wir beide uns im Takt der Musik wiegen, werden die zwei sicher dasselbe tun.“

Ich nickte. „Könnte funktionieren. Langsame, verträumte Musik. Und nach dem Essen veranstalten wir noch einen romantischen Filmabend. Es soll einfach alles auf Liebe ausgerichtet sein.“

„Und welcher Film schwebt dir vor?“

„Weiß ich noch nicht so genau. Kyle schaut eher

Sachen wie *Kill Bill, Underworld,* oder *Starship Troopers*. Du weißt schon: Action und Explosionen."

„Und was schaut Sarah?", wunderte sich Tom.

„Na, so Filme wie *Bridget Jones, Tatsächlich Liebe* oder *Harry Potter*."

Tom begann zu lachen. „Ich sehe da irgendwie keine Schnittmenge, außer dass man alles auf dem Fernseher anschauen kann."

„Ich weiß. Das ist verflucht schwer. Kyle wird wohl dran glauben müssen, denn ich kenne keine romantischen Actionfilme. Das höchste der Gefühle für Kyle wäre da *James Bond*. Aber welche Frau findet den romantisch?"

„Ich habe eine bessere Idee", meinte Tom. „Wir schieben die beiden Zweiercouchen vor den Fernseher. Wenn du dich zu mir auf eine setzt, müssen Sarah und Kyle sich die andere teilen."

„Klingt gut. Und was für einen Film nehmen wir?"

„Ist Sarah schreckhaft?"

„Ziemlich."

Tom grinste mich vielsagend an.

„Was?"

Er wackelte zur Antwort mit den Augenbrauen. „Na, wir gucken schaurige Filme. Dann kann Kyle auf Sarah aufpassen und sie kann bei ihm Trost suchen. Kyle hat was zu Lachen und wird sich gut fühlen, wenn er auf deine Freundin aufpasst."

„Hm, eigentlich keine schlechte Idee."

„Und Kyle schläft nicht ein, wenn du ihm einen blutrünstigen Film anmachst."

„Irg."

Tom lachte über meine Reaktion und war dann

tatsächlich so irrwitzig, „Lecker, lecker“ zu sagen.

Lachend schlug ich nach seiner Schulter. „Mir schwant gerade der Haken an der Geschichte.“

„Der da wäre?“ Er schmunzelte zufrieden.

„Mal davon abgesehen, dass Sarah und ich uns Filme anschauen müssen, die uns gruseln werden ...“

„Ach, du auch?“ Tom grinste.

„Aber ich sitze auch mit dir auf einer Zweiercouch fest und bestimmt wirst du mich bei jeder blutigen Szene foppen.“

„Ich werde den Mond anheulen und meinen Hunger bekunden“, stimmte er mir lachend zu.

Wir machten uns in der Küche ans Werk, denn Sarah und Kyle würden sonst in unsere Küchenplanung stolpern, falls wir nicht loslegten. Dabei ließ Tom mich alles Mögliche schnippeln und übernahm die Kocherei. Er nannte mich „Chef“ und ich ihn „Koch“. Zusammen waren wir „Chefkoch“.

„Hey, Chef, die Tomaten bitte ordentlich würfeln“, bat er mich.

„Klar, Koch.“

Es lag auf der Hand, dass eigentlich Tom der Boss war und die ganze Zeit seinen Chef – mich – instruierte. Darauf angesprochen, fand er das ganz logisch.

„Ist doch wie im echten Leben. Der eine ist Chef und der andere hat Ahnung.“

Er zuckte mit den Achseln, als wäre damit alles klar. Ich zückte die angedrohte Sprühsahne, schüttelte sie, legte an und erwischte ihn von Hals bis Bauch.

„Hey, Chef!“, protestierte er.

„Ich habe also keine Ahnung, wie?“, feixte ich und sprühte ihm direkt ins Gesicht.

Tom lachte und hielt seinen offenen Mund in meinen Sprühstrahl. Doch so viel konnte er gar nicht essen. Die Hälfte ging daneben und kleckerte von seinem Kinn. Er schnappte mir einfach die Dose weg. War das frech oder war das frech? Gegenwehr stand doch gar nicht zur Debatte.

„Kleine Abreibung gefällig, Chef?"

„Geh dich ruhig abreiben", stimmte ich zu und wich ihm aus. Dabei verfolgte Tom mich um den Küchentisch.

„Komm doch, Chef. Bleib einfach mal stehen."

„Vergiss es, Koch. Los, wieder an die Arbeit mit dir."

Er schüttelte grinsend den Kopf und zupfte an seinem verschmierten Shirt. „Ich hab da etwas, das ich mit dir teilen möchte, Chef."

„Der Chef teilt nicht, Koch. An die Arbeit."

Toms Hände auf der steinernen Tischplatte hinterließen cremige Abdrücke.

„Geh dich waschen, Koch. Du saust die ganze Küche ein."

Er lachte. „Wer hat denn die ganze Sahne alle gemacht?"

„Muss ein Küchengnom gewesen sein. Eine Art Klabautermann."

„Eher eine Klabauter-Blondine. Komm Chef, du entwischst mir ohnehin nicht. Falls nötig, mache ich das so lange, bis die Sahne sauer wird."

„Kann ich nicht doch eher den Apfel von neulich haben?", erkundigte ich mich ganz liebenswert.

„Damit würde ich höchstens deinen Mund knebeln."

„Ich bin doch kein Spanferkel!" Hatte er gerade knebeln gesagt?

„Aber ein Sahneferkel. Mein ganzes Shirt klebt auf

meiner Haut. Bauch und Rücken, überall bin ich mit dieser Sprühsahne voll. Ich weiß ja, wer mit Wäschewaschen dran ist."

„Einverstanden", willigte ich ein. „Und jetzt wieder an die Arbeit, Koch."

Tom nickte und bewegte sich Richtung Topf. Doch als ich mich vorsichtig auf Armeslänge näherte, packte er mich und rieb seinen Oberkörper gegen meinen. Er schlang beide Arme um meinen Rücken und hielt mich eng an sich gepresst.

„Komm, Lea", verführte er mich mit seiner Stimme. „Tanz ein wenig Lambada mit mir."

Ich kicherte und versuchte, Tom von mir zu drücken. Die Sahne weichte sich durch mein Shirt. Er begann, einfach mit mir zu tanzen zu einer Musik, die nicht spielte. Doch er hatte Takt im Blut. Dabei summte er die Melodie von Lambada. Lachend warf ich den Kopf in den Nacken und tanzte einfach mit.

Das. War. Absurd.

Toms Hände wanderten tiefer und legten sich um meine Hüften. Er zog mich auf seinen Oberschenkel und wippte mit mir im Takt. Ich parkte meine Hände in seinem Nacken und ließ mich von ihm führen, während das Nudelwasser zu kochen anfing. Als erste Wasserspritzer zischend auf der Kochplatte landeten, wirbelte Tom mich ein letztes Mal herum und verbeugte sich dann elegant vor mir. Ich hatte am Ende sogar Sahne in meinen Haarspitzen und blickte an mir hinab.

„Komm, geh dich ruhig duschen und umziehen, Lea. Ich mache hier sauber und koche alles fertig."

„Danke."

# ⸙ 12 ⸙

Auf dem Weg zur Tür drangen sanfte, mediterrane Töne aus der Musikanlage. Gleichzeitig duftete es nach der besten Pastasauce im ganzen Land und ich hatte den Tisch in Gelbtönen gedeckt und helle, hohe Kerzen entzündet, die auf einem verschnörkelten Kandelaber steckten. Unsere Wohnung war bestens geeignet, um Kyle und Sarah in eine romantische Atmosphäre zu entführen.

Kyle kam die Treppe hinauf und grinste mich an.

„Hey, Bunny“, begrüßte er mich fröhlich und flüsterte in mein Ohr. „Wo hast du deinen ominösen Vermieter versteckt?“

Ich deutete in die Wohnung. „Sitzt im Wohnzimmer und sieht fern. Aber wir haben schon gekocht. Es ist alles fertig für unseren lustigen Abend. Fehlt nur noch Sarah.“

„Ach, kommt sie auch?“

„Klar.“ Unschuldig lächelte ich ihn an, als es erneut klingelte. „Oh, da ist sie schon. Ein Glück. Ich bin am Verhungern.“

„Ich gehe mich mal selbst vorstellen, Bunny“, meinte Kyle und verschwand im Wohnzimmer. Die Geräusche des Fernsehers lenkten seine Schritte in die richtige Richtung. Sarah kam die Treppe hoch und lächelte. Sie sah wie immer hübsch aus. Gut, das würde helfen.

„Hey, Leamaus. Hast du mich vermisst?"

Ich drückte sie. „Na, klar." Dann zog ich sie noch etwas fester an mich. „Kyle ist auch da."

Sie sah mich aus großen Augen an. „Ach, Lea, ist das nicht etwas auffällig?"

„Wieso? Du bist ständig bei mir. Außerdem wollte er meinen Vermieter kennenlernen. Er denkt sicher, ich will ihm nur Tom vorstellen, statt euch zu verkuppeln."

„Ach, willst du das?" Sie grinste mich an.

„Klar. Wir haben extra die Zweiercouchen vor den Fernseher geschoben. Du darfst dich nachher fürchten und bei Kyle verstecken."

Erneut betrachtete sie mich mit großen Augen, die mich wie jedes Mal an ein putziges Kaninchen erinnerten. Wenn Kyle mich schon immer Bunny nannte, war ich gespannt, welchen Kosenamen er Sarah verleihen würde, wenn sie zusammenkamen. Vermutlich *Rabbit*. Dann wäre Sarah Rabbit und ich Bunny. Irgendwie süß.

„Was meinst du mit fürchten? Was gucken wir denn?"

„Keine Ahnung. Tom hat die Filme ausgesucht. Aber da würde es mich nicht wundern, wenn wir *Bram Stoker's Dracula* anschauen."

„Horrorfilme sind so gar nicht meins. Wobei ..." Sie zwinkerte. „Wenn ich dafür mit Kyle kuscheln kann, will ich mich mal anstellen wie ein echtes Mädchen."

Wir kicherten und schlenderten zu den Jungs.

„Lasst uns essen", schlug ich vor. „Sonst verhungere ich noch neben vollen Kochtöpfen."

Die anderen nickten und Tom schaltete den Fernseher aus. Jetzt konnte man auch viel besser die sanften

Klänge der italienischen Balladen hören.

„Hach, wie schön“, seufzte Sarah. „Und das duftet so köstlich. Hey Kyle, hey Tom”, begrüßte sie die beiden.

„Hallo Sarah“, klangen sie aus einem Munde.

„Kyle hat sich schon mit dir bekanntgemacht, oder?“, erkundigte ich mich bei Tom, weil ich mal wieder völlig die Gastgebermanieren vergessen hatte.

„Ja, *Bunny*.“ Tom grinste frech.

Ich blitzte ihn herausfordernd an. Na warte, Freundchen.

Kyle strich sich über den Nacken. „Sorry, Bunny“, sagte er wenig bekümmert. „Aber du bist nun mal mein kleines Bunny. Das wird sich niemals ändern.“

Er schlang seinen Arm um meine Schultern und wir trotteten in die Küche zum gedeckten Esstisch. Ich hatte Kyle schon am Telefon davon in Kenntnis gesetzt, dass er ganz offiziell mein Bruder sein durfte. Trotzdem wollte er einen näheren Blick auf meinen Scheinfreund und Vermieter werfen.

Ich nahm neben Tom Platz, damit Sarah bei Kyle sitzen konnte. Dadurch befand ich mich zwar selbst direkt neben Tom, aber im Vergleich zu der Tuchfühlung im Supermarkt, war es geradezu eine Fernbeziehung auf einem anderen Stuhl zu sitzen.

Ich schaufelte mir Nudeln auf den Teller und mein Magen knurrte vorfreudig.

„Ach, soll ich uns vielleicht noch einen Wein holen?“, erbot sich Tom.

Sarah nickte und auch Kyle war nicht abgeneigt. Mir war es egal. Ich war keine Weinkennerin. Tom brachte einen fruchtigen Rotwein und ich nippte gelegentlich daran. Wie mir nicht erst meine Sekteskapade gezeigt hatte, vertrug ich Alkohol herzlich wenig. Aber er machte die Stimmung ausgelassener und das war doch gut, um Sarah mit Kyle zu verkuppeln. Tom war dabei auch sehr hilfreich. Er sprach Dinge aus, die Kyle auf manches hinwiesen, was unter rein freundschaftlicher Betrachtung eher übersehen worden wäre.

„Du siehst heute wieder toll aus, Sarah", lobte er ihr Äußeres. „Das grüne Shirt bringt deine Katzenaugen toll zur Geltung."

Sarah lächelte entzückt. „Danke, Tom."

Kyle betrachtete Sarah von der Seite und sie warf ihm einen hinreißend schüchternen Blick zu. „Wow, Tom hat recht. Du siehst wirklich sehr gut aus."

Ihre erwähnten katzenhaften Augen wurden noch größer und funkelnder. „Danke, Kyle. Du siehst auch sehr gut aus."

Kyle grinste schief und mein Bauch kribbelte vorfreudig. Die beiden waren auf einem guten Kurs. Unter dem Tisch legte mir Tom zufrieden seine Hand auf meine und drückte sie kurz. Ich sah zu ihm hinüber. Das Lächeln klebte in meinem Gesicht fest. Ich sah Toms strahlende Mokkaaugen vor mir und erkannte die goldenen Tupfen darin. Ich schloss automatisch und ganz nervös meine Finger um seine Hand und drückte leicht zurück. Tom lächelte mich freundlich an. Wie immer, wenn ich Mittelpunkt dieses Blickes wurde, schmolz etwas in mir.

„Du siehst auch wunderschön aus, Lea", sagte er nun zu mir. Vermutlich wollte er die romantische Stimmung im Raum ankurbeln. Es gelang ihm ganz gut, denn ich nahm aus dem Augenwinkel wahr, wie Sarah Kyle knuffte, als wollte sie Tom und mich zusammenbringen.

Er schien noch nicht zu ahnen, dass er das eigentliche Kuppelziel war.

„Danke, Tom“, erwiderte ich. „Dein Essen ist übrigens köstlich.“

Er lehnte sich zu mir vor. Ich konnte seinen Blick nicht deuten. „Hm, soll mich das freuen oder beleidigen?“

„Was meinst du?“

Toms Mund wanderte an mein Ohr. „Jeder in diesem Raum wurde gerade für sein gutes Aussehen gelobt, nur ich nicht. Bei mir war es bloß das Essen.“

Mit einem befangenen Kribbeln in der Herzgegend flüsterte ich: „Tut mir leid, Tom. So war das nicht gemeint. Dein Essen ist *wirklich* köstlich. Und na ja, also, dass du sehr gut aussiehst, weißt du doch bestimmt, oder nicht?“

Tom suchte meinen Blick und sah überrascht aus. „Das hast du noch nie gesagt. Woher sollte ich das wissen?“

Sein Gesicht war so nah an meinem, dass ich mich in seinen großen, schwarzen Pupillen spiegelte. Ich fühlte seinen Atem auf meiner Haut und konnte beinahe meine Nasenspitze gegen seine reiben. Tom duftete nach einer interessanten Mischung aus Pastasauce und herbem Deo. Er roch hervorragend und ich sog ein klein wenig die Luft ein, um mehr davon einzufangen. Definitiv männlich und vermutlich ausgeprägt pheromonlastig. Ich errötete leicht und es hatte nichts mit dem Wein zu tun.

Rein freundschaftlich, damit er nicht das Gefühl hatte, ein Aussätziger an diesem Tisch zu sein, sagte ich: „Du siehst sehr attraktiv aus, Tom. Jetzt weißt du es.“

Ich lächelte und schaute wieder zu meinen Nudeln, um mir die nächste Gabel zu nehmen und jedweder

Romantik einen Riegel vorzuschieben. Wenn ich statt Toms Augen meinen Teller betrachtete, ging nicht ständig diese Sturmflut irre tanzender Hormone durch mich hindurch. Je weniger ich ihn ansah, umso einfacher würde sich die freundschaftliche Beziehung zwischen uns aufbauen lassen.

Mein Blick huschte zu Sarah und sie lächelte mich an. Das geheime Überraschungsdate schien gut zu laufen. Ich wusste nicht, ob da mehr in ihrem Funkeln lag, als nur die Verzückung über Kyles Nähe.

Ich beobachtete die beiden wie sie nebeneinander saßen und Sarah ihm etwas zuflüsterte. Er lächelte und nickte. Die beiden passten prima zusammen.

Tom stupste mich von der Seite an und ich wandte mich zu ihm. Einmal mehr fielen mir seine braunen Augen auf und der feine Goldregen darin, denn der faszinierte mich am meisten.

„Magst du etwas Sauce?“, erkundigte er sich mit der Kelle in der Hand.

Ich besah meinen halbtrockenen Nudelberg. „Ja, gern.“

Toms Sauce war so lecker, dass ich sie komplett verputzt hatte. Er füllte mir großzügig nach.

„So oder noch etwas mehr?“

Ich grinste. „Also, wenn du mich so fragst ...“

Er nickte geschmeichelt und legte noch einmal nach. Die Farfalle verschwanden unter einer cremeroten Sauce voller Gewürzpunkte.

„Wo hast du eigentlich so kochen gelernt?“, wollte ich von ihm wissen.

„Meine Oma ist Italienerin.“

„Ach, toll. Wo wohnt sie denn?“

Er lächelte ironisch. „In Italien.“

„Aber wie ...“

„Sie ist erst vor einigen Jahren wieder dorthin gezogen, nachdem mein Opa starb. Sie wohnt nun bei ihrer Schwester in Milano. *Mailand.* Heimweh hatte sie schon immer, aber die Liebe hielt sie hier.“

„Verstehe, dann bist du also zu einem Viertel Italiener?“

„Ja.“

„Daher also deine gebräunte Haut, dein braunes Haar und die braunen Augen.“

„Auch, ja“, stimmte er zu.

„Aber zum Glück bist du nicht so klein wie die meisten Italiener“, sagte ich lächelnd.

Tom grinste mich an. „Da komme ich eher nach der Linie von meinem Paps.“

„Wie ist denn der Name deiner Oma?“

„Locorotondo.“

Ich lachte. „Was?“

„Locorotondo“, wiederholte er mit rollendem R in der Mitte.

„Dann würdest du Tom Locorotondo heißen?“

„Wenn meine Oma nicht den Namen von meinem Opa angenommen hätte, ja.“

„Das wäre ein Name mit ganz schön vielen Os“, staunte ich.

„Ich kaufe ein O.“ Tom grinste und hob seinen Zeigefinger, als wollte er eine Bestellung bei einem Kellner aufgeben.

„Das lohnt sich definitiv. Da hättest du bei Glücksrad gleich sechsmal das Blinken.“ Ich ging in Gedanken meinen eigenen Namen durch. „Ich habe kein einziges O im Namen.“

„Ich habe eins“, verkündete Sarah fröhlich.

„Ich habe auch nur eins“, erinnerte Tom. „Schließlich heiße ich Tilly und nicht Locorotondo.“

„Wenn du es dir aussuchen könntest, welchen Namen würdest du nehmen?“, wollte ich wissen.

„Tilly. Da habe ich mich ein ganzes Leben lang dran gewöhnt.“

„Spricht sich auch leichter“, stimmte Kyle ihm zu, der ebenfalls kein O aufweisen konnte.

„Also, ich finde so einen italienischen Namen schon irgendwie toll“, grübelte Sarah. „Da steckt so viel Feuer und *Amore* im Klang. Ich heiße nur Jones.“

„Ich finde, Jones ist ein cooler Name“, erklärte Kyle netterweise. „So heißt ein berühmter Archäologe.“

„Was hat er ausgebuddelt?“, wollte sie wissen.

Kyle grinste. „Den heiligen Gral zum Beispiel. Oder den Tempel des Todes. Oder die Bundeslade. Oder den Kristallschädel. Ich zeige es dir gern im Fernsehen.“

Sarah lachte. „Ach, *der* Archäologe.“

„Indiana Jones ist cool“, fand Kyle.

Tom und ich schmunzelten uns fröhlich an.

„Ich habe auch kein O im Namen“, sagte Kyle. „Aber das macht nichts. Kyle Kavanagh hört sich völlig okay an und erfüllt vollauf den Zweck der Identifikation.“

Ich musste plötzlich lachen. Alle sahen mich irritiert an, doch ich wehrte kopfschüttelnd ab und hielt mir eine Serviette vor den Mund.

„Alles bestens“, meinte ich nur.

Sarah blickte mich misstrauisch an und ich grinste unverhohlen, weil sie der Grund für mein Lachen war. Oder besser gesagt die Kombination aus ihr und Kyle.

Denn wenn Sarah nicht aufpasste, würde es sich definitiv für sie lohnen, ein A zu kaufen. Als meine Schwägerin hieße sie Sarah Kavanagh.

Wir verputzten Toms köstliches Essen und leerten unsere Gläser. Der Wein heiterte uns auf, die Kerzen und die Musik verströmten italienische Leichtlebigkeit und unsere gefüllten Mägen ließen uns seufzen.

„Komm, Lea“, sagte Tom und hielt mir die Hand hin. „Wie wäre es mit einem kleinen Tanz?“

Er zwinkerte und dachte bestimmt an unseren sahnigen Lambada. Ich ließ mich von seiner kräftigen Hand hochziehen. Tom zog mich an sich heran, denn im Hintergrund spielte eine Liebesballade. Eben ganz viel *Amore.*

Tom lächelte und betrachtete mich herzlich. Sanft strich er mir eine Strähne aus dem Gesicht. Seine Fingerkuppen streiften über meine Haut. Mir war warm und wohlig vom Wein.

Sicher wollte Tom die beabsichtigte Pärchenstimmung vorleben. Sollte mein Bruder doch denken, was er wollte. Ich spickte nicht zu ihm herüber, aber ich konnte mir seine tellergroßen Augen vorstellen. Der Gedanke amüsierte mich. Oh, Gott. Ich hatte bestimmt schon wieder zu viel getrunken.

Ich legte meinen Kopf an Toms Schulter und schloss meine Augen. Meine Hände wanderten um seinen Nacken. Ich spürte die Wärme seines Körpers, lauschte dem Schlag seines Herzens und dem sanften Geräusch seines Atems.

Der Abend war wunderbar schwerelos. Ich hörte, wie zwei Stühle über den Boden schabten und nahm wahr, wie Sarah und Kyle neben uns zu tanzen begannen.

Kleine Gesprächsfetzen der beiden drangen an mein Ohr, doch ich kümmerte mich nicht darum, weil ich in Toms Armen dahintrieb. Gut, dass er mich hielt, sonst hätte ich wie ein Heliumballon an die Decke steigen mögen. Bei geöffneten Fenstern wäre ich hindurch geschwebt und leise hinaufgestiegen, empor über die Lichter der Stadt in der lauen Abendluft, Mond und Sternen entgegen, ohne eine bestimmte Richtung als immer nur hinauf, still mit der Strömung des Windes im Einklang.

„Woran denkst du, Lea?“, fragte Tom mich leise.

Ich kicherte. „Ich dachte gerade, ich wäre ein Ballon und schwebe über die Stadt.“

Er grinste und rieb sein Kinn über mein Haar. „Du hast schon seltsame Gedanken manchmal.“

„Ich kann nichts dafür. Es ist der Wein. Ich vertrage keinen Alkohol.“

„Wieso trinkst du ihn dann?“

„Weil du ihn eingeschenkt hast“, antwortete ich simpel.

„Meinen Apfel wolltest du auch nicht essen.“

„Ganz schön nachtragend von dir. Aber du verwechselst mich da.“

„Ach, ja?“ Er klang vergnügt.

„Denn weißt du, *Schneewittchen* wollte keinen Apfel. Das war nicht ich selbst.“

„Sah dir verblüffend ähnlich.“

Ich lächelte ihn an und er betrachtete mich nachdenklich. Dann nickte er.

„Dieselben Augen, möchte ich schwören.“

„Zufall.“

„Der gleiche Sturkopf.“

„Noch mehr Zufall", gluckste ich.

Tom senkte seinen Kopf ein klein wenig weiter zu mir herab. Seine funkelnden Augen tanzten über mir und seine goldenen Sprenkeln wurden zu Sternen am Nachthimmel. Wenn ich nur tief genug hineinblickte, würde ich Sternbilder darin erkennen können. Im Moment entdeckte ich vor allem ein glutvolles Funkeln, das mich beinahe schwindlig machte und meinen Atem stocken ließ. Mein Herzschlag wechselte den Takt und für einen Wimpernschlag hing mein ganzes Gewicht in Toms starken Armen. Er hielt mich ganz mühelos.

„Ich würde auch wetten, dass deine Lippen genauso schmecken", flüsterte er mit rauchiger Stimme.

Oh Junge, Junge. Mir wurde irgendwie wärmer. Mein Blick ruckte von seinen Augen zu seinem Mund und machte mich taumelig. Für eine kleine Weile entrückte die Welt um uns herum und ich dachte nur daran, dass Tom mich gleich küssen würde. Dass seine weichen, warmen Lippen sich auf meine legen und sie sanft massieren würden. Seine Zunge würde zwischen meine Lippen in meinen Mund gleiten und mich besinnungslos küssen.

Gleich. Nur noch ein flüchtiger Moment und dann ...

Doch Tom tat nichts dergleichen, obwohl ich in diesem Augenblick nichts sehnlicher wollte, als meine Lippen über seine zu reiben, ganz egal, ob mein Bruder und Sarah uns dabei sahen. Sie beobachteten uns bestimmt. Tom und ich waren in unserem Tanz erstarrt und fesselten uns mit Blicken voller spannender Erwartung. Es war der perfekte Moment für einen von Toms perfekten Küssen.

Wieder stimmte alles, wieder wollte ich mit der

Alternativwelt tauschen, in der Tom mich um den Verstand küsste.

Aber der Tom in dieser Welt und dieser Zeit sagte nur: „Doch das kann ich schlecht herausfinden, oder?"

Ich blinzelte und sah ihn mit großen Augen an. War es wirklich Tom, der mich erst daran erinnern musste, dass uns nicht mehr als eine sanft aufkeimende Freundschaft verband?

Einmal mehr hatte ich nur Lippen und keine Zähne gesehen. Einmal mehr hatte ich mich in der Schönheit eines Kusses verlieren wollen. Ich sehnte mich danach, unsere Küsse haben zu können, als würde ich in der realen Welt nur ein Märchenbuch aufschlagen und nach dem Kuss wieder zuklappen, um zurück zu tauchen in das *echte* Leben.

Doch das funktionierte nicht.

Man konnte Küsse nicht auf- und zuklappen und herausholen wie ein Buch und darin wegsperren, wenn man fertig war, um sie in diesen Momenten zu isolieren.

Tom erkannte mein Zögern, meine Zweifel und nickte begreifend.

Er sah zu Kyle und Sarah hinüber. „Na, ihr zwei, wie wäre es denn jetzt mit einem Filmabend?"

Ich hörte seine gut gelaunte Stimme, aber spürte seinen angespannten Körper unter meinen Fingern, der mir mehr als seine Worte verriet, dass Tom genauso zerrissen war wie ich, wenn wir den Kussmomenten entgegenstrebten wie Irrlichter.

Sarah und Kyle nickten beide und lösten sich aus ihrem Tanz. Mir fielen Sarahs rosige Wangen und ihre strahlenden Augen auf. Obwohl Kyles Miene wesentlich unergründlicher war, war ich doch lange genug seine

Schwester, um die Bedeutung darin zu erkennen. Auch meinem Bruderherz gefiel der Abend. Ich fing einen seiner Blicke auf Sarah auf. Er betrachtete sie ganz eindeutig auf eine Weise, wie ein Mann eine Frau ansah und nicht wie ein großer Bruder die beste Freundin der kleinen Schwester Bunny.

Tom zog mich zu einer Zweiercouch und bediente dann den Fernseher. Sarah und Kyle kuschelten sich in die zweite Couch neben uns. Wir hatten einen halben Meter Platz dazwischen geschoben.

Tom legte eine DVD in den Player und kam mit der Fernbedienung zu mir zurück. Er setzte sich und öffnete seinen Arm für mich, damit ich mich an ihn lehnen konnte. „Na, komm, Angst*bunny.* Ich passe auf dich auf."

Kyle grinste. Dann erkannten wir, welchen Film Tom eingeworfen hatte, und mein Bruder fand die Auswahl gelungen. Sarah dagegen blinzelte etwas merkwürdig. Ich hatte Tom falsch eingeschätzt.

„Ich dachte schon, du würdest *Dracula* einwerfen", sagte ich und lehnte mich in seine Armbeuge. Tom zog eine Schüssel Popcorn vom Beistelltisch und platzierte sie vor uns.

„Ihr könnt euch an dem ganzen Süßkram bedienen", bot er unseren Gästen an. Dann flüsterte er in mein Haar: „Nicht doch, ich will das Vampirthema nicht überstrapazieren. Außerdem: Wer will sich schon die ganze Zeit Familienfilme ansehen? Das ist wie ermüdende Urlaubsdias."

Ich musste kichern. Doch als mich die gruselige Atmosphäre und die bedrückenden Klänge von *From Hell* einhüllten, rückte ich näher an Tom heran. Zudem erleuchtete nur eine einzige flackernde Kerze das Zimmer.

Während ich Toms Herzschlag lauschte, rotierte mein Kopf. Wem machte ich eigentlich was vor, wenn ich versuchte, mir einzureden, dass kuscheln vereinbar mit Freundschaft war? Ich beschloss, erst morgen eine Antwort darauf zu finden. Morgen klang vernünftig. Morgen wäre keine solche Spaßbremse. Morgen ließ mir Zeit, darüber zu schlafen.

„Was noch?“, fragte Tom flüsternd.

„Was meinst du?“, wunderte ich mich.

„Ich habe zwei Filme rausgesucht. Was dachtest du wäre der Zweite?“

Ich zuckte mit den Achseln. „Vielleicht *Interview mit einem Vampir*. Oder möglicherweise auch *Tanz der Vampire*?“

„Oder *Blade*?“

„*Underworld*.“

„*From Dusk Till Dawn*“, ergänzte Tom unsere Liste möglicher Kandidaten.

„*Königin der Verdammten*.“

„Lea? Kann es sein, dass du eine leichte Vampirfixierung hast?“, zog er mich auf.

„Allerhöchstens fixiere ich gleich einen frechen Vampir.“

„Darf ich da dabei sein?“ Er grinste mich unverhohlen an.

„Du bist sogar der Hauptdarsteller.“

„Ich hoffe, du hast dein Wissen über Vampire nicht ausschließlich aus dem genannten Filmfundus. Andernfalls wäre mir klar, weshalb du immer etwas ... ähm *bissig* mir gegenüber reagiert hast.“

„Ich habe dich nur einmal gebissen“, verteidigte ich mich.

Tom unterdrückte ein Lachen. „Das meinte ich gar nicht, aber danke, dass du mich daran erinnert hast.“

„Na ja, aber passen diese Filme nicht irgendwie?“ Verlegen sah ich ihn an. Ich war schließlich mit Kyles Horrorfilmen groß geworden.

Tom machte große Augen, in denen das Licht der Kerze flackerte. „Findest du *Jack the Ripper* repräsentativ für Menschen?“ Er deutete zum Fernseher, wo *From Hell* eine beklemmende Verfilmung der Morde des Londoner Prostituiertenmörders *Jack the Ripper* zeigte.

Ich schaute zum Bildschirm und sofort wieder zurück, weil gerade ein Mord geschah.

„Komm her, Angsthäschen. Ich passe auf dich auf.“ Tom schlang noch seinen zweiten Arm um mich.

„Nein, du hast recht. Du und deine Familie, ihr wart sehr nett zu mir. Es ist einfach nur das mit dem Bluttrinken, was mich ... nun ja ...“

„Shhh, keine Sorge. Solange du mich nicht beißt, lasse ich dich auch in Ruhe“, versprach er lächelnd. „Das habe ich dir doch gestern schon gesagt.“

„Eigentlich hast du nur gesagt, dass du mich auch beißt, wenn ich es tue. Du hast nicht gesagt, dass du es sonst lässt.“

„Stimmt. Aber du standest schon gestern nicht auf meinem Speiseplan.“

Er zwinkerte mich an und ich boxte ihm in den Bauch. Tom nahm meine Faust, öffnete sie und legte sie sich um seine Taille.

„*So*, Bunny“, erklärte er mir, wie ich ihn umarmen

sollte.

Haha, Tom. Als ob ich mit dem Boxen bloß einen unfähigen Versuch zu einer Umarmung gestartet hätte! Dennoch ließ ich meinen Arm, wo er war.

Tom legte entspannt den Kopf zurück auf die Polster und betrachtete aus schmalen Augen den Fernseher. Außer dem Kerzenschein glommen auch die Szenenwechsel des Fernsehers über sein Gesicht und leuchteten ihn geheimnisvoll aus. Er griff mit seiner Hand in die Popcornschale und ließ ein paar goldgelbe Knubbel in seinem Mund verschwinden. Als er ihn öffnete, konnte ich deutlich seine langen Eckzähne sehen. Sie waren spitz und gewölbt.

Ich bekam Gänsehaut und gleichzeitig tobte eine Frage in mir: Wer waren diese Frauen, von denen Tom bisher getrunken hatte? Welche Nähe und Intimität hatten sie mit Tom geteilt?

Mein Bauch fühlte sich ganz flau an. Wie verdammt egoistisch konnte ich eigentlich sein, einen Mann für mich zu wollen, den ich nicht wollte? Tom würde nicht mein Freund werden, aber ich wollte auch nicht, dass er von einer anderen der Freund wurde.

Gott, war das verworren! Mein Gefühlsleben war so was von hinüber. Ich war ein Freak! Zumindest emotional. Obendrein war da noch Colin. Er würde vermutlich mein nächster Freund werden. Da sollte ich Tom ziehen lassen können. Ich schluckte nervös.

Toms braunen Augen wanderten zu mir und funkelten belustigt. Er setzte sein verschmitztes Lächeln auf. „Lea, ich finde es ja schmeichelhaft, wenn du die ganze Zeit lieber mich ansiehst als den Film, aber ist alles okay mit dir?“

„Ich war nur in Gedanken versunken“, sagte ich ausweichend und wandte den Blick zum Fernseher.

Toms Hand tauchte vor meinem Mund auf und war beladen mit Popcorn. „Willst du?“

Ich öffnete meinen Mund und nahm das Popcorn, doch dabei streiften meine Lippen seine Fingerkuppen. Zum ersten Mal spürte ich die elektrische Ladung, von der Sarah immer bei uns sprach. Sie surrte geradewegs meine Wirbelsäule entlang. Verdammter Scheibenkleister. Ich glaube, ich war für den Rest des Abends satt. Mein Magen flirrte wie verrückt. Ich schluckte das Popcorn herunter und starrte auf den Film. Ab und zu musste ich den Kopf abwenden, weil es zu schaurig wurde.

Lustigerweise schien Sarah auf der anderen Couch immer dieselben Szenen zu meiden und wir quiekten im Gleichklang. Manchmal waren wir so synchron, dass unsere Stimmen völlig ineinanderflossen.

Kyle und Tom amüsierten sich königlich über ihre Angsthasen. Ein Seitenblick verriet mir, dass Sarah sich selig an Kyle geschmiegt hatte und immer wieder ihr Gesicht in die Beuge zwischen seinem Hals und seiner Schulter legte. Dabei dämpfte Kyles Haut ihre Schreckensrufe. Mir war klar, dass sie dafür ihre Lippen auf ihn legen musste. Kyle saß entspannt auf dem Sofa und hielt Sarah im Arm. Je weiter der Film fortschritt, umso vertrauter flüsterte er beruhigende Worte in ihr Haar.

„Gut, dass wir den Film hier schauen und nicht im Kino“, fand Tom. „Es wäre doch Geldverschwendung, wenn ihr Mädels für etwas Eintritt bezahlt, was ihr euch überhaupt nicht anseht.“

„Für so was würde ich auch nie Geld ausgeben", erklärte ich Tom.

„Ach, für dein lustiges Quieken würde ich dich glatt einladen."

„Wir müssten unsere Mädels nur vor den restlichen Kinogängern beschützen, die sich vielleicht in ihrer Ruhe gestört fühlen würden", merkte Kyle an.

Ich fing einen Blick von Sarah auf und wir dachten beide dasselbe. Kyle hatte *„unsere Mädels"* gesagt. Damit gehörte Sarah wohl zu ihm. Ich erkannte das Strahlen in ihren grünen Katzenaugen und wie ein Kätzchen schmiegte sie sich noch mehr an ihn. Ich sah meinen Bruder lächeln, während er weiter auf den Fernseher schaute. Aber seine Körperspannung war nicht mehr ganz so lässig. Er hatte definitiv registriert, dass da eine schöne Frau in seinen Armen lag.

Als *From Hell* endete, legte Tom einen weiteren Film nach und beglückte uns mit noch mehr Gruselkram. Er hatte *Resident Evil* eingelegt. Es gab Zombies und es gab ein Team, das Zombies tötete und selbst getötet wurde. Dazwischen hüpfte in einem knappen Fummel und mit großen Knarren die feenhafte Milla Jovovich herum.

„Bäh, Tom, der Film ist voll eklig", sagte ich.

Sarah und ich, wir erschreckten uns bei dem Streifen noch wesentlich öfter und blickten dann fort. Dabei war mir klar, dass keiner der Darsteller je in Gefahr war und niemand wirklich starb. Nach dem Dreh hatten alle sicher einen Riesenspaß und bewarfen sich mit falschen Körperteilen.

Toms Mund wanderte an mein Ohr: „Das war doch der Sinn der Sache. Schau nur, wie gut Sarah und Kyle klarkommen."

„Ja, ich habe es gesehen“, gab ich lächelnd zu.

Tom nickte und zog mich fester an sich. „Aber so ist es doch auch ganz nett, oder?“

Ich schluckte schwer und konnte ihm einfach nicht antworten.

Toms Hand wanderte sanft an meinen Rückenwirbeln entlang. „Schon okay. Grübele nicht so viel und schließ einfach die Augen.“

„Dann sehe ich aber nichts mehr.“

„Du schaust doch sowieso nicht hin.“

Stimmt.

Ich atmete tief durch und machte meine Augen zu. Ich hörte das Geballer, verzerrte Schreie und die Stille vom Tod. Doch das alles driftete davon und wurde zu einer unbedeutenden Kulisse.

Toms Finger kneteten geschickt die Muskelstränge meines Rückens entlang und entspannten mich zunehmend. Es war wunderbar dunkel unter meinen Augenlidern. Mehr und mehr verdrängte ich die Geräusche des Films und nahm Toms gleichmäßigen Atem war.

„Ist das gut so?“, erkundigte er sich.

Ich nickte zufrieden und gab ein zustimmendes Murmeln von mir. Irgendwann schlief ich ein. Nur entfernt bemerkte ich Kyles gedämpfte Stimme, als *Resident Evil* endete.

„Wollen wir noch etwas schauen?“, wollte er wissen. Es musste längst Mitternacht vorbei sein, doch welchen Horrorfilmgucker störte das schon? Das war doch die Hauptsendezeit für Gruselkram aller Art.

„Lea brauchen wir nicht fragen, sie ist eingeschlummert“, hörte ich Tom sagen. „Aber wir können gerne noch weiterschauen."

Ich wollte noch nicht aufstehen. Ich lag viel zu bequem in seinen kräftigen Armen. Trotz der unheimlichen Filme fühlte ich mich geborgen und entspannt. Um nichts auf der Welt wollte ich mich jetzt aus dem Sofa hoch kämpfen und in mein Bett wanken.

Sarah sagte: „Also, ich bin noch nicht müde. Diese Filme haben mich eher wach gemacht. Was schlagt ihr als Nächstes vor?"

„Wollen wir den Horrorabend durchziehen?", fragte Tom.

„Klar", sagte Kyle.

„Ach, wieso nicht?", ließ sich Sarah erweichen.

Mein Bruder feixte: „Ich beschütze dich auch vor möglichen Monstern, die aus dem Fernseher ihren Weg ins Wohnzimmer finden."

„Ich weiß auch nicht, warum ich mich so grusele", entschuldigte sie sich.

„Schon okay. Ich tröste dich gern. Ist irgendwie lustig."

„Lustig, hm?", wollte Sarah wissen.

„Gefällt es dir etwa nicht?" Kyle klang herausfordernd.

„Doch." Ich wusste, dass Sarah bezaubernd schmunzelte, als sie das sagte.

„Also dann, was soll ich einlegen?", wollte mein Bruder wissen. „Tom kann ja schlecht aufstehen."

„Mir sind wortwörtlich die Hände gebunden", stimmte Tom zu und ich spürte sein Streicheln auf meinem Rücken und in meinem Haar. „Mach doch einfach *Alien* rein. Der steht da irgendwo links im Regal."

Ich hörte Sarah Popcorn schmatzen. „Meine Kleine sieht so friedlich aus in deinen Armen, Tom."

„Du scheinst jedenfalls mehr als nur ein Vermieter zu

sein“, stimmte Kyle zu. „Aber du bist in Ordnung, Tom. Von meiner Seite passt das.“

Innerlich bekam ich einen Schlaganfall. Hatte mein Bruder Tom gerade wirklich seinen Segen dafür gegeben, mit mir zusammen zu sein? Was die Leute so sagten, wenn sie sich unbelauscht fühlten.

„Ihr seht hübsch aus miteinander“, hörte ich Sarah in die gleiche Kerbe schlagen.

Unter meinem Ohr vernahm ich Toms Herzschlag schneller gehen. Das Thema ließ ihn jedenfalls nicht kalt. „Ich glaube nicht, dass Lea diese Ansicht teilt“, sagte er leise.

„Das wird schon noch.“

*Sarah Jones!* Ich hatte es ihr doch lang und breit erklärt. Wieso glaubte sie noch immer, mich in die Arme eines Vampirs treiben zu können, nur weil ich zufällig darin lag?

„Auf geht's für *Alien*“, verkündete Kyle mit betont gespenstischer Stimme.

„Was passiert denn da?“ Sarah klang furchtsam.

„Sag bloß, den kennst du nicht? Das ist ein Klassiker“, erklärte mein Bruder. „Also, das Konzept ist ziemlich simpel. Ein böses Alien tötet die halbe Besatzung.“

„Toll. Dann hatten wir heute einen schnetzelnden Serienmörder, Zombies und ein Alien“, fasste Sarah das Ausmaß des Horrors zusammen.

„Fehlen eigentlich nur Vampirfilme“, meinte Kyle vergnügt.

„Hör nicht auf ihn, Tom“, bat Sarah. „Kyle ist ja so taktlos wie seine Schwester in dem Punkt.“

„Gar nicht wahr! Ich habe überhaupt nichts gegen Vampire“, verwehrte sich Kyle. „Ich finde Tom schwer in

Ordnung. Wenn du auf meine Schwester stehst, dann Waidmanns Heil. Sie hat einen ziemlichen Sturkopf. Also, was ist, keine Vampirfilme?“

„Ich kann ja doch noch die Familiendias rauskramen“, bot Tom an. Er schien nicht beleidigt zu sein.

„Sind die auch schön blutig?“, wollte mein Bruder wissen.

„Klar. Meine Mom hält die Kamera immer voll drauf, wenn wir uns mit Blut volllaufen lassen“, scherzte Tom.

So ungezwungen hatte ich ihn selten erlebt.

„Pst, Jungs, *Alien* geht los“, tadelte Sarah.

Nanu? Ging meine Freundin noch unter die Schockerfans?

Langsam schlummerte ich wieder ein. Vielleicht zweimal spürte ich Tom ganz leicht zucken, wenn wohl auch er sich erschrak. Doch dann strich er gleich beruhigend durch mein Haar, als wollte er vermeiden, mich zu wecken.

Erst gegen Drei in der Früh war der gemeinsame Abend beendet. Tom drückte mich sachte an der Schulter. Ich spürte seinen Mund an meinem Ohr flüstern: „Lea, aufwachen.“

Ich grummelte wie ein Murmeltierchen und rollte mich auf Toms Schoß zusammen.

Sarah stieß ein leises, vergnügtes Lachen aus. „Das ist wirklich ein Bild für die Götter.“

„Findet ihr allein hinaus? Dann würde ich sie in ihr Bett legen“, flüsterte Tom.

„Klar“, willigte Kyle ein. „Ich bringe Sarah nach Hause.“

Tom nickte wohl, denn er sagte nichts mehr. Ich hörte Rascheln und Kramen und das leise Tapsen von Füßen auf dem Boden, als Sarah und Kyle sich zur Haustür aufmachten. Tom hob mich auf seine Arme und trug mich zu meinem Zimmer. Ich vernahm, wie die Tür hinter Sarah und Kyle ins Schloss fiel.

Jetzt war ich wieder allein mit Tom. Ich lag in den Armen eines Vampirs und ließ mich nach einer Nacht des Horrors in mein Schlafzimmer tragen.

Behutsam legte er mich auf mein Bett und zog seine Arme unter mir hervor. Als Nächstes spürte ich seine Hände über meinen Füßen. Er umfasste meine Knöchel und streckte mir vorsichtig die Beine aus. Dann deckte er mich bis zur Hüfte zu. Er bauschte sogar mein Kopfkissen auf. Ich fühlte, wie seine Fingerkuppen über meine Wange strichen. Als er innehielt, hätte ich am liebsten die Augen aufgeschlagen, um nachzusehen, was er tat.

„Ach, Lea ...", hörte ich ihn leise seufzen. „Träum süß, mein Angsthäschen."

Mein Herz klopfte wild. Es war so still. Schließlich hielt ich es nicht mehr aus und schlug die Augen auf. Doch Tom musste gerade hinausgeschlichen sein.

Fünf Sekunden. Länger waren seine Worte nicht her. Wieder waren nur Sekunden der Richter über das, was war und das, was ausblieb. Ich kniff die Augen fest zusammen, rollte mich herum und grub mein Gesicht ins Kissen.

Und da war sie: eine feine Note von Toms Duft. Er hatte mir das Kissen gegeben, auf dem er gestern hier gelegen hatte. Sein Geruch war das Einzige von ihm, was mich in dieser Nacht in mein Bett begleitete.

Diese verrückten Gefühle!

Unruhig wälzte ich mich in den Schlaf. Dann kamen

die Bilder. Ich träumte, dass ich spazieren ging. Mondlicht schimmerte durch das Blätterdach, doch da war dieses Knacken im Unterholz und die Melodie des Windes. Er klang wie eine gespenstische Geige. Suchend blickte ich mich um.

Alles sah genau aus wie im Forsyth-Park. Alles. Sogar der Hibiskusstrauch. Nur dieses Mal stand kein junger Mann in den Büschen, sondern ich selbst. Ein kaltes Schaudern rann über meinen Körper, denn ich war nicht allein. Ein Vampir, der wie ein Schrank gebaut war, riss mich in seine Arme. Er trug einen blutroten Ledermantel der Marke *»I love blood«*. Sie waren wie die Hells Angels der Vampire. So düster und unbeherrscht in ihrer Gier nach Blut.

Ich versuchte, ihn von mir fortzudrücken, doch er senkte unerbittlich seinen Mund auf meinen Hals. Ich spürte seine Zähne!

„Ich gebe dir hundert Dollar", raunte er und lachte dann.

Mir gefror das Blut in den Adern. Und dann biss er mich! Es brannte wie Feuer und Säure. Ich schrie, doch kein Ton drang aus meiner Kehle. Mein Hals war wie zugeschnürt. Ich hörte das Schmatzen und fühlte mich ohnmächtig. Der Mond am Himmel war zu einem roten Blutmond geworden.

Es hörte nicht auf zu schmerzen. Er hörte nicht auf zu trinken. Die Kraft wich aus meinem Körper. Mir sank das Herz wie ein Stein in den Bauch. Ich fühlte mich wie eine Puppe. Eine blutleere Puppe.

Panisch riss ich die Augen auf, tastete an meinen Hals und grub meine Finger in die Haut. Ich war so erleichtert, als ich dort keine Wunde oder Narben spürte.

Mein Puls hämmerte. Ich konnte lange nicht wieder einschlafen, hatte Angst davor. In letzter Zeit war ich nicht nur Tom nähergekommen. Auch meine Furcht rückte auf mich zu. Die beiden waren wie zwei Seiten derselben Münze. Vielleicht waren mir auch einfach nur die ganzen Horrorfilme nicht bekommen.

# ⸙ 13 ⸙

Es musste Mittag sein, als mich das Telefon weckte. Es hallte lange durch die Wohnung, ohne dass Tom abnahm. Verschlafen kroch ich aus den Federn und lief zur Telefonstation. Dabei fiel ich fast über meinen Rucksack. Der Schreck rüttelte mich etwas wach.

„Hallo?"

„Guten Morgen, Leamäuschen." Sarah begrüßte mich mit gurrendem Singsang. Sie war unverschämt munter.

„Hey."

„Ich koche gerade Kakao und habe Madeleines im Ofen. Schwing deinen hübschen Hintern rüber."

„Jetzt?"

„Bis gleich", trällerte sie und legte einfach auf.

Sie war ganz definitiv viel zu wach und viel zu heiter. Beinahe aufgekratzt. Dann dämmerte es mir. Ich stöhnte, schlug meine Hand gegen die Stirn und begann, meine Schläfen zu malträtieren.

„Oh, Mann."

Es war offensichtlich: Sarah hatte mit meinem Bruder geschlafen. Ich wollte die Details wirklich nicht hören, aber der Gedanke an süßes, mit Puderzucker bestäubtes Gebäck und Sarahs vollmundigen Kakao lockte mich aus meinem Bau.

Ich schlich ins Bad und weckte mich mit einer kühlen Dusche. Dann schlüpfte ich in Nickishorts und ein brombeerfarbenes Tanktop, das in goldenen Lettern verriet, dass ich der Star der Diskoszene war.

Zwanzig Minuten später stand ich im Flur vor dem Spiegel.

„Tom?", rief ich.

Entweder war er noch verschlafener als ich, oder er saß im Arbeitszimmer und brütete über seinen Büchern. Als ich durch die Wohnung stromerte, fand ich jeden Raum verlassen vor.

Zögerlich klopfte ich an seine Schlafzimmertür. „Tom?"

Doch keine Antwort kam. Ich drückte die Klinke herunter und warf einen Blick in das sonnendurchflutete Zimmer. Das Bett war frisch aufgeschlagen und der Raum leer.

Wo steckte eigentlich Tom? Ich fand auch keine Notiz am Kühlschrank. Innerlich zuckte ich die Schultern. Als ich endlich zu Sarah aufbrechen wollte, klingelte das Telefon erneut.

„Hallo?"

„Hey, Lea, hier ist Colin."

Mit ihm hatte ich überhaupt nicht gerechnet. Ich ließ mich an Ort und Stelle im Schneidersitz auf dem Boden nieder und lehnte mich mit dem Rücken an die Wand.

„Hey, Colin. Das ist ja nett, dass du anrufst. Ich habe an dich gedacht."

„Gerade eben?", fragte er erfreut.

„Ähm, nein, gerade eben wollte ich zur Tür hinaus und Sarah besuchen. Aber in den letzten Tagen."

Tatsächlich, es war inzwischen Mittwoch. Drei Tage

waren wohl eine gute Zeitspanne, um sich zu melden.

„Ich habe auch sehr viel an dich gedacht, Lea."

Es klang vertraulich und irgendwie sehnsüchtig. Wahrscheinlich telefonierte ich gerade mit meinem künftigen Freund.

„Wie geht es dir so?", fragte ich ihn.

„Es ist sehr stressig." Er klang etwas erschlagen. „Deshalb rufe ich auch an. Ich werde die ganze Woche keine Zeit haben. Frühestens Sonntag. Bloß glaub mir: Ich würde irrsinnig gern."

So war das eben, wenn ein Polizist auf der Bildfläche erschien. Da Colin mitten in der Ausbildung steckte, hatte er sicherlich allerhand zu tun.

„Ist schon in Ordnung", sagte ich ehrlich. „Ich bin froh, dass du anrufst und mir Bescheid gibst."

„Ich wollte dich wenigstens hören, wenn ich dich schon nicht sehen kann", verriet er mir und ich konnte mir seinen freundlichen Blick dabei vorstellen. „Leider muss ich jetzt wieder los."

„Ich muss auch los. Sarah wartet mit dem Frühstück."

„Frühstück? Es ist halb eins." Er lachte. „Ich bin seit sieben Stunden auf den Beinen."

Der arme Kerl. „Dann stelle es dir einfach als zweites Frühstück vor. Jedenfalls hat sie Madeleines gebacken."

„Das erinnert mich daran, wie wir uns zum Donutsessen getroffen haben."

„Der nächste Donut kommt bestimmt", versuchte ich ihn aufzuheitern.

„Ich hoffe es. Mach's gut, Lea."

„Du auch, Colin. Pass auf dich auf, ja?"

Er schien zu schmunzeln. „Aber klar. Mach ich."

Dann war die Leitung tot.

Eine halbe Stunde später klingelte ich bei meiner Freundin. Sie riss mit einem heiteren Glanz in den Augen die Tür auf und fiel mir quiekend um den Hals. „Hach, Lea, es ist ja so toll!“

Sarah packte mich bei den Händen und hüpfte rückwärts in die Wohnung. In der Küche wartete ein gedeckter Tisch auf uns und es duftete himmlisch.

„Was ist denn los?“, fragte ich, obwohl ich es mir längst denken konnte.

„Kyle und ich sind zusammen.“ Selig faltete sie die Hände vor der Brust. „Wir treffen uns nachher noch. Aber solange er fort ist, wollte ich dir alles erzählen. Setz dich doch.“ Noch während sie das sagte, schubste sie mich auf einen Stuhl.

Ich musste lachen und Sarah tat es mir nach. Sie war wunderbar unbeschwert. *Glücklich.* Wegen Kyle! Schon verrückt. All die Jahre kannten sie sich schon, hunderte Begegnungen, Blicke und Worte waren vergangen, und plötzlich war alles anders.

„Ich freue mich für euch“, sagte ich aufrichtig, denn ich fand es schön.

Wir luden uns Gebäck auf die Teller und Sarah goss reichlich Kakao ein. Ich war im Land angelangt, in dem Kakao und Madeleines flossen.

„Also, erzähl, was passiert ist nach unserem Fernsehabend.“

„Wir haben uns schon während des Essens verstanden. Das Tanzen war eine gute Idee, wobei Tom und du eine echte Steilvorlage hingelegt habt.“ Sie zwinkerte mir zu.

„Das gehörte alles zum Plan. Tom war in die Verkupplungsaktion eingeweiht. Die Ideen mit dem Tanzen und den Horrorfilmen kamen von ihm.“

Sarah zog amüsiert eine Augenbraue hoch. „Ach, wirklich? Na, dann schulde ich ihm was. Das mit der Zweiercouch war richtig toll. Ich konnte stundenlang mit ihm kuscheln. Außerdem hat er mich ausgefragt, was zwischen dir und Tom läuft."

„*Bitte?*" Ich verschluckte mich fast am Kakao.

Sarah nickte und leckte sich den Puderzucker von den Fingerspitzen.

„Was hast du ihm geantwortet?"

„Nur die Wahrheit", gab sie sich geheimnisvoll.

„Aber ..."

Sie unterbrach mich einfach. „Wir haben da also gesessen, ferngesehen und uns unterhalten. Aber mit der Zeit wurde es immer vertrauter. Wir haben immer weniger über euch oder die Filme gesprochen. Er sagte mir, dass er es schön fände, mich zu sehen. Dass er zwar wisse, dass ich *deine* Freundin sei, aber dass er mich auch sehr mögen würde. Dann hat er mir lauter Komplimente gemacht und mich später heimgefahren." Sie seufzte verzückt. „Und vor meiner Haustür hat er mich gefragt, ob er mir die bösen Geister aus den Träumen vertreiben soll."

Ich starrte sie überrascht an. Mein Bruder war ja ein echter Draufgänger. Ich wusste zwar, dass er mit Worten umgehen konnte, aber von seinen Flirtkünsten hatte ich dann doch keine Ahnung gehabt. Dabei war er schon als Kind sehr aufmerksam gewesen.

Als wir klein waren – es war um dieselbe Zeit, als ich das erste Mal von ihm *Bunny* gerufen wurde – dachte Kyle sich für mich immer Gedichte aus. Wir hingen dann kopfüber nebeneinander von den Bäumen und schaukelten, bis uns alles Blut ins Gesicht gelaufen war.

Dann stand unsere Welt Kopf. Nur wir beide waren füreinander noch richtig herum. Wir kicherten und lachten und Kyle begann zu dichten: „Die Eiche ist groß, meine Schwester ist klein, wir hängen verkehrt rum, so muss es sein.“ Oder: „Bunny, mein Bunny, wir hängen im Baum, mit dem Kopfe nach unten wird alles zum Traum.“

Später reimte er dann aber tiefsinnigere und schönere Gedichte für mich, die er mir aufschrieb und zu unseren *Geschwistertagen* schenkte. Die waren immer sonntags, weil ich an einem Sonntag geboren war. Damit hatte uns jener Tag zu Geschwistern gemacht. Aus dem Einzelkind Kyle war ein großer, liebender Bruder geworden, der mich behütet hatte, seit er mich das erste Mal erblickte und selbst noch winzigkleine drei Jahre alt war.

Kyle brachte mir all seine Spielsachen, trug mir immer seine Kuscheldecke nach, damit ich es weich und bequem hätte. Stundenlang streichelte er meinen Kopf und gab mir Küsschen auf die Stirn. Tagein, tagaus zählte er meine Finger ab, wusste Schüttelreime über Daumen und Pflaumen zu erzählen und wurde nie müde, mich lieb zu haben. Für Kyle war ich immer sein Ein und Alles und später sein Bunny.

Er nahm alle meine Freundinnen unter die Lupe, ob sie auch gut genug für mich wären, und verprügelte jeden, der mich ärgerte, als er nicht älter als fünf war. Ich war wohl in der zweiten Klasse, als Rick Simmons versuchte, mich zu küssen, und Kyle ihn am Ohr packte und von mir fortzog. Ich war deshalb nicht immer begeistert von Kyles Beschützerinstinkt. Umso mehr hatte es wohl zu bedeuten, dass er Tom gestern sein Okay gegeben hatte. Vielleicht hielt Tom das für keine große Sache, aber meinem Bruder käme so ein Zugeständnis nicht leicht über die Lippen.

*„Es war einmal der Himmel, er war hoch, er war klar;*
*eine sternenlose Nacht schien er immerdar.*
*Kein Mond, keine Wolke befleckte sein Wesen,*
*nur Reinheit und Weite ließen sich in ihm lesen.*
*Wenn die Leute nun raufschauen, dann sehen sie es funkeln,*
*allüberall leuchten die Sterne im Dunkeln.*
*Doch was keiner mehr weiß, war die Stunde ihres Beginns,*
*sie waren ein Zeugnis meines schönsten Gewinns.*
*Denn für mich begannen sie erst zu scheinen,*
*als in einer kleinen Wiege ertönte ein Weinen.*
*Der Himmel bekam Sterne wie Augen zum Staunen,*
*und ihr Strahlen war wie ein kosmisches Raunen.*
*Es war die Nacht, als ich Lea erhielt.*
*Für meine kleine Bunny von Kyle.“*

Kyle hatte es mir geschenkt, als er fünfzehn war und ich zwölf. Er hatte mir lange einreden wollen, dass Sterne erst seit meiner Geburt am Himmel standen.

„Hallo, Lea?“ Sarah wedelte wieder mit ihrer Hand vor meinem Gesicht herum, als wäre sie mein Scheibenwischer.

Mein wunderbarer Bruder hatte nun nach langer Zeit eine Freundin gefunden, die ihn sicher völlig in sich verliebt machen würde. Möglicherweise dichtete Kyle bald für Sarah.

„Bin da.“

Sie lachte. „Das sah mir gerade nicht danach aus.“

Ich umarmte Sarah und drückte sie beherzt. „Kyle ist

einmalig. Du hast dir den besten Mann auf der Welt ausgesucht.“

Sarah seufzte. „Du willst wahrscheinlich nichts davon hören, aber es war toll mit ihm.“

„Du hast recht“, stimmte ich grinsend zu. „Ich will nichts davon hören. Genießt es einfach.“

Sie sah mich eingehend an. „Was macht denn die Liebesfront bei dir so?“

„Colin hat die ganze Woche keine Zeit.“ Ich nippte an meinem Kakao.

Sarah runzelte die Stirn. „Colin?“

Ich nickte. „Ja, er hat vorhin angerufen und viel zu tun.“

„Das ist doch halb so wild, oder?“ Sie räusperte sich, als ich sie verwundert anschaute. „Ich meine, bist du sicher, dass du nicht aus einem anderen Grund in letzter Zeit so durcheinander bist?“

„Was meinst du?“

„Tom.“ Sie sah mich überzeugt an.

„Tom?“

„Ich habe das Gefühl, du bist ein bisschen verknallt. Aber du hängst überall ein dickes Absperrband hin, auf dem riesengroß *Vampir* steht. Ich kann dir nicht einreden, das sei erotisch, wenn du es nicht so siehst. Vielleicht lasst ihr den Teil mit dem Beißen einfach weg und er knabbert bloß so an deinem Nacken. Tom sucht sicher kein Restaurant in seinem Bett.“

„Ich bin nicht verliebt“, beharrte ich.

Sie rollte mit den Augen. „Ich habe dich doch gestern Abend mit ihm gesehen. Die Art, wie ihr euch anschaut, macht eure Gefühle füreinander so offensichtlich. Ich glaube, Tom wartet nur darauf, dass du ihm ein Zeichen gibst."

Ich schnaubte. „Ach, Quatsch. Tom bezahlt mich dafür, dass ich seine Freundin spiele."

„Das denkst du nicht wirklich, oder? Sein Blick sieht nicht nach Schauspiel aus. Glaubst du ernsthaft, dass er dich nicht will, nur weil er dich bezahlt?"

„Was weiß ich?"

Mich überkam plötzlich ein Bild von mir unter der Wasseroberfläche. Meine Luft wurde knapp, meine letzten Atembläschen entrannen mir und ich blickte hoch zur Oberfläche ins Licht, wo die Luft war. Ich strampelte und wehrte mich und wurde doch tiefer gezogen. Tom war wie das Wasser für mich. Wie hatte er nur in meine Gefühlswelt eindringen können? Ich konnte in ihm doch nicht atmen!

So wenig wie mir Kiemen wachsen würden, könnte ich mit ihm kompatibel werden.

Sarah hatte ihr Glück gefunden, aber ich fand nur Steine auf meinem Weg. Die Absage von Colin für die Woche machte mich nicht halb so nervös wie der Gedanke an Toms braune Augen oder unsere Küsse. Doch der Albtraum der letzten Nacht steckte mir noch gründlich in den Knochen.

Als ich am frühen Abend Sarah verließ, hatte ich ziemlich gemischte Gefühle. Ich war so in Gedanken, dass ich eine Treppenstufe nicht richtig erwischte und mich schmerzvoll am Geländer festklammern musste, um die restlichen Absätze nicht *Express* zurückzulegen. Dabei schlug ich mir einen blauen Fleck an der Hand und fluchte unanständig. Es wurde auch nicht besser, als ich den Bus vor meiner Nase davonfahren sah und eine geschlagene Ewigkeit auf den nächsten warten musste.

Ich wollte mich nur noch ins Bett verkriechen.

Missmutig betrat ich schließlich die Wohnung und ließ meinen Rucksack auf den Boden fallen.

Wie es aussah, wurde ich schon erwartet. Tom kam mit zwei Sektgläsern in der Hand auf mich zu und reichte mir eins.

„Aber ...?"

„Ich habe Geburtstag", erklärte er gut gelaunt.

Seine heitere Stimmung war wie ein Schlag in mein Gesicht. Ohne mit Tom anzustoßen, trank ich einen großen Schluck. Innerlich war ich so geladen, weil er mir nicht gleichgültig war, weil er mich dazu gebracht hatte, Gefühle für ihn zu haben, die ich überhaupt nicht empfinden wollte, weil nichts mehr einfach nur schwarz oder weiß war, weil er verflucht noch mal nicht unausstehlich war.

Und daraufhin war ich es. Denn ich war wütend, weil mein Kopf nicht die Kontrolle über diesen Unfug in meiner Hormonwelt übernehmen konnte, weil ich machtlos war und er schuldig.

„Welchen Geburtstag meinst du? Den, als du auf die Welt kamst, oder den, als deine Eltern dich gebissen haben und du mit Bluttrinken angefangen hast?" Ich fragte, als spräche ich über das Wetter, während die Worte dem, was zwischen uns war, so gut taten wie das Metzeln einer Rasierklinge.

Tom sah mich fassungslos an. Das Lächeln verschwand von seinem Gesicht und löste sich ins Nichts auf. „Danke, Lea."

Er drehte sich um und blieb mit dem Rücken zu mir stehen.

„Ich war nur neugierig." Natürlich war er schon zu

seiner Geburt ein Vampir gewesen, doch in den ersten Lebensmonaten kamen Vampire noch ohne Blut aus. Dann begannen sie zu Zahnen wie alle Babys. Aber bei ihnen wuchsen die spitzen Eckzähne zuerst. Ein deutliches Zeichen, dass ihr Körper sich für den Blutkonsum bereitmachte.

Vampire hatten einen Beißritus, der den Blutstoffwechsel erst richtig initiierte. Das Ganze wurde mit einigen Tropfen Blut der Eltern besiegelt. Wenn das nicht abartig war! Babys mit Blut am Mund!

„Nein, du hast mir absichtlich diesen Stich versetzt“, widersprach Tom. Seine Stimme war nicht laut, er klang einfach nur verletzt.

Hatte er eben noch geglaubt, mit mir auf seinen Geburtstag anstoßen zu können, war ihm das nun gründlich verhagelt. Aber das war richtig so. Wir hatten nichts als einen Vertrag. Ich *spielte* seine Freundin nur. Das Essen bei seinen Eltern hatte mir nichts bedeutet, seine Küsse waren nur in meiner Einbildung toll und dass ich mich im Supermarkt an ihn geschmiegt hatte, als seine Ex aufgetaucht war, gehörte nur zu meinen eingekauften Diensten als seine Vorzeigefreundin.

Genau.

Und Sarah würde sagen, dass neulich in Mexiko ein fliegendes Schwein gesichtet wurde, das total gut darin war, sich selbst die Hucke voll zu lügen.

„Herzlichen Glückwunsch jedenfalls und danke für den Sekt.“

Tom nickte nur, stand eingefroren da und war völlig abgewandt. Es war irgendwie unheimlich. Also lief ich ein paar Schritte in die Wohnung hinein und sah ihn im Profil. Sein Gesicht war eine regungslose Maske.

„Wofür hast du dich so rausgeputzt?“, fragte ich ihn, denn Tom hatte sich partyreif angezogen.

„Ich wollte weggehen“, murmelte er.

„Und wohin?“

Er drehte sich zu mir um und betrachtete mich lange. Es machte mich nervös. Schließlich atmete er tief durch und sprach doch mit mir. Ich wusste nicht, was er in meinem Gesicht las, aber er brachte sogar ein schiefes Lächeln zustande, das ihn verlegen wirken ließ.

„Ich wollte dich fragen, ob du mit mir ins *Lonestar* ausgehen würdest“, gab er zu.

Mir wurde fast schwindlig, denn ich brauchte mehr Abstand von ihm. Also sagte ich etwas Gemeines: „Schulde ich dir schon wieder Geld, oder kommen deine Eltern mit?“

Tom versteinerte. Als die Worte aus mir heraus waren, fühlte ich mich elend. Er sagte nichts mehr, griff einfach nach seiner Jacke und stürmte aus der Wohnung. Die Tür fiel nicht laut zu. Aber es gab trotzdem einen mächtigen Knall in meinem Kopf.

# ☙ 14 ❧

Es hatte mir noch nie etwas ausgemacht, Tom vor den Kopf zu stoßen. Wie könnte es mir etwas bedeuten, wenn ich einen Vampir, Vampir, Vampir verletzte? Tom war es doch auch egal, ob er mir gelegen kam oder nicht. Er war der verdammte Egoist, der sich nicht darum scherte, ob mir Gefühle für ihn in den Kram passten.
Wieso musste er auch so nett sein? Als Vampir wusste er doch, was ein Vertrag war!

Warum wollte er dann mit mir feiern, wenn seine Eltern gar nicht dabei waren? Weshalb traf er sich nicht mit seinen Freunden – echten unbezahlten Freunden?
Anscheinend hatte er mich gern. Und ich hatte ihm klargemacht, dass es an mir absolut nichts zum Gernhaben gab.

Verflucht! Sein Geburtstag! Ich hatte nicht einmal gewusst, dass er heute Geburtstag hatte. Bestimmt war er am Vormittag bei seiner Familie gewesen.

Ich schlug mir mit der Hand gegen die Stirn, als mir klar wurde, dass wir mit dem Horrorfilmabend in seinen Geburtstag hineingefeiert hatten, ohne dass er auch nur ein Sterbenswörtchen darüber verloren hätte. Bestimmt, damit der Abend für Kyle und Sarah war und nicht für ihn. Tom steckte immer voller guter Taten.

Er hätte mich zwingen können, zu dem Besuch bei seinen Eltern mitzukommen und seine Freundin zu spielen, doch er hatte mich ausschlafen lassen.

Unruhig streifte ich durch die Räume. In meiner Brust fühlte ich mich ganz zerrissen. Mir war es wohl – anders als ich mir weismachen wollte – doch nicht so egal, wie es ihm ging. Ich fühlte mich wie Stinkmüll in einer Gasse. Jetzt litt ich innerlich mit ihm.

Im Wohnzimmer blieb ich wie angewurzelt stehen. Die Grabesstille in der Wohnung passte nicht zu dem Bild, das sich mir bot. Auf dem Tisch stand eine köstliche Torte mit fröhlicher Zuckergussglasur. Daneben standen verschiedene Geschenke und ein großer Strauß Blumen. Ich sah eine Karte neben der Vase und konnte nicht anders, als sie aufzunehmen und zu lesen.

*„Lieber Tom, von Herzen alles Gute zum 27. Geburtstag. Wir wünschen dir, dass sich all deine Träume erfüllen und auch mit Lea ganz viel Glück. In Liebe, deine Eltern.“*

Ich musste schwer schlucken. Wie hatte Tom sich wohl gefühlt, als seine Eltern mich in die Wünsche mit einbezogen? Er wusste doch besser als jeder andere, dass ich nicht zu ihm gehörte und mich nicht einmal mit ihm zeigen wollte!

Mit zittriger Hand stellte ich die Karte zurück und strich mit den Fingerkuppen über das lustige Motiv der Kindergeburtstagskarte. Seine Eltern hatten kein erwachsenes Motiv gewählt, sondern einen gemalten, trötenden Elefanten mit Partyhütchen auf dem Kopf und großen, einnehmenden Kulleraugen.

Es spielte keine Rolle, dass Toms Familie Vampire waren und meine Menschen: Liebe schien es überall zu geben. Aber was war mit dem Spagat zwischen diesen Welten?

Dann erkannte ich überrascht das Geschenk seiner Schwester. Es war die DVD der ersten Staffel von *Sturm der Herzen*. Ein kleiner Gruß klebte auf der Hülle. *„Geburtstag ist, was du draus machst“*, stand dort geschrieben.

Ja, oder was andere daraus machten. Ich hatte Toms persönlichen Feiertag völlig ruiniert. Seine Schwester hatte wohl einen romantischen Abend mit unserer vermeintlichen Lieblingstelenovela im Sinn gehabt.

Schnuppernd lehnte ich mich über den bunten Blumenstrauß. Er roch himmlisch. Bisher schien sein Tag wunderbar gewesen zu sein, so wie es sein sollte. Dann war ich gekommen und hatte alles zerstört. Nicht nur verdankte er mir eine völlig nutzlose DVD, sondern auch noch einen einsam verbrachten Partyabend. Ich sah Schokolade auf dem Tisch und einige Bücher, weil Tom gerne las. Alles war liebevoll ausgesucht und hübsch verpackt worden.

Und ich hatte nichts außer Grausamkeiten für ihn gehabt. So bist du nun mal zu Vampiren, höhnte ein Teufelchen auf meiner Schulter. So jemand willst du nicht sein, beschwor mich ein Engelchen.

Ich wollte jedenfalls nicht gemein sein. Ich wollte mich nicht so elend fühlen und andere mit mir elend fühlen lassen. Ich hatte Tom Unrecht getan. Er kannte mich seit einem halben Jahr. Ich hatte mich oft danebenbenommen, doch er war immer bereit gewesen, mir neue Chancen zu geben.

Verdammt. Tom ließ mich sein, wer ich war, obwohl ich ihn nicht sein lassen wollte, wer er war. Nun saß er allein im *Lonestar* und so langsam begann es ihm wohl leid zu tun, mich gern zu haben.

Er konnte mich nur so wütend und verzweifelt machen, weil er mir nicht mehr egal war. Ich wusste nicht, wann es angefangen hatte. Aber im Hier, Jetzt und Heute wollte ich nichts mehr, als Tom nachzulaufen, mich zu entschuldigen und seinen Geburtstag mit ihm zu feiern. Also schnappte ich mir meine Sachen und begab mich ins *Lonestar*.

Die Melodie eines Schmusesongs schlug mir entgegen. Ich fand ein buntes Plakat, das bekanntgab, dass heute nur alte Balladen gespielt würden. Auf der Tanzfläche kuschelten verschiedene Paare im schummrigen Licht.

Unter den Klängen von *Duran, Durans »Ordinary World«* erspähte ich Tom an der Bar. Er blickte ganz still in sein Caipirinha-Glas und saß allein da. Die melancholische Musik machte den Anblick noch schlimmer. Es war das traurigste und einsamste Bild eines Geburtstages, das ich je gesehen hatte.

Es war ein Glück, dass keiner, der ihn liebte, ihn leiden sehen musste. Doch Tom selbst wusste, was los war. Einmal mehr hatte ich ihm das Gefühl gegeben, wertlos zu sein.

Ich trat an ihn heran und legte ihm meine Hand auf die Schulter. Verdutzt blickte er auf. Ganz gewiss hatte er nicht mit mir gerechnet. Seine schönen Augen hefteten sich auf mich. Ich fühlte mich wie unter der Last eines endlos-schweren Regengusses.

„Warum ist alles so kompliziert, Lea?“, fragte er mich mit einem ergreifenden Kummer. Das war überhaupt nicht Toms Art.

Erschrocken sah ich ihn an. Ich hatte ihn mehr als nur

deprimiert, ich hatte ihn erdolcht. Mein Herz war wie zugeschnürt.

„Es tut mir leid, Tom. Ich hatte einen furchtbaren Tag. Ich hätte es an jedem ausgelassen. Es hätte nicht dich treffen dürfen. Gott, Tom, du kannst wirklich nichts dafür. Ich bin so zerrissen."

Er sah mich mit seinen dunklen Augen an. „Ich weiß nie, woran ich bei dir bin oder was ich deiner Meinung nach verdiene."

Meine Hand strich von seiner Schulter über seinen Hals hinauf zu seiner Wange. „Das hattest du auf keinen Fall verdient. Ich weiß auch nicht, warum ich das immer tue. Ich kann mich ja selbst nicht dafür leiden. Gestern war so ein traumhafter Tag uns ich ..." Ich stieß den Atem aus und schüttelte den Kopf. „Diese Sahneschlacht, das Essen, das Tanzen, der Filmabend. Es gefiel mir vielleicht ein klein wenig zu sehr. Ich weiß nicht mehr, was los ist."

Kyle war mit Worten viel besser als ich. Also probierte ich es anders. Ich legte meine Hand auf Toms und drückte sie. Dann umarmte ich ihn und hielt mich einfach an ihm fest.

Erst war er steif wie ein Brett. Nur zögernd erwiderte er die Umarmung. Sein Körper war warm und fühlte sich viel zu gut an.

„Es tut mir leid, Tom", flüsterte ich in sein Ohr.

Ich hörte ihn seufzen. „Tanz mit mir."

Er wartete meine Antwort nicht ab. Während er es sagte, erhob er sich und ließ mich dabei nicht los. So lief er mit mir zur Tanzfläche und bewegte sich mit mir im Takt. Ich presste meine Nase an seinen Hals und roch an seiner Haut. Die Musik schwebte um uns herum.

Bedächtig, langsam und sanft. Sie klang für alle Liebenden und Verzweifelten. Ich wusste nicht, was wir waren. Die Lieder trieben an uns vorbei und hielten uns in einer wortlosen Stille gefangen.

Ich schluckte schwer. „Tom."

Wir tanzten ganz sacht zu *Forever Young* von *Alphaville.*

„Mhh?"

„Lass uns auf deinen Geburtstag anstoßen. Ich möchte ihn mit dir feiern."

„Sicher?", flüsterte er.

„Ja."

Ich wollte es wirklich. Ich fand den Gedanken furchtbar, dass es Tom ohne seinen Geburtstag nicht geben würde. Ich hätte ihn nicht vermissen können, ohne ihn zu kennen. Und doch wäre sein Platz leer geblieben.

Ich zog ihn zur Bar und bestellte uns große Cocktails. Ein gedämpftes, bläuliches Licht hüllte uns ein und wie silberne Sterne reflektierten die Spiegel der drehenden Kristallkugel an der Decke. Kleine Lichtpunkte tanzten über Toms Gesicht. Ich musste mich beherrschen, ihnen nicht mit meinen Fingerspitzen zu folgen wie Marienkäfer.

„Ich lade dich ein", verkündete ich.

Tom runzelte die Stirn. „Wovon?"

Offenbar erinnerte er sich daran, dass ich nicht viel besaß.

Ich grinste ironisch. „Von deinem Geld. Du hast mir da am Samstag hundert Kröten vermacht."

Für einen Moment schaute er mich schweigend an.

„Das musst du nicht", sagte er schließlich. Noch immer

war sein Gesicht ernst.

„Ich weiß. Ich will es aber. Hättest nicht gedacht, dass du von deiner Kohle noch mal was siehst, hm?“

Tom schüttelte den Kopf und lächelte schließlich ein wenig. „Aber bitte nur eine Runde.“

„Du willst nur einen Cocktail trinken?“, fragte ich fassungslos.

„Nein. Ich werde mich nur zu einem Getränk von dir einladen lassen. Den Rest spendiere ich.“

„Aber ...“

Tom hob die Hand. „Keine Widerrede, Lea. Ich lasse mich nicht von dir aushalten.“ Er schmunzelte. „Auch nicht, wenn es mein eigenes Geld ist.“

Da ich wirklich nicht sehr finanzkräftig war, ließ ich es dabei bewenden. „Also gut.“

Die *Tropischen Träume* wurden vor uns abgestellt mit Schirmchen, Glitter und Cocktailkirsche. Fruchtsäfte und *Batida de Coco* entführten uns in die Karibik. Ich stieß mit Tom an und schlürfte selig von meinem Getränk. Es war köstlich cremig und voller Alkohol. Zum Glück hatte ich bei Sarah Madeleines gegessen. Auf nüchternem Magen hätte ich sonst gleich neben dem Tresen gelegen.

Ich merkte, wie mich der Cocktail lockerte und das Mühlrad in meinem Kopf stoppte.

„Es war eine schöne Idee, herzukommen“, sagte ich zu Tom.

Er nickte, war aber weit entfernt davon, entspannt zu sein.

„Ich wünsche dir alles Gute und einen traumhaften Geburtstag“, fuhr ich fort.

„Danke.“ Er lächelte viel zu matt und trank weiter von

seinem Drink.

„Ach, Tom, es tut mir wirklich leid. Ich habe mich wie ein Miststück benommen. Aber ich kann die Zeit nicht zurückdrehen, um es zu ändern.“

Ich stellte mein Glas ab und legte meine Hand in seinen Nacken. Seine Härchen richteten sich unter meiner Berührung auf, denn meine Finger waren kalt vom Glas. Er sah mir tief in die Augen und ich fuhr fort: „Ich weiß nicht, was ich sagen oder tun soll, um es besser zu machen. Ich wünschte, ich könnte irgendwie ein Pflaster draufkleben.“

Tom schmunzelte schwach. „Hey, Lea, für medizinische Metaphern bin doch eher ich zuständig.“

Mein Herz klopfte freudig. Er hatte einen Scherz gemacht. Ich nahm ihm sein Glas aus der Hand. Er guckte fragend, doch ich stellte es auf die Theke und schob mich vor seinen Körper.

„Berühre mich, Tom.“

Er schaute mich an, als wäre ich ein Ufo. Langsam schüttelte er den Kopf. „Lea, nein ...“

„Bitte.“ Ich nahm seine Hand und legte sie an meine Taille.

„Du weißt nicht, was du willst, Lea. Das hast du selbst gesagt. In einem Moment lehnst du dich an mich, im anderen machst du mir klar, dass ich dich nur bezahle. Dass ich bloß ein Vampir bin. Dass du dich nicht mal mit mir zeigen willst, weil es nichts zwischen uns gibt.“

Ich schlang meine Arme um seinen Hals und lehnte mich an seinen Oberkörper. „Jetzt kann man mich mit dir sehen und es stört mich nicht.“

„Dein Glas ist fast leer“, sagte er zweifelnd.

„Ich bin vollkommen nüchtern. Das war doch nur ein

Cocktail. Sag mir, wie ich es wiedergutmachen kann“, bat ich ihn. „Du bist immer noch so verschlossen. Wie komme ich an dich ran?“

„Wie komme ich denn an dich heran?“, war seine Gegenfrage.

„Du bist doch an mir.“ Ich schmiegte mich noch enger an ihn.

„Das meine ich nicht.“ Tom sah mich eindringlich an und legte seine Hand auf seine Brust. „Wie komme ich daran?“ Sie lag, wo sein Herz schlug.

Nervös leckte ich über meine Lippen. „Dort bist du doch schon. Ich habe dich sehr gern, Tom.“

Er schluckte und sah mich noch intensiver an. „Ich will, dass du mich mehr als nur gern hast, Lea.“

„Ich muss ständig daran denken, dich zu küssen“, gestand ich ihm und mein Hals wurde trocken. „Andauernd, Tom. Das hat mich so wütend gemacht. Dass du mir so die Kontrolle raubst.“

Abermals schluckte er hart und atmete tief durch. Meine Hand wanderte zu seinem leicht geöffneten Mund. Ich spürte seinen Atem unter meinen Fingerkuppen, als ich sanft über seine Unterlippe strich. Da waren seine Zähne, aber ich sah sie sowieso nicht mehr ganz scharf, und ich wusste, dass Toms Küsse nichts mit der Brutalität meines Albtraums zu tun hatten.

„Möchtest du einen Geburtstagskuss, Tom?“

Eine Weile schwieg er. Schließlich sagte er: „Ja.“

Ein wildes Flattern stieg in meiner Brust auf. Ich nahm sein Gesicht zwischen meine Hände, streckte mich auf die Zehenspitzen und zog ihn die letzten Zentimeter zu mir hinab. Sanft presste ich meine Lippen auf seinen

Mund.

Tom hielt mich in seinen Armen, ergriff aber sonst keine Initiative. Offensichtlich wollte er sich dieses Mal von mir küssen lassen.

Vorsichtig erkundete ich seinen Mund mit meinem, wanderte von einem Mundwinkel zum anderen. Es vergingen kostbare Minuten, in denen ich an seinen Lippen saugte, knabberte und daran leckte. Ich schmeckte die *Tropischen Träume* auf seinen Lippen. Mein Herz schlug mir bis zum Hals, als ich an der Kante eines Vampirzahns entlangleckte. Tom stöhnte und ich tauchte mit der Zunge in seinen Mund ein.

Seine Arme schlangen sich um meinen Rücken. Tom zog mich fest an sich und begann, die Führung zu übernehmen. Ich ließ mich in diesen ersehnten Kuss fallen, trieb schwerelos in seinen Armen. Wie durch einen Schleier hörte ich *Nothing Can Stop Us Now*. Und ich dachte, dass es stimmte. Nichts konnte uns in diesem Moment aufhalten.

Ich zerwühlte seine Haare, wölbte mich ihm entgegen, spielte mit seiner Zunge und ließ meinen Mund von ihr erobern. Tom machte mich atemlos. Ich hörte ihn stöhnen, spürte das Vibrieren an meinem Mund. Es machte mich taumelig. Da war keine Alternativwelt, mit der ich hätte tauschen wollen. Ich war genau dort, wo ich sein wollte. In Toms Armen, gefangen in einem sinnlichen Kuss.

Als wir unsere Lippen voneinander lösten, hielten wir uns weiter fest umschlungen. Mein Mund streifte über Toms Wange, sein Kinn, seinen Hals. Ich küsste die Mulde an seinem Schlüsselbein, tauchte mit meiner Zunge hinein, leckte und kostete ihn, während meine

Finger sich in seinen Nacken und seinen Haaransatz gruben.

„Lea ...“, seufzte er.

„Bist du auch so durstig?“, fragte ich ihn, als ich sein Ohrläppchen erreichte.

„Ja“, hauchte er mit rauchig dunkler Stimme.

Ich war mir nicht sicher, ob er an alkoholische Cocktails dachte, doch ich bestellte mir ein neues Glas. Wir begannen, uns die Getränke zu teilen, sodass wir verschiedene zusammen durchprobierten. Dabei saß ich an ihn gelehnt in seiner Umarmung und hatte selbst eine Hand auf seinen Rücken gelegt. Immer wieder unterbrachen wir den Geburtstagstrunk für feurige Küsse.

„Hey“, flüsterte ich beschwipst. „Mister Vampir.“

Ich kicherte, aber ich fühlte mich relativ klar, war doch Tom derjenige von uns beiden, der sich um den meisten Inhalt der Gläser kümmerte. Nach vier Cocktails zog ich ihn wieder auf die Tanzfläche.

„Ist alles wieder gut?“, fragte ich ihn.

„Mehr als gut.“ Er sah glücklich aus.

„Tanz mit mir“, verlangte ich und Tom folgte von selbst meiner Bitte. Lachend verlor ich mich in seinen Armen. „Erinnert dich das auch an *Tanz der Vampire*?“

„Herzchen, hier tanzt nur *ein* Vampir“, stellte er klar.

„Mir würden deine langen Zähne auch gar nicht stehen.“ Ich zuckte mit den Schultern.

„Nein. Du bist genau richtig, so wie du bist.“

Ich schluckte. „Aber vorhin war ich böse zu dir.“

„Na ja, vielleicht doch nicht ganz perfekt“, neckte er mich. „Wieso war dein Tag so schlecht?“

*Weil ich gemerkt habe, wie viel du mir bedeutest. Weil*

*ich hilflos bin gegen meine Gefühle. Weil Sarah mit Kyle so glücklich ist, wie ich es mit dir gern sein würde, wenn ich könnte. Weil ich etwas zu sehr will, worin ich eigentlich nicht leben kann. Weil ich dazu neige, alle und jeden zu verletzen, sogar mich selbst. Weil ich Wasser nicht atmen kann. Weil es kein Schwarz und kein Weiß mehr gibt. Weil sogar Dinge mich eifersüchtig machen, die ich selbst nicht geben will. Weil ich dich nicht teilen und nicht lieben kann. Weil ich mich viel zu viele Momente aus der Realität flüchten will. Weil ich nicht weiß, wo ich morgen bin. Das Jetzt fühlt sich nur solange gut an, wie es währt. Wenn es zu meiner Vergangenheit und Erinnerung wird, kann ich mich selbst darin nicht mehr finden. Weil Colin keine Zeit hat, mich vor dir zu retten und es mich viel zu wenig stört.*

„Ach, ich hatte furchtbare Kopfschmerzen, bin fast eine Treppe hinuntergefallen und habe mir dabei meine Hand blau geschlagen, habe meinen Bus verpasst, ... tausend Kleinigkeiten“, sagte ich ausweichend. Obwohl es nicht gelogen war, kam es der Wahrheit nicht im Mindesten nahe.

„Welche Hand?“

Ich hielt meine Linke vor. Sanft griff er danach und untersuchte den Bluterguss im schwachen Licht. Es war wohl wenig hilfreich dabei, dass hier drin alles in einem blauen Leuchten ausgestrahlt war.

„Ich kann zu wenig sehen“, sagte er unzufrieden.

Ich lächelte. „Es ist nur ein Fleck. Nichts gebrochen, nichts gestaucht, Herr Doktor.“

Amüsiert blickte er von meiner Hand auf. Er ließ sie frei, hob stattdessen prüfend mein Kinn an und sah mir tief in die Augen.

„Entschuldigung, kennen wir uns? Sind wir vielleicht Kollegen? Sind wir uns auf einer Fachtagung begegnet?“, erkundigte er sich gespielt verwirrt.

„Herr Doktor, mein Mund tut weh.“ Ich lächelte einladend.

Seine Augen blitzten halb erheitert, halb erregt auf. „Es gibt da eine gewagte Spezialmethode. Ist allerdings noch in der Testphase. Möchten Sie vielleicht Probandin in meiner Studie sein? Es gibt nur eine limitierte Teilnehmerzahl.“

„Ach?“

„Streng auf eine Person begrenzt.“

„Also eine ausgiebige Einzeluntersuchung?“

„Intensivbehandlung“, versicherte er mir.

„Gibt es da Risiken?“

„Jede Menge. Verflucht, man kann dabei Kopf und Kragen verlieren und sich besinnungslos küssen.“

„Tut das weh?“ Ich stellte mich ganz unentschlossen an.

„Nur wenn ich grob werden muss.“

Ich machte einen erschrockenen Gesichtsausdruck, konnte mein Kichern aber nicht verbergen. „Ähm, *grob werden*, was beinhaltet denn das genau?“

Toms Blick glitt an mir hinab und fand schließlich seinen Weg zurück in meine Augen. „Ich müsste deine Hände auf dem Rücken fixieren, dich dort vorne gegen die Säule pressen und hemmungslos über deinen Mund herfallen. Der Kuss wäre ziemlich energisch. Ich wäre völlig rücksichtslos und könnte mich nur darum kümmern, dass ich dieses Feuer in mir lösche. Könnte sein, dass wir niemals fertig werden.“

Ich schluckte, mein Herz hämmerte wie der Hufschlag eines stürmenden Rennpferdes. Tom ging ganz schön ab, wenn er was intus hatte.

„Wenn das so ist, kann ich mich wohl kaum dazu entschließen, freiwillig mitzumachen." Mich selbst machten die Drinks anscheinend auch ganz irrwitzig.

Tom stieß erregt den Atem aus. „Muss ich wirklich grob werden?"

„Es scheint so", flüsterte ich.

Seine Hände fassten um meine Schultern und strichen an meinen Armen hinab bis zu meinen Handgelenken. Er zog sie mir auf den Rücken und schob mich mit seinem harten Körper in Bewegung. Willig und schwach ließ ich mich von ihm gegen die angekündigte Säule drängen. Zu denken hatte ich schon lange aufgehört.

„Hey, Doktor Tilly", hauchte ich, als mich sein Körper unnachgiebig fixierte.

„Hm?" Er sah mich aus schmalen, hungrigen Augen an und fokussierte meinen Mund.

„Stehst du etwa auf Doktorspielchen?", neckte ich ihn.

Tom versiegelte meinen Mund mit einem heißen Kuss und legte jede Gehirnzelle in mir lahm, die mich zu mehr als einatmen und stöhnen fähig machte. Er packte meine beiden Arme in eine einzige seiner kräftigen Hände und glitt mit der anderen an meiner Seite aufwärts. Seine Fingerkuppen strichen wellenförmig über jeden meiner Rippenbögen, schoben sich an meiner Schulter vorbei zu meinem Hals aufwärts. Zielstrebig legten sich zwei Finger an meinen Hals. Er keuchte in meinen Mund.

„Viel zu schneller Puls", attestierte er an meinen Lippen.

Ich wölbte mich ihm entgegen, knabberte an seiner

Unterlippe und leckte dann mit meiner Zunge darüber, als wollte ich die Glut meiner Bisse damit bändigen. Doch Tom klemmte mich noch fester zwischen sich und der Säule ein. Ich verlor beinahe die Besinnung, als ich durch seine Jeans hindurch seine harte Erregung spürte. Ich hörte ihn durch die Musik mehr Knurren als Stöhnen und schmiegte mich gierig an ihn. Seine Hand wanderte aufwärts zu meiner Stirn.

„Erhöhte Temperatur“, war seine Diagnose.

„Ich bin wirklich froh, dass du Zahnarzt wirst. Wer sonst würde so gut wissen, was mit meinem Mund zu tun ist?“ Ich brauchte eine ziemliche Weile für diesen langen Satz, denn ich unterbrach jedes Wort mit Liebkosungen seiner Lippen.

„Tut es noch weh?“, fragte er heiser.

„Ist irgendwie schlimmer geworden.“

„Das soll so sein“, befand er zufrieden.

„Ich glaube, meine Lippen sind ganz geschwollen. Sie prickeln so merkwürdig und sind trotzdem taub.“

Im Takt der Musik rieb ich mich an ihm, küsste ich ihn, neckte ich ihn mit meinen Zähnen. Jede meiner Bewegungen untermalte *Wish I Could Fly* von Roxette.

„Lea, willst du mich umbringen? Ich verliere gleich jede Kontrolle.“

Ich schluckte schwer. Völlig besinnungslos hörte ich mich sagen: „Es ist dein Geburtstag, Tom. Sag einfach, was du dir wünschst.“

„Das ist die völlig falsche Umgebung dafür“, flüsterte er.

„Sag es, Tom“, lockte ich ihn. „Was willst du?“

„Dich“, keuchte er, als ich mich gleichzeitig auf ganzer Länge an ihm rieb.

„Wie?“

„Das kann ich dir hier unmöglich zeigen.“

„Wenn du gehen willst ...“ Mein Mund war an sein Ohr gewandert und küsste es leidenschaftlich.

„Lea, mit meiner Körpermitte ist ziemlich was los“, stöhnte er. Es prickelte in meiner Herzgegend, als er das sagte. Aber vor allen Dingen wollte ich ihn zwischen meinen Beinen spüren.

„Lass uns gehen“, sagte ich und drückte mich von der Säule weg.

Ich zog Tom mit mir Richtung Ausgang. Die Nachtluft fühlte sich schwül und stickig an. Tom stoppte uns ein Taxi. Wir fuhren nur zehn Minuten, bis wir bei uns waren. Doch ich küsste ihn die ganze Zeit auf seinen herrlichen Mund, um meine Nervosität zu bekämpfen. Mir war es egal, ob der Taxifahrer uns im Rückspiegel sehen konnte. Solange er uns nur schnell heimbrachte, war mir alles andere gleichgültig.

Tom drückte ihm ein paar Scheine in die Hand und wartete nicht auf Rückgeld. Wir verschwanden in den Hausflur, doch die Treppe kostete uns ziemlich Zeit, denn wir waren ineinander verschlungen und vollauf damit beschäftigt, uns zu küssen.

Ich packte ihn am Kragen und zog ihn an mich heran. Es war vollkommen still im Treppenhaus und so hörte ich die Geräusche, die wir darin verursachten, mit absoluter Klarheit und doch nur wie durch einen Nebel. Unser Atem ging stoßweise, immer wieder entlockten wir einander ein Stöhnen, Seufzen oder Keuchen. Wenn unsere Küsse heftiger wurden, klang es fast wie ein süßes Schmatzen und doch mit nichts vergleichbar. Stück für Stück stolperten wir die Treppe hinauf.

„So bin ich noch nie Treppen gestiegen“, gestand ich ihm atemlos.

„Ja, ziemlich aufregende Technik, die du da hast. Tut dein Mund noch weh?“

„Tom, es ...“ Ich machte eine winzige Pause. „Mittlerweile ist mein ganzer Körper betroffen.“

„Frag nicht, wie es meinem Körper geht.“

„Erzähl's mir“, forderte ich ihn auf.

„Mein Kopf dreht sich, mein Mund kennt nur noch eine Funktion, mein Herz hämmert wie wild, meine Haut kribbelt. Ich hab eine total flache Atmung und ...“

„Und?“

„Eine ziemliche Verhärtung“, raunte er.

„Lässt sich da nichts machen?“

Tom wühlte den Schlüssel aus seiner Tasche und brauchte mehrere Anläufe, um die Haustür aufzusperren. Sobald das Schloss die Tür freigab, drückte er mich in unseren Wohnungsflur und presste mich hart gegen die Wand. Sein Fuß stieß die Tür wieder zu.

„So lange“, flüsterte er. „So unendlich lange habe ich darauf gewartet.“

„Happy Birthday“, hauchte ich.

Er lächelte ruhelos. „Der beste Geburtstag, den ich je hatte.“

„Du hast dein Geschenk ja noch gar nicht ausgepackt“, lockte ich ihn mit verführerischer Stimme. Heute hätte ich auch im Marilyn- oder Teufelchen-Kostüm stecken können. Irgendwie war mein übliches Lea-Kostüm verschwunden. So sehr hatte ich Tom noch nie gewollt.

Zitternd glitten seine Hände auf meinen Bauch und schoben sich unter den Rand meines Shirts. Ich spürte seine nackten Handflächen auf meiner Haut. Unendlich langsam strich er hinauf, bis er mit seinen Fingerspitzen die Kante meines BHs erreichte. Seitwärts strich er daran vorbei, während sein Mund mich fiebrig küsste. Ich wollte wimmern, weil er meine Brüste nicht berührte, doch sobald seine Zeigefinger am Rand meines BHs entlang geglitten waren, schob er seine Daumen über den Stoff hinauf. Zielsicher fand er meine Brustspitzen und rieb im Kreis darüber. Ich stöhnte lustvoll und reckte mein Becken an seine Hüften.

„Nicht hier“, flüsterte er und nahm mich langsam mit in mein Zimmer. Vermutlich, weil es dichter lag als seines.

Mir war heiß, mir war schwindlig und ich war so voller Lust, dass es für Tom eigentlich keines Vorspiels mehr bedurfte, um mühelos in mich zu dringen. Er stützte ein Knie auf mein Bett und drückte mich auf die Matratze, sodass ich nach hinten fiel. Ich streckte die Arme nach ihm aus und bereitwillig sank Tom auf mich hinab. Ich spreizte meine Beine, damit er endlich zwischen ihnen lag, auch wenn wir noch bekleidet waren. Sein Körper glitt zwischen meine Schenkel und ich spürte nur allzu deutlich die Ausbuchtung seiner Hose.

„Verdammt, bin ich hart. Was machst du nur mit mir, Lea?“

„Verdammt, bin ich feucht. Was machst du nur mit mir, Tom?“, zahlte ich es ihm zurück.

Er stöhnte gequält auf, als ihm klar wurde, was ich eben schonungslos offen gesagt hatte. Seine Hand fasste um meinen Shirtsaum und zog ihn hinauf. Ich stützte mein Gewicht auf Hüften und Schultern, sodass er mich leichter entkleiden konnte.

Knurrend packte er meine Arme und schob sie über meinem Kopf zusammen, bis ich sie über mir hochhielt. Seine flinken Finger wanderten zurück zum Stoff und schälten mich endgültig aus meiner Verpackung, wobei Tom mein Oberteil nur bis zu meinen Unterarme abstreifte, als wollte er mich damit fesseln. Er ließ eine Hand darauf liegen, während die andere abwärts wanderte. Mit festem Druck strichen seine Fingerkuppen den Weg zu meinen Brüsten hinab. Er schob seinen Daumen unter ein Körbchen, um meine Haut zu spüren.

„So zart", flüsterte er rau. Sein Daumen beschrieb winzige Kreise auf meiner Brustwarze, bis sie sich seiner Berührung entgegenreckte und sich alles was er tat noch intensiver anfühlte. Seine Augen hefteten sich auf das Spiel seiner Hand.

Er hörte nicht auf, meine Brust zu massieren, nahm inzwischen all seine Finger dafür, war mit seiner ganzen Hand unter meinen Büstenhalter geglitten und hielt die leichte Fülle meiner Brust in seiner Handfläche, rieb, knetete und machte mich vollkommen wahnsinnig.

„Tom", stieß ich flehend hervor.

Seine einzige Reaktion war, dass er von einer Brust zur anderen wechselte und dort sein Spiel wiederholte. Ich wimmerte und wölbte ihm mein Becken entgegen, rieb an seiner Erektion entlang und stahl ihm damit seine eiserne Disziplin, mit der er mich langsam zu erkunden verstand.

„Lea, ich habe gleich keine Kontrolle mehr", warnte er mich.

„Gut. Ich hab sie längst verloren", wisperte ich und leckte mit meinem Mund über seine Schulter, wo ich ihn zärtlich biss. „Pack endlich dein Geschenk aus."

Ich spreizte meine Beine noch weiter und stöhnte auf, als ich noch deutlicher die volle Härte seines Gliedes auf meinem Kitzler fühlte. Durch die Schichten unserer Kleidung hindurch erregte er mich bereits so sehr, dass ich zu keinem klaren Gedanken mehr fähig war. Ich kannte nur noch ein Ziel: Hart und prall sollte er sich in mich drängen. Ich malte mir das süße Gefühl aus, wenn er in mich glitt und mich endlich befriedigen würde.

Hätte er mir nicht die Arme über meinem Kopf fixiert, wären meine Hände längst an den Bund seiner Jeans gewandert und hätten begonnen, sein Geschlecht freizulegen. Doch so war ich ihm gänzlich ausgeliefert.

„Tom, bitte schlaf mit mir."

Er seufzte vor Erregung, als wären meine kein bisschen obszönen Worte die reinste Verheißung. Sein Mund legte sich gierig auf meinen und er nahm sein langes Kuss-Spiel wieder auf. Doch er war deutlich weniger beherrscht als bisher. Seine Zunge umschlängelte meine unermüdlich.

Plötzlich stöhnte er frustriert auf. Ich verstand nicht, was in ihn gefahren war. Das, was da zwischen meinen Beinen prangte, war unbenommen hart. Also kein vorzeitiger Erguss.

„Tom?", flüsterte ich.

„Du schmeckst ... wie Batida de Coco." Er schluckte.

Ich verstand noch immer nichts.

„Ich weiß. Du doch auch. Hör nicht auf", bat ich ihn und versuchte, seine Leidenschaft mit Küssen und dem Kreisen meines Beckens wieder anzustacheln.

„Lea, ich kann das so nicht."

Ich wimmerte frustriert. „Wieso nicht? Ich will es und du willst es. Ich spüre doch deutlich, dass du es auch willst."

„Ich will nichts mehr als das", versicherte er mir verzweifelt. „Aber du ... Lea, du schmeckst nach unseren Cocktails, nach Alkohol. Du hast gesagt, dass du keinen verträgst."

„Tom. Oh Gott, Tom, nein." Das durfte nicht wahr sein! Ich verzehrte mich nach ihm, war halb besinnungslos und er kam mit so was!

„Lea, ich will dich", versprach er mir.

„Gut."

„Und deshalb kann ich es nicht tun. Falls du mich morgen noch willst, wenn du völlig nüchtern bist, dann reiße ich mir schneller, als du gucken kannst, die Hose vom Leib und nehme dich in jeder Stellung, die dir einfällt. Aber ich kann nicht mit dir schlafen, wenn du nicht Herrin deiner Sinne bist. Ich will, dass du es *wirklich* willst. In jedem Zustand."

„Tom, nein, sei doch um Himmels willen kein verfluchter Gentleman. Ich *will* mit dir schlafen und ich will es *jetzt*. Bitte."

„Ich kann nicht. Ich kann einfach nicht." Er drückte sich vom Bett hoch.

Ich setzte mich auf und warf das Shirt, das mir auf den Armen hing, fort in die nächste Ecke. „Tom, bitte komm wieder zu mir."

„Morgen", versprach er gequält. Ich sah ihm an, wie schwer es ihm fiel, sich zu enthalten.

Wenn ich ihn nur lange genug reizte, würde er vielleicht seine absurden Gedanken vergessen. „Lass uns Sex haben."

Ich streckte eine Hand nach ihm aus.

Er wich kopfschüttelnd zurück. „Nur noch einmal

schlafen. Wenn du mich dann noch willst, tue ich alles für dich."

„Komm doch wenigstens wieder zu mir. Wir müssen auch gar keinen Sex haben, aber bitte lege dich zu mir."

Schmunzelnd schüttelte er den Kopf. „Als ob ich neben dir schlafen könnte, wenn ich eine Erektion habe, die mich um den Verstand bringt."

„Als ob du in deinem Bett schlafen könntest, mit einer Erektion, die dich um den Verstand bringt."

Er zuckte etwas verlegen die Schultern. „Die wird nicht mehr lange da sein."

Ich starrte ihn aus großen Augen an. „Du erzählst mir hier nicht gerade, dass du auf Handbetrieb wechseln willst, während ich willig in diesem Bett liege?"

„Bitte, mach es mir nicht so schwer. Ich halte mich doch nicht wegen mir zurück, sondern für dich. Ich will nicht, dass du morgen früh alles bedauerst und mir den Kopf abreißt, wenn du nackt neben mir aufwachen musst."

„Aufwachen? Wie soll ich überhaupt einschlafen, wenn ich weiß, dass du in deinem Zimmer liegst und dir einen runterholst?"

„Findest du das so abstoßend?" Er wirkte bedrückt.

„Verflucht, nein, Tom! Es macht mich heiß." Ich senkte meine Stimme zu einem verführerischen Raunen. „Lass mich dir doch wenigstens dabei zusehen."

Tom grinste wissend. „Du wartest doch nur darauf, dass ich so besinnungslos erregt bin, bis ich nicht mehr aufhören kann, und dann überredest du mich zum Sex. Wenn ich erst einmal so weit wäre, könntest du alles von mir verlangen."

„Dann warte ich einfach vor deiner Tür, während du es

dir besorgst, bis ich dich laut genug keuchen höre, und sage dir dann von draußen dasselbe.“

Seine Augen weiteten sich entsetzt, als wüsste er genau, dass es so funktionieren könnte. „Lea, nicht. Ich hatte immer geglaubt, es wäre schwierig, dich zum Sex zu überreden. Ich hätte nie gedacht, dass wir darum feilschen, es *nicht* zu tun.“

Ein Lächeln spielte um seinen Mund.

„Glaubst du, mir gefällt es, dich anzubetteln, es mir zu besorgen?“, fragte ich brüsk.

So langsam kratzte es gewaltig an meinem Ego, dass ich Tom nicht mit der aufdringlichsten Aussicht auf Sex überreden konnte, mit mir zu schlafen. Ich wollte nicht noch mehr Hebel in Bewegung setzen müssen, sondern ihn spüren und es genießen.

„Oder, dass du dich kein bisschen verführen lässt, dass du mir einfach so widerstehen kannst?“, fuhr ich fort. „Wie attraktiv, glaubst du, fühle ich mich wohl gerade?“

Tom kam auf mich zu, schüttelte den Kopf und begann, mich zu küssen. „Wie kannst du so etwas nur sagen?“, fragte er mich atemlos. „Ich verzehre mich nach dir, Lea. Du bedeutest mir nur zu viel für eine gedankenlose Nummer.“

Hauchzart knabberte er mit seinen Zähnen an meinem Hals entlang und hinab zu meinem BH. Seine Hände wanderten hinter meinen Rücken und lösten den Verschluss. Andächtig streifte er ihn mir ab. Dann nahm er meine Brüste in seine Hände und hob sie leicht an, um sie besser mit seinem Mund zu erreichen. Er leckte über eine Brustwarze und begann, daran zu saugen. Toms Zunge trieb tausend Schauder durch meinen Körper.

Ich warf meinen Kopf in den Nacken und spürte meine weichen Haare am Rücken wie Seide. Ich saß auf der Bettkante und öffnete ihm stöhnend und willig meine Schenkel.

Tom brach fluchend ab und streichelte ein letztes Mal über meine Wange. „Wenn ich jetzt nicht gehe, stelle ich zu viele Dinge mit dir an, die dir morgen leidtun könnten. Es geht einfach nicht. Du würdest mich nicht mal mehr ansehen wollen, selbst wenn ich dich nur mit meinem Mund zum Kommen bringe und du es dir nüchtern anders überlegst."

„Tom."

„Träum süß", sagte er gepresst. „Träum von mir, Lea."

Er zwinkerte mir mit süßem Versprechen zu. Ich sah deutlich die harte Erregung unter seiner Jeans. Als er an der Tür war, wandte er sich noch einmal zu mir um.

„Wenn ich es mir gleich ein letztes Mal für hoffentlich lange Zeit selbst mache, werde ich mir vorstellen, dass du hier vielleicht das Gleiche tust."

Dann war er fort und ich stöhnte frustriert. Ja, es war süß, was Tom gerade für mich zu tun bereit war. Aber es befriedigte mich nicht. Die Erwähnung seines Mundes auf mir, hatte das nicht verbessert. Das Versprechen, was er nun in seinem Bett tun würde, machte es schon dreimal nicht erträglicher. Ich war so verflucht scharf auf ihn.

Ich zog mich aus und schlüpfte in frische, unverschwitzte Unterwäsche. Was tat ich hier nur, während er ...?

Aufgewühlt legte ich mich in mein Bett und lag lange wach. Ich dachte an sein süßes Stöhnen, die goldenen Sprenkeln um seine Pupillen oder meine Vorstellung von seinem Gesicht, wenn er käme, während wir uns liebten.

Ich hatte den Verstand verloren! Ängste und Sehnsüchte kämpften in mir. Ich schüttelte den Kopf und legte den Arm über meine Augen. Nur zäh ebbte meine Lust ab. *Bitte, lass mich in einer Wanne aus Eiswasser erwachen, kühl und klar.*

Ich wälzte mich im Bett herum und begriff, dass ich dringend einen Ausweg finden musste. Würden die Dinge, zu denen ich mich in meiner Lust hinreißen ließ, auch noch im neuen Licht des Tages Bestand haben? Ich wollte keine Ängste, keine Zurückhaltung. Ich wollte offen lieben können. Bisher war es immer nur um Küsse gegangen. Plötzlich ging es um eine ganze Menge mehr. Benommen vom Alkohol, von dem, was war, und allem, was nicht war, schlief ich schließlich ein.

# ꧁ 15 ꧂

Ein Hämmern an meiner Tür weckte mich.

„Lea?“

*Tom!*

Mit völliger Klarheit traf der gestrige Abend meine Erinnerung, und eine Welle von Hilflosigkeit brandete in mir. Ich war ein Fremdkörper in meiner eigenen Welt. Meine Hormone waren mir untreu und ich wusste nicht, wie ich all das ausbaden sollte. In letzter Zeit fühlte ich mich nur noch ohnmächtig: vor Angst, vor Lust, vor Zerrissenheit. Ich hatte mein Bewusstsein dafür verloren, was richtig oder falsch war für mich. Die Reinheit von Weiß und Schwarz war vergangen. Jede Entscheidung, die ich treffen konnte, hatte inzwischen immer auch Nachteile.

Am liebsten wollte ich meine Augen wieder schließen, um mich zu sammeln.

Es klopfte weiter an der Tür. „Lea?“

Ich war einfach noch nicht in der Lage, mich zu entscheiden. Gefühle haben und Gefühle richtig finden war nicht dasselbe. Die einzige Entscheidung, die ich jetzt treffen konnte, war jene, dass ich mich nicht entschied.

*Bitte verzeih mir, Tom.*

Erneut klopfte es an der Tür. Dann drückte er die Klinke langsam herunter und ich rieb mir verschlafen die Augen, als hätte ich ihn vorher nicht gehört. Ich setzte einen verwirrten Blick auf, als Tom den Kopf zur Tür hereinstreckte. Braunes weiches Haar und sanft funkelnde Augen. Tom war so schön. Zum Sterben schön.

„Darf ich hereinkommen?“, fragte er hoffnungsvoll.

„Sicher, warum nicht?“ Es kostete mich all meine Kraft, mich unbedarft zu geben.

Tom lächelte und balancierte ein Tablett auf seinem Arm. Darauf war eine kleine Vase mit einer Blume, die er wohl aus seinem Strauß gestohlen hatte. Ich fing den lieblich süßen Duft von warmen Kakao ein und sah ein gewaltiges Stück Schokoladentorte auf dem Teller.

„Frühstücksservice“, rief er fröhlich.

Ich setzte mich langsam auf und lehnte mich an mein Kopfteil. So war ich noch nie geweckt worden. Aber mit Tom waren die Dinge schließlich in vielerlei Hinsicht neu und anders. Er stellte das Tablett vor mir ab.

„Das ist von meinem Geburtstagskuchen“, erklärte er, ohne dass es dieser Worte bedurft hätte, denn ich erkannte die schöne Glasur und den saftig dunklen Teig. Er setzte sich zu mir auf die Bettkante und ich roch seinen frischen Duft. Tom musste geduscht haben. Seine Haut fühlte sich bestimmt noch feucht an. Ich hätte gerne meine Nase an seinem Nacken gerieben und meine Lippen darüber gehaucht. Meine blöden Hormone schienen nichts darauf zu geben, dass er nicht nur als Arzt gerne Blut abnahm.

„Das sieht ziemlich gut aus.“

Ich lächelte. *Du siehst auch ziemlich gut aus, Tom.*

Doch vorerst musste ich unseren Flirt auf die lange Bank schieben, bis ich mir darüber im Klaren war, ob ich auch in einer Beziehung und nicht nur im Bett mit ihm zusammen sein konnte. Einfach nur Sex mit ihm zu haben, würde alles verkomplizieren. Besonders weil Tom dafür ganz sicher nicht der Typ war.

„Meine Mom hat ihn gebacken." Tom sah mich erwartungsvoll an.

„Dann werde ich ihn gleich probieren."

Ich griff nach der Gabel und bohrte sie in die Kuchenspitze. Es schmeckte köstlich und ich seufzte selig. Ich trank einen Schluck Kakao und schmeckte die feine Note von weißer Schokolade heraus. Ich wollte gerade einen weiteren Bissen Kuchen naschen, als Tom mich nervös ansah, schluckte und durchatmete.

„Lea", flüsterte er und leckte sich gedankenverloren über seine Lippen. Ich sah die Hoffnung, die innere Unruhe und eine tiefe Sehnsucht in seinem Ausdruck. „Wegen gestern Nacht: Wenn du es immer noch willst …"

Sein Blick war so eindringlich und ein Schwarm von Nadelstichen durchsiebte mein Herz.

Ich setzte ein ahnungsloses Gesicht auf. „Die Feier mit dir war wunderschön. Ich weiß gar nicht mehr, wie lange wir im Club waren."

„Ähm." Tom sah mich irritiert an. „Ich glaube, auf der Taxiuhr war es eins in der Früh. Aber …"

„Wir sind Taxi gefahren?"

Für einen Moment wünschte ich mir, wirklich unwissend zu sein und es nicht nur spielen zu müssen. Dann hätte es weniger nach Verrat und Lüge geschmeckt.

Seine Augen weiteten und verengten sich wieder. Er blinzelte hilflos.

„Nicht nur Taxi“, sagte er tonlos.

„Ich weiß, dass wir getanzt und einige Cocktails gebechert haben“, spielte ich meine vage Erinnerung vor. „Aber ich muss irgendwann ziemlich blau gewesen sein. Ich kann mich nicht mal mehr daran erinnern, wie wir heimgekommen sind.“

Ich versuchte, unbeschwert zu plaudern, und aß ein weiteres Stück Kuchen.

„Wir ... erinnerst du dich an den Kuss?“ Toms Blick bohrte Löcher in mich hinein.

Ich wurde rot. „Ja“, gestand ich. „Ich habe dir einen Geburtstagskuss gegeben, nachdem ich dich zu den *Tropischen Träumen* eingeladen hatte.“

Ich sah ihm an, dass er beinahe verzweifelt gekeucht hätte, sah, wie aufgewühlt er war. Er hatte nicht *diesen* Kuss gemeint, sondern das heiße Feuer, als er mich an die Steinsäule presste, jenen Entschluss, miteinander fortzugehen für nur ein einziges Ziel.

„Du hast einen Filmriss?“, fragte er bleiern.

„Muss wohl so sein. Ich kann mich nicht mehr erinnern, wie ich in mein Bett gekommen bin.“

*Ich bin ein angstvolles Miststück.* Doch vierundzwanzig Jahre Vorprägung ließen sich nicht einfach fortküssen.

Tom betrachtete mich zerknirscht. „So betrunken sahst du gar nicht aus, Lea.“

„Ja, mir sieht man das irgendwie nie so recht an, wenn ich Alkohol trinke. Zum Glück.“ Ich setzte noch einen drauf. Wenn ich schon log, dann kreativ. „Ähm, Tom, die Frage ist mir jetzt peinlich, aber ich muss es einfach wissen.“

Er blinzelte. Lag da Erwartung in seinen Augen?

„Bitte, sag mir, ob ich mich übergeben musste. Das wäre mir so unangenehm.“

Tom schüttelte den Kopf, schloss die Augen und als er sie wieder öffnete, ruhte sein Blick auf der Zimmerdecke, als suchte er dort nach Antworten, die er bei mir nicht fand.

Ich vermied es, ihn dabei zu beobachten und guckte auf meinen Teller. Noch ein Bissen Torte folgte, doch sie schmeckte nicht mehr, denn mein Mund fühlte sich schal an vom Verrat. Ich musste es durchstehen, diese Szene fertig spielen und dann intensiv nachdenken.

„Dann bin ich beruhigt.“ Ich griff seinen früheren Satz auf: „Was sollte ich immer noch wollen?“

Dabei fühlte ich mich richtig mies. *Heuchlerin!* zischte mein innerer Engel mir enttäuscht zu. *Du kennst doch ganz genau die Antwort! Wieso quälst du ihn?* Aber es würde doch merkwürdig aussehen, wenn ich nicht fragte, was er so unbedingt hatte wissen wollen.

Tom atmete abrupt ein. Ich sah seinen Schmerz. Benommen stand er auf und lief zur Tür.

„Ich glaube, ich habe den Herd angelassen“, murmelte er und verschwand. Er kam nicht mehr zurück.

Und in mir drehte sich das Gedankenkarussell. Ich wusste, dass ich bald mit meinen Gefühlen und meinen Vorstellungen in Einklang kommen musste. Falls ich mich für Tom entschied, musste ich zu ihm stehen können, ohne es ständig anzuzweifeln. Letzte Nacht hatte Tom mir gezeigt, dass er es verdammt ernst meinte.

*So lange, so unendlich lange habe ich darauf*

*gewartet.* Er hatte Gefühle für mich und er hatte sie nicht erst seit gestern. Zur Hölle, ich wusste selbst, was Liebeskummer war.

Was dachte er jetzt wohl? Tat es ihm leid, dass er gestern ein solch anständiger Kerl gewesen war?

Mir selbst waren all meine Zweifel egal gewesen. Ich hatte nicht sehr weit gedacht. Und er bügelte nun meine Fehler aus. Ich hatte einmal nicht vernünftig, sondern impulsiv handeln wollen. Mein Kopf und mein Körper waren nicht im Einklang. Sie bewohnten einander nur zufällig in meiner Person. Ich kam mir vor, als sei ich in zwei Teile gespalten: meine Sehnsucht und meine Phobie.

Tom zu wollen hieß, meiner Furcht ins offene Messer zu rennen. Gebt mir Spinnen, Maden, Mäuse und Schlangen – nichts davon schreckte mich so sehr, wie gebissen und ausgesaugt zu werden.

Vermutlich war es nicht mal ansatzweise vergleichbar, aber als ich als Kind mal von einem streunenden Hund gebissen worden war, hatte es höllisch wehgetan und die Wunde war vereitert. Ich brauchte eine Tetanus-Spritze, konnte tagelang nur humpeln und trug noch heute eine Narbe vom – ausgerechnet! - Eckzahn. Dabei war der Hund viel kleiner gewesen. Wie sehr würden da erst große Vampirzähne schmerzen? Außerdem hatte der Hund zum Glück recht schnell von mir abgelassen, aber so ein Vampir ließ sich Zeit. Mir lief ein Schaudern über den Rücken.

Falls Tom in puncto Blutdurst nur halb so willensschwach war wie ich gestern, dann würde er seinen Trieb zu beißen nicht für alle Zeit unterdrücken können.

Ich war so aufgewühlt, dass ich meinen moralischen Kompass brauchte. Jenen Menschen, der mich besser kannte als ich mich selbst und der mich immer liebhaben würde. Er lag vermutlich gerade mit einem anderen wichtigen Menschen aus meinem Leben im Bett.

Ich tastete nach meinem Handy und ließ es lange bei ihm klingeln. Schließlich hörte ich ein verschlafenes: „Bunny?"

Er hatte mich im Display erkannt.

„Kyle, hast du bitte Zeit für mich?"

„Oh ..." Er zögerte und ich hörte es rascheln. Er lag wohl noch im Bett und schien nach Sarah geschaut zu haben. Die Frau konnte schlafen wie ein Stein. „Ich könnte mich wohl loseisen."

„Ich weiß, ihr liegt im Bett, aber ich habe keine Ahnung, was ich machen soll", klagte ich.

„Shhh, Bunny, schon okay. Ich bin froh, dass du dich bei mir meldest, wenn du Kummer hast. Soll ich zu dir kommen?"

„Ich warte unten vor der Haustür." Ich wollte hier einfach raus. Ich könnte mich mit Kyle nicht über Tom unterhalten, wenn er nebenan war.

„Ach, Bunny", seufzte er. Wieder hörte ich es Rascheln. Vermutlich strich er sich gerade mit seiner Hand über Stirn und Haare. „Ich bin unterwegs."

Dann legte er auf.

Ich stieg aus dem Bett, betrieb Katzenwäsche und streifte mir Shorts und Tanktop über. Jetzt folgte der schwierige Teil. Offiziell wusste ich ja nichts von unserem Abenteuer. Tom und ich hatten folglich kein Problem. Wenn ich es überzeugend durchziehen wollte, musste ich ausgelassen und heiter wirken. Also durfte ich mich nicht klammheimlich aus der Wohnung schleichen.

Ich musste mich bei Tom abmelden. Tief durchatmen. Nervös machte ich mich auf die Suche nach ihm und fand ihn gedankenverloren vor seinem Geschenktisch sitzen. So neutral wie möglich trat ich an ihn heran.

„Hey, Tom."

„Hey", erwiderte er mechanisch.

Er sah aus, wie der sachliche Vampir, den ich von Geldangelegenheiten oder anderen Situationen kannte, in denen wir nüchtern ein paar Dinge geregelt hatten. War das seine Miene, wenn er seine Gefühle vor mir verbergen wollte? Ich hatte diesen Ausdruck schon sehr früh an Tom bemerkt. Hatte ich ihm etwa schon vom ersten Tag an gefallen? *Ach, Tom.*

Es fiel mir schwer, ihn nicht einfach zu umarmen. Doch welchen Trost hätte ich ihm spenden können?

Dann sah ich die DVD und musste lächeln. „Hat Megan dir etwa *unsere* Telenovela geschenkt?"

Dieses scheußliche Geschenk verdankte er schließlich mir. Vielleicht könnte ich ihn damit aufheitern. Sein Blick heftete sich auf das Cover von *Sturm der Herzen*.

Er betrachtete es ein paar Sekunden, als würde er erst jetzt merken, dass es da war. Er nickte.

„Tut mir leid", sagte ich und langsam schaute Tom mich an. „Na, weil du meinetwegen dieses furchtbare Geschenk bekommen hast."

„Ach, das."

Sein Blick trübte sich wieder. Offensichtlich hatte er auf eine andere Art von Zugeständnis gehofft.

Ich legte ihm meine Hand auf die Schulter. „Ich treffe

mich schnell mal mit Kyle."

Toms Blick zeigte keine Regung, doch ich spürte, wie sich sein Körper unter meiner Berührung anspannte.

„Okay." Ich wusste, dass er diese Nonchalance genauso vortäuschte wie ich.

Als ich gerade gehen wollte, fügte er an: „Lea, wegen gestern Abend ..."

Mein Herz begann, vor Schreck zu rasen.

„Können wir später reden, Tom?", unterbrach ich ihn.

Bevor ich mich mit ihm über gestern unterhielt, musste ich erst einmal nachdenken. Selbst die Dinge, die vor meinem angeblichen Blackout zwischen uns passiert waren, veränderten unser Verhältnis. Enges Tanzen, ein Geburtstagskuss, die Aufforderung, mich zu berühren. Ich hatte zugegeben, dass ich ihn sehr gerne mochte und ständig an unsere Küsse denken müsste.

Schnell setzte ich ein Lächeln auf und blinzelte nervös.

Doch Toms Augen wurden schmal. Irritiert und verblüfft hatte er meine Verlegenheit zur Kenntnis genommen.

„Kyle muss sonst auf mich warten. Ich bin schon spät dran", erklärte ich schnell und hastete davon.

„Lea", rief Tom verständnislos.

„Bis später." Ich winkte ihm kurz über meine Schulter hinweg. „Tschüs."

Mit fahrigen Bewegungen stolperte ich in meine Flipflops, grapschte nach meinem Rucksack und war zur Tür hinaus. Als wäre es mein rettender Strohhalm, zog ich von außen am Knauf bis das Schloss einrastete und lehnte mich einen Moment schwer atmend gegen das Holz im Rücken.

# ꧁ 16 ꧂

Ich wartete geschlagene zwanzig Minuten, bis Kyle endlich angefahren kam. Das Fenster an der Beifahrerseite war heruntergelassen. „Steig ein, Bunny."

Ich war so froh, dass er endlich da war, dass ich beinahe zur Autotür hineinflog. Er fuhr los, einfach so ohne Bestimmung und kreuzte durch den Stadtverkehr.

„Hat Sarah etwas gesagt?", fragte ich ihn.

„Sie schläft noch. Ich habe ihr einen Zettel geschrieben." Er warf mir einen prüfenden Blick zu. „Was ist jetzt mit deinem SOS-Notsignal zu solch früher Stunde?"

Ich seufzte.

„So schlimm?", wollte er wissen und griff mit seiner Hand zu meiner hinüber, um sie zu drücken.

„Katastrophe."

„Dann gibt es nur zwei Möglichkeiten", erklärte Kyle.

Ich schmunzelte. Für Kyle hatte es schon immer zwei bestimmte Wege gegeben, um sich abzulenken. „Telfair Museum of Arts oder Tybee Island?", tippte ich.

Er nickte. „Genau."

Ich betrachtete den strahlend schönen Tag. Es war zu herrlich, um sich in geschlossenen Räumen aufzuhalten. Kyle schien das Gleiche zu denken, denn wir sahen uns nur an, lächelten, nickten und sagten wie aus einem Munde: „Tybee Island.“

Kyle lenkte den Wagen in die entsprechende Richtung. Es war Donnerstagvormittag und weit und breit waren keine Wochenendausflügler unterwegs.

„Na, dann erzähl mal“, ermunterte er mich.

„Es ist wegen Tom.“

Kyle wusste ganz genau, dass sich seit unserem Gespräch im Café in der *River Street* die Erde mehrmals gedreht hatte und alles anders war.

„Etwa der Mann, dessen eingekaufte Freundin du bist? Der Vampir mit den italienischen Wurzeln und der weltbesten Pasta? Der Typ, der dabei geholfen hat, mich zu verkuppeln?“ Beim letzten Satz grinste er zufrieden. „Dann leg mal los.“

„Sag mal, du hast ihn ja kennengelernt, wie findest du ihn eigentlich?“

Ich hatte ja das Okay von Kyle für Tom belauscht, trotzdem musste ich fragen.

„Nett“, kommentierte Kyle ohne Zögern. „Gute Umgangsformen, gute Küche, gute Filmauswahl. Aber weißt du, was mir am besten an ihm gefiel? Die Art, wie er dich ansieht. Puh, Bunny, der ist ja hin und weg von dir. Der lässt dir auch alles durchgehen, oder?“

Wenn ich so darüber nachdachte, dann ließ mir Tom eigentlich mehr als bloß alles durchgehen. Das ging auf keine Kuhhaut. Ich war so ein Ekel. Und Tom offensichtlich Masochist. Mir fiel ein, wie er mich gegen die Säule gepresst hatte. Ein sehr dominanter Masochist.

„Ich fühle mich ganz wohl bei ihm, aber es ist alles schrecklich kompliziert.“

„Weil er dich mag und du ihn magst?“

Ich zuckte die Schultern. „Vereinfacht gesagt: ja. Ich meine, er ist schließlich ein Vampir.“ Dann stieß ich den Atem aus. „Ich hab Mist gebaut.“

„Das machst du dauernd, aber weil du so süß bist, verzeiht es dir jeder.“

„Haha, Kyle. Das ist nicht komisch.“

Er grinste trotzdem. „Hat Tom dich neulich noch gut ins Bett gebracht?“

Kyle war ja fast so ein Schwerenöter wie Sarah.

„In dieser Nacht seid nur du und Sarah miteinander ins Bett“, versicherte ich ihm.

Aber Kyle war alles andere als dämlich. „Moment mal, Bunny, was soll das heißen: in *dieser* Nacht? In welcher bist du denn mit Tom in die Kiste gestiegen?“

„Sag nicht Kiste!“, quiekte ich.

Himmel noch mal, Tom war schließlich ein Vampir! Und bei dem Wort „Kiste“ musste ich sofort an Särge denken.

Kyle schüttelte amüsiert den Kopf. „Hat dir schon mal jemand gesagt, dass du dich über die falschen Teile eines Satzes aufregst?“ Dann wurden seine Augen groß. „Oder habt ihr tatsächlich rumgerammelt?“

„Du bist schon so obszön wie Sarah!“, beschwerte ich mich.

„Deine Freundin hat ein ziemlich loses Mundwerk“, stimmte er mir zu.

„Sie ist jetzt auch deine Freundin.“

„Ach, genau. Wir können uns ja aufteilen. Ich nehme sie immer Montag bis Sonntag und du an den restlichen Tagen.“

Ich schraubte Kyle meinen Finger vor die Stirn, um ihm zu zeigen, dass er einen Vogel hatte. „Vergiss es,

Kyle. Ich war zuerst da. Ich habe die älteren Rechte."

„Aber ich habe die besseren Argumente."

Na, schön. Ich nickte und rieb mir die Schläfen. Wir hatten die Stadt hinter uns gelassen und waren schon auf der Strandstraße.

„Ich habe nicht mit Tom geschlafen", griff ich das Thema wieder auf.

„Das klingt sehr nach einem Aber."

„Musst du mich so gut kennen?"

„Deswegen kommst du doch immer zu mir. Weil du mir keine lange Historie erzählen musst, damit ich kapiere, worum es bei dir geht." Kyle lächelte fröhlich weiter. Er hatte ein Selbstbewusstsein so groß wie ein Öltanker.

„Stimmt. Das und dass du mein Bruder bist und ich dir vertrauen kann."

Seine Mundwinkel zuckten belustigt. „Spannend. Was genau willst du mir denn anvertrauen?"

Ich hätte mich schon wieder aufregen können, dass er jede Windung meiner Sätze zu verstehen wusste, wie ich noch nicht mal selbst.

„Tom hatte gestern Geburtstag und wir haben ihn zusammen in einer Tanzbar gefeiert."

„Okay."

„Nur wir beide."

„Natürlich mit Tanzen, oder?"

„Ja."

„Schmuse- und Kuschelkram?"

Ich nickte. Mit gemischten Gefühlen dachte ich an den Vorabend zurück. Es hatte sich toll angefühlt, aber jetzt litt Tom dafür.

„Wir haben auch ein paar Cocktails geschlürft."

„Alkoholisch?“, hakte er nach.

Ich wusste, worauf er hinaus wollte. „Ziemlich.“

„Was habt ihr angestellt?“

Ich kam mir vor wie im Kreuzverhör, nur dass mir niemand einen Strick drehen wollte.

„Wir … äh.“

„Ja?“, fragte Kyle neugierig mit seiner ganzen *„Pack mal aus“*-Mimik.

Mein Bruder war ja so blöd, aber ich musste schmunzeln.

„Wir haben uns geküsst“, gab ich zu.

„Er dich oder du ihn?“

„Spielt das eine Rolle?“, fragte ich nervös.

„Wow, also du ihn. Es geschehen noch Wunder.“

„Hey“, protestierte ich. „Ich habe doch gar nichts gesagt!“

„Ach, wenn du wüsstest, was du mir alles sagst, wenn du meinst, mir nichts zu sagen, würdest du echt noch weniger erzählen.“

Alles klar, mein Bruder war *Mister Clever*.

„Okay, ja, also gut, ich ihn. Anfangs zumindest.“

„Wie kam es denn dazu, dass ausgerechnet du den ersten Schritt gemacht hast?“

Ich schluckte und pulte an meinen Fingern.

„Komm, raus damit! Du hast mich doch nicht angerufen, weil du es für dich behalten willst. Ich bin deinetwegen aus einem kuscheligen Bett raus, in dem eine tolle nackte Frau lag. Ich will jetzt was hören.“

„Ich war gemein zu Tom“, gab ich zu. „Also bin ich ihm nach in die Bar. Aber er war total verschlossen.“

„Und da dachtest du, du knackst Toms Eispanzer, indem du ihn zum Schmelzen bringst, du kleiner

Vulkan?“

„So ungefähr.“

„Der Mann erlebt schon was mit dir. Bei Sarah ist es toll, dass ich weiß, woran ich bei ihr bin. Es gibt nichts Halbes und nichts Krummes, nichts zwischen Hier und Da. Aber Tom ...“ Kyle ließ den Satz offen und kratzte sich am Hinterkopf. Sein Haar war noch ganz verstrubbelt.

„Sag mal, Kyle. Du mochtest Sarah doch sicher nicht erst seit neulich Abend, oder?“

„Nö.“ Er sagte das so gedehnt, dass ich ihm am liebsten einen Cowboyhut und einen Strohhalm im Mund verpasst hätte.

„Wieso hast du dann vorher nie was mit ihr gemacht?“

Er zuckte mit den Schultern. „Sie war ja deine Freundin.“

„Ach, ich teile gern“, säuselte ich und Kyle grunzte.

„Klar, Bunny.“ Er glaubte mir kein Wort.

„Na ja, mit dir schon.“

„Danke fürs Kuppeln. Sarah ist schon ein echter Knaller. Aber ich hätte es wohl sonst dabei belassen, dass sie deine Freundin ist und ich sie gut leiden kann.“

„Bist du denn in sie verliebt?“

„Frag mich in ein paar Wochen noch mal. Ich weiß schon jetzt kaum noch, wo mir der Kopf steht. Sie ist echt ein kleines Wildkätzchen.“ Kyle gluckste. „Ich muss schon sagen, das Training mit den Jungs gestern war echt erheiternd.“

Ich runzelte die Stirn. Mittwochs spielte Kyle immer Wasserball und ich fragte mich, was er meinte.

Er sah meinen irritierten Blick und erklärte: „Sie hat mir ziemlich den Rücken zerkratzt. Da konnte man ein paar hübsche Krallenküsse von meinem Kätzchen sehen. Ich muss mal am Samstag mit ihr angeben gehen."

In dem Fall würde er Sarah wohl nicht Rabbit nennen. Ich konnte nicht umhin zu kichern. Kyle würde definitiv etwas zum Angeben haben, wenn er mit meiner hübschen Sarah aufkreuzte.

„Oh Mann, was habe ich getan? Als ob dein Ego nicht schon groß genug wäre!"

Kyle grinste frech. „Bunny, es gibt zwei Dinge bei einem Mann, die gar nicht groß genug sein können."

Ich schüttelte nur den Kopf und rollte mit den Augen. Also, wenn Kyle und Sarah nicht zusammenpassten, dann gehörte ein Motor nicht in ein Auto.

„Du hast also Tom geküsst", nahm er den Faden wieder auf.

„So als Geburtstagskuss."

„Klar." Er glaubte mir erneut nicht. Wenn Kyle auf diese ganz bestimmte Art *klar* sagte, meinte er so viel wie Sarah, wenn sie behauptete, dass in Mexiko Schweine flogen.

„Du willst es also komprimiert und ungeschönt wissen?", fragte ich resigniert.

„Ja bitte. Sieh mal, ich bin mit Sarah zusammen. Es wird schwer, dass du mich mit irgendwas schockierst."

Sollte das aufmunternd sein? Na, dann pass mal auf, Kyle. Ich berichtete ihm vom ersten Körperkontakt in der Bar bis zum Ausflug in mein Bett die ganze Geschichte.

Kyle starrte mich mit offenem Mund an. „Okay, ich bin doch irgendwie platt. Du stehst auf ihn, oder?"

Ich nickte unglücklich. „Aber er ist doch ein Vampir!"

Kyle stöhnte und schüttelte den Kopf. „Oh nein, was

hast du noch angestellt?“

„Mensch, Kyle, ich wusste nicht, was ich tun sollte. Ich habe noch nie einen Vampir gewollt.“ Ich hatte einen Riesenkloß im Hals. „Ich war feige.“

Wir hatten Tybee Island erreicht und Kyle parkte den Wagen. Er ließ den Motor verstummen und für eine kleine Weile war es ruhig um uns. Dann seufzte er, zog mich an sich und drückte mich. Ich lehnte meinen Kopf an seine Schulter und starrte die Armaturen im Wagen an. All diese kleinen Plastikknöpfchen konnten mein Chaos leider nicht richten und regeln.

„Jeder ist mal feige“, flüsterte Kyle und streichelte mir durch mein Haar.

„Ich fühle mich aber so mies dabei.“

„Dann kannst du kein so böser Mensch sein, wenn du ein schlechtes Gewissen hast.“

„Ich habe aber trotzdem was total Dummes hinbekommen.“

Und dann erzählte ich ihm den Rest der Geschichte.

„... Er hat geglaubt, wir könnten nun endlich zusammen sein“, endete ich.

„Aber ihr seid es nicht.“

Ich hörte meinen Bruder seufzen. Kyle stieg aus, öffnete auch auf meiner Seite die Autotür und half mir heraus. Er sah mir tief und ernst in die Augen.

„Bunny, mir tut Tom zwar leid, aber ich bin nicht sein Bruder. Ich sehe doch, wie schwer dir das alles fällt, und es hätte mich ziemlich gewundert, wenn du einfach so mit den Fingern schnipsen und sagen könntest: *Drauf geschissen*. Hast du geglaubt, ich könnte mit dir schimpfen?“

Ich nickte kleinmütig.

„Aber ich sehe doch, wie gern du es willst: einfach über deinen Schatten springen und auf dein großes Herz hören."

„Es sind wohl eher die Hormone", wandte ich ein.

Er schüttelte den Kopf und sah mich vielsagend an. „Ich bin alt genug, um zu erkennen, wann es Herz und wann es Hormon ist. *Das* ist Herz."

Okay, es fühlte sich wirklich nach Herz an. „Vielleicht."

„Vor ein paar Monaten war Tom nicht mehr als ein Blutsauger mit einer hübschen Wohnung für dich. Aber jetzt läufst du zu ihm, wenn er traurig ist, und küsst ihn, weil du es nicht anders aushältst. Bunny, du hast ein Vierteljahrhundert deine Zahnphobie gepflegt wie andere ein Blumenbeet. Da ist viel gewachsen und gewuchert. Pack nicht gleich den Flammenwerfer aus. Du hast schon riesige Fortschritte gemacht."

Ich hatte immer noch ein wenig das Gefühl, als würde ich bei der Vorstellung von Tom und mir versuchen, Teile von verschiedenen Puzzeln zu einem Bild zusammenzufügen. Eigentlich behielt man doch dieselben Teile in einer Schachtel.

Kyle bemerkte meine Zweifel. „Hey, Vampire sind auch nur Menschen." Er grinste schief. „Ich kenne menschliche Scheißkerle und vampirische Männer, die okay sind, so wie Tom. Im Leben geht es um etwas ganz anderes als Zähne. So, und jetzt genug davon. Du grübelst viel zu viel. Wir sollten dich endlich mal auf andere Gedanken bringen."

„Können wir uns Zeit lassen beim Bummeln? Ich mag noch nicht zurück."

„Klar, Sarah wird das schon verstehen."

Kyle legte den Arm um meine Schultern und wir liefen

am Strand entlang. Dort spielte er, was er schon immer am Meer mit mir gespielt hatte: Er legte mich um seine Schultern, ich streckte meine Arme und Füße aus und er wirbelte mich herum, dass meine Haare nur so flogen. Ich fühlte mich schwerelos und frei und quiekte vergnügt. Schließlich strauchelte er mit Drehwurm, sackte auf seine Knie und legte mich in den Sand ab. Wir lagen in den Dünen und schauten in den blauen Himmel.

„Lass uns eine Sandburg bauen“, schlug Kyle vor.

„Au ja!“ Ich hüpfte auf und rannte los. „Wer zuerst beim Wasser ist!“

Kyle grunzte und kam in Windeseile auf die Beine. Er begann, mir hinterherzuhechten, und ich kreischte, als er mich von hinten schnappte, einmal herumwirbelte und mich Richtung Dünen wieder abstellte. Dann hatte er sich auch schon umgedreht und rannte zum Meer.

„Unfair“, protestierte ich und wir kamen japsend vor Lachen und Atemnot am Wellenrand an.

Wir türmten jede Menge feuchten Sand vor uns auf und bohrten darin herum. Wir schufen Türme und Zinnen, drückten Fenster und Mauerkanten hinein. Kyle drapierte trockene Algen an den Grundmauern und behauptete, es sei rankender Efeu. Ich legte kleine Muschelsplitter als gepflasterten Boden aus. Wir waren sicher zwei Stunden damit beschäftigt. Hinterher klebte uns hartnäckig Sand unter den Fingernägeln. Er war in unseren Haaren, unserer Kleidung und zwischen unseren nackten Zehen. Ich hatte sogar welchen auf der Nase.

Die Luft war wunderbar salzig und die Sonne leuchtete strahlend schön.

„Komm, kleine Meerjungfrau. Ab in den Schatten“, sagte Kyle schließlich.

Am Pier tranken wir mit großen, gierigen Schlucken Zitronenlimonade und verschnauften auf einer Bank. Ich hatte diese Pause hier draußen wirklich gebraucht, um mein Oberstübchen einmal durchzulüften und mich nicht mit hundert Fragen verrückt zu machen. Manches musste wohl erst durch den Fluss der Zeit freigespült werden. Ich suchte nach einem klaren Motiv in einem Puzzle, das noch keiner zusammengelegt hatte.

„Sag mal, Kyle?“

„Hm?“, klang er zufrieden und entspannt neben mir. Er hatte die Beine weit von sich gestreckt und den Kopf entspannt in den Nacken gelegt. Das Glas mit der kühlen Limonade rollte er dabei an seiner Schläfe entlang.

„Würdest du eher etwas tun, was du unbedingt willst, auch wenn du vielleicht nicht ganz glücklich mit den Konsequenzen wärst, oder würdest du eher die Zukunft im Blick haben und dich von etwas abhalten, was dir im Hier und Jetzt gefiele?“

Kyle brauchte nicht lange für die Antwort: „Ich bin kein Hellseher, Bunny. Ich kenne die Zukunft nicht. Und wer sich immer nur den Spaß verweigert, weil er hofft, ihn später mal irgendwann zu haben, wird ihn vielleicht nie bekommen.“ Er hob seinen Finger und grinste. „Ich würde aber nicht gegen das Gesetz verstoßen, nur weil ich gern das Auto von jemand anderem fahren will.“

„Nein, es ist nichts Illegales.“

„Na, dann.“ Er seufzte genüsslich und trank einen langen Schluck von seiner Limonade. Dann langsam setzte er sich auf und sah mich durchdringend an. „Du hast mich gerade nicht wirklich gefragt, ob du Tom flachlegen sollst, oder?“

Ich verschluckte mich fast an meinem Getränk.

Kyle klopfte mir lachend auf den Rücken. „Du kannst auch einfach sagen, was du meinst. Dann trinkst du dein Getränk wenigstens nicht mit der Luftröhre.“

„Witzig, witzig“, keuchte ich halb heiser von der fehlgeleiteten Limo.

Zum Schluss bummelten wir wie jedes Mal zum Leuchtturm. Vom Pier mit dem Pavillon bis hinauf ans Nordende von Tybee Island war es ein gutes Stück Weg. Schließlich ragte er vor uns auf.

„Hey, Kyle“, meinte ich schmunzelnd. „Du hast noch nie ein Gedicht über den Leuchtturm geschrieben.“ Ich sah ihn mit großen Augen an.

„Ja, ist denn heute Sonntag?“, stichelte er, als wäre ich zu blöd, einen Kalender zu lesen.

„Letzten Sonntag habe ich gar kein Gedicht bekommen“, beschwerte ich mich, als wäre es nur einen Sonntag her und ich würde sonst immer welche kriegen. Dabei war das schon lange nicht mehr so.

„Tja, aus manchen Dingen wächst man wohl heraus.“ Er schlang seinen Arm um meine Schultern und drückte mich. „Aber Geschwister werden wir immer bleiben. Okay, lass mich kurz nachdenken.“

„Ich habe was zum Schreiben“, bot ich an und hielt ihm die leere Rückseite eines Flyers und einen Kuli hin.

Wir ließen uns in den Sand fallen und ich blickte auf die glitzernden Wellen des Atlantiks. Kyle hatte den Zettel auf seinen Oberschenkel gelegt und knabberte von Zeit zu Zeit nachdenklich am Stift. Dann kritzelte er wieder. Schließlich räusperte er sich und grinste mich an.

„Okay, Bunny. Hab's fertig."

Freudig klatschte ich in die Hände. Kyle machte eine ausladende Handbewegung zum Leuchtturm, um seine Ode daran anzukündigen:

*„Rund gebaut ragt er hoch hinauf,*
*An steilen Klippen lenkt er den Lauf*
*Der Schiffe, die das Meer durchgleiten,*
*Schützt ihren Weg durch die wässrigen Weiten,*
*Mit rotierenden Spiegeln um ein Feuer entfacht*
*Strahlt er am Ufer durch die schwärzeste Nacht,*
*Oh Seemann, in den peitschenden Stürmen,*
*Wenn sich am Kiel die Wellen hoch türmen,*
*Dann meide die Tücken der felsigen Schranken,*
*Die dem Unbedarften durchbohren die Planken,*
*Und gleite im Schutze sicher dahin,*
*Denn ihn zu sehen – und nicht ihm nahezukommen – ist sein wahrer Sinn."*

Ich lachte und umarmte ihn.

„Danke, danke", ließ sich Kyle von mir gebührend loben.

Aber dann blickte ich nachdenklich zum Leuchtturm auf. „Äh, Kyle?"

„Ja?"

„Ich fand das Gedicht echt klasse. Aber welche steilen Klippen?"

Der Leuchtturm stand im flachen Sand und friedlich umschloss das Meer Tybee Island.

Kyle grinste gerissen. „Künstlerische Freiheit."

Er gab mir das Blatt mit dem Gedicht und ich faltete es zusammen und steckte es zurück in meine Tasche, nicht jedoch, ohne vorher noch einen dankbaren Kuss auf das Papier zu hauchen.

Kyle lächelte mich an. „Wir sollten jetzt aber langsam zurückgehen. Meine Freundin wartet sicher schon mit ihren scharfen Krallen.“

Ich nickte und wir schlenderten zurück zu unserem Parkplatz am Pier.

# 17

„Nein, Tom, das ist doch eine prima Gelegenheit“, hörte ich Sarah sagen, als ich die Wohnung betrat. Ich sah die beiden im Flur stehen und warf meinen Rucksack zu Boden.

„Hey, Sarah“, begrüßte ich sie überrascht. Mein Bruder hätte gar nicht davonzufahren brauchen, nachdem er mich abgesetzt hatte. „Tut mir leid, dass ich Kyle so lange in Beschlag genommen habe.“

„Kein Problem. Ich habe einfach mit Tom geplaudert.“

„Hey, Lea“, erwiderte nun auch Tom.

Ich winkte einmal wie ein Scheibenwischer und legte ein schiefes Lächeln auf. Zwischen uns stimmte die Chemie nicht mehr.

„Kyle hat mir einen Zettel geschrieben, dass er sich mit dir trifft“, erzählte Sarah. „Da dachte ich, er wäre hier, aber Tom hat mir gerade verraten, dass ihr schon seit Stunden ausgeflogen seid.“

„Wir waren auf Tybee Island.“

„Deshalb bist du so braun“, bemerkte sie anerkennend.

„Kyle ist schon wieder auf dem Weg zu dir.“

„Ah, verpasst. Aber es war auch ganz nett hier mit Tom.“ Sie warf mir einen merkwürdigen Blick zu. Hatte Tom ihr irgendetwas erzählt? Bloß warum sollte er? Ich wurde noch paranoid.

Tom räusperte sich und rieb sich verlegen den Nacken. „Lea, ich brauche dich am Wochenende."

„Wofür?"

„Meine Familie hat uns zum Campen eingeladen."

Ich starrte ihn mit großen Augen an. „Campen?", fragte ich ungläubig.

„Oh, genial", befand Sarah und lächelte aufmunternd.

Ich teilte ihre positive Energie nicht. Ich brauchte doch dringend Abstand. Außerdem wusste Tom schließlich, was zwischen uns vorgefallen war. „Das ist keine gute Idee. Sicher nicht wirklich ein ganzes Wochenende, oder?"

Tom schluckte schwer. „Doch. Wir wollten nachher los und Sonntagabend zurück sein. Das Campingwochenende war eine Idee meiner Eltern zu meinem Geburtstag."

„Nein", wehrte ich entschieden ab. Ich fühlte mich völlig ohnmächtig.

„Aber ich habe für uns zugesagt", wandte Tom ein.

„Dann sag wieder ab. Du hättest mich vorher fragen sollen."

„Aber wir hatten eine Vereinbarung", meinte er nun. Tom sah Sarah etwas verlegen an und sein Blick schwenkte zurück zu mir. „Die Beziehungs-Flatrate. Weißt du noch?"

„Wir sollten das vielleicht lassen." Hilflos knetete ich meine Finger.

„Wie bitte?" Sarah warf mir einen fassungslosen Blick zu. „Lea, du hast das doch selbst so mit Tom abgemacht und er hat seinen Teil der Vereinbarung auch eingehalten."

Ja, ich hatte die hundert Dollar schon erhalten, aber ...

„Tom, ich wollte das sowieso streichen." Mir war klar, dass dies nicht der beste Zeitpunkt war, ihm das mitzuteilen, aber für einen besseren Moment war es nun zu spät.

Tom sah aus, als wäre er überfahren worden. Er schaute eine gefühlte Ewigkeit auf den Boden und nickte dann wie ferngesteuert. „Dann rufe ich wohl besser meine Mom an und sage ihr, dass es mit uns vorbei ist."

Er wollte gehen, doch Sarah sprang in die Bresche. Und sie war eindeutig sauer. Auf mich.

„Das glaube ich einfach nicht, Lea!", schimpfte sie empört. „Wann genau wolltest du denn eure Vereinbarung lösen? Etwa dann, wenn er dich braucht? Wie bequem, dass du dich solange hast bezahlen lassen."

„So ist das doch gar nicht." Ich breitete erklärend die Hände aus. „Ich wollte mir einen anderen Job suchen, weil ich es nicht richtig finde, mich dafür bezahlen zu lassen."

„Ach, schau an, dass dir das jetzt einfällt. Da braucht Tom dich einmal, und du lässt ihn eiskalt fallen."

„Sarah ...", versuchte Tom, sie zu besänftigen.

Es versetzte mir einen Stich, dass er mich sogar verteidigen wollte. Dabei war mein Timing wirklich lausig.

„Nein, Tom", fuhr sie ihm dazwischen. „Das ist nicht in Ordnung. Wenn du dir das gefallen lassen kannst, bitte. Aber ich kann nicht zusehen, wie meine Freundin dich ausnutzt. Das ist nicht die Lea, die ich kenne. Das da ...", schimpfte sie und wedelte mit der Hand in meine Richtung, „... ist eine Lea, mit der ich nichts zu tun haben will."

Sie hatte noch keine Ahnung, was gestern passiert war, und jetzt deutete sie es vollkommen falsch.

„Sarah, ich ..."

„Nein! Wenn du es beenden wolltest, okay. Aber diese Woche ist bezahlt." Dabei schlug sie ihre Faust in die offene Hand wie einen Richterhammer. „Und falls du es nicht für Geld machen willst, dann gib ihm seine hundert Dollar wieder. Gib sie ihm und fahre trotzdem mit. Einfach, weil du ein netter Mensch bist."

Sie wollte schon an mir vorbei, hielt dann aber noch einmal inne. „So blöd wie du muss man mal sein. Ich hoffe, du lässt hier nicht gerade einen Freund hängen, weil du morgen ein idiotisches Date mit diesem Pinocchio hast."

Ich schluckte. An Robert hatte ich überhaupt nicht mehr gedacht. Doch was sollte ich darauf antworten? Tom hatte bei Sarah offensichtlich einen Stein im Brett.

„Sarah, bitte." Ich fühlte mich hundeelend.

„Ruf Miles an und lass dir die Nummer von der Holznase geben. Wenn er so toll ist, dann geht er auch nächste Woche noch mit dir aus. Sei einmal im Leben nett zu Tom."

Dann stürmte sie auf und davon und ließ mich mit einem kühlen Windhauch zurück. Wo war mein schönes Leben geblieben, als alle mich noch mochten?

„Schon okay", sagte Tom schließlich niedergeschlagen. „Ich rufe meine Mom an. Sie freut sich bestimmt auch, wenn ich allein mitkomme."

Mir wurde richtiggehend übel. Der Gedanke, dass Tom sie anrufen würde mit einer Stimme, als wäre unsere Beziehung wirklich vorbei und nicht bloß ein Geschäftsabkommen. Weil ich unsere ... ja, was eigentlich? ... Freundschaft verraten hatte? Doch wir waren keine richtigen Freunde. Er war ein Vampir und ich ... eine richtig dumme Kuh, die sogar ihre beste Freundin in die Flucht geschlagen hatte.

Ich wollte kein so schlechter Mensch sein und auch nicht, dass Sarah das dachte. Und wenn ich ehrlich war, sollte auch Tom das nicht denken.

Ich löste mich aus meiner Starre und lief ihm hinterher. Er stand mit dem Rücken zu mir im Arbeitszimmer, hielt das Telefon in der Hand und wollte gerade wählen. Ich griff um ihn herum und schaute ihn an. Tom sah so elend aus. Es war, als würde ich jedes Mal alles noch mehr zerstören. Ich war ein furchtbar schlechter Mensch. Ich wollte, dass er mich trotzdem wieder gern hatte. Er war mir nicht egal.

Seine Finger waren unerwartet kalt. Ich schloss meine Hände um seine und um das Telefon. „Tom, nein."

Er schluckte und schloss kurz die Augen. Als er sie wieder öffnete, blickte er mich direkt an. Dieses wunderschöne warme Braun. Diese schimmernden Goldtupfen. Diese Güte und Freundlichkeit. Ich begriff, dass seine Augen und nicht seine Zähne die wahren Spiegel seiner Seele waren. Ich wollte ihn wieder lächeln sehen.

„Lea." Er sah mich fragend an.

Ich lächelte, es passierte von allein. Sanft sagte ich: „Campen klingt wunderbar."

Tom schüttelte den Kopf. „Du brauchst das nicht machen."

„Gib mir das Telefon." Ich zog es aus seiner Hand. Er leistete keine Gegenwehr. „Lass mich nur schnell meinen Kinoabend absagen."

Er nickte ohne ein Wort. Ich wusste nicht, was er dachte. Aber ich sagte gerade ein Date ab. Für uns. Ich würde ihm in ein Wochenende folgen, in dem ich sicher so viel Abstand von ihm fand, wie ein Kett- von einem Schussfaden.

Von Miles ließ ich mir Roberts Nummer geben. Es klingelte dreimal. Dann meldete sich eine Stimme, die definitiv nicht männlich war.

„Ja, hallo?“, sang sie mir ins Ohr.

„Oh, hallo. Hier ist Lea, kann ich bitte Robert sprechen?“

Ob das seine Schwester war?

„Er ist nicht da. Kann ich ihm etwas ausrichten?“

Innerlich zuckte ich mit den Achseln. Der Anruf lief mir nicht davon. Hauptsache, ich sagte erstmal ab. „Okay, das wäre nett. Robert und ich, wir haben abgemacht, uns Freitagabend zum Kino zu treffen. Allerdings kann ich nicht und wollte ihm Bescheid geben.“

Ich lächelte Tom an. Es fühlte sich kein bisschen schlecht an, mein Date abzusagen, und ich wollte, dass er kein schlechtes Gewissen hatte.

„Kino?“, fragte mich das Mädchen.

„Ja, genau. Da kann ich nicht.“

„Ähm ... Woher kennst du Bobby noch mal genau?“

„Von der Singleparty bei Miles. Vielleicht melde ich mich Sonntag bei Robert. Kannst du ihm das sagen?“

„Das wird nicht nötig sein“, sagte sie kurz angebunden.

„Wie bitte?“

Jetzt war ich verwirrt. Wie war die denn drauf?

„Bobby ist mein fester Freund. Wir sind am Wochenende gerade zusammengezogen. Ich glaube, du irrst dich in der Nummer", erklärte sie. Doch ich hatte so das vage Gefühl, dass sie selbst nicht ganz an diese Version glaubte.

Schöner Mist. Vor Schreck schoss mein Puls in die Höhe. Aber dieser Frau ging es sicher schlechter als mir. Ich hatte in ein Wespennest gestochen. Trotzdem verdiente sie keine weitere Lüge von Pinocchio.

„Das tut mir leid, aber wir meinen bestimmt denselben. Jedenfalls wenn er am Samstagabend zum Möbelschrauben bei dir war."

„Was?" Ihre Stimme zitterte.

„Er hat gesagt, er würde seiner Schwester beim Umziehen helfen." Sie sollte auf keinen Fall glauben, dass ich gewusst hatte, dass er vergeben war und es mich nicht störte. Denn so eine war ich nicht.

„Das darf nicht wahr sein", jammerte sie ins Telefon.

„Tut mir leid. Besser, du weißt es jetzt. Falls du mir nicht glaubst, solltest du mal bei Miles anrufen. Bei ihm hat die Party stattgefunden."

Tom sah mich fragend an.

Ich blies meine Backen auf und rollte mit den Augen. Dann wedelte ich für die volle Theatralik noch mit der Hand, so als wollte ich Nagellack trocken fächern.

Natürlich half ihm das nicht wirklich weiter. Doch ich war gerade heilfroh, nicht in Roberts Falle getappt zu sein. Ironie, dass er ein Lügnerkostüm getragen hatte.

„Nochmals Entschuldigung. Also, es hat sich von meiner Seite jedenfalls erledigt. Ich werde mich sicher kein zweites Mal melden. Ähm ... Tschüs."

Ich legte auf und starrte das Telefon in meinen Händen an. Das war ja die reinste Wechseldusche, seit ich nach Hause gekommen war.

„Lea, was ist los?“ Tom sah mich besorgt an.

Ich zuckte die Schultern. „Es hat sich gerade herausgestellt, dass bei Pinocchios Kostüm die Nase kaputt war. Der Kerl hat sie vermutlich überlastet und alle Schaltkreise lahmgelegt.“

„Was meinst du?“

Ich tippte auf das Telefon. „Gerade habe ich mit seiner Freundin gesprochen. Seiner festen Freundin, mit der er gerade erst zusammengezogen ist. Nämlich an dem Abend, als die Party war. Der hat echt Nerven.“

Tom schnitt eine mitleidige Grimasse. „Die Ärmste. Sicher nicht schön, das so zu erfahren.“

„Ja, ziemlicher Scheibenkleister. Ich habe gerade eine Beziehung ruiniert.“

Er schüttelte den Kopf. „Das hat er ganz allein hinbekommen. Gib dir da bloß nicht die Schuld, Lea.“ Dann lächelte Tom mich schief an. „Dein Date hat sich damit erledigt, hm?“

„Allerdings.“ Toms Blick brachte mein Herz zum Rasen. Jetzt würde ich ein ganzes Wochenende seine Freundin spielen. Ich versuchte, mir meine Nervosität nicht anmerken zu lassen. „Also, was brauche ich fürs große Campen?“

„Warst du schon mal?“

„Noch nie.“ Ich grinste. „Du darfst alles allein machen: Zeltaufbauen, Zeug schleppen, Fische fangen und grillen, die Lagerfeuermusik. Einfach alles.“

Tom nickte zuvorkommend. „Wird mir ein Vergnügen sein. Du brauchst Kleidung für drei Tage, feste Schuhe, Badesachen und eine Jacke, falls es mal kühler wird.“

„Wo geht es denn hin?“

„Bobby Brown State Park.“

Der sagte mir nicht wirklich was. Es gab einfach unzählige Parks und Campingplätze schon allein in Georgia. Ratlos zuckte ich die Schultern.

„Er liegt an der Grenze zu South Carolina."

„Ist das nicht ein bisschen weit weg?", wunderte ich mich. „Es gibt doch ganz viele Campingplätze."

„Aber der ist sehr schön. Und so weit ist es gar nicht."

Entfernungen waren wohl relativ.

„Hm, und wer ist Bobby Brown? Etwa der Musiker?"

Hatte er wirklich seinen eigenen Park?

Tom grinste frech. „Klar, und nebenan ist noch der George-Michael-Park und der Phil-Collins-Campground, in dem ja auch die Victoria-Secrets-Wasserfälle liegen."

„Tom, du Nuss. Ich frage doch nur."

„Schon gut. Der Campingplatz hat seinen Namen in Gedenken an Robert Brown. Der war in der Armee und starb im Zweiten Weltkrieg", klärte Tom mich auf.

„Oh." Da hatte ich mich ja gründlich getäuscht. Bestimmt hielt Tom mich für einfältig. Ich räusperte mich. „Was brauche ich denn an Proviant und so?"

„Nichts, Lea. Meine Eltern organisieren das ganze Drumherum. Es reicht wirklich, wenn du dir Kleidung und eine Zahnbürste einpackst."

„Du nimmst bestimmt deinen Medizinschmöker mit, oder?", spekulierte ich. Immerhin schien Tom mit dem Arbeitszimmer verwachsen zu sein.

Er grinste. „Keine Sorge. Ich habe nicht vor zu lernen und halte es auch mal drei Tage ohne Studium aus."

„Wenn du dafür mal nicht von der Uni fliegst", neckte ich ihn.

Tom schlug sich gespielt die Hand an die Stirn. „Mist, fast hätte ich vergessen, die Sprühsahne einzupacken."

„Untersteh dich!“ Ich musste lachen. „Wann wollten deine Eltern denn los?“

Tom sah auf die Uhr. „Am liebsten in ein oder zwei Stunden, wenn das für dich okay ist.“

Ich zuckte mit den Schultern. „Klar.“

Tom kam auf mich zu und blieb sehr dich vor mir stehen. Es passte vielleicht noch mein Unterarm dazwischen, aber mehr auf keinen Fall. Er streckte die Hand nach meiner aus. Mein Herz klopfte hektisch. Ich bekam einen schrecklich trockenen Hals und konnte ihm auf keinen Fall in die Augen sehen. Sonst würde er darin erkennen können, dass heiße Gedanken von letzter Nacht – Erinnerungen, die ich gar nicht haben sollte – mich plötzlich beschäftigten. Toms Finger streiften sanft über meinen Handrücken und umschlossen ihn dann.

„Lea“, flüsterte er. Eine weitere atemlose Sekunde verstrich. „Gibst du mir das Telefon?“ Seine Hand wanderte weiter zu dem kleinen Plastikgerät, das ich noch immer hielt. Die sinnliche Traumblase platzte und ich räusperte mich verlegen.

„Klar“, brachte ich zustande und ließ los.

Lächelnd trat er von mir fort und wählte die Nummer seiner Eltern. Ich kann das Gefühl kaum beschreiben, das sich auf Toms Gesicht widerspiegelte. Es war eine Mischung aus Freude, Hoffnung, Glück und Erleichterung. Das alles zugleich, und ich wusste, was es zu bedeuten hatte.

Dieses Wochenende mit ihm würde mir vieles bewusst machen. Ich würde zwar keinen Abstand zum Nachdenken haben. Aber ich hätte die Nähe, um zu spüren, ob ich sie wollte.

Gestern hatte ich seine unglaubliche Selbstdisziplin

erfahren, als er sich keuchend vor Erregung zurückzog, weil er dem folgte, was er für richtig hielt. Würde er sich auch beherrschen können, wenn es um mein Blut ging? Ich hatte ihn noch nie Blut trinken sehen. Er nahm Rücksicht auf meine Abneigung und machte es nie in meiner Gegenwart. Mit welchen Augen würde ich ihn sehen, wenn ich ihm dabei zusähe?

Tom erreichte jemanden am anderen Ende der Leitung. „Hey Dad, Lea ist inzwischen da. Wir können demnächst los."

Ich betrachtete Tom. Er sah aus, als könnte er selbst kaum glauben, was er da sagte: dass alles doch noch geklappt hatte.

Ich ging in mein Zimmer, zerrte meine Tasche unter dem Bett hervor und begann zu packen. Unterwäsche, Socken, Shirts, Hosen. Kurze Sachen und eine leichte Jacke. Schlafsachen. Am liebsten trug ich nachts nur Unterwäsche, also steckte ich mir ein Spitzenhemd und zusätzlich zu meinen Strings noch ein paar Panties ein. Für den Fall, dass es nachts kühler wäre, wanderten ein kurzärmliges Shirt und Hot Pants ins Gepäck. Wie kalt sollte es im Juli schon werden?

Auch das empfohlene feste Schuhwerk packte ich ein. Dann plünderte ich das Badezimmer. Einige Sachen von Tom fehlten schon. Offensichtlich hatte er bereits alles beisammen. Mir fehlten noch hundert Dinge: Zahnbürste, Zahncreme, Zahnseide, Deo, Parfum, Gesichtscreme, Körperlotion, Rasierer, Duschgel, Shampoo, Spülung, Haarbürste, Lipgloss ... Also nur das Nötigste. Trotzdem war der Berg an Kleinigkeiten ziemlich groß. Zum Glück trugen wir unser Gepäck nicht dorthin, sondern fuhren bequem im Auto.

Oh je, Badesachen brauchte ich ja auch noch. Also stopfte ich kleine und große Handtücher in meine Tasche, wobei stopfen wirklich das richtige Wort war.

Ich kauerte gerade auf dem Badezimmerboden und zwängte mein riesenhaftes Flauschhandtuch in die Tasche, als ich Tom hinter mir lachen hörte.

„Lea, wir wollen bloß campen, nicht auswandern. Was hast du vor?"

„Mein Handtuch geht nicht rein", jammerte ich.

Tom ging neben mir in die Hocke. Er streckte seine Hände danach aus und streifte meinen Unterarm. Sofort bekam ich Gänsehaut.

„Gib mal her", sagte er schmunzelnd und zog es wieder hervor.

„Nein, nein! Jetzt muss ich es noch mal machen."

„Du würdest auch versuchen, eine Melone durch ein Türschloss zu zwängen, oder?"

„Dafür besteht absolut kein Grund. Es sei denn, der Entsafter ist kaputt." Ich sagte das mit völlig ernster Miene und Tom grinste noch breiter.

„Dir fällt auch immer was ein, hm?" Er schüttelte nur den Kopf und rollte mein Handtuch mit geschickten Griffen in seinem Schoß zusammen. „Das werde ich einfach in meinen Rucksack tun. Da habe ich noch genügend Platz."

*Wirklich?*

Wie konnte er noch Platz haben?

„Okay."

Er besah den Inhalt meiner Tasche, der ohne das große Badetuch leicht einsehbar war. „Hast du einen Drogeriemarkt überfallen?"

Seine Worte erinnerten mich an etwas. „Ach, Mist, ich

habe total vergessen, auch ein paar Notfall-Medikamente einzupacken."

Ich wollte aufspringen und von Paracetamol bis Pflaster alles holen, als Tom mich am Handgelenk erwischte und lachte.

„Wir brauchen nicht alles doppelt, Lea. Was denkst du, habe ich wohl schon dabei?"

Ich zog eine Grimasse. Na gut, ich hätte wohl annehmen können, dass der angehende Herr Doktor vermutlich noch vor seiner Unterwäsche an Medikamente gedacht hatte. Allerdings war ich es nicht gewöhnt, mit ihm in Urlaub zu fahren. Normalerweise hatte ich keine Ärzte im Schlepptau.

„Wenn du mich so fragst, hast du vermutlich sogar diese Weichmasse dabei, um Zahnabgüsse zu machen."

Tom sah amüsiert aus. „Eigentlich nicht. Aber wenn du auf lustige Doktorspielchen stehst ..."

Meine Augen weiteten sich. Hoffentlich wertete Tom es als Entsetzen über seinen Scherz und nicht als die hereinstürzende Erinnerung an unseren gestrigen Abend, als ich ihn nach seiner Vorliebe für Doktorspiele gefragt hatte. Angeblich hatte ich das ja vergessen.

„Soll ich die mit Minzgeschmack nehmen?", fragte er heiter.

Entweder war bei ihm nicht derselbe Groschen gefallen, oder er ließ es sich nicht anmerken.

„Ähm, nichts davon. Danke."

Er nickte nur und lächelte dann über meine restlichen Habseligkeiten. „Hast du an eine Sonnenbrille gedacht?"

„Noch nicht." Ich ging sie holen und steckte sie in meinen kleinen Rucksack.

Tom trug meine Tasche aus dem Bad und stellte sie im

Flur ab. „Ist es wirklich okay für dich, mitzukommen?“

Er klang ein wenig unsicher. Zwingen wollte er mich anscheinend nicht. Er war so nett und rücksichtsvoll, dass ich nickte. Das zauberte unmittelbar ein Lächeln auf sein Gesicht. Dann verschwand er in sein Zimmer und holte einen Trecking-Rucksack hervor. Er packte mein großes Handtuch in seinen Rucksack. Es ging mühelos hinein.

„Hast du einen Schlafsack und eine Isomatte?“, fragte er mich nun.

*Ach, Schreck!*

Was man für dieses Camping alles brauchte ... Ich hechtete in mein Zimmer und warf mich auf den Bauch. Dann spähte ich unter mein Bett und fand zum Glück meinen Schlafsack. Zufrieden angelte ich ihn hervor und brachte ihn in den Flur.

„Also, den habe ich finden können. Aber so ein Mattending besitze ich nicht.“

„Macht nichts. Wir sollten genügend haben“, beruhigte er mich. „Ich denke, wir haben nun wirklich alles.“ Dann sah er auf meine vollgepfropfte Tasche. „Das und noch viel mehr.“

Ich schaute an mir hinunter und überlegte, ob ich so bleiben konnte. Dabei stellte ich fest, dass überall an mir noch der Sand vom Strandtag mit Kyle klebte. „Ich gehe besser duschen. Ich bin noch ganz sandig.“

Tom kam zu mir, legte seine Hand an meine Wange und strich mit dem Daumen über meine Nase. Kleine Krumen blieben darauf zurück. Er schmunzelte. „Was habt ihr angestellt?“

„Sandburgen bauen, faul in den Dünen liegen, so was.“

Ich schob mich an ihm vorbei, lief ins Bad und warf die

sandigen Sachen in die Wäsche. Dann duschte ich und spülte mir die letzten Überreste des Strandes ab. Das kühle Wasser tat herrlich gut. Im Spiegel stellte ich fest, dass ich gebräunter war. Ein paar neue sonnige Strähnchen hatten in mein blondes Haar gefunden. Ich föhnte es schnell, klaubte mir frische Unterwäsche von der Leine und sah mich ratlos um. Ich hatte völlig vergessen, mir Kleidung zum Wechseln mit ins Bad zu nehmen.

Da Tom mich bereits in Unterwäsche und sogar nackt gesehen hatte, lief ich kurzerhand durch den Flur zu meinem Zimmer.

„Bin fast fertig“, versprach ich, als ich an Tom vorbeihuschte, der ein paar Riemen an seinem Rucksack einstellte.

Aber auch im Schatten des Flurs konnte ich Toms hungrigen Blick auf mir funkeln sehen, als folgte er jeder meiner Konturen. Es ließ meine Haut prickeln und ging mir durch und durch. Wenn er mich so betrachtete, fühlte ich mich wie Schneewittchen – die Schönste im ganzen Land.

Schnell kramte ich ein ärmelfreies türkisblaues Shirt aus dem Schrank, das meine Augen noch blauer leuchten ließ, und entschied mich für eine lange, weiße Leinenhose.

Dann war ich startklar und ging zurück zu Tom.

„Wow“, staunte er. „Ähm, aber die helle Hose könnte beim Campen schmuddelig werden.“

„Ach, ich vertraue auf die Kraft von Waschpulver.“

„Du bist fast zu hübsch fürs Campen.“

Ich musste schmunzeln. „Gibt es dafür optische Einschränkungen?“

„Na ja, auf dem Zeltplatz sehen die Leute immer etwas gemütlich aus.“

Ich zwinkerte ihn an und deutete auf meine vollgepackte Tasche. „Wenn wir ankommen, kann ich mich ja noch umziehen.“

„Allerdings. Mehrmals täglich, würde ich meinen.“

„Hey.“ Aus gespieltem Protest schlug ich ihm halbherzig auf den Unterarm.

„Du musst es nicht als Schlagen tarnen, wenn du mich berühren willst“, ärgerte er mich weiter.

„Bei einem Lümmel wie dir fällt mir aber gar nichts anderes ein.“

„Ich bin mir sicher, dass du sehr kreativ sein kannst.“ Irgendetwas an seiner Stimme war anders und jagte mir eine Gänsehaut über den Rücken. Es klang eher wie ein dunkles Versprechen. Doch bevor ich etwas sagen konnte, klingelte es an der Tür.

„Das wird der Abholservice in Form meiner Eltern sein.“

Wir schlüpften in unsere Schuhe und Tom schulterte seinen Rucksack. Als ich nach meiner Tasche greifen wollte, nahm Tom sie mir vor der Nase weg. „Ich trage das schon. Nimm einfach deinen Schlafsack.“

Ich ließ mich nicht zweimal bitten. „Du musst aber nicht Packesel spielen“, sagte ich dennoch.

„Das halte ich aus.“ Er grinste mich an und ich erinnerte mich, wie wunderbar muskulös sich sein Körper unter meinen Händen angefühlt hatte.

Wie sollte ich nur ein Wochenende überstehen?

Tom schloss die Tür und ich hopste voran. Er versuchte, mich einzufangen, und ich begann, die Treppe hinunterzurennen.

„Wer zuerst unten ist, bekommt einen Gips“, neckte ich ihn und er lachte.

„Dann lasse ich dir den Vortritt. Es hört sich nämlich sehr nach meinem Aufgabengebiet an, das zu tun, und ich fummele ungern an meinem eigenen Bein herum.“

Ich stellte mir seine Hände auf meinem Bein vor. „Zum Glück sind deine Eltern dabei. Da wirst du dich benehmen müssen.“

Toms Gesicht bekam einen listigen Ausdruck. „Kaum. Sie halten uns schließlich für ein Paar. Schon vergessen?“

Abrupt blieb ich stehen und sah ihn aus großen Augen an. Er hatte recht. Es waren weit und breit keine Anstandspersonen da. Im Gegenteil, seine Mutter würde vermutlich noch Mistelzweige in die Bäume hängen.

„Na, husch“, scheuchte mich Tom voran. „Meine Eltern warten unten.“

# ꕤ 18 ꕤ

Toms Eltern, die ich seit meinem letzten und einzigen Besuch Dave und Jenny nennen durfte, standen unten an der Straße, um uns zu begrüßen. Dave trug wieder ein Hawaiihemd.

„Ach, da ist ja die kleine Lea“, begrüßte er mich herzlich. „Und so ein hübscher Sonnenschein. Wäre ich nicht so glücklich verheiratet, würde ich dich glatt ausführen wollen.“ Er zwinkerte, um seinen komischen Unterton zu unterstreichen.

„Hallo Tom-Schatz, hallo Lea-Liebes. Ich bin froh, dass es geklappt hat.“ Toms Mom legte mir die Hand auf den Arm und munkelte: „Auf den alten Schwerenöter brauchst du nicht zu hören.“

Ich hatte ganz vergessen, wie heiter Jenny war.

Tom verstaute unser Gepäck im großen Jeep Cherokee. Dann öffnete er mir die Tür zur Rückbank: „Schönheit vor Alter.“

Mit einer Handbewegung lud er mich zum Einsteigen ein. Ich krabbelte hinein und rutschte durch. Tom folgte mir. Es gab gewaltig viel Platz und ich seufzte zufrieden.

„Alles klar?“ Tom legte seine Hand auf meine.

Ich nickte. Dave und Jenny stiegen ein, aber Tom nahm seine Hand nicht fort. Offiziell waren wir nun wieder ein Paar. Ich war in meiner Funktion als Freundin dabei. Doch ich konnte nicht sagen, ob Toms Händedruck und sein warmer Blick nur Tarnung oder echt waren. Ein wenig verschwammen die Grenzen zwischen Wahrheit und Trugbild. Wir hatten uns in einer merkwürdigen Situation verfangen.

Doch ich erkannte auch die Chance für mich. Ich würde Tom sehr oft berühren dürfen, ohne dass er wusste, ob es mehr als nur Schauspiel war. Völlig zwanglos durfte ich „uns“ nun ausprobieren. Wie fühlte sich ein *Uns* mit Tom wohl an? Wäre es so gut, wie meine Hormone mir weismachen wollten?

Ich spürte, wie Toms Daumen über meinen Handrücken streichelte, und lächelte ihn an.

„Warst du schon mal campen?“, fragte mich Toms Mom von vorn.

„Nein, noch nicht.“

„Wir sind fast jedes Jahr mit Tom und Megan campen gefahren. Aber kleine Kinder werden groß und irgendwann sind die eigenen Eltern nicht mehr spannend genug, um den Urlaub mit ihnen zu verbringen. Ich bin so froh, dass Tom die Idee mochte, dass wir zusammen wegfahren könnten.“

Lächelnd sah sie über ihre Schulter und strahlte mich mit der ganzen Freude einer Mutter an, die ihren Sohn ein Weilchen wiederhaben konnte. Es schien sie nicht zu stören, dass ich dabei war.

Bequem saß ich im Jeep und ließ meine Hand von Tom streicheln. Dafür, dass ich bloß eingekauft war, fühlte ich mich ziemlich verhätschelt.

„Die Fahrt ist lang, lass uns was machen“, schlug ich Tom vor.

Seinem Ausdruck nach, schien er offen für alles. „Und was?“

Er drehte sich zu mir. Dabei legte er seinen Arm auf die lange Rückenlehne. Seine Hand baumelte lässig herab. Doch wenn ich mich nur ein wenig bewegte, würde er meine nackte Schulter berühren.

Mit seiner anderen Hand hielt er meine. Eigentlich war das eine gute Ausgangslage für das Spiel, das mir in den Sinn kam.

„Lass uns mit den Daumen wrestlen.“

Fragend zog er eine Braue hoch. Ich griff fester zu und hielt unsere Hände höher. Dabei verkeilte ich meine Finger mit seinen, sodass nur noch unsere Daumen frei wackeln konnten.

„Leg deinen Daumen an meinen“, forderte ich ihn auf.

Tom grinste und machte, was ich ihm sagte. Ich bewegte meinen zur Probe mal nach links und rechts und nickte zufrieden.

„Alles klar. Jeder versucht jetzt, den Daumen des anderen auf dessen Handfläche niederzudrücken. Ist ein bisschen wie ringen, nur lustiger.“

„Aber zerstöre mir nicht meine Zahnchirurgenhand“, witzelte er.

„Ach, kannst du dich nicht gegen das Kaputtmachen von Arztteilen versichern lassen?“

„Arztteile?“ Tom unterdrückte ein Lachen.

„Klar. Beine, Finger, Augen, Ohren, alle Körperteile an dir sind Arztteile“, befand ich.

Tom lehnte sich mit einem spitzbübischen Funkeln in den Augen zu mir vor und flüsterte in mein Ohr: „Ich würde nicht *alle* meine Körperteile in den Dienst der Medizin stellen.“

Verblüfft wich ich zur Seite aus, um ihn ansehen zu können, und kam dabei gegen seine aufgelehnte Hand. Sobald Tom meine Schulter zu fassen bekam, begann er, meine Haut zu streicheln, und unter seinen Fingerkuppen erblühte meine Gänsehaut. Meine Wangen wurden warm und sein intensiver Blick machte mich ganz benommen.

Ich sah das Lächeln, das sich in seinem Mundwinkel bildete, und ich wusste, dass er zufrieden war, dass ich so auf ihn reagierte. Gottverdammt, er hatte nicht vergessen, was gestern Nacht mit uns passiert war. Und ich mochte Blackouts vortäuschen, so viel ich wollte, aber die Reaktionen, die er mir entlockt hatte, waren damit nicht ungeschehen zu machen.

Tom setzte sich wieder normal hin. „Komm, lass unsere Daumen rangeln."

Er war bestens gelaunt und tat, als wäre ich eben nicht völlig erstarrt und rot wie ein Hydrant geworden. Er konnte doch wirklich so tun, als wäre da gerade kein Knistern gewesen.

Okay, ich hatte heute Morgen auch so getan. Jetzt kam ich mir noch mieser vor. Doch dass Tom nun anfing, es mir mit gleicher Münze heimzuzahlen, traf mich unvorbereitet.

„Auf drei geht's los, ja?"

„Klar. Drei." Ohne Verzögerung drückte ich sofort gegen seinen Daumen.

„Hey!" Er lachte überrascht auf.

Ein schwacher Protest, für den er keine ausgiebige Zeit hatte, denn die Spiele hatten begonnen. Ich täuschte rechts an und drückte dann nach links, aber verflixt und verzwirnt, Tom hatte ziemlich kräftige Hände. Amüsiert zog er eine Braue hoch und tat erst mal nichts, als konsequent dagegenzudrücken. Er versuchte nicht einmal, mich sofort zu besiegen.

Das machte mich glatt noch rasender. Diese Siegessicherheit, dieser spöttische Zug um seinen Mund, dieses „Komm schon, Kleines. Ist das alles?“ in den Augen.

Ich quiekte und drückte und probierte und versuchte und strengte mich ehrlich an. Für einen Anfänger im Daumenrangeln war Tom ärgerlich begabt. Eigentlich sollte man ja nur mit den Daumen ringen, aber ich hampelte nach Leibeskräften herum, um wenigstens irgendwie zu gewinnen – ganz egal ob erlaubt oder nicht. Tom hingegen strahlte eine stoische Ruhe aus und ich konnte ihn nur selten aus der Reserve locken.

Er erdreistete sich doch ernsthaft zu fragen: „Haben wir schon angefangen?“

Seine Stimme klang dabei regelrecht gelangweilt. Einmal mehr bemerkte ich, dass er ein guter Schauspieler war.

„Aaaah!“, protestierte ich. „Das ist ja so gemein!“

„Hm? Bitte? Was denn?“

Ich löste meinen Blick vom Daumen und sah ihn verbissen und gewinnsüchtig an. Dieser selbstgefällige Kerl musste doch zu besiegen sein. Ich könnte ihm in den Daumen beißen, doch dann würde Tom dasselbe machen – also Beißen – und darin hätte er definitiv noch mehr Talent als im Daumenrangeln.

Ich könnte versuchen, ihn zu kitzeln, aber dummerweise wurde ich selbst zum Hüpffloh, wenn man es bei mir tat. Keinesfalls sollte ich die Disziplin um etwas erweitern, worin ich schlechter war als er. Nur fiel mir nichts zum Siegen ein.

Während meine Gedanken darum rotierten, worin ich eigentlich bitteschön besser war als Tom, bemühte ich mich redlich, die Kontrolle im Daumenringen zu übernehmen.

„Willst du eigentlich eine Revanche, wenn ich gewinne?", fragte er ganz nebenbei.

„Ha! *Wenn!* Das heißt *falls*. Und außerdem gewinnst du nicht", beharrte ich stur wie ein Esel. Vermutlich stur wie ein mexikanischer Esel.

„Gut, aber *falls* ich nun doch ganz unerwartet gewinnen sollte, würdest du in diesem rein hypothetischen Fall eine Revanche wollen?"

„Lenk mich nicht ab", motzte ich, während ich mich krampfhaft bemühte, seinen zähen Daumen niederzuringen.

„Ja oder nein?", drängte er weiter.

„Klar. Das würde ich nicht auf mir sitzen lassen. Aber …"

*Plopp!*

Tom drückte ohne Umschweife meinen Daumen gegen meine Handfläche und hielt ihn dort gefangen. Ich sah ihn mit großen Augen an und fand ein triumphales, hämisches Grinsen auf seinem Gesicht.

„Das ist nicht witzig", jammerte ich.

„Doch."

„Humor ist nicht, wenn bloß einer lacht."

„Nein, das ist Schadenfreude", stimmte er mir zu und legte sein Hollywoodgrinsen nicht ab.

„Hör auf, Werbung für Zähne zu machen", rügte ich ihn und Toms Augen wurden schmal. Leichte Unsicherheit flog über sein Gesicht. Zähne. Unser

Dauerthema.

Als ich seine verwirrte Interpretation meiner Worte begriff, fielen auch mir seine Fänge wieder auf. Aber erst dann. Tom schien das zu merken.

„Äh, Revanche?“, fragte er mich und durchbrach damit die merkwürdige Stille.

Ich hatte nichts von Toms Eltern gehört. Ich warf einen verlegenen Blick in ihre Richtung. Toms Dad fuhr. Ich begegnete seinen Augen im Rückspiegel und sah dann, wie sich sympathische Lachfältchen um sie zeichneten. Seine Mom studierte gemütlich die Karte und knabberte an einem Apfel.

„Wie weit ist es denn ungefähr?“, fragte ich.

Jenny schaute auf. „Etwa hundertsiebzig Meilen. Das ist überhaupt nicht weit. Innerhalb von drei oder vier Stündchen sind wir da, noch vor zehn Uhr abends.“

Ich sah wieder zu Tom. Mein Gott, was sollte ich so viele Stunden mit ihm hier im Auto auf der Rückbank machen? Ich konnte doch nicht so lange Daumendrücken spielen.

Er betrachtete mich erwartungsvoll. Dann huschte sein Blick kurz zu den vorderen Sitzen und wieder zurück zu mir. „Revanche, Schatz?“

Wie hatte ich nur unsere Kosenamen vergessen können?

„Klar. Revanche.“

Tom gab meinen Daumen frei, den er bis eben noch umschlossen hatte und ging wieder in Grundposition.

„Diesmal beim Start aber nicht schummeln“, ermahnte er mich.

Ich schaute ihn gespielt entrüstet an. „Schummeln? Ich? Aber Tom!“ Ich gab die perfekte Darbietung einer völlig missverstandenen Frau. „Wie kannst du mir so was nur unterstellen?“

Doch während ich noch *unterstellen* sagte, knurrte ich schon unter meiner beginnenden Anstrengung, ihn einfach so niederzurangeln.

Tom lachte. „Entschuldigung. Mein Fehler. Da liegt wohl keine Verwechslung vor.“

Ich hustete empört und Tom berichtigte sich.

„Wollte eigentlich sagen, du bist natürlich nicht unschuldig.“

„Tom! Wo ich so etwas doch nie mache!“

„Etwas Anständiges, meinst du? Da gebe ich dir recht.“

„Sag mal, wer von uns beiden war heute bitte den ganzen Tag in der Sonne? Eigentlich solltest *du* nicht so unter Fehlwahrnehmung leiden“, erklärte ich im Brustton der Überzeugung.

„Tue ich ja auch nicht.“ Er grinste mich an. Dann glitt seine andere Hand auf meine Stirn und brachte mich völlig aus der Ruhe. Ich verlor noch unter seiner Diagnosestellung die zweite Runde. „Wie ich mir dachte, da ist dir die Hitze zu Kopf gestiegen.“ Er blickte schmunzelnd auf unsere Hände. „Huch, da habe ich doch schon wieder gewonnen. Das ging so leicht, ich hätte es fast nicht bemerkt.“

„Unmöglicher Kerl!“, beschwerte ich mich. „Immer ärgerst du mich.“

Er sah sich nach links und rechts um und zuckte dann die Schultern. „Keine andere Freundin sonst da.“

Spielerisch wollte ich nach seiner Brust schlagen, doch er fing meine Hand auf.

„Der Sieg zählt nicht“, erklärte ich. „Du hast mich durcheinandergebracht, als du meine Stirn angefasst hast. Das war regelwidrig. Sonst hätte ich gewonnen."

„Ich bringe dich also durcheinander?" Wieder war da dieses spitzbübische Funkeln in seinem Gesicht. Es veränderte seine Augen und seinen Mund.

„Haha!" Ich wollte mich aus seinem Griff winden, doch er zog mich einfach fester an sich heran.

„Du sitzt mir viel zu weit weg", behauptete er. Dann wandte er sich mit dem nächsten Kommentar an seine Eltern. „Gab es denn kein kleineres Auto?"

„Shhh!", versuchte ich, ihn zu stoppen.

Sein Vater grinste nur. Überhaupt reagierten seine Eltern herzlich wenig auf uns. Ich hatte das Gefühl, Tom hier hinten völlig ausgeliefert zu sein.

Ich brachte meinen Mund an sein Ohr: „Hab ein bisschen Anstand, Tom."

Er sah mich mit Unschuldsmiene an. „Ich will doch nur meinen Arm um meine Freundin legen."

„Klar." Ich glaubte ihm kein Wort.

„Aber wenn du weiter so zappelst, ändere ich vielleicht meine Meinung." Er zwinkerte mir zu. „Komm, Lea." Er schlang seinen linken Arm um meine Schulter und streichelte verträumt über mein Gesicht. „Ich habe dich doch beim Fernsehabend auch gehalten."

Stimmte eigentlich. Und da hatte ich wunderbar kuschelig in seiner Armbeuge gelegen.

„Na gut." Ich legte meinen Kopf an die Senke zwischen seinem Hals und der Brust. Seine Finger streichelten wie nebenbei über die nackte Haut meiner Schulter und meines Oberarms. Dabei fühlte ich die sanfte Rauheit seiner Männerhand. Sie ließ mich schaudern.

„Ist dir kalt?", murmelte er in mein Haar. Ich spürte, wie sein Mund sich an meiner Kopfhaut bewegte, als er sprach.

„Nein.“ Meine Antwort war mehr ein Seufzen als Stimme. Es fühlte sich so gut an, in seine Arme geschmiegt dazuliegen.

„Du hast eine Gänsehaut, Liebling“, neckte er mich sanft.

„Muss wohl an dir liegen.“

„Doch hoffentlich nicht aus Angst?“, flüsterte er.

„Nein.“

„Dann ist es also eine gute Gänsehaut?“

„Es ist nicht unangenehm“, gab ich zu.

„Soll ich dich weiter streicheln, Lea?“

Wieder nannte er meinen Namen. Ob er ihn gern mochte? Mir gefiel die Art, wie er meinen Namen sagte. Mir gefiel auch seine kreisende Hand auf meiner Schulter. Sein Zeigefinger zog verspielte Muster auf meiner Haut. Ich versuchte zu ergründen, ob er etwas Bestimmtes malte, aber es wollte mir nicht gelingen.

„Ja“, antwortete ich ihm nur.

Während seine Linke sich meiner Schulter widmete, griff er mit der Rechten um meine Hand und hielt sie. Ganz automatisch verwob ich meine Finger mit seinen. Ich spürte, wie Tom mit seiner Nasenspitze durch mein Haar strich, an mir roch und die Nähe genoss.

Da wir die meiste Zeit geflüstert hatten, war es klar, dass die Worte, die wir miteinander gewechselt hatten, allein uns galten und für keine Beziehungsinszenierung dienten. Allerdings störte es mich nicht, dass Tom merkte, dass ich mich wohl bei ihm fühlte. Denn das stimmte schließlich. Selbst wenn wir nur Freunde bleiben sollten: Ich mochte ihn. Ich mochte ihn sogar sehr.

Also kuschelte ich mich dichter an ihn. Tom quittierte es, indem er mich fester hielt. Das Streichen seiner Linken wurde zu einem Massieren. Jede Zelle meines Körpers schien zu knistern. Ich biss die Zähne aufeinander und versuchte, mich unbeteiligt zu geben, doch es gelang mir nicht. Selbst meine Atmung wurde schwerer vor Aufregung.

Also rückte ich von Tom ab und setzte mich auf. Ich entzog ihm meine Hand und strich mein Haar glatt. Auch Tom setzte sich überrascht auf. Seine Hand rutschte von meiner Schulter und lag nun in meinem Rücken.

„Alles okay?“, fragte er irritiert.

„Ich, äh ... ja, ich bin nur schrecklich durstig. Hast du zufällig etwas da?“

„Ja, sicher.“ Hilfsbereit drehte er sich auf dem Sitz um und griff über die Lehne der Rückbank in den Stauraum. „Was möchtest du denn?“

Eigentlich hatte ich gar keinen Durst. Es war nur die erstbeste Ausrede gewesen, die mir in den Sinn gekommen war.

„Was habt ihr denn so?“, fragte ich, um mich von Tom inspirieren zu lassen.

„Säfte und Wasser.“

„Wasser reicht.“

„Mit Sprudel oder ohne?“

Ich war verblüfft. „Habt ihr so viel dabei?“

Tom sah über die Schulter zu mir und grinste mich an. „Na, Getränke für vier Personen und drei Tage.“

„Und wie viel ist das?“

„Etwa dreißig Liter.“

Ich machte große Augen. „Gibt es dort denn nichts?“

„Doch, klar. Aber Platz genug haben wir schließlich in dem Riesenauto."

„Also, dann nehme ich bitte stilles Wasser. Danke."

Tom zog eine Flasche aus dem Vorrat und reichte sie mir herüber. Er schraubte sogar noch den Verschluss für mich locker. „Hier bitte, Lea."

Ich musste über seine Fürsorglichkeit lächeln und nahm ein paar Schlucke.

Tom lehnte sich vor zu seiner Mom. „Na, wie viel haben wir schon?"

„Etwa ein Drittel. Wir kommen gut voran. Da werden wir zeitig unsere beiden Zelte aufschlagen können."

Ich hielt mitten im Trinken inne und nahm ganz, gaaaanz langsam die Flasche herunter. Geschockt blickte ich zu Tom. Er bot mir gerade nur seinen Rücken und die ausgelassene Körperhaltung von jemandem, der ganz unbedarft plauderte. Ich war mit meiner kleinen Panik völlig allein und hörte nicht darauf, was er sonst noch zu ihr sagte. Vorsichtig drehte ich den Verschluss auf die Flasche.

Als Tom sich wieder zu mir umwandte, hatte sich an meiner Befangenheit nichts geändert. Das unbeschwerte Lächeln wich allmählich von seinen Zügen und er lehnte sich zu mir. „Lea, geht's dir nicht gut? Ist dir schlecht hier hinten? Du siehst etwas blass aus."

Ich lockte ihn mit dem Zeigefinger, näher zu kommen, damit ich ihm etwas zuflüstern konnte. Tom verstand und brachte sein Gesicht an meines. „Nur *zwei* Zelte, Tom?"

Er sah mich verblüfft an. „Ja, was dachtest du denn?"

Hilflos zuckte ich die Schultern. „Ich hatte irgendwie angenommen, ich hätte mein eigenes."

Wie sollte ich nur drei Nächte mit Tom im selben Zelt überstehen? Mein Magen zog sich flau zusammen.

Er flüsterte weiter in diesem vertraulichen Ton: „Lea, wir sind ein Paar vor meinen Eltern. Wie wahrscheinlich findest du es da, dass wir getrennt schlafen?“

„Es könnte doch sein, dass wir gar nichts miteinander anstellen.“

Zur Antwort zog er die Augenbraue hoch, als wäre dieser Gedanke vollkommen absurd. „Du selbst hast doch beim Picknick sichergestellt, dass uns jeder für aktiv und mich für eine weiche Nudel hält.“

Meine Augen weiteten sich entsetzt. „Das war nicht richtig von mir“, entschuldigte ich mich.

„Allerdings nicht. Du machst dir da offensichtlich falsche Vorstellungen von mir.“

„Ich, ähm ... Ich mache mir gar keine Vorstellungen.“

Ein spöttisches Lächeln spielte um seinen Mund. „Keine Sorge, ich werde dich nicht belästigen.“

Das konnte man auslegen, wie man wollte, oder nicht? Sein Satz könnte doch spielend leicht um die Worte *„außer du willst es“* erweitert werden. Aber nein, tröstete ich mich, Tom würde es nicht ausnutzen. Er hatte gestern mehr Beherrschung aufgeboten als ich. Er war vertrauenswürdig. Ich vertraute mir nur selbst nicht so ganz.

„Hey, Kleines, wir haben getrennte Schlafsäcke“, erinnerte er mich.

Stimmt, ich würde mich in meinen Schlafsack verkriechen und ihn bis obenhin zuziehen können. Mehr als meine Nasenspitze bekäme er nicht zu sehen. Doch dann ging mir auf, dass ich nur äußerst freizügige Schlafwäsche eingepackt hatte. Panties und ein

Spitzenhemd waren wohl kaum das Richtige, um einen Körper züchtig zu bedecken.

Ich durfte gar nicht daran denken, wie intim wir miteinander gewesen waren. Aber wie sollte ich es vergessen, wenn er neben mir läge? Vor allem dann, wenn er selbst kaum bekleidet war. Tom schlief sicher nicht in langen Hosen und Strickpullover.

„Ja, aber ..." Was sollte ich bloß sagen?

„Ich drehe mich einfach in die eine Richtung und du dich in die andere", schlug er vor. „Rücken an Rücken."

Was sollte ich auch machen? Es waren nun einmal nur zwei Zelte da. Im Freien würde ich sicher nicht übernachten und Tom rausschmeißen ging genauso wenig.

„Wie groß sind denn diese Zelte?"

„Also, man kann sich darin aufsetzen", erklärte er verlegen. Das ließ wohl wenig Abstand zu. Tom zuckte mit den Schultern. „Hier auf der Rückbank haben wir weniger Platz und das funktioniert doch gerade. Oder die Zweiercouch, die war auch schmaler."

„Ja, aber da lag ich halb auf dir drauf", wandte ich ein.

Ein wunderschönes Lächeln spielte auf seinem Gesicht. „Ich fand es ziemlich angenehm. Oder weißt du noch, als wir im Flur hingefallen sind?"

Hitze schoss mir in die Wangen und ich glaubte, dass mein Blick mich verriet.

Toms Stimme war ein sinnliches Raunen, das jede Zelle in mir kribbeln ließ: „Da brauchten wir definitiv auch weniger Platz."

„Du hast *auf* mir gelegen", flüsterte ich verzweifelt.

„Ich weiß nicht, ob du es als das Kompliment verstehst, das ich damit meine, aber ich lag ganz wunderbar auf dir.“

„Tom! So weich bin ich nicht“, stammelte ich.

„Doch, Lea. Weich und warm. Deine Haut ist so seidig wie dein Haar.“

Hilflos sog ich meine Unterlippe zwischen die Zähne und drehte mich von Tom weg, stützte meinen Ellbogen am Ansatz des Autofensters ab und barg mein Kinn in meiner Handfläche. Fieberhaft dachte ich nach, während ich die Landschaft an uns vorbeiziehen sah. Strommasten, Wiesen und Bäume prasselten auf mich ein. Ich hatte einfach nicht erwartet, dass Tom solch eine Offensive starten würde. Ich stand mit dem Rücken zur Wand und meine sehnsuchtsvolle Lust bohrte mir förmlich den Gewehrlauf in die Seite und machte mich noch nervöser.

Tom lehnte sich an mich und ich schreckte überrascht zusammen. Seine Hand strich besänftigend durch mein Haar. Sein Mund küsste flüchtig meine Schulter und schwebte dann an mein Ohr.

„Es tut mir leid. Ich wollte dich nicht in Verlegenheit bringen. Ich bin froh, dass du dabei bist und mir diesen Gefallen vor meiner Familie tust. Ich werde mich an die Spielregeln halten und nichts mehr tun, was nicht dem Schauspiel dient“, beteuerte er.

Ich schaute über meine Schulter zu ihm und landete mit meinem Mund fast auf seinem, so unerwartet dicht war er an mir. Vor Schreck zuckte ich zurück und stieß mit dem Kopf gegen das Autofenster. Toms Hände fingen mein Gesicht ein und zogen es vorsichtig in seine Richtung.

„Shhh, ich wollte dich nicht erschrecken. Lass mich ein bisschen auf dich aufpassen und komm von der Scheibe weg." Tom wartete keine Antwort von mir ab, sondern schlang seinen Arm um meine Schultern, während seine Rechte zu meinem Hinterkopf strich. „Tut es weh, Kleines?"

Ich schüttelte den Kopf. „Nein."

„Dann ist es gut. Möchtest du etwas spielen?", probierte er, es mir behaglich zu machen.

„Wir könnten: *Was bin ich?* spielen", schlug ich vor.

„Soll ich dir das wirklich sagen?", neckte er mich.

Ich verdrehte die Augen. „Nein, das heißt doch nur so. Einer denkt sich etwas aus, was er ist, und der andere errät es, darf dabei aber nur Ja- oder Nein-Fragen stellen."

„Du meinst, man wird zu einem Gegenstand, oder auch zu einem Gemütszustand?"

„Was denn für ein Gemütszustand?"

„Na ja, auf die Frage: *Was bin ich?* könnte man auch mühelos mit: *verliebt* antworten. Oder natürlich auch mit *verwirrt* oder *ängstlich*", erklärte er.

Ich wurde das dumme Gefühl nicht los, dass er von uns sprach. „Ähm, man denkt sich dabei etwas aus, was Gegenstand, Pflanze, Tier oder Person ist."

Er sah mich neugierig an.

Daher erläuterte ich: „Ich könnte zum Beispiel ein Eichhörnchen sein. Du würdest fragen: *Bist du ein Gegenstand?* Nein. *Bist du ein Tier?* Das würde ich bestätigen. *Gibt es dich in den USA?* Ja. Du könntest dich erkundigen, ob ich Federn habe, was nicht der Fall ist. Aber einen Pelz würde ich zugeben. Verstehst du, was ich meine?"

Er grinste mich an. „Eichhörnchen?"

„War nur ein Beispiel."

„Ich wäre ein Atom“, schaltete sich nun Dave ein.

„Ich wäre ein Mistelzweig“, verkündete Toms Mom und Dave tätschelte ihr fröhlich das Knie. Die beiden waren anscheinend total verliebt. Wie lange sie wohl schon zusammen waren? Da Tom siebenundzwanzig war, mussten es mindestens achtundzwanzig Jahre sein. Jenny beugte sich zu Dave und gab ihm einen Kuss auf die Wange, während er fuhr. Ja, es war viel Liebe im Hause Tilly.

Bei meinen Eltern knisterte es definitiv nicht mehr so. Gerührt sah ich zu Tom. Seine Augen ruhten bereits auf mir und sein Blick war herzzerreißend ehrlich. Vollkommen deutlich erkannte ich darin die unausgesprochenen Worte, dass er *das* mit mir auch wollte. Tom schien sich nicht weiter austesten zu wollen. Er suchte etwas Festes und hatte gesagt, ich bedeutete ihm zu viel für eine gedankenlose Nummer. *Nur noch einmal schlafen. Wenn du mich dann noch willst, tue ich alles für dich.*

Toms Gefühle und Absichten gingen zu tief, um nach einer Probezeit die Schultern zu zucken und zu sagen: *Ach, nee, besser doch nicht.* Ich hatte ihm gegenüber die riesige Verantwortung, die richtige Wahl zu treffen.

Wieder geriet ich ins Grübeln. Tom schien dasselbe zu denken, denn er sprach mich darauf an: „Woran denkst du, Lea?“

„An so vieles.“

„Und?“

„Ich komme einfach zu keinem Ergebnis.“

Tom legte mir seine Finger an die Schläfe. „Vielleicht braucht dein Kopf einfach einmal Urlaub.“ Aber er klang unsicher, als ob er genau wüsste, dass er Gegenstand meiner Gedankenmühlen war.

„Ich würde es gern abschalten."

„Soll ich dich kitzeln und von allem ablenken?", bot er mir schelmisch an.

Dankend wehrte ich ab. „Besser nicht."

Aber er brachte mich doch zum Schmunzeln.

„Ich kann das ganz subtil", versprach er. Dann wurde er doch nachdenklich. „Sagst du mir, woran du dachtest?"

„Vielleicht, wenn wir allein und ungestört sind", flüsterte ich vage.

Tom nickte. „Nachher?"

Er meinte damit doch wohl hoffentlich nicht im Zelt.

„Eher morgen." Dann hätte ich eine weitere Nacht, um darüber zu schlafen, auch wenn ich absolut noch nicht wusste, wie ich schlafen sollte. Ich musste kichern und machte Tom damit ratlos.

„Sprich mit mir", tuschelte er.

„Vielleicht musst du mich nachher bewusstlos hauen, damit ich schlafen kann."

„Hast du Sorge, dass du auf dem Boden nicht schlafen kannst? Die Isomatten sind gar nicht so unbequem."

„Ich dachte eher, dass ich mich tot denken könnte, wenn das so weitergeht."

„Was geht weiter?"

Ich sagte nichts mehr. Stattdessen strich ich mit meinem Finger einfach nur vom Ansatz seines Oberarms eine feine Spur hinab zu seiner Fingerspitze, erkundete dabei die Mulde an der Innenseite seines Ellbogens, die feinen Linien seines Adergeflechts auf seinem Unterarm und den festen, breiten Handrücken. Ich zeichnete einen kleinen Kreis um seinen Fingerknöchel, bevor ich der

Kontur seines Zeigefingers folgte.

Tom saß atemlos still. Wozu sollte ich das Knistern zwischen uns abstreiten? Wir saßen im Heck des Wagens, Worte fielen mir keine mehr ein und mein innerer Impuls wollte mit seinem Körper spielen, ganz unverfänglich. Einfach nur eine vage Nähe herstellen, die nicht viel größer als der Kontaktpunkt meiner Fingerkuppe sein musste.

Und obwohl das, was wir voneinander berührten, nicht größer war als die Oberfläche einer Münze, schuf es ein stilles Band des Entdeckens. Das war es, was ich tun wollte. Nie, noch zu keiner Zeit, hatte ich Tom einfach nur sanft und unschuldig erkundet, ihn flüchtig wie der Wind und doch vollkommen bewusst berührt. Alles Bisherige war immer gleich auf hundert Prozent gegangen. Ich wollte es einmal langsam angehen. Es wäre besser, wenn ich Tom endlich kennenlernte, seine Wünsche und Gewohnheiten erfragte, seine Ängste und Verfehlungen, sein ganzes Wesen und wie es zu mir passte.

Genüsslich schloss Tom seine Augen, als ich mit dem Finger erneut den Weg seinen Arm hinab beschrieb.

„Lea“, flüsterte er.

Ich beugte mich zu ihm und murmelte. „Lass mich dich einfach kennenlernen, Tom.“

Er nickte und öffnete seine Augen. Goldene Funken blitzten um seine nachtschwarzen Pupillen, flammten wie der Himmel und loderten voller Hoffnung und Zustimmung.

„Alles, was du willst, Kleines.“ Er lächelte mich an und ich lächelte zurück.

„Hey, ich bin Lea“, stellte ich mich vor, als wäre dies

der Anfang.

„Hey Lea. Ich bin Tom.“ Sein Blick war so intensiv. „Einfach nur Tom.“

„Tom“, wiederholte ich ratlos. „Ich kannte mal ein Mädchen, das schreckliche Angst vor Vampiren hatte.“

Er blinzelte und atmete tief ein. „Und was ist aus dem Mädchen geworden?“

„Sie treibt hilflos zwischen den Welten. Weiß nicht, was sie denken oder tun soll. Da ist all das, was sie immer zu wissen geglaubt hat, und all das, was sich neu und anders anfühlt. Sie traut sich selbst nicht über den Weg.“

„Sie muss keine Angst haben. Bestimmt nicht vor mir.“ Sein Hals klang ganz trocken. „Welche Furcht ist ihre größte?“

Seine Eltern hörten uns nicht. Wir waren gefangen in einer vertrauten, leise munkelnden Blase des Beginnens.

„Sie hat Panik vor Blut und Beißen. Sie fürchtet nichts auf der Welt so sehr wie das.“

Tom sah mich begreifend an. „So schlimm, ja?“

Ich nickte stumm. Toms Hand umfasste mein Kinn und hob es an. „Sieh mich an, Lea. Ich würde niemals etwas tun, das du nicht willst, und schon gar nichts, was du fürchtest. Ich will nicht deine Phobie sein, sondern deine Sehnsucht.“

Ich schluckte schwer, doch er ließ mich nicht fortschauen. „Lass mich dir zeigen, wer ich bin und wie ich bin. Dann gibt es keinen Grund mehr für dich, dir Sorgen zu machen. Stell mir einfach jede Frage, die dich beschäftigt. Nimm keine Rücksicht, ob sie mich kränken oder verletzen könnte. Wenn wir offen miteinander sein wollen – und das ist nötig, um mit deinen Vorurteilen aufzuräumen – dann werden wir Dinge wagen müssen. Versprichst du mir etwas?“

„Hm?“

„Läufst du mir nicht weg, wenn ich dir etwas sage?“

„Wo soll ich denn hin?“

Tom lächelte. „Es geht nicht darum, dass du gerade nirgendwohin *kannst*, sondern darum, dass du nirgendwohin *willst*.“

Ich dachte nach. Und tatsächlich wollte ich nirgendwo anders sein. „Okay.“

„Ich weiß, wir spielen diese Beziehung momentan nur, aber ich würde sie gerne nicht nur spielen“, gestand er mir. „Ich wünsche mir, dass dies hier *echt* ist.“

„Das habe ich mir schon fast gedacht.“ Ich versank beinahe in seinen Augen.

„Und du läufst mir bestimmt nicht weg deswegen?“, fragte er bedrückt.

„Nein.“ Ich berührte seine Hand. „Darum will ich dich ja kennenlernen. Wie soll ich mich sonst entscheiden?“

Tom lächelte. „Gut.“ Dann biss er sich nervös auf die Unterlippe. „Sag mal, magst du mich denn ein bisschen?“

Ich erwiderte sein Lächeln. „Ja. Ich bin gern in deiner Nähe und ... das habe ich dir neulich Abend mit Kyle und Sarah ja schon gesagt: Du siehst sehr gut aus.“

„Ich finde dich wunderschön“, flüsterte er. „Und ich kann gar nicht sagen, was mir an dir am besten gefällt.“

„Ich mag deine Augen“, sagte ich unbedarft. Ich hatte keine Sekunde über meinen Satz nachgedacht.

„Meine Augen?“ Er schien es zu mögen, dass ich ihm Details verriet. „Was daran?“

„Sie sind warmherzig, ich kann all deine Gefühle darin

sehen und diese goldenen Tupfen um deine Pupillen sind geradezu hypnotisierend. Ich will sie mir die ganze Zeit genauer anschauen."

„Dann tu es doch", lud er mich ein.

„Wirklich?"

„Aber ja. Ich werde die Gelegenheit nutzen und in deinen wasserblauen Augen versinken."

Wir kamen uns mit unseren Gesichtern näher. Ich musste kichern und Tom zog amüsiert eine Augenbraue hinauf. Sein Ausdruck war so lebendig.

„Darf ich mich an deiner Schulter festhalten?", fragte ich ihn.

„Halt dich fest, wo du willst. Wenn es nach mir geht, gehört das alles dir." Er zwinkerte und ich spürte die Wärme in meinen Wangen. „Das mag ich", raunte er.

„Was?"

„Wenn du so verlegen errötest. Dann siehst du unglaublich schön aus. Ich würde dich am liebsten die ganze Zeit zum Erröten bringen. Das macht dich so unschuldig und hilfsbedürftig, dass ich dich behüten will."

Okay, das war definitiv ein prickelndes Detail, das er mir dieses Mal verriet.

„Du, Tom", begann ich.

„Ja?"

Seine Augen tauchten direkt vor meinen auf und ich fing an, die goldenen Tupfen darin zu studieren, um herauszufinden, ob sie in beiden Augen symmetrisch waren. Doch sie schienen kaum im selben Auge am selben Ort zu bleiben, so lebendig schimmerten sie.

„Wollen wir uns immer sagen, was wir mögen und was uns unsicher macht?"

Tom blickte nicht fort. „Ja, eigentlich schon. Aber ich würde dann so ziemlich unentwegt reden." Ich sah die feinen Lachfältchen um seine Augen. „Denn ich bin pausenlos unsicher und finde dich immer bezaubernd."

Ich fühlte mich ganz matt. „Du siehst doch viel besser aus als ich."

Er lachte beinahe. „Wer hat dir denn diesen Unsinn eingeredet?"

„Du warst doch der mit Abstand attraktivste Mann auf Miles' Party."

„Wenn du das wirklich findest, dann hör auf, andere Männer zu küssen." Seine Stimme war fest, geradezu eifersüchtig.

„Ich küsse Wolf sicher nicht mehr."

„Gut", knurrte Tom rauchig. Da war definitiv Besitzanspruch in seiner Stimme. Er teilte mich offensichtlich überhaupt nicht gern.

„Ich hatte mich nach deinen Worten nur so schlecht gefühlt. Und ich habe gedacht, dass unsere Küsse sich nur so gut anfühlten, weil ich so lange vor dir niemanden mehr geküsst hatte, fast ein Jahr schon nicht. Aber bei Wolf habe ich gemerkt, dass er mich kein bisschen schwindlig macht."

„Ich mache dich also doch schwindlig?", hakte er nach. „Das hast du mir auf dem Boden im Flur schon gesagt, aber hinterher behauptet, du hättest nur gemerkt, dass wir nicht zusammenpassen."

„Doch, es kribbelt ziemlich", räumte ich ein.

„Hast du Colin geküsst?" Ich hörte die Anspannung in seiner Stimme.

„Nein. Da war nur der eine Kuss mit Wolf."

Er nickte erleichtert. „Gut. Es hat mich fast wahnsinnig

gemacht.“ Tom sah mich weiter unverwandt an. „Lea?“

„Ja?“

Sanft strich ich zu seiner Schulter. Sie lag verborgen unter dem Ärmel seines Shirts und ich glitt mit meinen Fingern unter den Saum des Stoffes. Seine Haut war seidig und kühl.

Toms Blick wurde intensiver. „Können wir noch mal auf das Thema Küssen kommen?“

„Was ist damit?“ Ich klang etwas atemlos.

„Wenn du meine Küsse so magst, wie wäre es dann nachher mit einem Gutenachtkuss?“ Er schien zu merken, dass ich mich unsicher fühlte. „Nur küssen. Wenn du magst, liege ich unten und lege meine Hände unter den Kopf.“

„Liegen?“, fragte ich verwirrt.

„Ja, Lea. Im Zelt.“

Ich wusste nicht, ob ich dafür gewappnet war. „Vielleicht.“

Tom zwinkerte.

# ℘ 19 ∝

Die Halbinsel, auf welcher der *Bobby Brown State Park* lag, wurde vom Savannah River im nördlichen und dem Broad River im südlichen Teil umflossen. An der Ostspitze trafen sie zusammen. Nachdem wir die Parkgrenze passiert hatten, meldeten wir uns an der Check-In-Station des Parks. Dave stoppte den Wagen vorm Büro, schnallte sich ab und drehte sich zu uns um: „Bleibt ruhig sitzen, ich bin gleich zurück."

„Ich komme mit", sagte Jenny und huschte mit hinaus.

„Was machen sie denn?", fragte ich in die zuschlagende Tür hinein und sah sie davongehen.

„Sie haben zwei Zeltplätze reserviert. Jetzt melden sie uns an. Schön, dass ich dich mal für mich allein habe und nicht zu flüstern brauche."

„Ich weiß nicht, was ich anderes tun soll als flüstern. Wir können sie schlecht mithören lassen."

Tom sah mich eine Weile an und nickte. „Ja. Aber in den nächsten Tagen haben wir Zeit für uns, wo wir uns in Ruhe besser kennenlernen können." Er lächelte. „Ich freue mich schon darauf."

Ich erwiderte sein Lächeln und strich über seinen Handrücken.

„Berühr mich, sooft du magst, Kleines", raunte er.

„Deine Eltern sind gar nicht da und du nennst mich Kleines?“, fragte ich amüsiert.

„Dachtest du, ich mache das für meine Eltern, Lea?“

Ich schüttelte den Kopf. „Nein, sie konnten uns ja gar nicht hören. Ich wollte dich nur aufziehen.“

„Stört es dich?“

„Nein, ich mag es.“

„Gut, Kleines“, nutzte er den errungenen Kosenamen gleich weiter. „Hast du dir schon überlegt, ob du mir einen Kuss zum Einschlafen geben willst?“

„Denkst du ehrlich, dass wir davon *besser* schlafen?“

„Ich kann davon auf jeden Fall träumen, selbst wenn ich wachliege.“

„Ich werde bestimmt kein Auge mehr zutun, wenn wir damit anfangen“, gestand ich.

„Magst du es auch so sehr?“ Er strahlte mich an.

Ich nickte.

„Und schläfst du besser, wenn wir es lassen?“ Tom sah nicht aus, als ob er das glauben würde. Da war dieses spitzbübische Funkeln in seinem Blick.

Ich lächelte überführt. „Eigentlich nicht. Dann müsste ich daran denken, dass ich dich küssen könnte.“

„Jederzeit. Also, falls du dich warmküssen willst oder vielleicht einen kleinen Probelauf brauchst …“, erbot er sich aufopferungsvoll.

„Was? Jetzt?“ Mein Herz hämmerte los. „Deine Eltern kommen gleich zurück.“

„Und hattest du bei meiner Mom das Gefühl, dass sie uns vom Küssen abbringen will?“

„Wohl eher im Gegenteil.“

„Schließ die Augen, Lea.“

Nervös benetzte ich meine Lippen. „Was hast du vor?“

„Kannst du es dir nicht denken?“, verführte er mich mit gesenkter Stimme. Er klang dadurch noch tiefer als sonst, halb wie das Grollen einer Gewitternacht. Doch fehlte jede Bedrohlichkeit. Er klang rauchig und männlich. Ich hörte es in der Form zum ersten Mal und ich wollte, dass er nicht vergaß, wie sehr ich es mochte.

„Deine Stimme gefällt mir, wenn du so sprichst“, flüsterte ich daher.

„Ach?“ Er behielt den Ton bei. „Etwa so?“

„Ja.“

„Ich bleib dabei, wenn ich mir einen Kuss stehlen darf.“

Ich lächelte und schloss meine Augen. Toms Finger umfassten meine Wangen.

„Du bist so schön“, murmelte er. „Kaum zu glauben, dass ich seit langer Zeit der Erste war, der das hier tun durfte.“

Sanft hauchte er mir einen Kuss auf die Lippen, rieb wie eine zarte Brise über meinen Mund. Ich trieb im Dunkel meiner geschlossenen Lider. Jede Wahrnehmung war auf unseren Kuss reduziert. Meine Lippen kribbelten wie beim ersten Mal. Tom strich mit seiner Zungenspitze darüber und ich öffnete meinen Mund für ihn und ließ sie ein. Tom schmeckte herrlich nach Kaffee und Schokolade. Seine Hände schlangen sich fester um meinen Kopf. Ich war froh darum, bequem zu sitzen, denn mein Körper wurde völlig knochenlos. Hätte Tom mich nicht gehalten, wäre ich zusammengesunken wie ein Ballon ohne Luft.

Tom drückte mich mit seinem Oberkörper nach hinten auf die Sitzbank, bis ich halb liegend unter ihm war. Sein Brustkorb hob und senkte sich gierig, sein Atem ging beschleunigt und ich ahnte die harte Lust seines Körpers.

Ich krallte meine Hände in seine Schultern und kannte nur noch die Magie unserer Körper. Es fühlte sich gut an mit ihm. Wie etwas, das genau so sein sollte.

Mitten in sein sanftes Stöhnen drang das Geräusch der aufschwingenden Autotür. Toms Muskeln schreckten unter meinen Händen auf. Die Rückkehr seiner Eltern holte uns zurück in die Wirklichkeit. Wir lösten den Kuss und Tom zog mich in eine aufrechte Position.

„Ach, entschuldigt", bat Toms Dad. „Ich habe euch gar nicht gesehen. Von draußen sah das Auto leer aus. Ich dachte, ihr seid ein paar Schritte gegangen oder zur Toilette."

„Was ist denn los?", erkundigte sich Jenny neugierig.

„Ich habe die beiden beim Küssen gestört."

„Schon okay, Dad", beruhigte Tom seinen Vater, wenn ihm das Bedauern auch ins Gesicht geschrieben stand.

Ich war unfähig zu sprechen. Tom hatte mir einmal mehr den Verstand hinfortgeküsst. Er trieb vermutlich mit ein paar abgeknickten Zweigen durch einen der umgrenzenden Flüsse und floss unhaltbar Richtung Meer davon. Ob er dabei an einem Leuchtturm vorbeikam? In meinem Kopf brannte jedenfalls kein klarer Funke eines Lichts mehr.

Ich würde im Zelt wirklich aufpassen müssen, denn niemand würde hereinschauen und uns unterbrechen. Und dann würde ein Kuss den nächsten geben und zu mehr führen. Ich musste dringend ein paar Dinge mit Tom klären, *bevor* das Reden nur noch ein *Danach* sein konnte.

Dave startete den Motor und setzte den Wagen in

Bewegung. Jenny sah uns glücklich an. Es schien ihr zu gefallen, dass wir ihre Buchungspause für Zärtlichkeiten genutzt hatten. Und das ganz ohne Mistelzweige.

„Es ist nicht völlig ausgebucht, aber fast fünfzig der etwa sechzig Campingplätze sind belegt“, informierte sie uns. „Wir haben zwei hübsche Plätze am Ufer vom Savannah River ergattert. Da können wir glatt nach South Carolina rübergucken. Der Fluss bildet die Grenze.“

„Sieht dort aber auch nicht anders aus“, erklärte Dave.

Tom grinste. „Die Natur interessiert sich nicht für Landesgrenzen. Ich würde nichts anderes erwarten.“

Dave nahm die nach Südosten führende Straße durch den Park. Einzelne Wege zweigten ab, wir kamen an einem Monument vorbei und fuhren weiter in den sich beständig verjüngenden Zipfel der Halbinsel. Schließlich bog Dave vor einer kleinen Kapelle nach links. Ich sah auf meiner Seite des Fensters einen Spielplatz vorbeiziehen. Dann entdeckte ich die Campingplätze. Hier mischten sich Wohnmobile mit Zelten.

„Wir haben Nummer achtundfünfzig und sechzig. Die liegen ganz am oberen Ende. Nördlich von uns steht kein Zelt mehr. Ihr könnt ruhig die sechzig nehmen, da seid ihr ungestörter“, schlug Jenny zwinkernd vor.

Wir erreichten die beiden Lagerplätze und Dave parkte den Wagen in Bucht achtundfünfzig, obwohl unsere Nische sogar noch größer war und tatsächlich sehr abgeschieden dalag.

Ich stieg aus und betrachtete die Umgebung. Es war wunderschön hier. Ich erkannte, dass Toms Eltern die allerbesten Uferplätze reserviert hatten.

Dave streckte sich. „Hach, herrlich“, seufzte er

genüsslich.

Jenny trat an ihren Mann heran und streichelte ihn liebevoll über seinen Bauchansatz. „Du hast uns wunderbar gefahren, Schatz."

Der wuchtige Jeep Cherokee parkte wie ein Monument industrieller Metallverarbeitung mitten in der behaglichen Naturidylle am Flussufer. Tom trat von hinten an mich heran und schlang behutsam seine Arme um meinen Bauch. Er zog mich an sich, sodass ich mich gegen ihn lehnen konnte, und neigte seinen Kopf zu mir herab: „Gefällt es dir, Kleines?"

„Ja, sehr gut."

„Schön." Er richtete sich wieder auf und legte sein Kinn auf meinem Scheitel ab. Tom war tatsächlich einen ganzen Kopf größer als ich. Es war kein Wunder, dass er mich *Kleines* nannte. Sollte ich ihn vielleicht mit *Großer* necken? Irgendwie gefiel mir *Dracula* besser.

„Tom, soll ich mit dem Wagen schnell in eure Bucht fahren und dort eure Sachen abladen?", bot Dave an.

Tom schüttelte den Kopf. „Es sind nur ein paar Schritte. Das trage ich so in unsere Nische." Er wandte sich an mich. „Magst du mir helfen?"

„Klar."

Tom ließ mich nur soweit los, dass er mich bei der Hand nahm und zum Kofferraum schlenderte. Er holte unsere Taschen hervor, stellte sie am Boden ab und ordnete unser Zelt, Schlafsäcke, Isomatten und einen kleinen Verpflegungskorb vor unsere Füße.

„Das sollte es sein", meinte er und schulterte seinen Rucksack. Dann griff er nach dem Zelt und nahm es auf. Ich trug meinen kleinen Rucksack und meine Reisetasche. Außerdem warf ich mir noch meinen

Schlafsack um den Hals.

Dave eilte hinzu und nahm den Rest. Wir stapften zu Platz sechzig und luden alles ab. „Wollt ihr noch was zusammen mit uns essen oder mögt ihr nach der langen Fahrt Zeit für euch haben?“

„Wenn es euch Recht ist, würde ich sagen, treffen wir uns zum Frühstück wieder“, antwortete Tom.

„Klar.“ Dave nickte. „Dann mache ich mal unser Zelt fertig und gehe noch eine Runde mit deiner Mom spazieren. Morgen halb zehn?“

Tom nickte. „Wir kommen dann bei euch vorbei.“

„Sehr schön. Gute Nacht, ihr zwei!“

„Gute Nacht“, wünschten wir zurück.

Tom sah mich an. „Okay, setz dich doch eine Runde ans Ufer, wenn du magst. Dann baue ich schnell unser Zelt auf.“

„Ich gehe mich lieber etwas frisch machen.“

„Ja, natürlich. Zu den Sanitäranlagen geht es dort lang.“ Tom wies mir die Richtung. Es war nicht zu verfehlen.

„Soll ich dir nicht helfen?“, fragte ich mit einem Anflug von schlechtem Gewissen. Ich kam mir doch etwas faul vor.

„Aber nein. Allein bin ich vermutlich schneller fertig. Ich habe wirklich schon hundert Mal Zelte aufgebaut. Das mache ich glatt im Schlaf.“

Ich grinste. „Mach es lieber *vor* dem Schlafen. Dann kannst du *zum* Schlafen bereits drin liegen.“ Ich untermalte meine Bemerkung mit einem ironischen Zwinkern.

Tom tippte sich den Zeigefinger an die Stirn, als ginge ihm ein Licht auf, und nickte.

Ich winkte kurz und lief dann los. Die Dämmerung zog schon auf. Der Park war üppig und grün voller Bäume und Büsche. Das Rauschen des Flusses begleitete mich auf meinem Weg. Man hörte es hier wohl überall. Die Waschräume waren nichts Besonderes, aber ich hatte es mir schlimmer vorgestellt. Gemütlich erledigte ich mein Abendprogramm.

Als ich zurückkam, stand das Zelt bereits. Es war grau und grün und sah aus wie ein umgekippter Muffin. Von unseren Habseligkeiten war nichts mehr zu sehen. Also nahm ich an, dass Tom sie bereits verstaut hatte.

Tom hatte auch schon eine Picknickdecke auf dem Boden ausgebreitet und Essen und Trinken darauf angerichtet. Er entzündete eben eine große Kerze in einem Windlicht. Das Feuer tauchte sein Gesicht in ein sinnliches Orange und erinnerte mich daran, einmal von ihm fantasiert zu haben, wie er im Feuerschein badend seinen verschwitzten Körper rhythmisch über mir bewegte.

Tom sah zu mir auf und lächelte. Seine Augen leuchteten im flackernden Licht. „Du kommst genau richtig. Ich habe uns etwas zum Essen angerichtet."

Ich lächelte und setzte mich zu ihm. Mit einem Schlag war ich furchtbar dankbar, dass Tom *mir* nachlief. Große Güte, er war eigentlich viel zu toll. Es zu leugnen war vollkommen zwecklos. Ein dicker Kloß saß in meinem Hals.

Staunend betrachtete ich das Picknick vor mir und dachte an das andere Essen, das Tom brauchte. Ich würde ihn morgen danach fragen. Jetzt wollte ich nur den Moment genießen. „Das sieht toll aus, Tom."

„Freut mich. Ich hoffe, du hast nichts dagegen, hier mit mir auf dem Boden zu sitzen. Es gibt zwar den Essplatz, aber ich fand es so gemütlicher."

Er stellte die Kerze zu uns auf den Boden und ein zitroniger Duft schwängerte die Luft. Tom sah von mir zur Kerze und grinste. Er hatte irgendeinen Gedanken im Stillen, den er nicht mit mir teilen wollte.

„Was?", bohrte ich nach.

„Ach, nichts." Er wirkte etwas verlegen.

„Sag's mir." Jetzt war ich neugierig.

„Ich dachte nur gerade, dass die Kerze ..." Unsicher sah er mich an und zuckte schließlich mit den Schultern. „... na ja, dass sie uns die *Blutsauger* vom Hals halten würde."

Spöttisch zog ich eine Augenbraue empor. „Konkurrenten von dir?"

Tom wirkte erleichtert. „Also darf ich das Thema erwähnen?"

„Musst du sogar. Wir haben da einiges zu klären. Aber wenn's recht ist, würde ich jetzt nur gern dein umwerfendes Picknick genießen."

Tom hatte belegte Sandwichs, Obst und köstlichen Kirschsaft vorbereitet. Wir aßen nach Herzenslust und ließen es uns gut gehen. Dabei sahen wir zu, wie der Himmel im schwindenden Licht sein Violett verlor und schnell schwarz wurde. Zunächst wichen die Farben aus allen Dingen, tauchten unser Umland in Grautöne und hinterließen schließlich nur noch wie in einem Scherenschnitt die schwarzen Konturen von Ästen und Blattwerk. Wie ein silbrig dunkles Band trieb der Fluss vor uns dahin. Das Rauschen der Wellen vermischte sich mit dem Wogen der Blätter. Blasen glucksten im Wasser und Zikaden zirpten.

„Soll ich deine Jacke holen?“, bot Tom an. Als hätten seine Worte mich erst darauf aufmerksam gemacht, wie kalt es eigentlich war, formte sich eine Gänsehaut auf meinem Körper. Tom selbst saß in kurzen Hosen und T-Shirt neben mir. Wind wuschelte durch sein Haar wie eine unsichtbare Hand.

Müdigkeit überkam mich. Ich hatte nicht viel Schlaf gefunden und den Tag lang mit Kyle in der Sonne zu tollen, hatte mich erschöpft. Daher schüttelte ich den Kopf. „Lass uns einfach schlafen gehen.“

Wir hatten das Thema nicht mehr angesprochen, doch wir würden in wenigen Augenblicken nebeneinander liegen und ein Zelt teilen. Ich hatte nicht vergessen, dass Tom einen Gutenachtkuss von mir haben wollte. Er sagte nichts und begann, nur zusammenzuräumen, aber mir entging die plötzliche Nervosität in seinen Handgriffen nicht. Irritierenderweise beruhigte mich seine Anspannung, als würde er das Nervössein für uns übernehmen und mich auf diese Weise davon freistellen.

Ich schmunzelte. Gab es etwa neben der berühmten Arbeitsteilung auch eine Gefühlsteilung?

Kaum hatte ich das gedacht, spürte ich auch schon Toms warmen Körper in meinem Rücken. Er rieb mit seinen Händen über meine Schultern und Arme, um mich zu wärmen.

„Geht es dir gut?“, erkundigte er sich.

Ich drehte mich zu ihm um und schlang meine Arme um seinen Nacken. „Blendend“, bestätigte ich mit leuchtenden Augen.

Tom sah mich überrascht an. Ich umarmte ihn und legte zufrieden meine Wange an seine Brust, rückte mein

Ohr darauf zurecht, bis ich seinen Herzschlag hören konnte, regelmäßig und kraftvoll. Ich wusste, dass Blut hindurch pumpte, rot und Leben spendend. Der Klang seines Herzschlags beruhigte mich, lullte mich ein, floss hinein in die akustische Geräuschlandschaft des Wasser und der Welt.

„Schlafenszeit", murmelte er mit jener rauchigen Flüsterstimme, die mich im Auto bereits verführt hatte. Tom öffnete das Zelt für uns und machte eine einladende Handbewegung. „Nach dir, Lea."

Ich ging in die Hocke und besah den Innenraum, den Tom mit seiner Taschenlampe ausleuchtete. Es sah gemütlich aus, bot aber nur wenig mehr Platz, als wir unbedingt brauchten.

„Ähm, Tom, macht es dir etwas aus, kurz zu warten bis ich mich umgezogen habe?"

„Natürlich. Aber ich mache es trotzdem." Er schenkte mir ein kleines Zwinkern, bevor er mich ins Zelt schob, mir die Taschenlampe gab und den Reißverschluss zuzog.

Ich kramte in meinem Gepäck nach meinen Sachen, entkleidete mich und schlüpfte in meine dunkelblauen Pantys und das genauso blaue Spitzenhemd, während ich Tom draußen vergnügt pfeifen hörte. Unsicher, ob ich mehr überstreifen sollte, blickte ich ratlos auf meine Kleider.

„Fertig?", hörte ich ihn von draußen fragen.

Ach, was soll's? Ich verschloss meine Tasche und glitt in meinen kuschelweichen Schlafsack.

„Ja", meinte ich dann.

Tom öffnete den Außenverschluss und kroch herein. Das kleine Zelt kam mir plötzlich lächerlich winzig vor, denn Toms großer Körper schien die verbliebene Leere komplett auszufüllen. Er verschloss den Eingang und überprüfte, ob auch keine Tierchen mit hineingeschlüpft waren.

Dann zog er sein Shirt aus. Ich sah seinen nackten Oberkörper im schwachen Licht der Taschenlampe. Die tanzenden Schatten hoben seine Muskeln noch hervor. Er machte keine Anstalten, sich wieder ein Shirt überzuziehen. Stattdessen stellte er seine Schuhe zum Eingang, legte sich neben mich und wand seine athletischen Beine aus den Shorts. Der einzige Stoff, der ihn noch vor der völligen Nacktheit bewahrte, war seine schwarze Unterhose.

„Hast du irgendwas entdeckt, was dir gefällt?“, fragte Tom mich gedehnt und mit gesenkter Stimme.

Mein Blick schoss hoch zu seinen Augen, die mich lodernd taxierten, und ich spürte, wie meine Wangen sofort rot wurden. Er hatte mich beim Starren erwischt.

„Wie süß du aussiehst, wenn du rot wirst“, murmelte er.

Tom streckte sich auf dem Schlafsack neben mir aus, machte aber keine Anstalten, hineinzukriechen. Mir selbst kam es plötzlich wesentlich heißer hier drinnen vor als noch wenige Augenblicke zuvor. Er legte sich auf seinen Rücken und verschränkte die Arme hinter dem Kopf. Ein Bein blieb gestreckt, das andere winkelte er gemütlich an.

Er ließ mich keine Sekunde aus den Augen. „Sieh mich ruhig an, Lea.“

Vorsichtig streckte ich meinen Zeigefinger nach seiner Schulter aus, glitt an seinem Schlüsselbein entlang, tauchte in die Mulde seiner Kehle und zog eine Spur zwischen seinen Rippenbögen hindurch zu seinem Bauchnabel. Ich spürte wie ein Schauder durch seinen Körper rann.

Als mein Blick zu seinen Shorts wanderte, merkte ich, dass ich auf dem Vulkan tanzte. Abrupt endete ich mit meiner Erkundung und griff hastig nach der Taschenlampe, um sie auszuschalten. Dafür musste ich mich unter meinem Schlafsack hervorwagen und landete halb auf Tom. Seine Hand schoss unter seinem Kopf hervor und packte mein Handgelenk, bevor ich die Lampe erreichte.

„Was hast du vor?“, fragte er mich.

Ich leckte mir nervös über die Lippen und konnte nicht verhindern, dass mein Blick erneut auf die deutliche Ausbeulung an seiner Unterwäsche fiel. Sie war groß und einladend. Ich musste dringend das Licht löschen und mich fortdrehen. Doch das ließ Tom nicht zu. Es schien ihm keinesfalls peinlich zu sein, was sein Körper unter meiner Berührung anstellte.

„Du hast gesagt, du legst die Hände hinter deinen Kopf“, flüsterte ich hilflos.

„Das hatte ich auch. Bis du das Licht abschalten wolltest. Ich möchte dich sehen, Lea.“

Ich versuchte, mich im Schlafsack zu verkriechen, aber es war unerträglich heiß darin.

„Ist es nicht zu warm für den dicken Schlafsack?“, fragte mich Tom, als könnte er meine Gedanken lesen. Vielleicht wollte er mich nur animieren, ihm mehr zu zeigen. Ich hätte mir etwas über das knappe Spitzenhemd ziehen sollen.

„Doch“, gab ich zu.

„Zeig mir, was du vor mir verstecken willst.“

Im Grunde war es nichts, was er nicht schon gesehen hatte. Er hatte mich bereits mit nackten Brüsten betrachtet und angefasst. Trotzdem ...

„Lea“, flüsterte er. „Ich werde heute keinesfalls mit dir schlafen.“

Ich kannte seine Willensstärke. Vielleicht gab mir das den entscheidenden Anstoß. Ich nickte und Tom gab meine Hand frei. Dann schälte ich mich aus dem Schlafsack und genoss es, mich nicht mehr darin zu Tode zu schwitzen.

Tom verstaute seine Hand wieder unter dem Kopf und sah mich zufrieden an. Sein Blick glitt genüsslich über meinen Körper. Mein Atem ging beschwerlich. Ich war auch nur eine Frau. Natürlich reagierte ich auf einen solchen Mann und das, was sein Körper versprach.

Es war glatt gelogen, dass nur Männer an Sex dachten. Ich hoffte inständig, Tom nicht wieder anzubetteln. Aber verflucht, seit er mir versprochen hatte, nicht mit mir zu schlafen und mich nicht zu verführen, wollte ich es umso mehr.

Ein kleines Teufelchen erwachte in mir und rieb sich die Hände. Versprochen war versprochen, aber das hieß nicht, dass ich es ihm leicht machen würde.

„Bekomme ich noch einen Kuss, bevor wir schlafen?“, fragte er mich.

Ich lächelte verschmitzt. Tom war so artig.

„Natürlich.“

Meine Augen bargen ein Versprechen von sinnlicher Ruchlosigkeit und für eine Weile betrachtete ich ihn unter schweren Lidern. Ich sah, wie er schluckte und nervös wurde. Mein Lächeln wurde breiter, gefälliger. Ich legte Verführung hinein und genoss es, dass er sich selbst zur Kontrolle verdammt hatte.

„Schön die Hände hinter dem Kopf lassen“, flüsterte ich.

Dann beugte ich mich langsam zu ihm herab. Mein Haar glitt über meine Schultern nach vorne, ein blonder Fächer vor meinem Gesicht. Ich bewegte mich katzenhaft, tauchte tiefer als sein Mund sich befand. Ich hauchte ihm meinen Atem über die Haut, kitzelte ihn mit meinen Haarspitzen über die Brust. Tiefer, immer tiefer. Meine Hand legte sich auf sein Knie, strich hinab zu seinem Oberschenkel, begann ihn sanft zu massieren. Meine Lippen glitten über seinen Bauch, über seine Shorts, an seinem Bein entlang und fanden sein angewinkeltes Knie.

Ich legte meine Lippen auf seine Haut und hörte, wie er meinen Namen flüsterte. Ich leckte mit meiner Zunge und knabberte mit meinen Zähnen an der Seite seines Beins. Toms Muskeln spannten sich an. Ich biss ihm leicht in die Haut und milderte es dann mit dem Saugen meines Mundes ab.

„Lea“, stöhnte Tom.

„Du hast recht, Tom“, hauchte ich und brach den Kuss ab. „Es ist wirklich schon spät.“

Mit diesen Worten drehte ich mich von ihm weg, als wäre nichts gewesen, streckte mich seufzend aus und wünschte ihm, ohne ihn noch einmal anzusehen, eine gute Nacht. Dabei war sein Blick in diesem Moment vermutlich Gold wert. Ich biss mir auf die Lippen und versuchte, ein Kichern zu unterdrücken.

Eine Weile sagte er nichts, dann ging plötzlich das Licht aus.

„Kleine Hexe“, hörte ich ihn nur Millimeter von

meinem Ohr entfernt flüstern, und schauderte vor Schreck über die unbemerkte Nähe. Doch seine Stimme klang liebevoll. Seine Hand strich über meine Schulter und er spürte meine aufgerichteten Härchen. „Ist dir kalt?“, fragte er.

Ich nahm meine Hand zum Mund und biss auf meine Fingerknöchel, um ein Stöhnen zu unterdrücken, als Tom sich kurzerhand zu mir auf meinen Schlafsack legte und ich seinen Körper auf voller Kehrseite zu spüren bekam. Dabei drängte ein sehr erregter Körperteil schamlos an meinen Hintern. Ich konnte mich gerade noch davon abhalten, mich an ihm zu reiben.

Tom kuschelte sich an mich und schob seinen Arm unter meinen Kopf hindurch, sodass er für mich zum Kissen wurde. Den anderen legte er locker über meine Taille. Sein glühender Körper wärmte mich wie ein Hochofen von hinten.

„Träum süß, Kleines.“ Ich bekam fast einen Schlaganfall, als mich seine Zähne am Ohrläppchen neckten. Mein Atem und mein Herz standen für einen Augenblick still. Er war unglaublich zärtlich, nahm jede Schärfe seiner Zähne durch die Weichheit seiner Lippen und die kühle Linderung seiner Zunge fort. Dennoch lag ich steif wie ein Stock in seinen Armen.

„Atme, Lea“, raunte er.

Mühsam und viel zu hektisch leistete ich seinen Worten Folge. Dann strich seine Zunge wie der Spielkopf eines Plattenspielers an meinem Nacken entlang und zeichnete unermüdlich feine feuchte Linien darauf. Wann immer Tom ausatmete, prickelte meine Haut unter der heißen und doch kühlenden Luft. Jedes Mal, wenn ich glaubte, mich langsam entspannen zu können, rieselte ein Beben durch meinen Körper. Ich weiß nicht, wann ich einschlief, aber bis in meine Träume hinein spürte ich seinen wärmenden Körper, der mich wie ein Mantel umfing, seine ewig suchende und auf mir tanzende Zunge und seinen lieblichen Atem.

# 20

„Guten Morgen“, flüsterte Tom in meinem Haar. Seine Unterarme, die sich vorn um meinen Körper schlossen, waren von einem leichten Schweißfilm überzogen, denn die Luft im Zelt hatte sich aufgeheizt.

Ich legte meine Hände über seine Arme und schlang sie noch fester um mich. Ohne nachzudenken rückte ich an ihn heran und spürte sogleich wieder die Härte in seinem Schoß.

„Oh“, murmelte ich. Beinahe wäre ich abgerückt, doch Tom hielt mich fest und mein Herzschlag beschleunigte sich. „Habe ich dich so schnell wieder erregt?“

Tom räusperte sich. „Daran hat sich seit gestern Abend im Grunde nichts verändert.“

Tom hatte die komplette Nacht mit diesem einsatzbereiten Gerät hinter mir gelegen?

„Ich ... tut mir leid“, stammelte ich.

„Es wird schon verschwinden, wenn *er* erst mal merkt, dass es nichts gibt. Das wird sich spätestens ergeben, wenn du nicht mehr halbnackt in meinen Armen liegst. Aber geh deswegen nicht gleich weg.“

Er seufzte wohlig an meinem Ohr und begann, träge über meinen Bauch zu streicheln. Zum Glück nutzte er dabei seine flache Hand, denn ich war kitzlig genug, um bei bohrenden Fingern aufzuschreien. Es fühlte sich wunderbar vertraut an, in seinen Armen zu schlummern. Ich hätte ewig so genüsslich faulenzen können. Ich räkelte meine Beine und kuschelte meinen Kopf in Toms Armbeuge. Meine Fingerkuppen kraulten über seinen Unterarm und spielten mit den feinen Härchen darauf.

„Ich habe wunderbar geschlafen", gestand ich.

„Ich habe dich so schrecklich gern gehalten, Kleines."

„Konntest du denn ein bisschen schlafen?"

„Etwas. Aber ich habe mich viel lieber darauf konzentriert, dich zu spüren", gestand er. „Es war sowieso wie ein Traum."

Ein Schauer rann über meinen Rücken. „Mir hat gefallen, was du mit deiner Zunge gemacht hast", flüsterte ich schwach.

„Mir auch."

„Ich bin dabei eingeschlafen."

„Hab's gemerkt."

„Hast du danach noch weitergemacht?"

„Eine Weile." Tom küsste meinen Nacken.

„Warum?"

Ich merkte, wie er sich seine Antwort sorgfältig überlegte. „Ich hatte dich mit meinen Zähnen geneckt. Das weißt du bestimmt noch."

„Ja, du hast mich erschreckt", gestand ich.

„Ich wollte, dass du nicht mit dieser Panik einschläfst. Ich dachte, ich mache etwas anderes so schön und bedächtig, dass du nicht mehr daran denkst. Damit du keinen Albtraum hast."

„Ich hatte keinen."

„Gut."

„Aber ich habe von dir geträumt", gab ich zögerlich zu.

Ich spürte, wie er den Atem einsog. „Und was hast du geträumt?“

Jetzt unterdrückte ich ein Grinsen und biss auf meine Unterlippe. So unbekümmert es ging, sagte ich: „Ich könnte den ganzen Tag so faul daliegen.“

Toms Brustkorb bewegte sich schneller, als er mit einem Drängen in der Stimme nachhakte: „Lea, was hast du geträumt?“

„Nicht so wichtig.“

„Bitte, sag's mir. Was habe ich in deinen Träumen gemacht?“

Ich ließ meine Stimme möglichst unschuldig klingen: „Was du mit *mir* gemacht hast?“

„Ja, dann erst recht.“

„Ich nehme an, dasselbe, was du in deiner Fantasie mit mir gemacht hast.“

Tom atmete tief durch. Dann drängte er seine harte Erektion fester an mich. „In meiner Fantasie habe ich jede Zurückhaltung verloren, Lea. Was habe ich in deiner getan?“

*Du hast zu Ende gebracht, was wir an deinem Geburtstag angefangen haben.*

„Dann habe ich wohl von deiner Fantasie geträumt“, sagte ich stattdessen.

„Lea“, stöhnte er. „Du weißt es vielleicht nicht mehr, aber fairerweise sollte ich dir etwas sagen: An meinem Geburtstag waren wir ziemlich kurz davor, miteinander zu schlafen.“

Er machte eine Pause, wohl, damit ich diese Information sacken lassen konnte. Ich hatte tatsächlich daran zu knabbern, dass er mich nun so offen darauf ansprach.

„Ich hatte gerade noch genug Kraft, mich zu überwinden, es nicht zu tun“, gestand er. Doch seine nächsten Worte setzten mein Herz in Flammen. „Und ich habe mich dafür verdammt, ein ums andere Mal. Wenn ich am Morgen nach dieser Nacht neben dir aufgewacht wäre, vielleicht hättest du dich dann nicht getraut, mich wieder von dir fortzustoßen.“

Seine Arme um meinen Bauch verkrampften sich. Ich streichelte sie sanft, weil ich spürte, wie sehr er mit sich zu kämpfen hatte. „Tom ...“

„Ich wusste, dass es das moralisch Richtige war, aber für mich selbst war es entsetzlich. Ich hätte kein zweites Mal die Kraft dafür, zu widerstehen und ertragen zu müssen, dass am anderen Tag alles vorbei ist. Und ich habe mir geschworen: Sollte je wieder eine solche Situation sein, dann werde ich einfach der egoistische, aber glückliche Mistkerl sein, und nehmen, was sich mir bietet.“

Mein Herz raste und ich grub meine Nägel in seine Arme, weil ich mich gerade dringend festhalten musste. Er schien es gar nicht zu spüren.

„Wenn du mich jemals wieder bittest, mit dir zu schlafen, Lea, dann werde ich es auch tun. Ich will, dass du das weißt. Du bist gerade nüchtern. Sorg dafür, es in meiner Gegenwart zu bleiben, falls du mit meinem Entschluss ein Problem hast. Ich meine es ernst. Ich kann einfach nicht mehr ... leiden, verzichten, mich andauernd hinten anstellen. Sonst gehe ich kaputt.“

Ich fühlte mich ertappt und erstarrte in seinen Armen. Beide hatten wir an seine Geburtstagsnacht denken müssen. Ich hatte deswegen ein so schlechtes Gewissen, dass ich abrupt das Thema wechselte. „Wie spät ist es?

Müssen wir nicht zu deinen Eltern?“

Er ächzte frustriert auf. Doch dann sah er auf seine Uhr und stimmte mir unwillig zu. Es war tatsächlich Zeit. Wir rührten das Thema nicht mehr an, sondern suchten stattdessen unsere Sachen zusammen und zogen uns abwechselnd im Zelt um. Wir huschten hinüber in die Sanitärräume, machten uns frisch und schließlich trafen wir uns wieder auf dem Vorplatz.

Da der Tag sonnig war, hatte ich mich für Caprihosen und ein Spaghettitop entschieden. Trotz der naheliegenden Befürchtung, meinen Lipgloss schon beim nächsten Kuss zu verlieren, hatte ich mich dazu entschlossen, welchen aufzutragen. Ich würde mir auch den mit Himbeergeschmack nachkaufen. Mit feuchten, aber gebürsteten Haaren und frischem Atem stand ich schließlich vor Tom. Ich war immer noch ganz aufgewühlt von seinen Worten.

Doch Tom lächelte und reichte mir seine Hand. Das gab mir ein gutes Gefühl. Wir schlenderten hinüber zum Liegeplatz seiner Eltern. Die beiden hatten einen kleinen Tisch gedeckt und der Duft frischen Kaffees stieg mir in die Nase. Er vermischte sich mit der Frische der Natur. Hier gab es allerhand Bäume und es blühten unzählige Wildblumen. Der Boden duftete würzig und auch vom Fluss wehte eine angenehme Brise herüber.

Ich wünschte, ich könnte die Blumen so sehr riechen, wie ein Bienchen, das sich in den bunten Kelchen niederließ und darin eingrub. Ich würde mit meinem gelbschwarz gestreiften Allerwertesten wackeln und mich am Nektar gütlich tun. Das wäre auch einfacher, als alles mit Tom zu klären. Er war mir so nah.

„Guten Morgen, das ist leider nur Instantkaffee“,

empfing uns Jenny und ich versuchte gar nicht erst, mein Schmunzeln über die Begrüßung zu kaschieren.

„Hallo, das macht nichts", sagte ich.

Tom umarmte seine Eltern fröhlich. Er wirkte gelöst, vermutlich, weil er mir gesagt hatte, was ihn beschäftigte. Wir saßen nun beim Frühstück und ich wusste gleichzeitig, dass ein gewisser Hunger in Tom weiterhin ungestillt bleiben würde.

Es beruhigte mich, dass Tom mit mir Händchen hielt. Ich genoss es, neben ihm auf der Bank zu sitzen und hatte keine Mühe, wie eine feste Freundin auszusehen. Ich fühlte, dass ich nicht mehr weit von diesem Schritt entfernt war, denn ...

Ich musste schlucken. Denn ich war verliebt.

Verliebt in einen Vampir!

Das war mir zwischen all dem Instant-Kaffee und inmitten der Camping-Kulisse plötzlich vollkommen klar. Ich hatte keine Ahnung, wie mir das hatte passieren können.

„Was wollen wir heute machen?", erkundigte sich Jenny und ich merkte, wie Tom neben mir unbehaglich auf seinem Hintern herumrutschte.

„Wärt ihr sehr enttäuscht, wenn ich den Tag allein mit Lea verbringe?", fragte er.

Die Aussicht darauf bescherte mir Herzflattern.

„Aber nein", versicherte Jenny ihm erfreut. „Wir können ja heute Abend zusammen grillen. Wie wäre das?"

„Klingt lecker", stimmte ich zu und Tom lächelte und nickte.

„Bestens", meinte Dave. „Dann kann ich Grillkönig spielen. Wir besorgen ein paar Dinge in Elberton. Lea, du magst doch Spareribs, oder?“

Tom grinste.

„Ja, sehr“, erklärte ich schmunzelnd, während ich Tom in die Seite stupste, weil er zu glucksen begonnen hatte. So verflucht viele Spareribs verdrückte ich auch wieder nicht. Schokolade stand da höher im Kurs.

„Was wollt ihr beide machen?“, nahm Jenny den Faden auf.

„Ich dachte, dass ich mit Lea auf dem Wanderweg bis zur Petersburg-Markierung spazieren gehe und dass wir vielleicht später noch etwas rudern gehen. Sonst wollen wir einfach bloß faul sein.“

„Tut das. Das hört sich doch ganz wunderbar an.“

Das Frühstück verlief gemütlich und ohne Eile. Ich konnte nicht umhin, ein wenig über Tom herauszufinden. „Ihr wart also früher immer viel campen?“

Jenny schien erfreut, mit mir plaudern zu können. „Ja, ständig. Dave und ich sind echte Fans. Wir wohnen zwar in einer kleinen Villa, aber wir sind auch mit einem Zelt glücklich. Ich fand immer, dass diese puristische Art der Ferien ein wunderbarer Ausgleich zu unseren akademischen Tätigkeiten war. Und die Kinder liebten es, mit Stöcken im Dreck herumzubohren und auf Bäume zu klettern.“

Sie schmunzelte und bedachte Tom mit einem Blick, der in einer glücklichen Erinnerung hing. Tom lächelte versonnen zurück. Da war sogar ganz viel Liebe im Haushalt Tilly.

„Natürlich sind wir mit ihnen auch in schöne Hotels auf Hawaii oder in die Karibik gefahren“, fügte Dave an.

*Natürlich,* dachte ich, und es versetzte mir einen Stich.

Für meine Familie war es kein bisschen *natürlich* gewesen, sich Urlaube im Paradies leisten zu können. Meistens waren wir gar nicht weggefahren. Es schien Toms Eltern nicht zu stören, dass Tom mit mir zusammen war, obwohl ich keine klassisch gute Partie darstellte. Das überraschte mich ein wenig, denn meinen Eltern war im Gegensatz dazu immer sehr daran gelegen, dass wir einmal jemand *Ordentlichen* fanden. Konnte Geld einem tatsächlich nicht so wichtig sein, wenn man erst mal genügend davon hatte?

Dave riss mich aus meinen Gedanken, indem er weiterplauderte: „So schön marmorierte Hotels auch sind, man achtet dabei zu sehr auf den Luxus, der einen umgibt, während es bei Camping in erster Linie um die Familie geht. Da wird man nicht von vielen Dingen außer Mücken abgelenkt." Er zwinkerte mir zu.

„Ach, daran gewöhnt man sich auch", erklärte Jenny.

Ich hatte da so meine Zweifel. Möglicherweise nahm man es Mücken weniger übel, wenn man selbst gern Blut saugte. Sofort war ich erschrocken über diesen zynischen Gedanken. Ich hatte in den letzten Tagen nur noch selten so gedacht, und doch war es nicht lange her, dass ich bitter und abwertend über Vampire geurteilt hatte. Es war ein Wunder, dass Tom sich bei meiner Grausamkeit in mich verliebt hatte. Was fand er eigentlich an mir?

Diese Frage ließ mir keine Ruhe. Ich war nur noch halbherzig bei der Sache, kaute schweigend mein Frühstück. Schließlich legte Tom seine Hand auf meinen Rücken und fragte, ob wir aufbrechen wollten. Ich nickte dankbar und erhob mich.

Wir verabschiedeten uns von seinen Eltern. Tom sah mich forschend an, sprach aber nicht. Schweigend gingen wir Hand in Hand zu unserem Zelt. Ich zog mir meine Laufschuhe an, um nicht ständig Kieselsteine und Baumrinde zwischen meine Flipflops zu bekommen. Tom verstaute Getränke und Knabbereien in einem kleineren Rucksack, den er im Großen bei sich geführt hatte.

Lächelnd sah er mich an. „Startklar?"

Ich nickte und wir spazierten los. Der Wanderweg führte an der Zufahrt zu unserem Campingbereich vorbei. Wir folgten ihm in südlicher Richtung dahin, wo keine Zelte oder Häuser mehr standen.

Schließlich brach Tom das Schweigen. „Lea, was ist los?"

Ich blieb stehen und nagte an meiner Unterlippe. Mir war irgendwie ganz flau zumute. „Tom, was findest du eigentlich an mir?"

Er sah mich perplex an. Dann schob er mich spontan gegen einen der umstehenden Bäume und drückte mich sanft an die Rinde, seine Hände an meiner Taille. Unverwandt betrachtete er mich und schüttelte schließlich den Kopf. Eine Hand wanderte an meine Schläfe. Ich spürte fünf Fingerkuppen auf meiner Haut.

„Was geht nur in dir vor?", fragte er ungläubig.

„Tom, ich war immer gemein zu dir. Wie kannst du mich da mögen?"

Er seufzte und neigte dann seinen Kopf zu mir hinab. Er umfasste mein Gesicht mit beiden Händen, rückte sonst aber nicht an mich heran.

„Du hast, das muss ich zugeben, ein paar nicht ganz so optimale Seiten", stimmte er mir zu. „Nichtsdestotrotz bist du bezaubernd und warmherzig. Ich habe gesehen, wie du mit Sarah umgehst. Und auch später mit deinem

Bruder. Ich habe gehört, wie du mit deinen Eltern und Freunden telefonierst. Und ich habe mir gewünscht, dass du mich auf dieselbe freudige Weise behandelst."

Er strich über mein Ohr und ich schmiegte meine Wange in seine Handfläche.

„Ich habe mich nach deinem süßen Lächeln gesehnt", fuhr er fort. „Und habe mir gewünscht, dass auch ich es eines Tages in dir auslösen könnte. Du hast Humor und Lebensfreude. Du bist so übersprudelnd lebendig, Lea. Dein Lachen ist unglaublich ansteckend. Du kümmerst dich um Menschen, die du magst. Dann wiederum kannst du auf so eine verführerische Art hilflos sein. Ich mag es, wenn du errötest. Du bist wunderschön. Hundert Mal habe ich mir ausgemalt, wie du dich anfühlst, und trotzdem hat mich unser erster Kuss völlig unvorbereitet getroffen. Danach habe ich pausenlos von deinen Lippen fantasiert. Du kannst so unschuldig und dabei so aufregend sein."

Er atmete schwer. „Ich liebe es, wenn ich meine Nase in deinem Nacken und Haar vergraben kann. Deine Haut ist so seidig. Du weckst Sehnsüchte in mir, Lea. Warum verlieben sich die Menschen? Kann man das immer so klar sagen? Es gibt diese tausend Kleinigkeiten an dir, die dich ausmachen. Kleine Gesten, die dir so eigen sind." Sein Finger wanderte an meinen Mund. „Wenn du zum Beispiel unsicher an deiner Unterlippe nagst. Verflucht, ist das sexy!"

Nun drängte er sich doch gegen mich und küsste wie in einem hungrigen Hauch meine Wange. Ich schloss genießerisch die Augen. „Ich will dich mit allen Sinnen spüren, Lea."

Wie im Rausch glitten seine Lippen über mein Gesicht

und sein Stöhnen klang sehnsüchtig. Ich schlang meine Hände um seinen Rücken und klammerte mich an ihn.

„Da ist so viel“, flüsterte Tom wie ein sanftes Versprechen.

Er konnte so vieles damit meinen. So viel, was er an mir mochte, was zwischen uns sein könnte, was er zu geben bereit war. Ich hatte keine Ahnung und vermutlich stimmte alles davon, egal für welche Auslegung ich mich entschied.

„Na komm“, sagte er. „Lass uns weitergehen. Ich will dir ein bisschen die Halbinsel zeigen. Wir stehen auf historisch spannendem Boden.“

Wir glitten aus der Umarmung und ich fühlte mich wohler. Ich war gespannt, was Tom mir über diese Gegend erzählen würde. Ich wusste, wie belesen er war.

Der *Bobby Brown State Park* war üppig und grün. Die idyllische Natur umfing uns überall und setzte sich auf der anderen Flussseite fort. Der Pfad führte uns an weiten Stellen am Ufer entlang und wir standen schließlich an der Landspitze, wo sich Savannah River und Broad River vereinten und in einem See sammelten.

Wir standen hier eine Weile und ließen unsere Gedanken mit dem Wasser treiben, bevor wir Richtung Norden weitergingen. Dort fanden wir einige Ziegelsteine im Wald, bauliche Überreste einer Mauer, vielleicht eines Kamins.

Ich sah Tom fragend an.

„Sagt dir Petersburg etwas?“, fragte er mich.

„Die Stadt?“

„Genau. Hier, wo wir stehen, war einmal Petersburg. Du hast eben den Clarks-Hill-See gesehen. Er ist der größte von Menschen gemachte See östlich des

Mississippis. So groß, dass er die frühere Stadt Petersburg bedeckt. Wenn der Wasserstand niedrig ist, kann man die Fundamente der alten Stadt sehen. Allerdings hat es hier in der letzten Zeit wohl geregnet. Ich hatte gehofft, dir ein wenig davon zeigen zu können."

„So viel Wasser", staunte ich. „Dass man eine ganze Stadt nicht mehr sieht. Meine Güte, wenn ich mir vorstelle, Savannah könnte einfach so unter einem See begraben sein. Eine Stadt im Meer wie Atlantis."

Tom nickte und legte mir seine Hand zwischen die Schulterblätter. Ich lehnte mich seiner Berührung entgegen und er begann, in kleinen Kreisen um meine Wirbel zu massieren.

„Mhh, das tut gut", seufzte ich zufrieden und blinzelte gegen das Sonnenlicht, das durch einige Baumwipfel drang. „Was passierte mit Petersburg? Wieso ist es verschwunden?"

„Petersburg war eine Marktstadt, die für den Handel gegründet worden war. Aber dann tauchten immer mehr Dampfschiffe auf, für die der Fluss hier oben nicht befahrbar war. Später kam die Eisenbahn und die Wasserwege verloren noch mehr an Bedeutung. Die Menschen wanderten einfach ab. Außerdem lockte die Erkundung des Westens. Auch andere Städte verschwanden auf diese Weise."

„Dann waren also schon alle weg, als der See aufgestaut wurde?"

Tom grinste. „Ich nehme es schwer an. Kann mir nicht vorstellen, dass sie einfach so arme Farmer überflutet haben."

„Eine Geisterstadt unter dem Wasser", flüsterte ich.

„Du siehst, historisch eine interessante Gegend."

„Danke, dass du mir das hier zeigst. Ich habe so ein bisschen das Gefühl, als entdeckte ich mit dir die Welt."

Tom lachte heiter. „Lea, wir sind nicht mal aus Georgia raus."

„Ich bin auch bisher kaum aus Georgia raus. Meine Eltern hatten kein Geld, um mit uns zu verreisen. Kyle und ich waren die meiste Zeit auf Tybee Island oder im Kunstmuseum, wenn wir etwas sehen wollten."

„Das wusste ich nicht. Ich wollte mich nicht über dich lustig machen."

„Das hast du nicht", beteuerte ich.

„Wenn du mich lässt, packe ich dich gern mit ein, wenn ich irgendwohin fahre."

Ich nickte mit leuchtenden Augen. „Weißt du, es hat mir eigentlich nie viel ausgemacht festzusitzen. Ich liebe Savannah. Aber ich habe einen Fernseher. Ich weiß, dass es eine größere Welt da draußen gibt."

„Na, wir sind schon mal bis zur Grenze Georgias gekommen. Lass mich dir gleich noch mal South Carolina auf der anderen Seite zeigen." Er grinste mich an.

„Du machst dich ja doch lustig."

„Nein. Es sieht nur überhaupt kein bisschen anders aus, nur weil irgendwo eine Grenze ist. Dafür werde ich fernere Reisen mit dir machen müssen. In die herrliche Wildnis von Kanada. Oder wir könnten nach Europa und uns Burgen und Schlösser ansehen. Oder Koalabären in Australien ärgern und uns die chinesische Mauer ansehen. Da kann man drauf herumspazieren. Und ich weiß noch ganz genau, wie eindrucksvoll ich Patagonien und Feuerland an der Südspitze Südamerikas fand."

Toms Augen strahlten euphorisch und schwelgten in

Erinnerungen. Ich hatte einen Kloß im Hals. Da stand ein Mann von Welt vor mir, der sich als Camper und Medizinstudent tarnte. Ich kam mir entsetzlich kleingeistig vor. Er hatte so große Pläne. Für ihn war das alles nicht kompliziert. Doch für mich war es unerreichbar, einfach mal eben nach Hawaii zu fliegen und mir einen Vulkanausbruch im Morgengrauen anzusehen.

„Mal sehen“, sagte ich leise.

„Lea, was ist los? Möchtest du nicht mit mir weg?“

„Das ist es nicht, Tom. Das sind alles schöne Träume, aber ich kann nicht mal meine Miete zahlen. Selbst wenn ich kellnere bis zum Umfallen und Teller spüle, bis meine Hände schrumpeln, kann ich mir das nicht leisten.“

„Ich ähm ...“ Er atmete tief ein. „Ich dachte, dass ich dich dazu einlade.“

Nervös kratzte ich meinen Arm. „Wir sind nicht mal zusammen. Wie kannst du das sagen? Und selbst wenn, ich kann mich doch nicht so derart von dir aushalten lassen.“

„Also erstens: Wir sind *noch* nicht zusammen, aber ich habe die Hoffnung nicht aufgegeben.“ Liebevoll strich er mit seinem Daumen über meine Unterlippe. „Zweitens würde ich das auch machen, wenn wir bloß befreundet wären, weil ich dich mag und gern Zeit mit dir verbringe. Dafür erwarte ich keine Gefälligkeiten.“

Tom leckte über seine Lippen und seine Kiefer spannten sich an. „Und drittens will ich nie wieder hören, dass ich dich aushalte oder du mich ausnutzt.“

„Aber was tue ich denn sonst? Tom, du hast mir hundert Dollar für diese Woche bezahlt! Wenn ich das

Geld noch hätte, würde ich es dir wiedergeben. Aber ich habe nur noch etwa vierzig Dollar davon übrig."

Tom fluchte. „Lea, du brauchst es mir nicht wiederzugeben und du brauchst mir auch künftig keine Miete zu zahlen. Hiermit löse ich diese unsinnige Geschäftsbeziehung auf! Ich will richtig mit dir zusammen sein und habe nicht vor, dich dafür zu bezahlen." Er griff fest um meine Schultern. „Es ist mir ernst mit dir, Lea. Ich hätte das mit dem Deal nie machen dürfen. Ich war nur so überrumpelt."

Er sah zerknirscht aus und schien mit sich zu ringen, sagte dann aber nichts mehr.

Ich nickte langsam. „Kein Geld mehr. Komm lass uns weitergehen."

Wir schlenderten den Weg zurück. Noch einmal spähte ich über den weitläufigen See, der eine ganze Stadt barg. Ich konnte es mir angesichts der Wasserläufe gut vorstellen, wie hier Handelsboote entlang geschifft waren, beladen mit Holz und Tabak. Ich stellte mir Stein- und Holzhäuser und weitläufige Plantagen vor, Villen und Baracken, Sklaven und Arbeiter, die Tabak pflanzten, Rauch über den Schornsteinen an den Handelsposten, Pferde und Männer mit Hüten und karierten Hemden.

Und nun hatte das Wasser einen stummen Schleier des Vergessens darübergelegt, es friedvoll gemacht. Fische schwammen inzwischen durch die alten Ruinen, tauchten durch ehemalige Fensterluken hindurch und blubberten durch die Kamine. Schlick und Flusspflanzen trieben in der verborgenen Strömung.

Der Wanderweg mündete auf einer befahrbaren Straße. Wir bogen nach rechts und bummelten auf Pier und Bootsdeck zu. Doch linker Hand erspähte ich einen Spielplatz und konnte nicht anders, als einen Abstecher auf eine Schaukel zu machen.

Tom lachte darüber, erklärte sich aber einverstanden. Nichts konnte mich so sehr begeistern wie Schaukeln. Das war schon immer so gewesen. Bereits als kleines Kind hatte ich ständig nur schaukeln wollen. Unbeschwert trieb ich mich mit den Beinen an, holte neuen Schwung und genoss, wie mein Haar mal vor, mal zurück flog.

„Du siehst aus, wie eine kleine schaukelnde Nymphe“, neckte mich Tom. „Fehlen eigentlich nur noch die Blümchen im Haar.“

„Und natürlich ein Kleidchen aus Blattwerk.“

„Kann’s kaum erwarten, dich darin zu sehen.“ Er zwinkerte belustigt.

„Das würde mir ganz klar super stehen“, gab ich zurück.

„Und dazu bekommst du dann Flipflops aus Baumrinde und Grashalmen, die mit ein paar Eicheln dekoriert sind.“

„Ich kann mich ja anstrengen, wie ich will, aber mir will nicht recht einfallen, auf welche Weise das gut aussehen sollte.“

Tom grinste. „In jedem Fall wärst du die Einzige damit.“

„Aus gutem Grund.“ Ich lachte und hüpfte von der Schaukel. Da Tom vor mir stand, sprang ich ihn förmlich an und stolperte kichernd in seine Arme.

„Nicht so stürmisch, Kleines. Sonst falle ich noch um und du sitzt rittlings auf mir.“

„Und?“ Ich gab mich ahnungslos.

Tom schielte nach rechts. „Hier sind Kinder“, bemerkte er, als wäre damit alles gesagt.

Besagte Kinder wähnten sich im Fokus der Betrachtung. Es waren zwei dicke Zwillinge von vielleicht sieben Jahren. Sie hatten Pfannkuchengesichter und Sommersprossen. Das eine Mädchen schien etwas kesser zu sein, als das andere, denn es tat ihre Meinung ungerührt kund.

„Guck nicht so doof, du Menschenfresser. Wir sind kein Essen!“

Meine Augen wurden riesengroß. Kinder waren ja schon immer unverblümt und gemein, aber ich konnte den Kommentar nicht ohne Widerworte hinnehmen. Ich spürte, wie Toms Körper sich unter meinen Händen anspannte.

„Nein, aber ihr scheint gern zu essen, ihr kleinen Fettsäcke“, pflaumte ich sie an.

„Lea“, begann Tom überrascht.

Doch ich ließ mich nicht beirren. „Er hat nur lange Zähne, aber ihr seid hässliche Mopsdrohnen. Schwirrt gefälligst ab!“

Die Kleinen standen eiligst auf und rannten davon. Die Stillere begann sogar zu weinen und ich hörte sie jammern, dass sie doch gar nichts gemacht hatte. Da hätte sie wohl recht. Aber sie hatte ihrer Schwester auch keine Manieren beigebracht.

Tom schüttelte nur den Kopf. „Ich glaube einfach nicht, dass du gesagt hast, was du gesagt hast.“

„Glaub es lieber. Je zeitiger du dich mit der Realität bekannt machst, umso besser.“ Ich lächelte ihn an, war aber durchaus verlegen.

„Danke, dass du mich in Schutz nehmen wolltest. Aber

das waren nur Kinder. Sie wissen es nicht besser und es war nicht das erste Mal, dass ich so etwas gehört habe."

Ich streichelte über seinen Arm und räusperte mich. „Tom, ich habe so was früher auch gesagt. Vielleicht hätte mal einer mit mir schimpfen sollen. In meinem ganzen Leben hatte ich nichts für Vampire übrig und fand sie bedrohlich."

„Man fürchtet immer, was man nicht kennt."

„Aber es war nicht so, dass ich weitergegeben hätte, was ich von meinen Eltern aufschnappte. Im Gegenteil, sowohl meine Eltern als auch mein Bruder konnten mich nie verstehen. Das war meine ganz eigene Meinung. Damit will ich sagen, dass es keine Rolle spielt, dass die beiden noch Kinder waren. Die sind durchaus in der Lage, gehässig zu sein. Von ganz allein."

„Mopsdrohnen?" Tom zog amüsiert eine Augenbraue hoch.

„Mir fiel nichts anderes ein. Ich war sauer. Aber ich weiß nicht mal, ob ich sauer auf die beiden war oder auf mich selbst, weil ich mich in ihren Worten wiedererkannt habe. Ich habe Vampire ziemlich gemein gehänselt."

Er nickte und ihm fiel sicher aus eigener Erfahrung mit mir ein, wovon ich sprach. „Wir sollten uns dringend unterhalten."

„Können wir das in einem Boot machen?", bat ich ihn.

„Ist gut."

Er nahm mich bei der Hand und ging zielstrebig zum Bootssteg. Wir liehen uns ein Ruderboot aus und Tom half mir hinein. Dann kletterte er dazu. Wir stießen uns ab und er nahm die Ruder zur Hand. Das Boot durchpflügte eine Weile das Wasser, bis wir auf den glitzernden Wellen des Savannah River waren. Es konnte gut sein, dass wir damit die Grenze nach South Carolina überquerten und ich mich zum ersten Mal in den Gefilden eines anderen Bundesstaates befand.

„Okay, Lea“, begann Tom unser längst fälliges Gespräch. „Du hast ziemlich viele Vorurteile und teilweise völlig verkehrte Vorstellungen. Frag mich doch einfach. Ich will nicht, dass du vor mir Angst hast, nur weil du dich nicht informierst. Also. Was macht dir alles zu schaffen?“

„Vor allen Dingen das mit dem Bluttrinken.“

„Gut. Reden wir darüber. Wie viele Vampire hast du in deinem Freundeskreis?“

„Keinen“, sagte ich. „Na ja. Dich“, verbesserte ich mich.

Tom atmete tief durch. Ihm musste klar sein, dass dies nicht der allgemeinen Statistik entsprach. Ihm musste klar sein, dass es daher kam, weil ich mich geweigert hatte, mich mit Vampiren zu umgeben.

„Es ist ziemlich einfach“, sagte er ernst. „Ich bin ein Vampir. Ich trinke Blut. Wenn ich es nicht tue, sterbe ich. Welche Fragen hast du?“

Mich überkam eine Gänsehaut. Jetzt ging es ans Eingemachte.

„Wenn du jemanden beißt, ich meine, was ist mit den ganzen Bakterien im Mundraum? Braucht dann nicht jeder eine Tetanusimpfung, der von einem Vampir gebissen wird?“

Jener Hundebiss war jedenfalls eine ziemliche Schweinerei gewesen.

Er lächelte mich schief an. „Ich bin froh, dass du nicht Tollwut gesagt hast.“

Nicht zu fassen, er hatte echt noch Nerven für Humor! Das war doch Humor, oder?

„Du hast recht“, sagte er. „Es gibt Bakterien im Mundraum und beim Beißen entsteht eine Wunde, bei der es sogar darum geht, dass sie blutet. Aber zum einen wird daraus gesaugt, nichts injiziert. Du kannst auch Gifte aus Körpern saugen, was eher gut tut. Zum anderen hat der Speichel von Vampiren eine reinigende Wirkung.“

„Also keine Tetanus-Spritze?“, fragte ich ihn.

Er schüttelte den Kopf. „Sonst wären die Menschen früher ziemlich arm dran gewesen, als es noch keine Impfungen gab. Und evolutionstechnisch hätte es wenig Sinn gemacht, etwas zu entwickeln, was dem notwendigen Wirt schadet. Aber klar, es hätte auch anders laufen können.“

Entsetzt guckte ich ihn an.

„Was?“, fragte er mich nervös.

„Du hast *Wirt* gesagt. Als wenn du ein Parasit wärst.“

„Du selbst hast mich früher gelegentlich *Blutparasit* genannt. Aber auch andere Dinge als nur Parasiten haben Wirte“, wandte er ein.

„Ja, Restaurants“, versuchte ich, die gedrückte Stimmung zu entspannen. Zumal ich mir besonders furchtbar vorkam, weil er das mit dem *Blutparasit* aus seiner Erinnerung hervorgekramt hatte.

„Ach, Lea, glaubst du, von jemandem zu trinken wäre für mich, wie ins Restaurant zu gehen?“ Er sah mich forschend an. Tom schien mich nicht als Schnellimbiss zu betrachten.

Also schüttelte ich den Kopf. „Nein.“

„Lea, für mich ist Blut etwas Köstliches. Mein Körper

sehnt sich danach auf eine Weise, die so drängend ist wie Hunger und sich doch ganz anders anfühlt."

„Wie?" Meine Stimme war nicht mehr, als ein dünnes Wispern.

„Du läufst ja gar nicht davon", neckte er mich.

Ironisch zog ich eine Augenbraue empor. „Ich sitze in einem Boot."

„Sonst wärst du also schon weg?"

„Nein", gab ich zu. „Du bekommst mein Blut trotzdem nicht."

„Trinken ist sehr persönlich", verriet er mir.

Seine Stimme klang seltsam anders. Auf absurde Weise schufen seine Worte etwas Vertrauliches zwischen uns.

„Man gibt etwas von sich preis. Aber Blut ist anders als Worte, die man fortgibt, wenn man sie spricht", verriet er. „Ich finde lesen intim, denn in Büchern sind die Fantasien der Autoren gesammelt. Ich finde Musik intim, weil Klänge schön wie Gedanken sein können. Aber Bluttrinken ist mehr als das, denn Blut ist der Fluss des Lebens und nichts ist kostbarer als das."

Seine Augen bekamen einen sehnsuchtsvollen Glanz. „Wenn mich eine Frau ihr Blut trinken ließe, dann wüsste ich, dass sie mir vertraut und mich liebt, wenn sie einen Teil dieses Lebens an mich verschenkt. Und gleichzeitig muss ich ihr vertrauen und sie genügend wollen, um sie auf diese Weise an mich zu binden, dass ich sie in mir aufnehme und mit meinen Zähnen ihre Haut durchstoße, mich von ihr nähre und durch sie leben kann. Es spielt keine Rolle, dass Blut nicht nach Zucker schmeckt. Die Bedeutung, die es hat, macht es für mich süß. Eine Frau, von der ich trinken darf ..." Tom seufzte. „Ich würde ihr im Gegenzug alles von mir geben.“

Ich schluckte schwer. Verdammt, wenn es nicht so eklig wäre, käme es mir vor wie tausendundeine Nacht! Mit einem Schlag verspürte ich den irrsinnigen Wunsch, eine solch intime Verbindung zu einem Mann, der für mich alles war, zu erleben.

Aber ich wusste nicht, ob das, was Tom beschrieb, mit einem menschlichen Mann jemals möglich war. Und ich bezweifelte noch immer, dass ich bereit wäre, einem Vampir den Preis zu zahlen, den diese Art von Einheit kostete. Denn das war es doch im Grunde: keine Zweisamkeit, sondern die Verschmelzung miteinander. Ein Teil von mir, der in ihn überginge und ihn nicht einfach im Magen nährte, sondern ihm sein Leben schenkte.

Doch noch immer: Es ging um Blut, Blut, *Blut!*

„Tut es weh?“, fragte ich ihn mit brüchiger Stimme und kratzte mich dort, wo mich der Hund gebissen hatte.

„Lea, was ist los? Du hättest mich so etwas früher niemals gefragt.“ Er sah besorgt aus.

„Hat Gabriella dich von ihr trinken lassen?“, platzte es aus mir heraus.

Ich hatte sie im Supermarkt gesehen. Ich hatte die Frau getroffen, mit der Tom einmal glücklich war, die er geküsst und neben der er im Bett gelegen hatte. Was hatten sie noch geteilt? Ich wusste nicht wieso, aber ich hoffte, dass sie eine solch intime Bindung niemals hatten.

Tom sah mich tief an, seine braungoldenen Augen sprachen Bände. Es war so viel Zuneigung in ihnen. Aber nicht für Gabriella, sondern ... für *mich*.

Mein Herz wurde kein klaustrophobischer Vogel in seinem Rippengefängnis unter meiner Brust. Es schlug zwar hektisch, aber hoffnungsvoll. Nicht ängstlich. Ich hatte keine Angst vor Tom. Ich begriff, dass ich mich bei ihm sicher fühlte.

„Nein, ich habe nie von ihr getrunken."

Er blickte kurz auf seine Hände, beinahe verlegen, als sprächen wir über seine Unschuld. Seine Augen fanden die Weite des Sees und er sah einen Moment in die wässrige Ferne. Sein Profil war so schön und rein. Sonnenlicht leuchtete ihn aus und wurde wellenartig vom Wasser reflektiert. Bewegliche Lichtspiele tanzten über sein Gesicht. Tom war für mich kostbar.

„Ich habe noch von keiner Frau getrunken", gestand er, als er wieder zu mir aufsah. „Ich habe noch nie von irgendjemandem getrunken."

Magie flirrte in der Luft zwischen uns, geheimnisvoll und sehnsüchtig wie eine verborgene Musik aus alten Träumen.

„Aber du bist ein Vampir. Du kannst doch nicht leben ohne Blut."

„Lea, ich habe Blut getrunken, aber aus einem Glas. Ich gehe nur zu den Blutbanken."

„Von denen habe ich schon gehört", murmelte ich.

Mir waren zwei kleine Filialen und ein großes Hauptgebäude in der Stadt bekannt. Vampire standen dort nicht wie Aussätzige in einer langen Schlange an, als wollten sie Essensmarken einlösen oder so. Trotzdem hatte ich immer einen Bogen um sie gemacht. Es gab Suppenküchen und für mich waren das *Blutküchen* gewesen. Allein der Gedanke hatte mich von Grund auf geekelt. Doch das war Toms Alltag.

„Sie sind Errungenschaften der modernen Welt, seit das Lagern von Blut möglich wurde“, erklärte Tom. „Damals wurden erste Blutbanken gegründet. Es gibt sie mittlerweile weltweit. Damit wurden Vampire unabhängig von menschlichen Vertrauten und auch kriminelle Übergriffe von hungrigen Vampiren auf Menschen nahmen dadurch ab.“

„Ich habe mal einen Vampir gesehen, der ein Shirt mit dem Aufdruck trug: *Mir schmeckt dein Blut, auch ohne dass du es willst.*“

Schaudernd rieb ich über meine Arme.

Tom seufzte. „Es gibt genauso viele schlechte Vampire wie es schlechte Menschen gibt. Aber ich würde niemanden überfallen.“

„Ich weiß. Das weiß ich jetzt.“

„Es gibt genügend Menschen, die den Blutbanken freiwillig ihr Blut spenden. Alles läuft anonym und ohne einen vertraulichen Akt des Beißens. Und wir benötigen Blut nur zur Ergänzung der normalen Nahrung. In Vampir-Mensch-Partnerschaften reicht die Versorgung durch den Partner völlig aus. Und ansonsten gibt es die *First-Thirst*-Blutbanken.“

„Und was ist mit diesen Klubs?“, fragte ich leise. Die hatte ich natürlich ebenso gemieden.

„Es gibt auch Vampir-Klubs“, erklärte mir Tom. „Die Blutbanken sind anonym. Aber manchmal wollen Vampire und Menschen sich begegnen.“

Mir schoss die Erinnerung an jene *Begegnung* im Park durch den Kopf, von der ich unfreiwillig Zeuge wurde. „Verstehe.“

Tom zuckte die Schultern. „Dann gehen sie in solche Klubs, um miteinander zu tanzen und sich ... nun ja ... zu *betrinken.* Das *Red Zone* ist der größte in Savannah. Neuerdings gibt es noch das *Need for Feed*. Das gehört wie die *First-Thirst*-Blutbanken zu einer Kette, nur eben für Tanzclubs."

In solchen Discotheken könnte Tom sein Blut erhalten. Durch Beißen. Das kam mir ein wenig wie One Night Stands vor. Es ging nur um etwas anderes. Aber das ließ sich bestimmt auch kombinieren.

„Und das ist nichts für dich?", hakte ich nach.

„Nein, ich war zwar zwei, drei Mal mit Freunden in solchen Klubs, aber ich konnte mich nicht durchringen, es zu tun. Ich betrachte das, wie gesagt, als etwas zu Intimes. Ich will das nicht einfach mit irgendwem tun."

Erleichtert lächelte ich ihn an. Wir hatten also wirklich in gewisser Weise über Toms Unschuld gesprochen.

„Tut es weh?"

„Ich denke schon. Ein wenig bestimmt. Aber ich habe gehört, dass das Trinken selbst sehr angenehm sein soll." Er sah mich eindringlich an. „Für beide."

Abrupt schüttelte ich den Kopf. „Ich kann das nicht, Tom."

„Schon okay. Ich erwarte das nicht."

Und ich glaubte ihm. Ein Vampir, der Zeit seines Lebens noch niemals gebissen hatte, schien das nicht als selbstverständlich vorauszusetzen. Doch ich hatte die stumme Sehnsucht in seinen Augen gesehen. Natürlich *wünschte* er es sich. Er war nur fähig, sich zu beherrschen. Das beruhigte mich, denn ein Teil meiner Befürchtungen war es gewesen, dass er sich vergessen könnte, wenn seine Lust ihn übermannte. Ich könnte mich ihm also hingeben und fallenlassen, denn ich war bei ihm sicher.

In diesem Moment fasste ich einen Entschluss, den ich nie für denkbar gehalten hätte.

„Hast du noch Angst vor mir?“, fragte mich Tom.

Ich lächelte. Ein gewaltiger Stein war von mir genommen worden und ich schüttelte den Kopf. „Nein.“

Tom sah unglaublich erleichtert aus und erwiderte mein Lächeln. Er musste spüren, dass wir seinen Wünschen nähergekommen waren und dass ein *Uns* nun möglich sein konnte.

Ich seufzte und ließ meinen Kopf in den Nacken fallen, schloss meine Augen und sonnte mich in der Leichtigkeit des Moments. Ich vernahm das plätschernde Schwappen des Wassers am Bootsrumpf und die Natur, die uns umfing. Ich hörte Kinderlachen vom Land klingen und andere Ruderer. Enten schnatterten auf dem Wasser und entlang der Uferböschungen, Singvögel gaben ihre Konzerte. Es war der perfekte Moment für meinen inneren Neuanfang.

Wenn aus Tom und mir nun ein Paar wurde, dann wollte ich *diesen* Augenblick mit all der Idylle um mich herum als denjenigen in Erinnerung behalten, als ich mich für ihn entschied. Nach all der Zerrissenheit der letzten Tage war ich endlich im Einklang mit meinen Gefühlen und meinem Kopf. Und der Mann, um den es ging, saß bezeichnenderweise mit mir im selben Boot. Es schaukelte mit glucksenden Geräuschen auf dem Fluss wie ein trautes Eiland, auf dem es nur uns beide gab.

Tom ruderte uns umher, bis die Sonne langsam zu heiß wurde.

„Ich glaube, ich bin reif für den Schatten“, sagte ich irgendwann und öffnete träge meine Augen.

Tom nickte. „Ich auch. Das Rudern macht es nicht

besser. Ich bin ziemlich verschwitzt." Er lächelte verlegen. „Ich könnte eine Erfrischung vertragen."

Er sah so verdammt gut aus mit seiner glänzenden Haut. Die Muskeln waren vom Rudern aufgepumpt und traten deutlich hervor. Ich wollte ihn nur noch berühren und konnte das Flirten nicht mehr aus meinen Blicken lösen. Sicher standen mir meine Gefühle für Tom ins Gesicht geschrieben. Es lag eine neue Spannung in der Luft, die schier zum Greifen war.

„Na dann", sagte ich nervös. „Auf zu neuen Ufern. Vielleicht meint die Wunschfee es ja gut mit dir."

Tom schluckte schwer und hielt völlig inne in seiner Bewegung. Mit seinem Blick schien er zu ergründen, ob ich mit meinen Worten tatsächlich das gesagt hatte, was er sich so sehr wünschte. Er hatte Angst, ich würde scherzen, er hatte Hoffnung, ich täte es nicht.

Schnell und kraftvoll begann er, wieder zu rudern, hatte es eilig, an Land zu kommen. Unter seinem Schweigen brodelte es in ihm und er ließ mich nicht aus den Augen.

Dann legten wir am Bootssteg an und kletterten heraus. Kaum standen wir auf den Bohlen, schnappte Tom sich meine Hand und zog mich wortlos mit sich. Seine Schritte waren zielstrebig und kannten keine Pause.

Willenlos lief ich mit ihm. Mein Herz begann zu rumpeln und zu stottern, spielte verrückt wie ein bockiger Motor. Ein Flattern ging durch meinen Bauch, und meine Kehle war nicht nur von der Wärme des Sommers trocken.

Wir strebten vom Bootssteg und steuerten auf den bewaldeten Schatten einer Uferböschung zu. Tom nahm mich immer weiter mit sich, eine Entenfamilie floh schnatternd vor uns ins Wasser davon. Als wir vollkommen allein waren, blieb Tom stehen und sah auf den Fluss. Er atmete schwer. Ich sah, wie die Gedanken sich in ihm türmten und seine Gefühle ihn beschäftigten. Tom brauchte Gewissheit, aber lieber behielt er seine Hoffnungen, als einen endgültigen Korb zu bekommen. Ich konnte kaum mit ansehen, wie das Abwägen gegen seinen drängenden Wunsch nach Klarheit ankämpfte. Ich kannte sie nur zu gut: diese Teilung zwischen Kopf und Herz, und beschloss, seinen Widerstreit zu beenden.

„Tom", sagte ich und berührte ihn sanft am Rücken. Ich merkte, wie ein Schauder seinen Körper durchlief. Ich spürte die Feuchtigkeit seines Shirts vom Schweiß und fand es sinnlich und verlockend.

Ich stellte mich vor ihn, sodass er mich ansehen musste. Sein Brustkorb hob und senkte sich schwer. Sein Blick lag auf meinen Augen und suchte nach Erlösung. Ich trat an ihn heran und strich mit beiden Händen um seinen Nacken, zog ihn sanft zu mir hinab bis seine Lippen kaum merklich meine berührten.

Ich schloss die Augen und flüsterte atemlos seinen Namen. Immer wieder aufs Neue, ich konnte nicht damit aufhören. Es war Antwort genug für ihn. Immer mehr begann ich, in meine Worte hinein Küsse zu formen. Tom keuchte erleichtert und ungläubig, schlang seine Arme um meinen Körper und hielt mich fest.

Noch ein letztes Mal brauchte ich Gewissheit.

„Tom, kommst du wirklich damit klar, von mir kein Blut trinken zu können?", flüsterte ich.

„Ja, Lea."

„Dann habe ich keinen Grund mehr gegen uns",

hauchte ich auf seine Lippen und strich durch sein Haar.

„Willst du mich?“, fragte er verzweifelt.

„Ja.“ Ich begann, ihn hungriger zu küssen.

„Ich lasse dich nicht mehr gehen, wenn du erstmal eingewilligt hast“, warnte er mich heiser.

„Ich will nicht mehr von dir weg, Tom. Ich habe mich in dich verliebt“, gestand ich leise.

Er packte mich plötzlich fest und gierig, zog mich an sich und küsste mich mit solch einem Feuer. Ich spürte, wie sehr er sich nach mir verzehrte, kostete seine ganze Sehnsucht und Hingabe. Seine Zunge drang schnell in meinen Mund und nahm ihn ohne Kompromiss. Ich schenkte mich ihm, ließ alle Schmetterlinge frei und sie tobten und flatterten in mir wie in einem Rausch. Ich atmete seine Luft durch meinen Mund, schmeckte seine Lippen und seine Zunge, ließ zu, dass er mich überall berührte.

Und doch war es mir nicht genug. Ich fühlte mich verrucht und verwegen, mich an einen Vampir zu binden, aber keine Korsage aus Vorurteilen konnte mein Herz noch bändigen. Tom fesselte mich mit seinen kraftvollen Armen an sich und einmal mehr spürte ich keine Knochen, Muskeln oder Gelenke in mir. Wir waren unfähig, uns voneinander zu lösen. Mindestens eine halbe Stunde verging auf diese Weise und als wir tatsächlich Luft holten, waren meine Lippen halb prickelnd, halb taub.

„Ich habe Angst zu träumen“, murmelte Tom, während er schwärmerisch meine Wange küsste. Es fühlte sich an, als würden Libellenflügel meine Haut streifen.

„Ich werde dich nicht wecken“, versprach ich.

„Ich habe Probleme, das alles zu glauben. Dafür hat es

viel zu lange nicht geklappt."

„Was kann ich tun, damit du es glaubst?"

Ein träges Lächeln formte sich auf seinem Mund. „Ich würde gern zum Höhlenmann werden, dich über die Schulter werfen, zum Zelt tragen und meinen Körper begreifen lassen, dass es echt ist", raunte er mit schonungsloser Offenheit. All seine bisher auferlegte Zurückhaltung war verflogen.

„Ich fürchte, die Höhlennummer muss warten, bis wir mit deinen Eltern gegrillt haben", wandte ich ein.

Tom stöhnte an meinem Ohr. „Gott, Lea, soll das etwa heißen, dass ich wirklich mit dir schlafen darf?"

Mein Blick war schelmisch. „Das beantworte ich nicht. Sonst bist du mir beim Grillen zu unkonzentriert."

Er bekam große Augen. „Das genügt mir schon als Antwort. Und du, Kleines, bist genauso dran wie ich. Ich werde verteufelt unanständige Dinge mit dir anstellen. Es gibt da mehr als ein Körperteil an mir, das Pläne mit dir hat."

„Tom", sagte ich überrascht.

„Nein, Lea. Es wird unerträglich, bis wir endlich im Zelt sind, und ich wage nicht einmal, dir zuzuflüstern, was ich alles mit dir machen werde."

Ich nahm nicht einmal mehr wahr, dass es eine Welt um uns herum gab. Tom machte ernst.

„Haben wir überhaupt Kondome?", murmelte ich nervös.

„Worauf du dich verlassen kannst." Sein Blick sagte mir deutlich, dass eher Tom schlappmachen würde, als dass sein Vorrat ausging. Und wenn ich eine weitere Interpretation seiner glutvollen Augen wagen wollte, hätte Tom vor, kein Mal weniger als bis zu seiner absoluten Erschöpfung am Verbrauch dieser Bestände zu arbeiten.

Mein Atem kam etwas schwach. Ich würde tatsächlich diesen letzten Schritt mit ihm gehen.

Weil wir beide vollkommen verschwitzt von der Sonne waren, machte ich den Vorschlag, vor dem Essen noch schnell duschen zu gehen. Tom sah aus, als malte er sich bereits aus, wie ich gleich unter der Dusche stünde.

Tom zog mich zurück zum Wanderweg. Wir gingen getrennt duschen. Es käme mir nicht in den Sinn, mich an einem solch öffentlichen Ort ertappen zu lassen. Gleichzeitig war es herrlich erregend, mir vorzustellen, dass Tom gerade nackt unter perlendem Wasser stand. Ich fühlte mich merkwürdig schwach. Allein die Vorstellung von der heutigen Nacht bescherte mir weiche Knie.

Tom würde aber gut auf mich aufpassen. Er war schließlich Arzt! Ich fand das ganz schön verrückt. Entsprechend grinsend nahm ich das Thema auf, als wir uns nach dem Duschen trafen. „Kann ich dich etwas fragen?“

Ich hatte das Gefühl, dass er etwas sagen wollte, aber er nickte und ließ mir den Vortritt.

„Nimm das bitte nicht persönlich, ich bin nur neugierig. Aber wie machst du das als Vampir mit der Medizin?“ Er zog eine Augenbraue empor, also fügte ich an: „Wegen all dem Blut.“

Tom lächelte unsicher und rieb sich über den Nacken, als wüsste er nicht, wie er mir das in die richtigen Worte packen sollte. „Okay, also versteh *du* mich jetzt nicht falsch, aber es ist so am leichtesten erklärbar, okay?“

Ich nickte als Antwort.

„Ich will wirklich sagen, dass ich das nicht eins zu eins so meine“, nahm er vorweg. „Aber denk mal an einen Tierarzt. Er *isst* Kühe und Schweine sogar, aber heilt sie trotzdem, ohne dass er bei einer Operation das Steakmesser auspackt oder größere Überwindung bräuchte, es nicht zu tun. Das ist ein schlechter Vergleich zu Menschen. Ich meine nur, dass bloß, weil Blut mir schmeckt, ich trotzdem meinen Job machen kann.“

Ich nickte langsam. Es klang wirklich merkwürdig, aber der Vergleich war anschaulich. „Du kannst auch von Vampiren trinken, oder?“

„Natürlich. Aber wenn Vampire immer nur von Vampiren trinken, das ist wie die *Reise nach Jerusalem* zu spielen: Da gibt es immer einen Stuhl zu wenig, egal wie oft man im Kreis läuft. Irgendwie muss in diesen Kreislauf neues Blut eingeführt werden. Es hilft nichts, wenn wir uns sozusagen reihum einen Kredit geben. Am Ende bleibt immer jemand übrig, sprich hungrig. Wir sind auf menschliche Hilfe angewiesen.“

Ich versuchte, einen Scherz zu machen. „So wie Finanzhilfen in hungernde Drittweltländer?“

Tom sah mich belustigt an, aber sein Blick machte mir deutlich, dass er sich nur darüber amüsierte, dass ich mit dem Gespräch von unserer brodelnden Anziehungskraft abzulenken versuchte.

Er sagte: „Wenn du glaubst, dass eine kalte Dusche irgendetwas an meinem inneren Feuer löschen konnte, sage ich dir gleich, dass ich kaum duschen konnte, weil das Wasser mehr oder weniger um mich herum verdampft ist.“

Ich lachte und Tom packte mich am Arm und zog mich an sich heran, presste seinen Mund an mein Ohr: „Ich kann es kaum erwarten, endlich in dir zu sein, Lea. Besonders nach letzter und vorletzter Nacht."

Augenblicklich bekam ich Atemnot. Ungläubig schaute ich ihn an.

Tom lächelte qualvoll süß. „Ach, Lea, von Sarah bist du doch ganz andere Sätze gewöhnt. Ich will nur, dass dir klar ist, wie sehr ich dich will und was ich ganz unvermeidlich mit dir tun werde."

Es war keinesfalls unangenehm. Im Gegenteil, mich machte Toms derbe Art ziemlich an. Das Vorspiel, das er sich für uns mit dieser Schnipselspur aus Worten ausgedacht hatte, heizte mir schon jetzt ein. Und der Abend war ja noch jung.

# ꟈ 21 Ꟊ

„Na, na, na“, hörte ich hinter mir eine fröhliche Stimme und erkannte Toms Vater darin. „Ihr sollt doch nicht euch essen, sondern die Spareribs“, erklärte er.

Dave meinte es sicher gut, aber ich war frustriert, dass unser herrlicher Kuss schon endete. Tom flüsterte mir zu: „Nachher, Kleines.“

Es war ein süßes Versprechen.

„Ich habe gar keinen Hunger“, sagte ich leise.

Tom grinste mich an. „Mir fällt auch einiges Besseres ein, als jetzt zu grillen. Ich habe das Gefühl, als würde ich selber schmoren müssen, solange das Fleisch durchzieht, weil ich nicht tun kann, was ich endlich darf und schon endlos will.“

„Hast du auch all diese Schmetterlinge in deinem Bauch?“, fragte ich ihn scheu.

„Lea, mein Bauch ist gerade mein geringstes Problem“, versicherte er mir mit einem verschlagenen Lächeln.

„Mein Herz klopft wie verrückt und meine Haut fühlt sich zu eng an“, wisperte ich weiter. Ich konnte meine Worte nicht aufhalten. All diese Empfindungen purzelten aus mir heraus und Toms Gesicht wurde ernst und glücklich zugleich.

Seine Finger streichelten unter meinem Kinn entlang.

„Dann geht es dir wie mir."

Ich sah tief in seine Augen und streifte all die goldenen Sprenkel zärtlich mit meinem Blick.

„Lea", flüsterte er. „Ich habe so gehofft, dass du mich eines Tages ansiehst wie jetzt."

„Es tut mir leid, dass ich so blind war", entschuldigte ich mich. „Wir könnten schon so lange zusammen sein und jetzt halte ich es keine Sekunde mehr aus."

„Auch diese Zeit geht noch vorbei." Tom gab mir einen sanften Kuss auf den Mund und wir gingen unserer letzten Aufgabe entgegen, bevor wir endlich allein wären. Dass die Zeit irgendwie verrinnen würde, war mein einziger Trost.

Toms Eltern standen um den Grill und ich hörte seine Mom sagen: „Wieso hast du die beiden bloß gestört, Dave?"

Tom räusperte sich und sie fuhren zu uns herum. Ein breites Lächeln spielte auf Jennys Gesicht, als sie uns sah.

„Hey, ihr zwei", sagte sie fröhlich und vergaß jeden Tadel an Dave. „Hattet ihr einen schönen Tag?"

Ich nickte und warf dabei einen Seitenblick auf Tom. Er sah aus wie ein Engel. Die goldene Sonne spielte Reflexe in sein herrliches Haar und konkurrierte mit dem Gold seiner funkelnden Augen. Er sah völlig gelöst und glücklich aus. Er zog mich fest an sich und sah mich verliebt an. Ich schlang meine Arme um seine Taille und lehnte unbeschwert meinen Kopf an seine Brust.

Erst dann fing ich Jennys Blick auf, wie sie uns beobachtete und anscheinend beinahe Tränen in den Augen hatte vor Rührung.

Ich war erstaunt. Sie wusste doch, dass wir zusammen

waren. Anscheinend war sie hoffnungslos romantisch. Langsam begann ich, mit meinem Zeigefinger eine Linie auf Toms Rücken zu beschreiben. Deutlich und unmissverständlich.

Er schluckte und schloss kurz die Augen. Als er sie wieder öffnete, sah ich, wie sein Mund die stummen Worte „Ich dich auch“ formten.

Ich hatte ihm ein Herz auf den Rücken gemalt.

„Küss mich“, bat ich ihn.

Seine Hand huschte über meine Wange. Behutsam hob er meinen Kopf und legte all seine Liebe in einen zarten Kuss, der kaum länger als eine Handvoll Sekunden dauerte, weil wir nicht alleine waren. Aber ich spürte, was ich brauchte, und bekam von ihm wieder, was ich selbst empfand.

Ich weiß nicht, wie viele Momente es im Leben gibt, die so rein sind, dass Glück wie ein geschliffener Kristall um alles herum strahlt. Aber meine Entscheidung für Tom war solch ein Diamant. Ich begriff, dass die Diamanten, die von Herzen kamen, wertvoller waren als alle Steine in Ringfassungen. Und sie waren tatsächlich die besten Freunde eines Mädchens.

Unablässig malte ich weitere kleine Herzchen um jeden einzelnen von Toms Rückenwirbeln und spürte, wie er unter der Berührung erschauerte. Ich wusste, auch er hatte einen perfekten Kristall aus Glück gefunden.

„Wir waren spazieren“, beantwortete ich mit reichlicher Verzögerung Jennys Frage. „Ich wusste gar nicht, dass hier wie ein kleines Atlantis eine ganze Stadt unter dem Wasser liegt.“

Jenny nickte. „Tom saugt Geschichte in sich auf, wo er

sie findet."

Wir setzten uns auf eine Bank und sahen dem selbsternannten Grillkönig Dave bei seiner Arbeit zu. Der würzige Rauch der Grillglut durchtränkte die Luft und ich wusste, dass Tom und ich die ganze Nacht danach riechen würden. Ich kuschelte mich an ihn und knabberte mit meinen Zähnen sanft an seinem Kieferknochen und Hals entlang. Ich liebte es, seine Gänsehaut auf meinen Lippen zu spüren.

„Lea", raunte er sanft, schluckte und schloss wieder verträumt die Augen.

Meine Finger neckten seine Wange. Ich koste ihn völlig ungeniert vor seinen Eltern. Es schien niemanden zu stören, am allerwenigsten Tom, der einfach nur genoss, dass ich ihn immer mehr glauben ließ, dass dies kein Traum war. Ich fühlte mich leicht und sorglos.

Mein Drang, ihn zu berühren, hatte nichts mit Lust, sondern mit meinen Gefühlen für ihn zu tun. Sie waren so allmählich in mein Bewusstsein gedrungen, dass ich nicht sagen konnte, wann es passiert war.

Toms Dad wendete das Grillfleisch und mein Magen zog sich hungrig zusammen. Eine Kleinigkeit würde ich wohl doch essen können. Es wäre aber auch eine Schande, all diese Köstlichkeiten unberührt zu lassen. Trotzdem wollte ich mich nachher noch bewegen können. *Ganz unbedingt* wollte ich mich nachher noch bewegen können.

„Dave und ich hatten auch einen schönen Tag", erzählte Jenny. „Wir sind erst Wassertreter gefahren und haben uns dann nach Elberton aufgemacht. Wir sind durch die Läden gebummelt, haben ein Eis geschlemmt und dein Dad hat seine neue Kamera ausprobiert. Wir haben sicher zwanzig Aufnahmen allein vom Gerichtsgebäude in der Innenstadt. Lea, kennst du Elberton?“

Ich schüttelte den Kopf.

„Ach, es ist so bezaubernd“, schwärmte sie. „Alles ist so beschaulich und gemütlich. Es gibt so hübsche Gebäude und Begrünungen. Sogar die kleine Kirche für St. John mit dem Friedhof hat etwas Verwunschenes. Aber das hübsche rote Gerichtsgebäude mit dem Uhrentürmchen und der weißen Kuppel gefällt mir am besten.“

„Die Kirchen sehen alle nett aus“, schaltete sich Dave ein, der in einer kleinen Rauchschwade verschwand. „Die presbyterianische Kirche ist sehr hübsch. Oder die Methodistische. Oder denk nur mal an St. Mary.“

Jenny lachte. „Dave mag historische Gebäude und auf Kirchen ist er ganz versessen. Meine Güte, unser letzter Europaurlaub war wirklich ein *Kreuzzug*.“

Ich schmunzelte. Die beiden waren so lebhaft in ihren Schilderungen und ich sah die Freude über ihre Erinnerungen am Glanz in ihren Augen. Bei Dave konnte das natürlich vom Rauch kommen.

„Lass mich raten“, sagte ich zu Tom. „Dein liebstes Kinderfoto zeigt dich mit einer Kirche im Hintergrund.“

Er lächelte. „Nein, es zeigt mich auf einer baumelnden Schaukel, die Dad an einen starken Eichbaumast gehängt hat. Und unser Haus ist im Hintergrund. Es war Frühling und alles grünte und blühte.“

„Ich erinnere mich“, sagte seine Mom. „Das war immer ein Gefecht mit dir und Megan um die Schaukel.“

Ich sah Tom nachdenklich an. Ob er Megan gegenüber wie Kyle war?

„Du warst bestimmt auch so ein Beschützer-Bruder,

oder?“, fragte ich ihn neugierig.

„Ja, sicher. Aber wieso *auch*?“

„Na, so wie Kyle.“ Ich zuckte mit den Schultern. „Er hat in der zweiten Klasse mal einen Jungen von mir weggezogen, der mich küssen wollte.“

Tom grinste. „Begrüßenswert“, lobte er.

„Hast du das mit Megan auch gemacht?“

Tom versank in seiner Erinnerung und ein schelmisches Lächeln legte sich auf seine Lippen. Er nickte langsam. „Da war mal einer, der ging gar nicht, war eher von der Aufreißersorte. Ich wollte nicht, dass Megan bloß eine von vielen für ihn wurde.“

„Und dann?“

„Ich habe ihm klargemacht, dass ich ein paar Sümpfe wüsste, die ihn willkommen heißen würden.“

„Tom!“, sagte ich fassungslos.

„Megan hat's nie mitbekommen.“ Er grinste und ich fragte mich, wie oft Kyle abseits meines Wissens Verehrer von mir vertrieben hatte.

„Das machen also alle großen Brüder?“, argwöhnte ich.

„Na, wenn sie ihre Schwestern mögen, würde ich sagen, ja. Liegt vielleicht dran, dass wir als erfahrenere Jungs zum Beschützen von euch kleinen, wehrlosen Wesen neigen.“

Haha, wehrlos. Das würde ich Tom schon noch zeigen!

„Außerdem“, fuhr er fort, „wissen wir am besten, was man als Junge am liebsten mit einem hübschen Mädchen anstellen würde. Das sind Dinge, die man selbst gern tut, aber niemanden mit seiner kleinen Schwester tun lässt.“ Er lächelte mich verschmitzt an.

„Ganz schön doppeldeutige Moral. Wo nehmt ihr denn dann bitte eure Eroberungen her, wenn jeder seine kleine Schwester behütet?“

„Na, ist doch klar“, meinte er listig. „Wir treffen uns mit den großen Schwestern.“

Ich musste lachen und schlug Tom auf den Oberarm. Einmal mehr fing er mein Handgelenk ein und sagte verschwörerisch: „Aber, Lea, ich habe dir doch gesagt, dass du es nicht als Schlagen zu tarnen brauchst, wenn du mich berühren willst.“ Er zwinkerte frech.

„Zu den Themen *Wehrlos* und *Schlagen* werde ich dich wohl noch näher aufklären müssen“, munkelte ich.

„Da freue ich mich schon drauf, kleine Wildkatze.“

Tom war einfach unverbesserlich, aber verflucht anziehend mit dieser Mischung aus gespielter Arroganz und zuvorkommender Sinnlichkeit. Ich wusste, er würde mich auf Händen tragen. Dennoch steckte ein kleiner Macho in ihm, der gelegentlich zum Spielen herauskam. Er schien es zu genießen, mit mir zu ringen. Vielleicht lag es daran, dass er mir körperlich überlegen war und fraglos jedes Duell gewinnen würde.

„So, die ersten Steaks und Spareribs sind fertig. Wer will?“

Wir saßen beisammen und ich tauschte mich mit Tom über seine Lieblingsfarben, -filme und -tiere aus, um mehr über ihn zu erfahren. Er mochte Blau, alle Filme unseres Filmabends, weil er mich da hatte in den Armen halten dürfen, und Löwen.

„Ich mag Schafe“, sagte ich. „Sie blöken so beruhigend. Und ich liebe es, wenn diese kleinen Lämmchen über die Wiesen hopsen.“

„Du magst bestimmt auch hopsende Kaninchen“, riet er.

„Klar.“

„Eichhörnchen magst du auch, oder?“
„Die sind wirklich süß.“
Er schnalzte amüsiert mit der Zunge. „Keine Ahnung. Hab sie nie gekostet.“
„Tom!“, entrüstete ich mich.
„Würde ich nie tun“, beruhigte er mich und streichelte meine Wange.
„Es gibt zwar Stockfisch, aber keine Stockeichhörnchen“, wandte Dave ein. Okay, der schräge Humor lag definitiv in der Familie.
Dabei konnte Tom so romantisch sein, wenn er nicht über Eichhörnchen sprach.
Er räusperte sich. „Bist du satt?“
Ich nickte. Wir waren keine zwei Stunden bei seinen Eltern gewesen. Doch zum Glück störte es sie nicht, als wir uns verabschiedeten. Jenny sagte: „Jetzt habe ich Zeit mit unserem Grillkönig.“ Sie zwinkerte vergnügt und Dave drehte sich lächelnd zu seiner Frau um.
Tom zog mich mit sich hoch. Wir trennten uns ein letztes Mal für diesen Abend. Nervös und zittrig machte ich mich auf der Toilette frisch. Ich wusste, dass ich heute nicht anders aussah als morgen, dennoch verabschiedete ich mich von meinem Spiegelbild. Denn etwas würde anders sein. Ich brach mit allen Vorurteilen, allen Schranken.
Die Perspektive war eben ausschlaggebend für die einzelnen Wahrheiten unserer Welt.
Wenn ich sagte, dass der Himmel romantisch schillerte, war es nicht gelogen.
Wenn ein Betrunkener sagte, dass er alle Sterne doppelt sah, so stimmte auch das.
Eine Eule würde meinen, die Nacht sei strahlend hell.

Ein Maulwurf würde sich beschweren, sie wäre schwarz wie seine Blindheit.

Für den einen war diese Nacht laut, für den anderen leise.

Sie alle hatten recht, obwohl jeder etwas anderes sagte.

Für Tom wäre diese Nacht möglicherweise silbern.

Für mich war sie ein Weltanfang.

Ich sah den Himmel in seinen Augen strahlen, als ich die goldenen Funken darin ausmachte. Tom wartete auf mich vor dem Waschraum. Ich drängte mich an ihn und er nahm meine Hand. Wieder verwob ich meine Finger mit ihm, spürte die Rauheit seiner Handflächen und die Weichheit seiner Fingerkuppen.

Gemeinsam gingen wir zu unserem Zelt. Tom öffnete es und ließ mir den Vortritt. All die Schmetterlinge waren zurück und in wildem Aufruhr. Ich legte mich auf den Rücken und streckte verlangend die Arme nach ihm aus. Tom folgte meiner Einladung.

„Küss mich", bat ich ihn.

Seine Lippen erdeten mich und ließen mich gleichzeitig auf meinem wilden Herzschlag davonschweben. Er küsste mich so bedächtig, so kostend, als sei dies das erste Mal.

Ich bebte unter seinem Mund und er seufzte kehlig.

„Oh, Lea", flüsterte er.

Ich schlang meine Arme fester um ihn, spürte ihn auf voller Länge auf mir, sein herrliches Gewicht drückte mich zu Boden, der nur durch die Matten und Schlafsäcke abgefedert war. Es fühlte sich eigenartig urtümlich an. Allein mit ihm in der Wildnis auf würzigem Waldboden, das Geräusch vom Fluss, der Gesang der Grillen, das Platschen von Fröschen. Es war nicht schwer, sich vorzustellen, dies könnte eine Höhle sein und wir zweihunderttausend Jahre vor unserer Zeit. Oder ein Zelt in der Prärie in einer Zeit, bevor der weiße Mann das Land besiedelt hatte. Ich war allein mit ihm und es war egal, *wann* wir waren. Ich hätte durch alle Zeiten hindurch so mit Tom liegen können.

Er strich mit seinen Fingern durch mein Haar, verteilte es wie einen Fächer um meinen Kopf. „So weich", murmelte er.

Ich fühlte mich schön in seinem Verlangen. Meine Hände strichen über seinen Nacken, seine Muskeln, spürten jedem Strang und jeder Wölbung nach. Ich erkundete ihn, fühlte die Hitze seiner Haut durch den Stoff strömen. Ich wollte ihn nackt auf mir und mir doch noch viel mehr Zeit lassen. Dabei konnte ich jede Sekunde kaum ertragen, die noch nicht so intensiv war, wie sie es sein könnte.

„Lea", stöhnte er. „Darf ich an deinen Lippen knabbern?"

Ich wusste, dass er mich nicht beißen würde. Er hatte es versprochen. „Ich vertraue dir."

Sanft, unendlich sanft, begann Tom, an meiner Unterlippe zu nagen. Er war so zart, als wäre ich das Kostbarste auf der Welt. Ich wölbte mich ihm entgegen, soweit es der Druck seines Körpers zuließ. Tom war sicher fünfzig Pfund schwerer als ich. Er war Muskeln und Energie. Es war verdammt heiß.

Er war mein Jäger und ich seine Beute. Er hatte mich gefangen und spielte mit mir. Ich strich durch sein Haar, es war weich wie schwarze Seide.

Mein Magen zog sich verlangend zusammen. Ich hätte nie geglaubt, wie erregend Toms Bisse sein konnten. Er ritzte meine Haut nicht auf und grub schon gar nicht seine Fänge in mich hinein. Flüchtig und vorsichtig wanderte er mit Mund und Zähnen über meinen Hals und es erregte mich, denn es war verrucht und gefährlich. Seine Zungenspitze rieb Kreise über meinen pochenden Puls. Er hatte meine Schlagader gefunden und leckte so zärtlich daran, dass ich vor Hingabe fast zersprang. Mein Herz schlug schneller und Tom spürte meinen hämmernden Puls. Er knurrte, aber erstickte das Geräusch durch seinen Mund an meiner Haut. Ich spürte das Vibrieren seiner Lippen.

Tom hob seinen Kopf und sah mich fragend an. Als er keine Angst in meinen Augen fand, war er zufrieden.

„Sag es", forderte er mich auf.

Ich bebte unter ihm. „Was denn?"

„Sag, dass ich dein Vampir bin." Seine Stimme war heiser und dunkel. Diese Klangfarbe, dieses Timbre kosteten mich alle Beherrschung.

„Tom ..."

„Sag es."

„Vampir", flüsterte ich. Und zum ersten Mal hatte dieses Wort eine tiefe Sehnsucht für mich.

Er stöhnte auf, nagte wieder mit seinen Zähnen an meinem Hals entlang. „Noch mal, sag es noch einmal."

„Du bist mein Vampir."

Ich bekam eine Gänsehaut. Seine Hände schoben sich auf meine Brüste und er begann, mit seinen Daumen über meine Spitzen zu reiben. Sie wurden sofort hart und er entlockte mir ein Stöhnen.

„Vampir", wiederholte ich es noch lustvoller. Ich warf meinen Kopf in den Nacken und streckte ihm meinen Hals entgegen, denn ich wusste, dass er mich nicht beißen würde. Dieses Vertrauen war so unglaublich intensiv und erregend, als würde ich mit einer lebensgefährlichen Raubkatze spielen.

Er begann mich auszuziehen. Seine Hände strichen tiefer und schoben mein Shirt hinauf. Er nahm mich an meinen Unterarmen darin gefangen wie in seiner Geburtstagsnacht, als wollte er sie wiederholen und nur den Ausgang verändern. Erneut ruhte eine Hand fest an meinen Handgelenken und dem fesselnden Stoff, während die andere sich hinab zu meinen Brüsten bewegte und mal hierhin mal dorthin strich und verweilte.

Seine Handfläche war warm und rau und erregte mich maßlos. Sein Mund knabberte tiefer und seine Zunge leckte unter meinen BH, fand eine Brustwarze und glitt darüber. Hilflos stöhnte ich auf. Meine Finger öffneten und schlossen sich, griffen nach seinem unerreichbaren Haar. Ich wollte mich winden und konnte es nicht.

„Lass deine Arme oben“, verlangte er und wanderte mit seiner Hand hinab. Er griff hinter meinen Rücken und öffnete den Verschluss meines Büstenhalters. Dann schob er ihn hinauf zum Shirt und betrachtete mich hungrig. Seine Zähne ragten hervor, seine Lippen waren feucht von seinen Küssen und seine Augen glänzten gierig.

„Wunderschön“, flüsterte er und senkte erneut seinen Kopf zu meinen Brüsten. Erst nur mit seinen Lippen und seiner Zunge, dann mit seinen Zähnen neckte er mich und ich konnte kaum noch stillhalten.

„Tom, ich kann nicht mehr“, flüsterte ich atemlos.

„Doch, du kannst sogar noch viel mehr.“ Und wie um seinen Worten Nachdruck zu verleihen, drückte er sich fester zwischen meine Schenkel und fing an, sich an mir zu reiben. Ich spürte das Kreisen seiner Hüften und seinen Atem auf meiner Haut.

Langsam, ganz langsam, nahm er den sanften Takt auf, den er haben würde, wenn er erst in mir wäre. Überwältigt nagte ich an meiner Unterlippe.

„Ja“, stöhnte er. „Ich liebe es, wenn du deine süßen Zähne benutzt.“

„Dann komm zu mir und lass dich beißen“, lud ich ihn ein.

Seine Lippen suchten meinen Mund und ich hieß ihn mit meinen Zähnen willkommen, biss zart in seine Unterlippe und tauchte mit meiner Zunge in seinen Mund. Tom fiel mit einem ungekannten Feuer über meinen Mund her.

Ich entledigte mich meiner Fesseln, krallte meine Hände in sein Shirt und zerrte ihm den Stoff vom Oberkörper. Tom stemmte sich auf, damit er heraus konnte. Ich warf das Hemd zur Seite und sah endlich wieder seinen herrlichen Körper. Tom verschränkte seine Finger mit meinen, drückte meine Hände seitlich neben meinen Kopf und stützte sich am Boden auf. Ich war gefangen unter seinem Körper.

Er betrachtete mein Gesicht, während er sich weiter zwischen meinen Hüften bewegte. Plötzlich hielt er inne. „Ich kann mich gar nicht entscheiden.“

Atemlos schaute ich zu ihm auf. „Weswegen?“

„Ich liebe es, dich zu fesseln und wehrlos unter mir zu haben. So sehr, dass du mich anflehst.“

Mein Bauch kribbelte. „Aber?“

„Aber deine Hände auf meinem Körper sind auch perfekt.“

Er hielt meine verwobenen Finger noch fester und presste mich mit seinem Gewicht zu Boden. Tom legte den Kopf schief und schien wohl eine Entscheidung getroffen zu haben. Er schob meine Hände über den Kopf, bewegte sich auf mir und kreiste seinen Kopf im Nacken. Dann fokussierte er mich, stöhnte und bewegte sich weiter.

„Bitte, Tom."

*Erlöse mich.*

Er glitt mit seinen Händen meine Arme hinab, tiefer, bis zum Bund meiner Hose.

In einer fließenden Bewegung kniete er sich hin und öffnete den Verschluss, um mich zu entkleiden. Meinen String zog er zusammen mit der Hose von meinem Leib bis ich völlig entblößt vor ihm lag. Ein Flackern ging durch seinen Ausdruck und er griff nach dem Verschluss seiner eigenen Hose. Tom richtete sich auf seinen Knien auf und streifte die Shorts über seine Hüften. Dann hakte er seine Daumen in den Bund seiner Unterhose und zog sich langsam aus.

Ich platzte vor Lust, als ich seinen Schwanz endlich sah und nicht bloß durch den Stoff spürte. Tom war hart und ziemlich gut ausgestattet. Ich sah das Spiel seiner Bauchmuskeln und einige Lusttropfen auf seiner Spitze glänzen. Tom warf die Hosen zur Seite.

Ich berührte ihn und verrieb die Feuchtigkeit auf seiner Eichel. Zischend sog Tom den Atem ein und beobachte meine Hand. Langsam begann ich, ihn zu massieren. Er schloss die Augen, legte den Kopf in den Nacken und stöhnte. Seine Lippen waren halb geöffnet und seine Zahnspitzen schimmerten hervor. Ich fand meinen Takt, in den er immer wieder hineinstieß.

Dabei hauchte ich ihm Küsse auf die Brust. Zunge, Lippen, Zähne. Immer im Wechsel. Dazu der sündige Takt meiner Hände.

„Lea, nicht“, stöhnte er schließlich und entzog sich mir. Als er seine Augen öffnete und mich ansah, stand purer Hunger in ihnen. Tom drückte mich zurück auf den Schlafsack. „Ich will nicht in deinen Händen kommen.“

Mit eiligen Handgriffen holte er ein Kondom aus seinem Rucksack, riss die Verpackung auf und streifte es sich über. Ich roch Latex und verspürte ein hektisches Flattern im Bauch. Nur noch wenige Sekunden ...

Tom beugte sich über mich, spreizte meine Beine und stützte sich am Boden ab. Ich spürte seinen Schwanz und mir wurde schlagartig heiß. Er knabberte an meinem Schlüsselbein entlang den Hals hinauf, fand meinen Mund und versiegelte ihn mit einem animalischen Kuss. Die ganze Zeit rieb ich an seinem Schaft entlang und jedes Mal entzog er sich mir vor der letzten Konsequenz.

Dann schließlich hörte ich einen kehligen Laut aus seinem Hals dringen. Tom packte meine Hände und hielt sie wieder über meinem Kopf zusammen. Er senkte sich auf mich hinab, doch drang noch nicht ein.

„Ich bin viel zu erregt“, sagte er mit tiefer, schaudernder Stimme. Ich hörte all die Lust darin.

„Gibt es einen besseren Zeitpunkt?“, neckte ich ihn nervös. Ich wollte ihn so dringend spüren.

„Lea, ich will, dass es einmalig ist. Aber ich weiß nicht, wie lange ich durchhalte.“

„Na, und?“ Ich knabberte an seinem Ohrläppchen. „Ich will, dass du hemmungslos bist.“

Tom lächelte gequält. „Was ist mit Romantik?“

Ich küsste ihm zart den Hals und biss ihn dann

hungrig in seine Schulter. Ein Beben durchlief seinen Körper.

„Bitte, Tom“, flehte ich ihn an. Dann lächelte ich. „Du magst es doch, wenn ich dich anflehe.“ Meine Stimme wurde sündig. „Bitte, fick mich, Tom.“

Sein Blick war reiner Hunger. „Ich werde mich immer daran erinnern“, versprach er.

Er glitt mit seiner freien Hand zu seinem Schwanz und brachte sich in die richtige Position. Noch einmal küsste er mich. Dann senkte er seine Hüfte langsam auf mich nieder. Ich keuchte auf, als er in mich drang. So lange hatte ich keinen Mann mehr gespürt, noch nie war es Tom gewesen. Eine süße Qual. Er nahm seine Hand wieder hoch und hielt mich fest.

„Sieh mich an“, forderte er mit rauer Stimme. Ich blickte in seine goldbraunen Augen, die so voller Lust waren. „Sieh mich an, Lea, wenn ich in dich stoße. Ich will, dass du dich daran erinnerst.“

Er knabberte sanft an meinem Kinn und schaute wieder in meine Augen.

„Erinnere dich, Lea“, raunte er und stieß etwas tiefer. Unsere Blicke verbanden sich. Ich spürte jeden Millimeter seiner Härte, sah die Lust, die es ihm bereitete, in seinem Gesicht. Es war ein völlig anderer Tom. Animalisch und versunken in Sex.

„Ich erinnere mich“, wisperte ich.

„Sag es. Sag Vampir.“

Ich stöhnte, als er mir noch ein paar Millimeter gab, um seinen Worten Nachdruck zu verleihen.

„Vampir“, flüsterte ich.

„Ja.“ Er stöhnte auf. „Sag meinen Namen, Lea.“

„Tom.“

„Sag es.“ Noch ein Zentimeter folgte.

„Tom. Vampir. Du bist mein Vampir. Bitte ...“

Er drang die letzten Zentimeter in mich ein. Wir stöhnten beide auf. Tom begann, in mich zu stoßen. Nie würde ich es vergessen. Ich spürte seinen nackten Körper und wie er mich um den Verstand brachte. Immer schneller trieb er sich an und ich umschlang ihn fester mit meinen Beinen. Ich löste meine Hände aus seinem Griff und strich über seinen kräftigen Rücken.

Ich leckte über seine köstliche Haut, die herb und salzig schmeckte. Der Duft unseres Schweißes lag in der Luft. Drängende Bewegungen. Sein keuchender Atem. Das Klatschen unserer Körper. Ich kratzte über seinen Rücken.

Als Tom kam, stöhnte er laut auf. Ich hatte nie etwas Schöneres gehört und klammerte mich an ihm fest. Schließlich blieb er erschöpft auf mir liegen. Er war noch immer in mir. Ich genoss die sanfte Stille um uns und spürte Toms Lippen an meinem Hals. Seine Hand wanderte an uns hinab, glitt zwischen meine Beine und ich rang nach Atem.

„Tom“, flüsterte ich. „Was tust du da?“

Ich hörte ihn leise auflachen. „Ich verschaffe dir Lust.“

„Aber ...“

„Ich bin schon gekommen?“, beendete er meinen Satz.

„Ja.“

Tom leckte über meinen Hals. „Tut mir leid, dass ich nicht länger ausgehalten habe. Ich war zu verrückt nach dir und du hast dich besser angefühlt als jeder Traum.“ Dann sah er mich ernst an. „Aber das heißt nicht, dass du nicht auf deine Kosten kommst.“

„Du musst das nicht ...“ Ich brach ab. Seine Finger

massierten mich weiter.

„Ich will es aber. Damit fangen wir gar nicht erst an“, sagte er mit fester Stimme. „Dass nur ich meinen Spaß habe. Es ist ganz einfach, Lea. Wenn ich komme, kommst du auch. Das verspreche ich dir.“

Ich schluckte, war taumelig und erregt. Ich wand mich unter seinen Berührungen und flüsternden Versprechen. Sein Blick war so durchdringend, während er seine Hüfte fest gegen mich presste, damit er nicht aus mir glitt. Ich sah die Lust in seinen Augen, spürte ihn in mir härter werden. Das hier machte ihn verdammt an.

„Deine kleine Perle ist ganz geschwollen“, raunte er. „Du kannst es nicht aufhalten.“

Ganz winzige rhythmische Stöße gingen von seiner Hüfte aus, als wollte er sich tiefer in mich schieben. Ich spürte, ihn in mir wachsen. Härter, immer härter. Kreisend, immer kreisend um meine Klit. Stöße vor und zurück. Lüstern. Hemmungslos.

Ich begann zu zittern, Schweiß rann über meinen Körper. Noch nicht, noch nicht. Ich versuchte zu verhindern, was er mit mir machte.

„Aaah!“ Mein Atem kam immer zittriger. Ich gab auf. Drängte gegen ihn. Rieb mich an seinen Fingern. Ritt auf seinem Schwanz. Rein, raus. Hart, immer härter. Tom keuchte, bewegte sich kraftvoller. Mein Gesicht kribbelte. Ich spürte, wie sich mein Blickfeld verdunkelte. Wie ich immer empfindlicher wurde. Immer gieriger, dass ich es nicht mehr aushielt. Mein Höhepunkt pulsierte durch mich hindurch und ich zuckte um Toms Glied. Bis ich völlig ermattet liegenblieb und die Augen schloss.

Verflucht, war das gut. Als ich ihn wieder ansah,

blickte er mir tief und gebannt in die Augen, und ich sah die Befriedigung in seinem Blick. Er durfte ruhig stolz sein. Ich war herrlich erledigt.

„Das ist noch viel schöner, als wenn du errötest“, raunte er. „Ich habe dich kommen gespürt.“

Unter unseren Stößen war er völlig hart geworden. Tom zog sich aus mir zurück und rollte das Kondom ab. Dann benutzte er ein neues, legte sich auf mich und drang sofort wieder in mich ein. Ich liebte es, wenn er verloren stöhnte.

„Dieses Mal kann ich länger“, versprach er.

# ℘ 22 ℘

Als ich erwachte, war ich noch immer erschöpft und gleichzeitig voller Energie. Tom lag schlafend an meiner Seite. Er wirkte friedlich. Der Wimpernkranz seiner geschlossenen Lider warf Schatten auf seine Wangen. Er war wunderschön, sein Haar war verstrubbelt und zerzaust. Nackt lagen wir in der Schwüle des Zeltes. Ich war glücklich.

Leise erhob ich mich, zog ein paar Sachen über und verschwand zu den Waschräumen. Der Morgen war jung, erste Vögel zwitscherten und das Morgengrau wurde von vereinzelten Sonnenstrahlen vertrieben. Ich sah, wie sie den Himmel in ein herrliches Rosa tauchten. Die Luft war kühl und klar und der Savannah River trieb am Ufer vorbei. Die Dusche tat himmlisch gut, denn ich spürte jeden Muskel meines Körpers.

Als ich den Reißverschluss vom Zelt aufzog, setzte Tom sich auf und betrachtete mich still. Er forschte in meinem Gesicht nach einem Rückzieher, doch er fand nur ein warmes Lächeln.

„Ich hatte schon Angst, du wärst auf und davon“, murmelte er.

„Nachdem du mich gestern zu deiner Sexsklavin gemacht hast?“, sagte ich zwinkernd.

Kurzerhand zerstreute ich seine Unsicherheit, indem ich diesmal ihn verführte. Toms Brustkorb bewegte sich unter seinem heftigen Atem. Meine nassen Haarsträhnen fielen über seine Haut. Tom war hart und warf mich auf den Rücken.

„Ich werde mich nie daran gewöhnen, dass dieser perfekte Körper jetzt mir gehört. Du gehörst mir", raunte er.

Dann schliefen wir miteinander.

„So haben wir im Flur gelegen", stöhnte er.

„Ich glaube, da waren wir bekleidet." Ich keuchte unter seinen Stößen.

„In meiner Fantasie waren wir es nicht", bekannte er und stieß erneut tief in mich.

„Und wir haben definitiv nicht gevögelt."

„Das war in meiner Fantasie auch anders."

Und ich war damals gedanklich noch beim Küssen kleben geblieben!

„Was hast du gedacht, als ich dich gebissen habe?", fragte ich ihn atemlos.

Er sah mir tief in die Augen. „Das willst du nicht wissen. Ich bin dein Vampir, Kleines." Tom hielt inne und wartete meine Reaktion ab.

„Dracula", neckte ich ihn. „Ich vertraue dir." Ich gab ihm einen zarten Kuss auf den Mund.

„Das kannst du auch. Aber immer wenn du mich beißt, will ich dich zumindest nackt sehen."

Da ich bereits nackt war, biss ich ihm in die Schulter.

Er keuchte auf und bewegte sich weiter. „Vielleicht denke ich auch ein bisschen darüber nach, wie ich dich beiße", gestand er.

„Wie würdest du mich denn beißen?", flüsterte ich.

Tom warf den Kopf in den Nacken und fluchte. Das hielt ihn nicht davon ab, seine Hüften zu bewegen. Rein. Raus. Rein. Tief, schön tief. Als sein Blick zu mir zurückkehrte, war er verhangen und dunkel, als gäbe es eine andere Seite in Tom, die zum Spielen herauskommen wollte. Waren die goldenen Sprenkeln um seine Pupillen gerade flüssig geworden? Etwas in seinen Augen hatte sich definitiv verändert. Mir dämmerte, dass die Sterne, die ich immer so gerne darin betrachtet hatte, sein vampirisches Erbe waren. Sie füllten nun beinahe seinen ganzen Blick aus. Nur die Pupillen stachen hervor.

„Ich träume davon, dir mit meinen Zähnen Striemen am Hals zu ziehen, so wie du meinen Rücken zerkratzt", gestand er. „Ich stelle mir vor, wie ich mit der Zunge darüber lecke und ganz leicht deinen Geschmack von Blut koste."

Ach? Ich krallte meine Hände um seinen Nacken. Führten wir wirklich diese Unterhaltung, während wir …

„Das würde dir reichen?" *Atme, Lea. Atme.*

Er lächelte, als wäre das eine drollige Idee und schüttelte den Kopf. „Nein, das wäre zum Appetit machen."

Ich schluckte und schloss kurz die Augen. „Und dann?"

Wieder ein Stoß seiner Hüften. Seine Daumen begannen, meine Handflächen zu massieren.

„Dann würde ich mit meinem Mund tiefer wandern."

Tiefer? Wieso? Mein Hals war doch oben.

Er sah meine Irritation und lächelte erneut. „Du dachtest nicht ernsthaft, dass wir nur in Hälse beißen, oder?"

Ähm. Eigentlich schon. Lasst uns darauf anstoßen,

dass ich hinterm Mond lebe.

Sein Mund wanderte zu meinem Hals. Tom schabte leicht mit den Zähnen an meiner Haut entlang, ohne eine Verletzung zu hinterlassen. Seine Zunge glitt darüber und ich bekam eine Gänsehaut. War das die Trockenübung dessen, was er mir erzählte? Dann wanderte sein Mund tiefer und knabberte an der Seite meiner Brust entlang.

„Hm“, murmelte er. „Hier wäre eine gute Stelle zum Beißen.“

Dann stieß er wieder vor. Herrlich tief. Seine Hüften vollführten langsame Stöße. Ach du ... Heilige.

„Am liebsten würde ich dich so willenlos machen, dass du mich anbettelst, dich zu beißen, nur um endlich kommen zu können“, raunte er. Er schien zu spüren, wie ich mich verspannte, und murmelte: „Natürlich nur, wenn es Bestandteil unserer Beziehung wäre.“

Doch das war es ja nicht. Stattdessen schlief er einfach nur mit mir, bis wir beide zersprangen. Ich drehte den Kopf zur Seite und zerrte mir den Schlafsack vor den Mund, als ich laut zu stöhnen begann. Toms kehlige Laute wurden nur gedämpft durch seinen Mund auf meiner Haut. Gierig saugte er an meinem Hals, obwohl er kein Blut von mir trank. Als ich kam, biss ich in den Stoff, um nicht zu schreien.

„Weißt du, was das Geheimnis ist, immer wieder zu kommen?“, fragte er mich mit rauer Stimme. Er wartete nicht auf meine Antwort. „Man hört nicht auf.“

Minuten vergingen, ohne dass wir uns bewegten. Dann hörte ich Tom leise lachen.

„Ich nehme an, dass es zwecklos ist, wenn ich dir einen

Strauß Blumen kaufe, um so zu tun, als wäre ich ein echter Gentleman, oder?“ Ich lachte ihn aus und er schmunzelte wenig reumütig. „Dachte ich mir.“

Mit seiner Fingerspitze zog er feine Linien durch den Schweiß auf meiner Haut, strich hinauf und umkreiste den vermutlich größten Knutschfleck der nördlichen Hemisphäre. Ich legte meine Hand auf seine Wange und sah ihn voller Liebe an.

Tom schüttelte den Kopf. „Lea, ich ...“ Er schluckte schwer. „Ich habe noch nie so die Kontrolle verloren.“

„Was die eine Sache angeht, die du mir versprochen hast, hast du die Kontrolle nicht verloren“, erinnerte ich ihn.

Er nickte. „Das wird auch nicht passieren. Ich schwöre es dir. Dieser süße Fleck hier entstand nur, weil es zu meiner Fantasie gehörte, an deinem Hals zu saugen. Dafür brauchte ich die Zähne nicht.“

Ich lächelte ihn an und schob ihn sanft von mir herunter. „Du wiegst eine Tonne.“

Tom gab mich frei und streckte sich neben mir aus. „Tut mir leid.“

„Schon okay.“

„Ich bin ziemlich über dich hergefallen.“

„Ach wirklich?“, fragte ich gespielt. „Haben wir schon angefangen? Ist es etwa schon vorbei?“

Ich zahlte ihm damit seine frechen Kommentare vom Daumenrangeln heim.

Wieder schüttelte er den Kopf und machte schnalzende Geräusche mit seiner Zunge. „Du solltest mich nicht herausfordern, Lea.“

Wir beschlossen, duschen zu gehen. Ich war vor Tom zurück beim Zelt und so bummelte ich zum Ufer und setzte mich ins Gras. Ich beobachtete ein kleines Eichhörnchen in den Bäumen verschwinden, hörte die Vögel und atmete die Natur. Im Rasen neben mir blühte eine lila Blume. Sie hatte viele Blütenblätter. Ohne nachzudenken zupfte ich sie aus und drehte sie am Stängel in meinen Händen. Ich schmunzelte und sah zu den schimmernden Wellen, die im goldenen Licht des Morgens wie alle Schätze von Fort Knox glänzten.

Es war absurd, doch ich nahm das erste Blütenblatt zwischen die Finger.

„Er beißt mich." Ich zupfte es aus.

„Er beißt mich nicht." Ein weiteres Blättchen folgte.

„Er beißt mich." Ein drittes Blütenblatt trieb auf den Wellen dahin.

„Er beißt mich nicht." Allmählich wurde ich nervös, auch wenn noch zu viele Blättchen daran waren, um zu sagen, wie das alte Spiel ausging. Tom hatte geschworen, mich nicht zu beißen.

„Er beißt mich."

Aber ich hatte den Hunger in seinen Augen gesehen.

„Er beißt mich nicht."

Er konnte unglaublich zärtlich mit seinen Zähnen sein und mich vergessen lassen, wovor ich mich fürchtete.

„Er beißt mich."

Doch ich hatte ein schlechtes Gewissen, dass er mit mir unvollständig blieb, egal, was er bekundete.

„Er beißt mich nicht."

„Was tust du da, Lea?", fragte er von hinten.

Erschrocken warf ich die Blume ins Wasser, ohne dass sie mir ihr Geheimnis verraten hätte. Sie nahm es mit sich den Savannah River hinab bis ins Meer. Falls nicht vorher eine bunte Ente käme und sie verputzte.

Lächelnd drehte ich mich zu ihm um. „Auf dich warten."

„Hm, das habe ich mir lange gewünscht." Er schlang seine Arme um mich.

„Bereust du es?", fragte ich ihn zaghaft. „Weil du und ich nicht bis zum Letzten gehen?"

„Ich habe es dir schon einmal gesagt, ich will dich, die Frau, nicht die Blutspende."

„Aber du wünschst es dir."

„Oh ja", sagte er ehrlich. „Ich wünsche es mir. Das habe ich mich getraut, dir heute Morgen zu zeigen. Vielleicht wirst du eines Tages dafür bereit sein. Aber wichtig ist, dass du mit mir zusammen bist. Wenn du magst, kannst du mich auch gern einmal in eine Blutbank begleiten", schlug er vor. „Ich dränge dich zu nichts. Aber falls du es willst, ich habe nichts dagegen."

Er grub sein Gesicht in mein Haar und sog meinen Duft ein: „Ich kann es rattern hören in deinem hübschen Kopf. Aber du solltest nicht versuchen, dir meinen zu zerbrechen."

Ich lächelte ertappt.

„Lea, ich treffe meine eigenen Entscheidungen. Ich betrachte dich nicht als Nahrung. Ich will dich mehr als Blut. Wie sonst hätte ich all deine Sticheleien ertragen?"

Verlegen gab ich zu: „Ich dachte, so eine Behandlung durch Menschen wäre für dich normal. Du hast ja kaum einen Untermieter bekommen ..." Reumütig sah ich ihn an. „Was war ich für ein Biest?"

Er nickte. „Lass uns das für den nächsten Kostümball in Erinnerung behalten. Dann gehen wir als ‚*Der Schöne und das Biest*'."

Ich knuffte ihn in die Seite. „Wird hier ein

Eckzahnträger vorlaut?"

„Süße, wir haben beide Eckzähne."

„Ja, aber deine sind ergonomisch angep..." Ich hielt mir die Hand vor den Mund. Fast wäre mir Sarahs Kommentar herausgerutscht.

Doch Tom lachte schon.

„Hey, hör auf, mich auszulachen!", protestierte ich und schlug einmal mehr spielerisch nach ihm.

Wieder fing er meine Hand ein, strich sich damit über die Wange und knabberte dann ziemlich verrucht an meinen Fingern. „Ich habe es dir doch schon mehrmals gesagt: Wenn du mich berühren willst, musst du es nicht als schlagen tarnen."

Meine Augen wurden schmal. „Vielleicht ist das ja Teil meiner Persönlichkeit."

Er zwickte mich mit seinem Eckzahn in den Daumen und blies dann sanft seinen Atem darüber. Dann lächelte er schelmisch. „Willst du mir gerade deine Domina-Neigungen offenbaren?"

Ich japste nach Luft. *Wie bitte?*

„Ich dachte ...", fuhr Tom im Plauderton fort, „... dass die einem den Hintern versohlen und nicht die Oberarme. Oh Schatz, wenn du dich anatomisch noch nicht so auskennst ..." Er drehte sich zur Seite, so dass ich sehen könnte, worauf er eben gesessen hatte. „Das da ist mein Hintern. Ich habe das ja noch nie ausprobiert, aber wenn du auf so wilde Spiele stehst, dann ..."

„Ahhh!", beschwerte ich mich und stürzte mich auf ihn. Wir balgten durchs Ufergras. „Ich glaube, du wirst zu frech. Ihr Kerle seid doch alle gleich: Erst höflich und nett und wenn ihr uns rumbekommen habt, dann tragt ihr löchrige Shirts, bekommt Bierbäuche und nehmt euch zu viel raus."

„Ach, ehrlich? So geht das?" Er sah an sich herunter und wackelte dann mit den Augenbrauen. „Schatz, bring mir Bier. Ich muss mir ein Bäuchlein ansaufen."

„Von wegen der Schöne und das Biest. Der Feiste und die ..."

„Hexe?", schlug Tom vor.

„Ich geb dir gleich Hexe."

„Oh ja, Baby. Hier musst du draufhauen." Er zeigte auf seinen Hintern.

Wir hörten ein Räuspern hinter uns und ich sah erschrocken hoch, während Tom nur weiter grinste.

„Herr Tilly", murmelte ich entsetzt. Wie lange stand er da schon?

„Dave, Lea, nenne mich doch Dave. Äh ..." Er sah etwas betreten aus. „Ich scheine ja ein gutes Timing zu haben."

Innerlich nickte ich.

„Aber wo ich schon da bin, also, ich meine, warum ich eigentlich da bin ..." Er blinzelte irritiert.

„Tom, geh von mir runter", zischte ich.

Mein Gott, wir machten seinen Dad völlig verlegen. Tom grinste schelmisch, als würde es ihm gefallen, mich rot anlaufen zu sehen. Dafür würde er noch was erleben.

Zum Glück stand er auf und zog mich mit sich auf die Beine. Ich wollte einen Schritt zur Seite treten, doch Tom schlang von hinten die Arme um mich. Ich lächelte Dave verzeihend an und wollte ihm damit die Gelegenheit geben, nun etwas unbefangener mit seinem Anliegen herauszurücken.

Da verpasste Tom mir einen kleinen Stups mit seiner Hüfte und drückte mir etwas Hartes, von dem ich wetten mochte, dass es keine Knarre war, an den Hintern. Ich lief erneut rot an und Tom hatte den Nerv mir ins Ohr zu flüstern: „Rot steht dir."

Das schrie förmlich nach Rache.

Ich wandte mich an Dave. „Können wir dir helfen? Tom hat heute viel Energie. Er hilft sicher gerne irgendwo anpacken", schlug ich freimütig vor.

„Danke, Schatz", murmelte Tom.

Dave schüttelte den Kopf. „Nein, wir wollten nur frühstücken und danach in den bewaldeten Hügeln wandern. Es gibt hier viele Tiere. Biber, Otter, Adler, Eichhörnchen, Stockenten, Nerze und so. Wir könnten bei den Biberdämmen am Wasser starten und dann unseren Ausflug ausdehnen. Natürlich nur, wenn ihr Lust habt."

Tom bohrte mir erneut sein Zepter in den Hintern. Ich fand ja, dass er Schmoren verdient hatte. Daher nickte ich völlig angetan.

„Oh, Dave, das ist ja ein wunderbarer Vorschlag." Ich unterstrich das, indem ich begeistert in die Hände klatschte, als hätte er eben einen Blumenstrauß aus dem Hut gezaubert.

Tom entwickelte eine Art kehliges Knurren. Das war amüsant und irgendwie auch heiß. Es klang ein wenig nach »Ich Höhlenmann, du meine Lieblingsfrau. Bungabunga besser als Spazieren«.

Unauffällig trat ich auf seinen Fuß und blieb darauf stehen. Jetzt war wandern angesagt.

Wir verbrachten einen wundervollen Tag mit seinen Eltern. Ich konnte die verschiedenen Entensorten leider nicht wirklich voneinander unterscheiden und auch nicht die vielen anderen, von denen Dave völlig fasziniert war. Er entpuppte sich als echter Naturkundler und

Jenny rollte mehr als einmal liebevoll mit den Augen.

„Die Architektur der Natur ist immer wieder ein Vorbild bei meiner täglichen Arbeit“, erklärte er. Ich ging davon aus, dass er keine entenförmigen Häuser entwarf, aber sicher zauberte er schöne Entwürfe von Gebäuden aufs Papier, die sich wunderbar in ihre Umgebung einfügten, als wären sie aus ihr herausgewachsen.

# ꧁ 23 ꧂

Meinen anfänglichen Befürchtungen zum Trotz verging das Wochenende ziemlich schnell, und schon bald hatte unsere alltägliche Welt uns wieder, die dennoch völlig neu erschien.

Entgegen Toms normalem Verhalten, hatte er sich gleich mehrere Tage am Stück für mich Zeit genommen, anstatt nur zu lernen. Wir waren nach Tybee Island gegangen, zu seinen Eltern Abendessen und ins Kino. So wie Normalverliebte das eben taten.

Heute hatte Tom sich in die Lernbücherei verabschiedet und es war höchste Zeit, dass ich mich bei Sarah meldete. Mein Anruf war mehr als überfällig. Kyle hatte ihr die Zeit gewiss gut vertrieben, denn sie hatte sich auch nicht bei mir gemeldet.

Plötzlich keimte in mir die Befürchtung, dass Sarah noch sauer auf mich sein könnte, weil sie nicht mitbekommen hatte, dass ich mit Tom weg gefahren war.

Sch...eibenkäse.

Ich lief zur Telefonstation und hämmerte gerade ihre Nummer in die Tasten, als es an der Tür läutete. Fluchend drückte ich die begonnene Nummer weg und lief zur Sprechanlage: „Hallo?“

„Lea, bist du das? Hier ist Megan."

Toms Schwester? Mit ihr hatte ich überhaupt nicht gerechnet.

„Okay, ich lass dich rein." Ratlos drückte ich den Summer und wartete darauf, dass sie die Treppen erklomm. Sie hatte mittlerweile ihre Haarfarbe gewechselt und aus dem anfänglichen Rotschopf war eine Brünette mit Pagenschnitt geworden.

„Hey, neue Frisur", bemerkte ich und ließ sie in die Wohnung.

Megan tätschelte sich an ihr Haar und fragte unsicher: „Gefällt es dir?"

Ich ließ es auf mich wirken und fand, dass es gut aussah. Daher nickte ich. „Steht dir, aber wieso hast du denn so drastisch deine Frisur gewechselt?"

Sie seufzte entnervt. „Ich bewerbe mich für einen Praktikumsplatz und wollte etwas seriöser wirken. Heutzutage sind alle so schick in den Firmen."

„Wow, wo willst du denn hin?"

„Bankwesen."

Ich formte ein stummes Oh mit meinen Lippen. Wer tat denn so was freiwillig?

„Dann drücke ich dir die Daumen. Willst du was trinken?"

„Gerne. Eine Limo mit viel Zucker wäre klasse." Sie strahlte mich an, als wären wir beste Freundinnen. Dabei hatten wir uns gerade erst ein einziges Mal gesehen. Es war merkwürdig, sie in Toms Wohnung zu bewirten, die mehr ihr als mir gehörte. Schließlich war es Familienbesitz.

Trotzdem benahm sie sich wie ein Gast und lief nicht zu den Schränken, um sich zu nehmen, was sie wollte.

Das fand ich angenehm.

„Alles klar. Limo kommt. Was verschafft mir denn die Ehre deines Besuchs?“ Ich verschwand in die Küche, aber war dennoch in Hörweite.

Ihre Stimme klang fröhlich. „Keine Sorge. Es ist nichts passiert oder so. Ich wollte dich nur besser kennenlernen. Immerhin bist du Toms Freundin und ich seine Schwester. Warum sollten wir uns da nicht verstehen?“

Ich kehrte mit dem Glas Limo zurück. Die Eiswürfel klirrten am Glasrand. „Bitteschön. Gegen Kennenlernen habe ich überhaupt nichts.“

Megan lächelte fröhlich und nippte an ihrem Getränk, während wir uns auf einer Couch niederließen. „Und wie ist es so, mit Tom zusammenzuwohnen?“

Ähm. Ich fand die Frage etwas zu vertraulich und zuckte nur die Schultern. „Na ja, das habe ich ja schon vorher gemacht.“

„Schon, aber anfangs wart ihr in einem Mietverhältnis und dann entwickelte sich eine Beziehung daraus. Ich finde das so romantisch.“ Sie zwinkerte mir zu. „Ich weiß noch, wie das mit Nate und mir war. Irgendwie ein großer Schritt.“

Megan sah mich erwartungsvoll an. Sie hatte nichts von der manierlichen Zurückhaltung ihres Bruders, der – wenn ich es recht bedachte – auch nicht mehr so wirklich manierlich war. Innerlich grinste ich. Wer hätte gedacht, dass Tom so intensiv war?

Ich besann mich auf Megans Kommentar und versuchte, mir eine Antwort aus den Rippen zu leiern. „Also, es ...“ Ich stockte.

Sie dachte schließlich, dass wir bereits länger

zusammen waren, als es der Wahrheit entsprach. Daher sollte ich den Satz nicht „Es ist alles noch so frisch“ lauten lassen.

Was hatte Tom gesagt? Mehrere Wochen? Und das war, als er mich zum ersten Date mit dem Mistelzweig entführt hatte. Besser, ich blieb unverbindlich, weil ich mich nicht mehr so genau an die kleine Lügengeschichte erinnerte. „Also, es ist ganz toll mit Tom“, sagte ich daher und das war nicht gelogen.

Megan nickte fasziniert.

„Anfangs hatte ich natürlich meine Bedenken, weil er doch ...“ Erneut hielt ich inne.

Was konnte ich Megan eigentlich sagen? Ach was soll’s? Vielleicht hatte sie ein paar Tipps für mich. „Also, weil er doch ein Vampir ist und ich ein Mensch.“ Sie legte den Kopf schief und nickte bedächtig. „War das auch ein Problem bei dir und Nate?“

Megan sah mit einem Mal ganz entzückend aus. Da war dieser Ausdruck in ihrem Gesicht, der im klaren Kontrast zu ihrer geradlinigen Frisur stand. „Klar hatte ich Bedenken. Bisher hatte ich immer nur andere Vampire gedatet. Ich schätze, ich war da so in meiner eigenen Zone, wie so viele Leute. Was lag da für mich näher, als mit Vampiren auszugehen?“, erklärte sie, als spräche sie von einer absurden Vergangenheit.

Ihre Augen glänzten, während sie in ihren Erinnerungen kramte: „Und dann kam Nate. Ich war abends mit Freundinnen tanzen. Plötzlich schob er sich vor mich und tanzte mich an. Mit dem spitzbübischsten Lächeln, das man sich nur vorstellen kann.“

Sie schmunzelte schwärmerisch. „Er war so groß und kräftig, eben ein Footballspieler. Mit der Zuversicht und dem Selbstvertrauen, das jeder Quarterback mit sich herumträgt. Er hat diese tollen Grübchen. Ach, ich bin immer noch so verknallt in ihn. Aber damals war ich irritiert. Es war beinahe gemein, aber ich dachte: *Was will denn der Snack von mir?* Verstehst du?“

Ich starrte sie aus großen Augen an und war dankbar, mir kein Getränk genommen zu haben, sonst hätte ich es vermutlich über die Tischplatte geprustet.

Ähm.

Ich nickte lahm. Klar verstand ich. Sie war eine von diesen Vampiren, die Menschen als Schnellimbiss betrachtet hatten. Na, super.

„Jedenfalls fing er an, mich anzubaggern. Meine Freundinnen sahen mich an, als wäre dieser Mensch doch ausnahmsweise interessant und als könnte ich ruhig meinen Spaß mit ihm haben. Aber ich bin nicht so sonderlich beherrscht wie andere Vampire. Ich konnte mir nicht vorstellen, ihn nur zu daten und dann nicht anzuknabbern, weißt du.“

Ach, du ... Heilige.

„Als er also vorschlug, dass wir was essen gehen könnten“, fuhr sie fort, „fragte ich deshalb nur: ‚*Wohin denn gehen? Das Essen ist doch schon da.*‘“

Mir klappte die Kinnlade herunter. Nicht nur innerlich. Doch Megan tätschelte meinen Arm. „Dir kann ich das ja zum Glück sagen, du bist selbst mit Tom zusammen und hast dadurch nichts gegen Vampire.“

Wow, sie hatte wirklich keine Ahnung.

Megan kicherte und zeigte mit dem Finger auf mein Gesicht. „Nate hat so ähnlich ausgesehen. Aber er hat sich schnell gefangen und sagte doch allen Ernstes: *‚Süße, ich bin für dich jede Mahlzeit, die du möchtest.‘*

Ich dachte erst, er wäre einer von diesen freiwilligen *Need-for-Feed*-Menschen, die unsere Szene kennen und sich gern zur Verfügung stellen."

Sie seufzte und schüttelte lächelnd den Kopf. Megan schien hin und weg von ihm zu sein. „Aber es stellte sich heraus, dass Nate so was noch nie gemacht hatte. Mir war das bloß nicht klar, als ich ihn das erste Mal biss. Ich dachte, er weiß, worauf er sich einlässt. Er wirkte so selbstsicher. Doch dann ..."

Sie ließ den Satz in der Luft hängen.

Dann was? Dann was, Megan?

Aber sie schien völlig in ihren Gedanken zu treiben und machte keine Anstalten weiterzusprechen.

„Was ist passiert?", fragte ich daher.

„Ach so." Sie schmunzelte, als wäre sie sich gerade bewusst geworden, dass sie mich völlig vergessen hatte. „Wir waren bei ihm, denn ich nehme keine fremden Typen mit zu mir. Er hatte diese klassische Ein-Zimmer-Studentenbude. Es war erstaunlich ordentlich, obwohl eigentlich jeder Platz vollgestellt war. Sein Bett war noch zerwühlt, als wäre er gerade aufgestanden. Ich hatte nicht vor, mit ihm zu schlafen. Er sollte bloß mein Imbiss sein. Und ich dachte, das wäre beiden Seiten klar. Also haben wir uns in voller Montur aufs Bett gehockt und ich habe seinen Kopf in den Nacken gelegt. Verdammt, war sein Blick heiß."

Sie strich sich mit der Zunge über die Lippen. „Sein Puls ging schnell und ich konnte ihn an seinem Hals schlagen sehen. Ich hatte noch nie zuvor einen so appetitlichen Mann getroffen."

Wow, sie schaffte es wirklich, all diese kulinarischen Begriffe in ihre Beziehung zu Nate zu packen.

Offensichtlich gehörte sie nicht zu den Vampiren, die Blut nur aus Gläsern kannten.

Wäre Tom da gewesen, hätte er wohl wild mit den Armen gefuchtelt und „Nein, stopp, halt!“ gerufen, damit Megan aufhörte. Sie konnte ja nicht wissen, dass ich eine Vampir-Phobikerin war. Also bekam ich eine ganz ungeschönte Perspektive von vampirischem Durst zu hören.

Und ich war froh, dass Tom nicht da war, um Megan aufzuhalten und mir die Blümchenversion eines Vampirs zu verkaufen.

„Ja, Nate sieht gut aus“, stimmte ich daher möglichst neutral zu.

„Er schmeckt auch toll“, gestand sie vertraulich und zwinkerte.

Zwei Leute, zwei Ansichten. Ich lehnte dankend ab.

„Jedenfalls hielt ich mich nicht erst mit Aufwärmübungen auf“, berichtete sie weiter. „Wie gesagt, ich dachte, er wüsste, was er da tut. Ich griff mit beiden Händen um seinen Nacken und vergrub meine Zähne in ihm.“

Super, das war vermutlich die Vampir-Variante von schonungslosem Entjungfern.

„Er war ...“ Megan schluckte. „... wie versteinert. Seine Hände krallten sich ins Laken und sein Mund formte einen stummen Schrei. Ich merkte, wie seine Muskeln am Hals hervortraten und er völlig regungslos wurde. Das hat mich echt kalt erwischt.“

Ihn wohl auch. Ich war geschockt.

Sie wurde etwas rot, als sie fortfuhr. „Das Problem war, dass er so köstlich schmeckte und ich sein Blut schon in meinem Mund hatte. Es perlte immer weiter aus seinem

Hals in meine Kehle und ich schaffte es nicht aufzuhören. Also ..."

Sie ließ den Atem zwischen ihren Zähnen entweichen und zuckte verlegen eine Schulter. „Also kletterte ich auf seinen Schoß, während ich weiter trank. Ich habe ihn angemacht, damit er sich entspannt. Es hat auch funktioniert und begann, ihm zu gefallen. Er ließ mich gewähren und ich ... Ich ihn auch."

Am Ende vom Satz hatte ihr Gesicht eine knallrote Farbe angenommen und es war gut, dass ihre neue Haarfarbe inzwischen einen Kontrast dazu bildete. Die rote Mähne von früher hätte absurd gewirkt.

„Na ja, du weißt ja", meinte sie verlegen. „Es kann sehr schön sein, wenn man es kombiniert. Ich weiß nicht, es ging mit uns beiden durch. Irgendwie kam ich nicht mehr von ihm los. Nate hat mir auf eine so unglaubliche Art gegeben, was ich wollte, dass ich ihm hoffnungslos verfallen bin. Er hätte mir sagen sollen, dass er sich nicht auskannte, aber wer weiß, ob ich es dann gemacht hätte. Eigentlich waren unerfahrene Menschen nie so mein Ding. Aber irgendwie seid ihr doch etwas Besonderes. So wie du und Tom auch."

Verzückt legte sie ihre Hand auf meinen Arm. „Ach, Lea, ich freue mich so für euch. Dass Tom endlich eine Freundin gefunden hat, ist einfach toll."

Ich runzelte die Stirn. „Aber er hatte doch vorher schon Beziehungen. Gabriella zum Beispiel", erinnerte ich sie.

Megan verzog das Gesicht, als hätte sie verfaultes Obst im Mund. „Das Herzchen brauchen wir wohl nicht als Positivbeispiel hervorkramen. Sie hat Tom total runtergezogen. Ich habe ihn vorher nie so erlebt. Er war vollkommen am Boden und es war klar, dass ihm nur eine neue Freundin über die alte weghelfen könnte. Das haben wir ihm auch gesagt."

Aha, es dämmerte mir. Deshalb hatten seine Eltern versucht, ihn zu verkuppeln. Bloß warum hatten sie dazu diese ollen Schachteln ausgesucht?

Megan strahlte mich an. „Na ja, du kennst die Geschichte, die danach kam."

Ich nickte versonnen. „Oh ja, allerdings."

„Ich bin froh, dass Tom es dir erzählt hat. Er wollte anfangs nicht, aber es ist doch immer besser, wenn man mit offenen Karten spielt."

Wieso sollte es Tom gestört haben, mir zu sagen, dass seine Eltern ihn mit merkwürdigen Tussis verkuppeln wollten?

Ich schüttelte den Kopf. „Nein, es ist keine große Sache, das zu sagen", erklärte ich.

Megan nickte beruhigt und lächelte. „Das finde ich auch. Die Idee war schließlich witzig."

Witzig? Die Idee von schrägen Kuppelversuchen? Hä?

„Ich hielt seine Methode anfangs für unkonventionell", fuhr sie fort.

*Seine* Methode? Wovon zur Hölle sprach Megan eigentlich?

Sie erhellte mich im selben Satz: „Aber irgendwie war es auch genial, die Wohnung zur Untermiete auszuschreiben, um eine neue Freundin zu finden."

Was? Ich schluckte und nickte, setzte mein Ich-bin-mit-allen-Details-vertraut-Lächeln auf. Ganz die lässige Lea.

„Ja, das macht wohl nicht jeder", bestätigte ich.

„Nein. Er hat den Preis extra niedrig angesetzt. Er

hätte locker das Vierfache verlangen können. Aber er wollte nun mal, dass sich möglichst viele vorstellen. Ich kann dir sagen, er war echt wählerisch. Aber dann bist du aufgetaucht.“ Megan griff nach meiner Hand.

Das Vierfache? Und ich dumme, dumme Nuss hatte ernsthaft angenommen, die Miete wäre so günstig, weil keiner bei ihm wohnen wollte.

„Ja, er hat sich etwas bedeckt über die anderen Frauen gehalten“, weihte ich sie verschwörerisch ein und ermunterte sie, mir Details zuzuschustern.

Sie ließ sich nicht zweimal bitten, sondern gluckste, als wären wir alte Vertraute. „Tom ist manchmal komisch. Es ist doch nichts dabei, wenn er dir sagt, wer außerdem noch aufgetaucht ist. Im Gegenteil. Es erinnert mich an diesen einen Songtitel von *»Miss Undercover«*. Du weißt schon: *One in a Million*. Natürlich waren es nicht Millionen, doch ich lüge sicher nicht, wenn ich sage, dass er mindestens siebzig vorher abgelehnt hat. Und du warst die Eine. Das ist so romantisch.“

Gerührt faltete sie ihre Hände vor der Brust.

Siebzig? Ich beglückwünschte mich zu meinem Scharfsinn, angenommen zu haben, dass alle menschlichen Frauen so zerfressen von Vorurteilen gegen Vampire waren wie ich.

„Du hast Tom im Sturm erobert. Allerdings hat er uns auch verraten, dass du eine kleine Ermunterung bräuchtest.“

Ermunterung? Oh, bitte nicht. Sag nicht, was ich denke.

„Also hat er dir das mit dem Verkuppeltwerden erzählt und dich gebeten, seine Freundin zu spielen.“

Nicht zu vergessen, dass er mir dafür Geld gezahlt

hatte. Wollte Megan das nicht auch noch erwähnen?

„Ich finde es so lieb, dass du Tom helfen wolltest", sagte sie stattdessen. „Aber das lag wohl daran, dass du bereits Gefühle für ihn hattest, sonst hättest du wohl kaum eingewilligt."

Ah, der gute Tom. Er enthielt also nicht nur mir Teile der Geschichte vor.

„Sag mal, Tom wollte mir weismachen, der Mistelzweig war nicht seine Idee", steuerte ich eine andere Baustelle an.

Megan nickte fröhlich. „Nein, da ist wirklich meine Mom drauf gekommen. Keine Ahnung, wo sie das alte Ding gefunden hat, vermutlich bei der Weihnachtsdeko. Als du dich umziehen warst, hat sie ihn schnell rausgesucht und hingehängt. Sie meinte, du wärst eh in ihn verliebt und bräuchtest nur ..."

„Eine Ermunterung?", schlug ich vor.

„Ja, genau. Das war doch auch goldrichtig. Oh, wir haben uns so gefreut, als ihr euch geküsst habt. Das war unglaublich romantisch."

Und vermutlich zum Schreien komisch, mich im Dunklen tappen zu lassen. In mir drin brodelte es. Wusste hier eigentlich jeder Bescheid? Hatte Tom sich mit seiner ganzen Familie köstlich amüsiert?

Verdammter Dreck! Er hatte behauptet, seine Mutter werde misstrauisch, wenn ich ihn als feste Freundin nicht küsste. Dabei wusste Jenny ganz genau, dass wir noch nicht zusammen waren. Ich dachte, ich hätte die vier anwesenden Familienmitglieder mit meinem Schauspiel unterhalten, dabei war es genau andersrum gewesen. Jeder hatte mitgespielt bei: Wir tun so, als wüssten wir nichts.

Hatten seine Eltern den Campingausflug für eine weitere Ermunterung gehalten?

Irgendwie hatte ich einen schalen Geschmack im Mund, fühlte mich verraten und verkauft. Tom hatte mich erpresst und belogen. Sich von Anfang an Lügen für mich ausgedacht. Nicht mal die Untermiete war echt gewesen. Vom ersten Tag an hatte er mich nur als Gabriella-Ersatz ausgesucht.

*Sie bedeutet mir schon lange nichts mehr*, hatte er behauptet. Klar, er war kein angeschossenes Rehlein gewesen, sondern hatte sich einfach eine Ersatzfreundin per Mietvertrag besorgt. Wieso, verdammt, hatte er es mir nicht erzählt?

Noch am Wochenende hatte ich zu ihm etwas davon gesagt, dass er ja keinen Untermieter gefunden hatte. Wäre das nicht der ideale Zeitpunkt gewesen, mir zu sagen, dass er mich da im falschen Glauben gelassen hatte? Dass er sehr wohl andere Untermieterinnen hätte haben können. *Siebzig* andere.

Vielleicht hätte ich es ihm verzeihen können, wenn er mich wenigstens eingeweiht hätte, nachdem wir zusammengekommen waren. Doch er hatte nichts davon gesagt. Obwohl sogar Megan ihn dazu ermuntert hatte. Auf welchen Zeitpunkt hatte er wohl gewartet? Hatte er es je sagen wollen? Ich glaubte es nicht. Aber was war eine Beziehung ohne Vertrauen und Wahrheit wert?

Ich konnte mich kaum mehr auf Megan konzentrieren. Bei ihr musste ich zu sehr eine Lüge aufrechterhalten, konnte zu wenig meine Enttäuschung äußern. Ich wollte endlich mit Sarah reden.

Daher sah ich angespannt auf die Uhr: „Hör mal, Megan, es tut mir furchtbar leid, aber ich habe noch einen Termin. Wärst du mir arg böse, wenn wir unser Gespräch verschieben?“

Sie schüttelte den Kopf. „Nein, natürlich nicht. Was schneie ich auch ohne Ankündigung bei dir rein? Aber ich war gerade in der Stadt und dachte, ich versuch’s spontan. Es war toll, dass du da warst und wir reden konnten. Ich fühle mich dir gleich viel näher.“

Megan lächelte mich an und erhob sich. Ich begleitete sie zur Tür.

„Ich kann ja das nächste Mal anrufen und wir machen was aus“, schlug sie vor.

Ich nickte und setzte ein Lächeln auf. „Klar. Das wäre toll.“

Sie nahm mich in die Arme, drückte mich, als wäre ich eine neu gewonnene Schwester, und winkte mir dann zum Abschied zu.

Als sie weg war, lehnte ich mich erschöpft gegen die Tür. Ich wollte nur noch heulen.

# 24

Gott, ich brauchte Sarah und ihre berühmte heiße Schokolade. Ich hatte das Gefühl, mein Kreislauf würde einsacken. Ich fühlte mich so blutleer, als wäre ich tatsächlich ein Vampirsnack geworden. Und mir war so übel. So verdammt übel.

Ich wollte nicht, dass Tom mich so getäuscht und vorgeführt hatte. Er sollte doch einfach nur der nette, aufrichtige Kerl sein, für den ich ihn gehalten hatte. Ich schluckte schwer und konnte nicht verhindern, dass ein paar Tränen aus meinen Augen kullerten. Heiß liefen sie über meine Wangen und ich ging mit bleiernen Beinen zum Telefon. Warum war das passiert?

Sarah nahm nach dem dritten Läuten ab.

„Sarah?“, schluchzte ich und fühlte mich so erbärmlich.

Sie hörte meiner Stimme sofort an, dass etwas nicht stimmte. „Lea, was ist denn los?“

Ich konnte einfach nichts sagen und heulte in den Hörer. Meine Stimme war völlig weg.

„Süße, du machst mir Angst.“ Sarah schien vergessen zu haben, dass sie wütend auf mich war. Sie war für mich da und ich liebte sie dafür.

„Hast du Zeit?“

„Ja, sicher. Soll ich zu dir kommen?"

Ich schniefte wie ein erkältetes Nashorn. „Keine Ahnung. Ich weiß gerade gar nichts."

„Beweg dich nicht vom Fleck. Ich bin im Expresstempo bei dir. Okay?"

Ich nickte stumm.

„Okay?", wiederholte sie noch einmal und mir ging auf, dass sie mich ja gar nicht sehen konnte.

„Okay", willigte ich ein.

Müde drückte ich das Telefon weg, rutschte an der Wand zu Boden und kauerte mich zusammen. Die vergangenen Monate wirbelten durch meinen Kopf. Dinge, die Tom gesagt oder getan hatte, die nun einen neuen Sinn ergaben.

Ich. War. So. Blind.

Schließlich schreckte mich die Türglocke hoch und ich machte Sarah auf. Sie stand da wie die Kompetenzfee, ein Ausdruck von Entschlossenheit im Gesicht und eine Thermosflasche in der Hand, von der ich wettete, dass Kakao darin war.

Ich fiel ihr einfach um den Hals und sie hatte Mühe, nicht das Gleichgewicht zu verlieren.

„Hey, ist ja gut, meine Süße", murmelte sie und strich mir mit ihrer freien Hand über mein Haar. „Was ist denn los?" Sie legte den Kopf nach hinten und versuchte, mein Gesicht zu sehen. „Schau mich mal an."

Ich zog die Nase hoch und guckte in ihr liebes Gesicht.

„Und jetzt erzählst du mir ganz genau, was passiert ist", instruierte sie mich und schob mich in mein Zimmer auf das Bett. Sie setzte sich neben mich und legte mir einen Arm um die Schultern.

„Es ist wegen Tom", begann ich.

Sarah wurde etwas steif. „Oh weia“, meinte sie vorsichtig. „Was hast du denn wieder angestellt?“

Ich runzelte die Stirn und wurde beinahe böse. „Wieso ich? Er ist so ein Mistkerl!“

Sarahs Augen wurden groß. Meine Inbrunst schien sie völlig zu plätten. Ich sah, wie sie schluckte und diplomatisch nach den richtigen Worten suchte.

„Magst du heiße Schokolade?“, schlug sie vor.

Wieder runzelte ich die Stirn, nickte aber. Mein Hals tat vom vielen Weinen und Schlucken weh. Ein süßes Getränk würde mich sicher beruhigen. Sarah schraubte den Deckel von der Flasche ab und benutzte ihn als Becher. Sie füllte mir Kakao ein und reichte ihn mir.

Immerhin ließ sie mich selbst trinken und behandelte mich nicht wie eine Kranke, die mit Brühe gefüttert werden musste. Obwohl ich mich so fühlte. Ich nahm einen Schluck und das Aroma von Kakao und Vanille breitete sich in meinem Mund aus und war so köstlich, dass es mir gleich ein wenig besser ging. Schokolade war eine unschlagbare Medizin.

Nachdem ich ausgetrunken hatte, drehte ich unschlüssig den Becher in meiner Hand. Ein paar Tropfen Kakao waren noch darin und ich schwenkte sie in der schwarzen Kappe umher, als hätte ich noch nie Tropfen im Kreis laufen sehen.

Sarah räusperte sich. „Lea, was genau ist los?“

Ich wischte mir eine Träne von der Wange und schniefte. „Ich dachte, wir wären ein Paar.“

Sie bekam Augen so groß wie Pizzateller.

„Wirklich?“, hauchte sie ehrfürchtig.

Ich nickte und erzählte ihr von dem Wochenende. Ich ließ wenig aus, von den Dingen abgesehen, die mir zu persönlich erschienen.

„Aber Lea“, meinte Sarah sanft. „Das hört sich doch wunderbar an. Wieso hältst du ihn für einen Mistkerl?“

Ich blickte hinauf zur Zimmerdecke, als könnte ich dort Hilfe finden. „Seine Schwester war gerade hier. Sie hat mir erzählt, dass alles erfunden war. Die ganze Untermietergeschichte, dass seine Eltern ihn angeblich verkuppeln wollten. Einfach alles.“ Fassungslos schüttelte ich den Kopf. „Jeder von ihnen wusste Bescheid und war in die Komödie verwickelt. Tom hat mich von Anfang an manipuliert.“

Ich kam mir so dumm vor und schluchzte: „Und vor allem hat er es nicht mal für wichtig gehalten, mir das zu sagen, nachdem wir nun schon eine Zeit lang zusammen sind. Wie soll ich ihm je wieder trauen? Oder ihm verzeihen?“

Sarah kaute auf ihrer Unterlippe und war ganz still geworden. Sie kratzte sich am Ohr und schaute auffällig lang aus dem Fenster, während sie mich vorher noch mikroskopisch genau unter die Lupe genommen hatte.

„Sarah, was denkst du, verdammt?“, wollte ich wissen. „Du musst doch eine Meinung dazu haben.“

Am besten meine. *Bitte sei einfach für mich da und sag mir, dass Tom einen Fehler gemacht hat, dass das nicht richtig war*. Ich wollte, dass sie zu mir hielt und mir nichts davon erzählte, dass das doch eigentlich nicht so wild wäre.

Sie atmete tief durch und ihr Gesicht war ganz seltsam.

„Ich habe manchmal überlegt, ob ich es dir sage“, gestand sie.

Es traf mich wie ein Schwall Wasser. Nein, Sarah nicht auch noch!

Mir. War. Schlecht.

Meine Hände zitterten, alles zitterte. Ungläubig schüttelte ich den Kopf. „Mir was sagen?"

Sarah presste ihre Lippen zusammen und rang deutlich nach den richtigen Worten. Mir war egal, wie sie es sagte. Sie sollte es nur endlich überhaupt sagen.

„Tom hat mich schon nach einem Monat gefragt, was er tun soll", gestand sie. „Ob du einen Freund hast. Ob ich auch nur den Funken einer Chance für ihn sehe."

„Er hat dich schon vor fünf Monaten eingeweiht?", krächzte ich. Fünf verdammte Monate?

Sarah nickte bekümmert. „Er hat schnell gemerkt, dass du kein Fan seiner Zähne warst. Aber Himmel, Lea, er ist doch ein Traum von einem Mann. Nach all den Pfeifen, die du sonst gedatet hast. Ich konnte nicht glauben, dass selbst du das nicht merkst."

„Du wusstest doch von meiner Angst", flüsterte ich.

„Weißt du, deine Paranoia wäre ja okay gewesen, aber du hast Tom wirklich runtergemacht. Und es war umso schlimmer, weil der arme Kerl dir so zu Füßen lag. Wer trampelt schon auf jemandem herum, der am Boden liegt? Tom war doch völlig hilflos." Sie seufzte. „Er hatte sich in dich verliebt, weiß der Himmel, wie er das trotz deiner Zuckerglasur angestellt hat."

„Wie bitte?" Sarah war doch gar nicht in der Position, mir Vorhaltungen zu machen, denn eigentlich schuldete sie mir eine riesige Entschuldigung dafür, dass sie mich die letzten Monate hintergangen hatte. Sie hätte doch mit mir reden müssen.

Stattdessen sagte sie: „Ich habe dich nie vorher so gemein erlebt. Ich weiß, dass es dich verbittert hat, dass du dir ausgerechnet keine andere Wohnung leisten konntest als bei einem Vampir. Du warst sauer, aber was konnte er dafür?“

Ich war tatsächlich sauer gewesen, aber nicht so sauer wie jetzt. Es hatte mich einige Kraft gekostet, den Mietvertrag zu unterzeichnen und einzuziehen. Ich war eine ganze Zeit nicht gerne »nach Hause« gekommen. Hatte mein Zimmer stets abgeschlossen, aus Angst, er könnte hungrig werden. Natürlich hatte Tom sich harmlos verhalten, aber mein Misstrauen war so groß wie der Atlantik.

„Ohne seine Zähne wäre er der ideale Kandidat für dich gewesen“, erklärte Sarah. „Ich habe so gehofft, dass du anfängst, ihn besser kennenzulernen. Dass du deine Angst überwindest und ihr euch näherkommt.“

Es stimmte. Irgendwann habe ich ihn nicht mehr gefürchtet und nur so aus Gewohnheit weiter geärgert. Und es war falsch von mir gewesen, dass ich so fies zu ihm war. Doch dann erinnerte ich mich an seine Täuschung und ich merkte, wie mich das versteinerte.

Sarah sah mich an. „Es tut mir nicht leid, was ich getan habe, aber ich hätte mit dir reden sollen. Ich habe ihn ermutigt und dafür gesorgt, dass er uns ab und zu begleiten konnte, habe dir gut zugeredet und all das.“

„Du hast mich manipuliert und ihm in die Hände gespielt.“

„Aber, Lea, ich wollte dich nicht manipulieren“, verteidigte sich Sarah. „Ich wollte nur, dass du deine Brille aus Vorurteilen mal abnimmst und siehst, was jedem anderen sofort klar ist. Dass Tom ein feiner Kerl ist, der dich vergöttert, und dass ihr wie füreinander gemacht seid.“

„Nur dass das Schicksal so lustig war, ihm Zähne zu

verpassen.“

„Dann hatte ich eine Zeit lang meine Zweifel“, räumte sie ein. Ich nickte, aber ihre nächsten Worte überraschten mich. „Denn du hattest ihn eigentlich nicht verdient. Tom hat es nicht verdient, so getreten zu werden wie ein hässlicher Hund voller Flöhe und Tollwut. Du warst scheußlich zu ihm, hast ihn nicht zu schätzen gewusst und ich hätte dich schütteln können.“

„Vielen Dank auch.“ Ich merkte gerade, dass Sarah gar nicht meine Freundin war, sondern Toms. Und ich hatte das Gefühl, plötzlich jeden zu verlieren.

„Dein Benehmen war wirklich schlimm. Und ich habe mich manchmal für dich geschämt und es als meine Pflicht gesehen als deine beste Freundin, die Scherben hinter dir aufzukehren, die du bei Tom hinterlassen hast.“

„Ganz genau“, brummte ich. „Du bist meine beste Freundin, verdammt noch mal, und nicht seine!“

„Ich habe das nicht für ihn getan“, stellte sie klar. „Sondern für dich. Tom ist der Richtige für dich. Ich habe geholfen, damit du endlich erkennst, was verborgen vor deinen offenen Augen lag. Meine Sorge galt immer dir.“

„Du hast eine lustige Art, das zu zeigen“, fluchte ich.

„Ich wollte für dich das Beste und das war nun einmal Tom. Was sollte der Mist mit John, Ivan oder Logan? Was musstest du die dümmsten Männer dieses Planeten daten? Und dann knutschst du auch noch vor Tom mit Wolf, verabredest dich mit Pinocchio, triffst dich mit Colin. Dieser sinnlose Männerverschleiß.“

Scheiße, ich musste mich bei Colin melden! Innerlich rollte ich mit den Augen. War das ein Mist!

„Entschuldige mal, ich hatte einfach nur Dates", stellte ich klar. „Es ist ja nicht so, als wäre ich mit irgendeinem von denen ins Bett gesprungen."

„Wieso regst du dich so auf? Letztlich hast du dich doch in Tom verliebt. Ihr hattet ein schönes Wochenende. Ihr passt toll zusammen. Alles ist wunderbar. Und wenn Megan nicht so eine Klatschbase wäre, würdest du immer noch auf einer rosaroten Wolke schweben."

Ich sprang auf und funkelte sie an. „So wie in einem Lügenschloss? Das ist ja toll! Wieso rege ich mich eigentlich auf, dass jeder mich hintergeht, sich hinter meinem Rücken über mich lustig macht und ich die Einzige bin, die von nichts weiß. Ich fühle mich wie eine sterbensdumme Kuh."

In mir stieg ein schrecklicher Verdacht auf.

Bitte nicht. Bitte, bitte nicht.

„Hat Kyle davon gewusst?", bellte ich Sarah an.

„Was?"

„Hat er es gewusst, verflucht?"

Sie schüttelte den Kopf. „Nein, ich habe ihm nichts gesagt. Er wäre doch sofort zu dir gelaufen."

„Was natürlich völlig falsch wäre. Mir die Wahrheit sagen. Mich nicht im Dunkeln tappen zu lassen wie eine Idiotin. Tja, Frau Pharmatante, du studierst schon genau das Richtige. Weißt genau, wie man jemandem eine tödliche Dosis verpasst."

Sarah zog ihre Augenbrauen nach oben, erhob sich würdevoll und drehte die Kakaoflasche wieder zu.

„Wow", meinte sie. „Das hat gesessen. So hat sich Tom also die ganze Zeit gefühlt. Ich bewundere ihn immer mehr dafür, dass er dich trotzdem noch mochte. Mir dagegen fällt das im Augenblick echt schwer.“

Mit diesen Worten huschte sie an mir vorbei und verschwand aus der Wohnung.

War das zu fassen? Sie hatte echt den Nerv, den Spieß umzudrehen und sich als Opfer darzustellen? Aus meiner anfänglichen Trauer und Enttäuschung war blinde Wut geworden.

Ich begann, mit Feuereifer meine Sachen aus dem Schrank zu zerren. Ich warf meinen Koffer auf das Bett und stopfte alles hinein. Ich wollte nur noch raus, hatte keine Ahnung wohin. Sarah schied als Anlaufstelle völlig aus. Aber Kyle hatte nun sein Zimmer frei.

Mitten in meine Packorgie hinein spazierte plötzlich Tom mit einem Blumenstrauß. Ich hatte ihn nicht kommen gehört und nun schmiegte er sich von hinten an mich, hauchte mir einen Kuss in den Nacken und ließ die Blumen vor mir auftauchen: „Für dich, mein Engel.“

Innerlich versteinerte ich. Aufgebracht rupfte ich ihm den Strauß aus der Hand und knallte ihn aufs Bett. Einige Blumenstiele knickten. Ich stieß Tom von mir weg und fuhr herum.

Seine Augen wurden weit, als er mich sah. Ich musste wie eine Walküre wirken, wenn auch deutlich kleiner.

„Lea?“, fragte er irritiert. „Was ist denn los?“

„Halte mich nicht für blöd, Tom“, fuhr ich ihn an. „Dachtest du wirklich, es kommt nicht raus?“

Seine Augen wurden schmal. „Was soll nicht rauskommen?“, wollte er wissen.

„Der geborene Schauspieler. Du hast wirklich Talent.“

„Wovon zum Teufel redest du, Lea?“

Ich wedelte mit meinem Zeigefinger vor ihm in der Luft. „Die ganze Zeit hast du mich an der Nase herumgeführt. Mietvertrag. Blödsinn! Ahnungslose Kuppeleltern? Ja, sicher. Jeder war eingeweiht und du hast mich getäuscht. Haben sich alle gut amüsiert! Ich komme mir wie der letzte Trottel vor."

Tom stieß den Atem aus. Seine Augen klebten an mir. „Woher weißt du davon?"

„Blöderweise weiß ich es nicht von dir. Und das macht mich am allerwütendsten."

Tom streckte seine Hand nach mir aus, doch ich zuckte zurück, als hätte ich mich verbrannt. „Lea ..."

„Ich will es von dir hören!"

Tom fuhr sich mit der Hand durchs Haar und schien innerlich zu fluchen.

„Ja, ich habe dich getäuscht", gab er zu. „Ich brauchte dich nicht, um meinen Eltern eine Beziehung vorzugaukeln. Sie haben nie versucht, mich zu verkuppeln. Sie wussten, dass ich dich wollte, aber nicht haben konnte. Es war meine Idee, dass ich dich so tun lasse, als wärst du meine Freundin, damit du dich überhaupt einmal mit solch einem Gedanken auseinandersetzt. Damit du mir eine Chance gibst, dir zu zeigen, wie es sein könnte mit uns." Sein Blick durchdrang mich. „So eine Idee hättest du doch sonst nie gehabt."

Ich zuckte mit den Schultern. Wenn schon.

„Dass du mir die Mietrate nicht pünktlich gezahlt hast, kam mir vor wie eine glückliche Fügung." Er breitete die Hände aus, als hätte alles offen dagelegen. „Da ich tatsächlich bei meinen Eltern eingeladen war, entschied ich, dich mitzunehmen."

„Klasse", murmelte ich.

Tom ließ sich nicht beirren. „Also habe ich meiner

Mom kurz telefonisch Bescheid gegeben, damit alle mitspielten. Bei dem Teil des Gesprächs, das du belauscht hast, war sie schon nicht mal mehr am Apparat."

„Wow, du bist echt großes Kino."

Er schüttelte den Kopf. „Der Kuss unter dem Mistelzweig hat mich völlig von den Socken gehauen. Ich bin förmlich verbrannt."

Ich schluckte schwer und Tom ließ mich nicht aus den Augen. Ich fühlte mich unwohl in meiner Haut.

„Ich wollte dir ja alles sagen", erklärte er nun. „Ich hatte gehofft, du hättest es genauso empfunden."

Er sah mich an, als suchte er etwas in mir, doch ich verschränkte die Arme vor meiner Brust und machte dicht.

Tom wirkte gequält. „Aber dann hast du mir diesen lächerlichen Handel vorgeschlagen."

Ich erinnerte mich an das Gespräch in seinem Arbeitszimmer. An das Geld, das er mir zu zahlen bereit war. Nicht, weil er es für seine Eltern brauchte. Sondern damit ich weiter mitspielte. Ich hatte Tomaten auf den Augen gehabt.

„Du hast gesagt, dass du dich niemals auf einen Vampir einlassen könntest. Ich wusste nicht, was ich tun sollte." Tom wirkte tatsächlich hilflos. Er stand ganz verloren vor mir. „Vor unserem Kuss hätte ich mir das mit uns vielleicht noch irgendwie aus dem Kopf schlagen können, aber danach konnte ich es nicht mehr. Ich wollte dich so verzweifelt. Ich hatte Sarah schon nach einem Monat gefragt, ob es überhaupt je eine Chance für uns geben könnte."

„Ja, das habe ich mitbekommen", murmelte ich. „Dass

du dich mit meiner besten Freundin verbrüdert hast und ihr zusammen euer Netz ausgeworfen habt."

Das nahm ich beiden übel.

„Sie kannte dich besser als jeder andere. Ich dachte, wenn sie es mir möglicherweise sagt. Wenn ich doch nur Gewissheit hätte. Aber trotz deiner Abneigung hatte ich Hoffnung und Sarah hat mich darin bestärkt. Sie hat die ganze Zeit geglaubt, dass aus uns etwas werden könnte. Und ich war nur allzu willig, mich von ihrer Euphorie mitreißen zu lassen, sagte sie doch genau das, wovon ich kaum zu träumen wagte."

Er nickte. „Ich habe dich getäuscht. Meine Eltern wussten, was wirklich los war, Sarah wusste es. Nur dir habe ich es nicht gesagt, denn ich hatte Angst, wenn ich es zu früh täte, würdest du mich abweisen und nie mehr an dich heranlassen."

Tom schluckte schwer. „Aber jetzt sei ehrlich: Du hast mich genauso belogen."

Wie bitte?

„Was meinst du?"

„Mein Geburtstag, Lea." Seine Stimme wurde leise. „Du hast gesagt, du könntest dich an den Abend nicht mehr erinnern. Aber das stimmte gar nicht, oder? Du hattest nur mal wieder deine Meinung geändert und warst zu feige, es zuzugeben."

Ich lief rot an, war unfähig, etwas zu sagen.

Tom kam einen Schritt auf mich zu. „Ich dachte an jenem Morgen, dass ich dich endlich für mich gewonnen hätte. Ich wollte das lächerliche Spiel aufgeben. Hatte geglaubt, dass aus der vorgetäuschten Rolle wahre Gefühle und eine echte Beziehung geworden wären. Aber dann hast du alles verdrängt und mich eiskalt im Regen stehen lassen. Ich bin innerlich fast zerbrochen. Und nicht nur das! Du wolltest dich weiter mit diesem Typ treffen, mit dem du dein Date am Freitag geplant hast.“

Jetzt klang Tom verzweifelt. „Du warst kaltblütig, Lea! Ich hätte nicht gedacht, dass du noch grausamer sein konntest als all die Worte, die du bisher zu mir gesagt hattest. Doch es war so. Ich habe mir nicht anders zu helfen gewusst, als den Handel, der deiner Meinung nach noch immer zwischen uns bestand, zu nutzen und dich für ein Wochenende mit mir zu nehmen. Weg von allem Alltagsirrsinn und vor allen Dingen weg von diesen anderen Männern. Lea, verdammt, du wolltest gerade noch mit mir schlafen und datest dann andere Kerle!“

Tom schlug seine Faust in die offene Hand und starrte mich an. „Also ja, ich habe nach deinen Regeln gespielt. Du wolltest den lächerlichen Vertrag, du hast ihn bekommen. Ich hatte hundert Dollar für dich bezahlt und habe ein Wochenende eingefordert, um dir den Kopf zu waschen. Es war unsere letzte Chance, das war mir klar. Ich hätte es nicht länger ertragen. Ich habe mir gesagt, dass dieser Campingausflug die Entscheidung bringen würde. Entweder würde ich dich für mich gewinnen oder endgültig alles aufgeben. Es war ein letztes Ultimatum, für uns, für mich selbst. Ich dachte, ich gehe sonst kaputt. Sarah hat mir zugestimmt und mir Mut zugesprochen. Sie meinte, es wäre eine gute Gelegenheit.“

„Wie nett von ihr. Sarah hat dich also immer über alles auf dem Laufenden gehalten?“, fragte ich ihn mit trockener Stimme.

„Ja.“

„Toll.“

„Ich bin fast verrückt geworden zu wissen, dass du mich küssen willst und gleichzeitig zu wissen, dass du *mich* nicht willst. Ich wusste nicht mehr, was ich tun sollte“, sagte Tom unglücklich. „Sarah hat mir erzählt, wie sehr dir unsere Küsse gefallen hatten. Sie war nett zu mir, aber sie hat es für dich getan. Du solltest ihr nicht böse sein. Weißt du ...“ Er lächelte freudlos und presste seine Lippen aufeinander. Schließlich sagte er: „Es ist nicht immer leicht mit dir.“

Das war es wohl für keinen. So eine himmelschreiende Verschwörung! Ich war froh, dass neben Toms kompletter Familie und meiner besten Freundin nicht auch noch mein Bruder in die Sache verwickelt war.

Ich hatte meine Vorbehalte über Bord geworfen. Und wofür? Eine Intrige!

Vermutlich hatten sich alle köstlich amüsiert. Ich erinnerte mich an das freudige Glucksen seiner Familie, als wir nach dem Kuss unter dem Mistelzweig heimgingen. Was mussten sie sich totgelacht haben!

„Ich habe dir vertraut und du führst mich an der Nase herum und machst mich vor allen lächerlich! Wann wolltest du es mir denn eigentlich sagen? Nie? Oder eher gar nicht?“

„Es lag mir wirklich schwer im Magen.“

„Du bist doch Arzt. Schluck eine Tablette“, zischte ich. „Dann geht bestimmt sogar das bisschen Magendrücken weg.“

„Lea, ich ...“ Er kam auf mich zu und hob sanft die Hände, als wollte er mich berühren. Doch ich schreckte zurück und wehrte ihn mit meinem Blick ab. Dann schnappte ich mir Schuhe und Rucksack und stürmte barfuß zur Tür hinaus. Er war so schlau, mir nicht nachzulaufen.

Erst unten an der Treppe zog ich meine Schuhe über und rannte los. Ich kam mir reichlich blöd vor, dass ich für dieses Schauspiel hergehalten hatte. Dabei hatten sich seine Gefühle echt angefühlt: Ja, ich wusste, dass sie es auch waren. Genauso wie meine Gefühle für ihn. Trotzdem kam ich mir einfach nur verraten vor. Alle waren eingeweiht und ich war die dumme, ahnungslose Hauptdarstellerin. Ein wenig fühlte ich mich wie Jim Carrey in der *Truman Show*.

Und weil ich so kopflos aus der Wohnung getürmt war, hatte ich nicht einmal mein Gepäck dabei. Mist!

Womit hatte er mich noch angelogen? Bei was die Wahrheit verbogen? Wollte er mich doch eines Nachts aussaugen, wenn ich vertrauensvoll in seinen Armen lag?

Ich achtete nicht darauf, wohin ich ging, sondern stromerte ziellos durch die Stadt. Nur ein Mädchen unter vielen. Schließlich ließ ich mich auf eine Bank fallen. Ich saß bloß da, starrte vor mich hin und wusste nicht, was ich mit mir anfangen sollte.

Mein Handy klingelte. Ich hatte Schiss, dass es Tom oder Sarah waren. Aber nein, die telefonierten bestimmt gerade miteinander. Vielleicht Kyle?

Ich zog es aus der Tasche und las Colins Namen vom Display. Scheibenkleister. Aber irgendwie wollte ich es erledigt haben und nicht vor mir herschieben.

Also atmete ich tief durch und antwortete. „Ja?"

„Hey, Lea, ich bin's, Colin."

„Ja, ich weiß."

„Alles okay bei dir?"

So okay man eben sein konnte, wenn ein Kartenhaus

zusammenbrach.

„Nein“, flüsterte ich.

Es war einige Sekunden still am anderen Ende der Leitung. „Du hast es dir überlegt, oder?“

Er würde mal ein guter Polizist werden. Ich stellte mir vor, wie er im Verhörraum jeden durchschaute.

„Ja, Colin. Ich kann nicht.“ Ich mochte nicht mehr. Ich wollte langsam überhaupt keinen Freund mehr haben. Warum war alles so kompliziert?

„Das ist ...“ Er fluchte. „Irgendwie habe ich es geahnt.“

Ich nickte nur, hatte gerade keine Kraft, um ihn aufzubauen. Ich rutschte ein Stück tiefer auf der Bank und verfluchte das harte Holz im Rücken.

„Tut mir leid“, murmelte ich.

Irgendwie wollte mir nicht mal das ewige »Lass uns Freunde bleiben« über die Lippen kommen. Ich wollte nicht, konnte nicht. Sarah hatte recht. Wofür hatte ich dieses Chaos mit so vielen Dates in mein Leben gebracht? War ich ehrlich so verzweifelt?

„Ja, mir auch.“

Stille.

Dann: „Mach’s gut, Lea.“

„Du auch.“ Ich drückte die Verbindung weg, stopfte das Handy in meine Tasche und verfiel wieder in dumpfes Starren. Als mir mein Hintern vom Sitzen wehtat, stand ich auf und irrte weiter umher.

Am liebsten wäre ich zu einer dieser Greyhound-Busstationen gelaufen und hätte mir ein Ticket für Iowa oder Wyoming besorgt. Einfach nur weg. Mir war klar, dass es sich um das klassische Vor-Problemen-Davonlaufen handelte. Ich dachte an Filme, die an fernen Orten spielten. Ein Haus am See mit Sandra

Bullock, Endora in Iowa mit Gilbert Grape, Concord in Massachusetts mit Betty und ihren Schwestern, Anne of Green Gables in Prince Edward Island.

Ich floh aus meiner eigenen Realität, reiste wie ein Tourist durch meine Fantasie und ersann völlig absurde Möglichkeiten darüber, wo ich gerade sein könnte. Ich ertappte mich mal wieder dabei, wie ich über alternative Realitäten nachdachte. Großartig. Das zeigte mir endgültig, dass ich nicht in meiner gegenwärtigen Situation sein wollte.

Bloß, dass ich auch wieder nicht in Concord, Endora oder sonst wo sein wollte. Ich liebte Savannah. Ich liebte ... Tom.

Mir steckte ein verdammter Kloß im Hals. Ich legte den Kopf in den Nacken. Mist.

Natürlich hätte ich Kyle anrufen können, um mit ihm nach Tybee Island hinauszufahren, aber es wurde langsam spät und eigentlich wollte ich keinen Umweg über Kyle machen.

Hölzern setzte ich mich in Bewegung. Zurück zu unserer Wohnung. Toms Wohnung. Ich hatte Stunden damit totgeschlagen, über Unsinn nachzudenken, und war dabei nicht wirklich schlauer geworden. Ich hatte mich in Tom verknallt und ein Teil von mir trat mir gehörig in den Arsch, weil ich dazu bereit war, zu schnell aufzugeben. Es war schwer, nachtragend zu sein, wenn man sich selbst dabei schadete. Von Tom getrennt zu sein, machte mich nicht glücklicher.

*Wer willst du sein, Lea? Bei wem willst du sein?*

Ich musste Grütze im Hirn haben, denn die Antwort lautete: Bei meinem Vampir.

*Sieh es mal so,* flüsterte mein inneres Teufelchen, *er*

*steht jetzt quasi in deiner Schuld.*

Toll, und dann?

*Er wird dir aus der Hand fressen.*

Aber das will ich doch gar nicht.

*Er wird es auf eine grandiose Art wiedergutmachen.*

Ach, halt den Rand, Teufelchen!

Jetzt führte ich schon Zwiegespräche mit mir selbst. Mit mir und meinem Teufelchen. Ich wurde wirklich irre. Wie hielten Leute mit multipler Persönlichkeit das aus? Unterhielten sich deren Stimmen eigentlich miteinander?

Etwa eine weitere Stunde später – war ich wirklich so weit gelaufen? – stand ich endlich vor unserem Wohnhaus.

*Ich schaffe das. Ich bin ein großes Mädchen. Ich habe einen Schlüssel und ich werde ihn benutzen. Tief durchatmen. Du gehst nur deinen Freund besuchen.*

Aber es machte mich nervös. Verdammt, er hatte recht. Ich hatte ihn getäuscht, ihn nach seiner Geburtstagsnacht belogen und einen Blackout vorgetäuscht. Weil ich feige war. Und Tom hatte gelogen, weil er auch feige war.

Was wollte ich ihm eigentlich vorwerfen? Bloß kam ich mir so entsetzlich lächerlich dabei vor. Dieses ganze Kino für seine Eltern. Zum Glück wussten sie das mit dem Geld nicht. Was sollte man schon davon halten, dass der eigene Sohn seine Möchtegern-Freundin bezahlte wie eine Hostess? Was hatte er nur von mir gedacht, als ich Geld für so etwas nahm?

Im Nachhinein war mir eine ganze Menge peinlich. Vielleicht hatte Tom nun auch die Nase voll. Ich selbst hatte jedenfalls von meinem inneren Giftzwerg die Nase gestrichen voll. Wieso war ich immer so? Ich konnte mich dabei doch selbst nicht leiden.

Verflucht, ich hatte Toms Blumen zerstört. Blumen! So viele Frauen würden dafür sterben, dass ihre Männer an so etwas dachten, und ich knallte seine Aufmerksamkeit wie alten Käse aufs Bett.

Tom hatte ziemlich viel Geduld bewiesen. Er hatte recht. Es war nicht immer leicht mit mir. Offen gestanden, würde ich mir an Toms Stelle nicht verzeihen. Selbst Sarah war mir davongelaufen.

Trotzig reckte ich mein Kinn. Was sollte sie schon tun? Sie konnte mir nicht aus dem Weg gehen. Schließlich datete sie meinen Bruder, und Kyle und ich klebten zusammen wie Pech und Schwefel. Ihr blieb gar nichts anderes übrig, als sich wieder mit mir zu vertragen.

*Ja, rede dir das nur ein, aber vergiss nicht, zu Kreuze zu kriechen,* ermahnte mich mein inneres Engelchen. Verdammt, ich wollte meine Freundin zurück! Auch wenn sie ein blödes Huhn war. Aber sie war wenigstens liebenswert. Wer konnte das schon von mir behaupten?

Und ich wollte meinen Freund behalten, auch wenn er so feige sein konnte wie ich.

Noch einmal atmete ich tief durch. Ich stand jetzt schon eine geschlagene Viertelstunde vor unserem Haus und schaffte es nicht, den Schlüssel aus meiner Tasche zu nehmen. Wer wäre wohl schneller? Die Sonne hinterm Horizont oder ich an der Tür?

*Verdammt Lea, schwing deinen Arsch jetzt hoch.* Mechanisch griff ich nach meinem Schlüssel und merkte, wie meine Hände zitterten. Ja, sicher, ich war ganz cool. Nach ein paar Versuchen schaffte ich es, die Tür aufzusperren.

Voller Unbehagen schleppte ich mich die Treppe nach oben. Was würde mir jetzt wohl blühen? Wie würde Tom mich empfangen? Stufe für Stufe wurde mein Herz schwerer. Er hatte allen Grund, sauer auf mich zu sein. Ich wollte bei ihm keine Bruchlandung machen, wollte aber auch nicht länger feige sein.

Mein Herz begann zu rasen, als ich die Tür aufdrückte. Und blieb dann völlig stehen. Ich war sprachlos. Mein Kiefer klappte mir herunter und ich trat vorsichtig in die Wohnung ein. Da waren mindestens zwei Dutzend Mistelzweige an der Decke aufgehängt. Alle paar Meter baumelte einer.

Tom tauchte am Ende des Flurs auf und sah mich unschlüssig an. Tom, mein wundervoller Tom. Er stand da mit einer Unsicherheit, die mich an unsere Begegnung am Ufer zurückdenken ließ. Nach dem Rudern. Kurz bevor ich ihm gesagt hatte, dass ich mit ihm zusammen sein wollte. Er war jetzt nicht minder nervös und starrte mich einfach nur an.

Ich schlug die Hände vor meinen Mund. Heiliger Bimbam.

„Tom“, begann ich.

„Ich liebe dich, Lea.“ Er rührte sich noch immer nicht. „Ich habe das vielleicht noch nicht deutlich genug gesagt. Ich würde alles, wirklich alles für dich tun.“

Mir wurde schwindlig. Wie an dem Abend mit dem Sekt.

„Ich würde lügen“, fuhr er fort und machte einen Schritt.

„Stehlen.“ Noch ein Schritt.

„Geld bezahlen.“ Noch ein Schritt.

Tom schüttelte den Kopf. „Ich würde alles tun.“

Er ging immer weiter bis er vor mir stand. „Wenn es sein müsste“, meinte er und griff nach meinen Schultern, „würde ich dich entführen.“

Er zog mich unter die erstbeste Mistel. „Ich würde mit unfairen Mitteln kämpfen.“

Tom drückte mich fest an sich und presste mich gegen die Wand. „Ich würde dich besinnungslos küssen.“

Er blickte mir eindringlich in die Augen, dann senkte er den Kopf und küsste mich. Hart. Besitzergreifend. Gierig. Wütend. Ich spürte all sein Verlangen, seine Verzweiflung. Er schob seine Zunge in meinen Mund und ließ seine Arme über meinen Körper wandern. „Ich würde dich betrunken machen. Ich würde dich verführen und um jeden Preis um den Verstand bringen, so wie du mich.“

Er griff nach meinem Kinn, sodass ich ihn ansehen musste. „Du bist sauer.“ Er nickte. „Damit komme ich klar. Sei wütend. Schrei von mir aus. Beleidige mich. Zertrümmere meine Blumen.“

„Tom, ich ...“

Doch er legte mir den Zeigefinger auf meine Lippen.

„Shhh, Lea.“ Er schüttelte den Kopf. „Aber ich lasse mich nicht von dir vertreiben. Ich gebe nicht auf. Du gehörst mir. Du hast es versprochen. Eine Beziehung heißt auch, Hürden zu überwinden. Dann haben wir eben gerade eine schlechte Zeit. Ganz egal. Ich bin bereit zu kämpfen. Bloß ich lasse dich nicht gehen.“

Ich schluckte schwer.

„Die letzten Stunden“, murmelte er und lehnte seine Stirn gegen meine. Ich spürte seinen Atem auf meiner Haut. „Haben mich fast um den Verstand gebracht.“

Ich legte meine Hände auf seine Brust, fühlte seinen

Herzschlag.

Tom schloss die Augen. „Wo bist du gewesen, Lea?"

„Spazieren", flüsterte ich.

„Wo?"

Ich schüttelte leicht den Kopf und Toms bewegte sich dadurch mit. „Irgendwo."

Ich konnte seinen inneren Kampf spüren.

Schließlich fragte er: „Bei Colin?"

Verdammt, dachte er das wirklich?

„Nein."

„Wolltest du?"

„Nein."

„Ich dachte, du bist weg."

„Hab meine Sachen doch noch hier." Unsicher sah ich ihn an.

„Im Schrank", bestätigte Tom. „Ich habe deinen Koffer wieder ausgepackt."

Tom überraschte mich immer wieder. „Und ich dachte, du hättest dich nur damit beschäftigt, dem Zimmer neuen Glanz zu verleihen."

„Das ist eine Kussfalle", erklärte er.

Ich lächelte. „Ehrlich? Sah für mich nach Pflanzendeko aus."

„Ich geb dir gleich Pflanzendeko", raunzte er.

„Ach, das Wort war, glaube ich, *Pflanzendecke*. Aber, Tom", tadelte ich ihn. „Eine Pflanzendecke hat doch nichts damit zu tun, dass man Pflanzen an die Decke hängt."

Ich genoss es, ihn wieder aufzuziehen. Mir war fast schwindlig vor Erleichterung.

Sein Blick wurde hungrig. „Vorsicht, Lea. Immer wenn du mich reizt, bekomme ich das Verlangen, dir ein paar

Dinge beizubringen."
„Wirklich?", spielte ich die Unschuld.
„Ganz wirklich."
Ich atmete durch. „Wegen vorhin tut es mir leid."
Er sah mich verblüfft an. „Kann ich das schriftlich haben?"
„Tom."
„Als Klingelton?", neckte er weiter.
„Ernsthaft. Ich schätze mal, ich bin nicht sonderlich gut darin, spontan mit unerwarteten Informationen umzugehen."
„Kann man so sagen", stimmte er zu. „Von wem hattest du es?"
Ich wollte es ihm nicht sagen, also blieb ich einfach still. Das sollte ich vielleicht sowieso mal öfter ausprobieren.
„Sarah?", bohrte er nach.
„Tom, ich will keinen Ärger machen."
„Nicht so, wie ich ihn vorhin mit dir hatte?"
Ich nickte stumm.
Aber Tom ließ mich damit nicht davonkommen. „Ich dachte, wir sollten künftig offen und ehrlich miteinander sein."
„Musst du mich mit meinen eigenen Argumenten schlagen?", stöhnte ich.
„Die sind so gut."
„Es war nicht Sarah. Ach, Mist. Ich hatte so einen Streit mit ihr. Sie wird mir nie verzeihen."
„Sarah?" Tom lachte. „Sie ist wie ich, sie verzeiht dir alles. Sie hat nur mehr Würde dabei."
Entsetzt blickte ich ihn an.
Tom schlang seine Arme um mich und küsste mich.

„Ich meinte jedes Wort, wie ich es sagte. Ich würde alles für dich tun. Wenn es sein muss, laufe ich durch flüssigen Teer. Mir ist mein Stolz dabei egal“, flüsterte er. „Sarah ist etwas anders. Sie ist eine Lady und sie trägt ihren Kopf hoch. Das ist okay. Mach dir keine Sorgen wegen ihr. Du hast ja mitbekommen, dass ich einen guten Draht zu ihr habe. Ich werde ein nettes Wort für dich einlegen.“ Er zwinkerte mir zu.

War das zu fassen?

„Okay“, sagte ich und nickte. „Habe verstanden. Du bist ein würdeloser Kerl.“

„Voll und ganz.“ Sanft zwickte er mich mit den Zähnen in die Unterlippe. Man konnte es wohl liebevolles Knabbern nennen.

„Meine eigene Würde ist auch im Eimer“, erklärte ich.

Tom runzelte die Stirn. „Weshalb?“

„Diese Sache, dass ich mich von dir bezahlen lassen habe. Ich will gar nicht wissen, was du von mir gehalten hast deswegen.“

Seine Augen wurden schmal. „Wofür hast du dich denn gehalten?“, hakte er nach.

„Für ein geldgieriges Miststück.“ Ich sagte lieber nicht, dass ich über ein einträgliches Geschäft als Placebo-Freundin nachgedacht hatte.

„Mir gefällt nicht, was du da über meine Freundin sagst“, knurrte Tom.

Wow. Wo kam denn das her?

„Aber ich muss dir doch billig vorgekommen sein. Und ich rede nicht vom Preis.“

Er hielt mir seinen Finger auf den Mund. „Das will ich nicht noch mal hören. Du warst pleite und ich hatte dich erpresst. Wann wolltest du erwähnen, welchen Eindruck ich dabei machte?"

Ähm. Eigentlich. Gar nicht.

„Natürlich wäre es mir lieber gewesen", fuhr er fort, „wenn du gleich gesagt hättest: *‚Unser Kuss hat meine Schaltkreise durchgebrannt und ich will in echt mir dir zusammen sein.'*"

Wir wussten beide, dass ich nicht einmal ähnlich geklungen hatte.

„Aber du warst einfach nicht soweit, Lea. Der Gedanke an eine Beziehung mit mir war noch zu ungedacht in deinem Kopf. Lieber habe ich dich dafür bezahlt, dass du meine Freundin spielst, als dass du mich ganz fallenlässt und dir einen anderen Freund suchst."

Ich nickte reumütig. „War keine Glanzleistung von mir."

„Ich war verteufelt eifersüchtig. Händchenhalten mit Colin beim Speed Dating. Ich wollte ihn grün und blau prügeln."

Meine Augen wurden groß. „Und was wolltest du mit mir machen?"

„Dich bewusstlos küssen. Aber du wolltest einfach nicht in den Apfel beißen, hast dich nicht ans Drehbuch von Schneewittchen gehalten."

„Aber draußen auf der Bank ...", murmelte ich.

Tom lächelte. „Es gibt ein paar verdammt gute Erinnerungen, aber ich war umso eifersüchtiger, als du Wolf geküsst hast. Jedes Mal, wenn ich einen Schritt auf dich zu tat, hast du mich noch mehr fortgestoßen. Es hat mich wahnsinnig gemacht. Ich konnte ja nicht hin und mich einmischen, denn du warst nicht meine Freundin. Welche Szene sollte ich dir machen?"

„Tut mir leid."

„Mir erst."
„Deine Eltern wissen nichts von unserem finanziellen Arrangement, oder?"
Er schüttelte den Kopf.
„Das wäre mir unangenehm. Zumal ... na ja." Betreten nagte ich an meiner Unterlippe.
„Zumal was?", bohrte er nach und starrte auf meinen Mund.
„Zumal Vampire bekannt dafür sind, dass sie kleinlich in Geldfragen sind."
Tom lachte schallend los. „Wie kommst du denn auf den Unsinn?"
Verblüfft schaute ich ihn an. „Aber du warst doch das beste Beispiel, immer ganz ernst bei Geldthemen."
Er strich sich mit der Hand übers Kinn. „Also, ich wusste, dass du da merkwürdige Ideen hast, und ich hielt es für besser, dich in dem Glauben zu lassen, dass unsere Miete ein ernstes Thema wäre, obwohl es mir völlig egal war, ob du bezahlst. Kleinlich von uns beiden warst nur du. Es lag dir viel daran, dass unsere Beziehung als klar geschäftlich definiert war. Erst als Mietverhältnis, dann als Freundinnen-Vertrag."
„Aber du warst so bierernst", hauchte ich.
„Kannst du dir nicht denken, wieso? Ich will dir meine Gefühle gestehen und du sagst: *‚Ein Vampir kommt für mich nicht infrage.'* Das hat mir den Boden unter den Füßen weggefegt. Was hätte ich daran ändern sollen, was ich bin? Also ja, ich habe in dem Moment dichtgemacht, um nicht vor deinen Augen einen Verzweiflungsanfall zu bekommen."
„Oh."
„Ja, oh."

Ich musste plötzlich lächeln. „Weißt du, eigentlich bin ich ganz froh, dass deine Eltern wissen, dass wir noch nicht zusammen waren."

„Ach, und weshalb?" Er sah mich neugierig an und streichelte meine Schulter.

„Die Geschichte, die ich ihnen am Pool erzählt habe, darüber, wie wir uns kennengelernt ..."

Tom verdrehte die Augen. „Meine angebliche Waxing-Session im Kosmetiksalon?"

Ich kicherte. „Genau die."

„Fast so gut wie *Sturm der Herzen*."

„Ja, das war vielleicht auch nicht so nett."

Tom seufzte. „Wer hat mit dir geredet, Lea? Von wem weißt du das mit der Mietsache?"

„Hast du bloß einen Gabriella-Ersatz gesucht?", stellte ich meine Gegenfrage.

Er sah aus, als würde er mich am liebsten schütteln. „Teufel, nein! Ich hatte keine Gefühle mehr für sie. Das habe ich dir doch schon gesagt."

„Es ist nur, weil ... also, ich habe da was gehört."

Er rollte mit den Augen. „Lea, noch mal: Wer hat mit dir gesprochen?"

„Megan", gestand ich.

Tom war sichtlich verwirrt.

„Sie hat spontan vorbeigeschaut und dachte irgendwie, ich wäre eingeweiht", rückte ich raus. „Dass du mir alles erklärt hättest. Und ich habe sie in dem Glauben gelassen und es ihr aus der Hüfte geleiert. Sie hat dich nicht verraten, Tom. Ich habe geflunkert und sie dachte, es sei okay. Sie dachte, dass wir alles längst geklärt hätten."

„Es ist nicht so, dass ich es dir nicht sagen wollte",

seufzte er. „Ich hatte nur Sorge, wie du reagierst. Zwischen uns war alles so frisch und ich wollte nichts zerstören.“

„Du hast dich zuletzt aber nicht verhalten, als wärst du unsicher. Ich war überrascht, wie schnell du so vertraut mit mir wurdest. Du hast mich geneckt und mir Sachen gesagt ...“ Mir liefen jetzt noch die Ohren rot an.

„Ich schätze, ich wollte es zu sehr“, gestand er.

„Tom, ich will gar nicht, dass du damit aufhörst. Es fühlt sich gut an, wenn du entspannt bist.“

Sein Mund wanderte an mein Ohr. „Ich kenne etwas ganz Entspannendes.“

Er begann, an meinem Hals abwärts zu knabbern.

# EPILOG

Manchmal sucht man ein Leben lang nach dem perfekten Mann. Ich habe viele Frösche geküsst. Sie alle waren Menschen. Doch am Ende habe ich gefunden, wonach ich nie gesucht hatte: den perfekten Vampir.

Früher hätte ich geglaubt, dass dies allein schon ein unerfüllbares Paradoxon sei. Aber irgendetwas war dazwischen gekommen. *Tom* war mir dazwischengekommen. Ich wusste nicht, wann es passiert war. Es gab keinen konkreten Zeitpunkt. Irgendwann, still und heimlich, war er über meine unsichtbare Barriere hinweggeklettert und hatte sich in mein Herz gestohlen.

Wenn die Leute sagen, dass nicht alles planbar sei, haben sie recht. Ich habe ihnen nie lieber zugestimmt, mich selten so gern geirrt.

Die Zeit wird zeigen, wie es sich mit uns entwickelt. Noch immer habe ich mich nicht getraut, den letzten Schritt mit ihm zu gehen und ihn von mir trinken zu lassen. Doch wir sind auch so glücklich. Und keiner kann wissen, was die Zukunft bringen wird.

Ich habe Toms Worte nicht vergessen, als er mir sagte, was Trinken für ihn bedeutet. Ich weiß, dass, wenn Tom es überhaupt tut, es mit mir geschehen soll. In letzter

Zeit habe ich es mir oft vorgestellt und ich weiß aus Erfahrung, dass die Realität mit Tom bisher immer besser gewesen ist als meine Fantasie.

Mittlerweile finde ich seine Zähne sogar irgendwie sexy, wenn sie gelegentlich über seine Unterlippe blitzen, weil er seinen Mund nicht richtig schließt. Beim Küssen necke ich ihn mit meiner Zunge. Ich wäre nicht ich selbst, wenn ich nicht zugeben müsste, dass ich ihn gern ein bisschen damit aufziehe. Aber inzwischen tue ich es auf eine lockende Weise.

Ich glaube, wir wissen beide, dass es langfristig unvermeidlich ist. Doch er setzt mich nicht unter Druck. Tom lässt mir alle Zeit, die ich brauche. Gleichzeitig lässt er sich in dieser Hinsicht bereitwillig von mir quälen.

Vor zwei Tagen erst habe ich mich versehentlich beim Gemüseschneiden geschnitten. Tom stand daneben und ich merkte, wie er sich anspannte, als er mein rotes Blut auf dem Finger sah.

Er biss mich nicht. Seine Zähne blieben an Ort und Stelle. Doch ich ließ mir die Wunde von ihm ablecken. Es war nicht viel. Nur ein kleiner Tropfen. Doch als ich seine Zungenspitze liebevoll und sehnsüchtig an meiner Fingerkuppe spürte, überlief mich eine wohlgefällige Gänsehaut.

Es *war* intim und Tom ließ mich dabei nicht aus den Augen, während meine Hand an seinen Lippen lag. Er ist mit seinem Mund schließlich meinen Arm hinaufgewandert, hat meinen Hals sanft liebkost und eine feuchte Spur mit seiner Zunge gezogen. Er hat mich glücklich geküsst. Alles ist wunderbar zwischen uns.

Er ist mein kleiner Vampir und gleichzeitig ein aufregender, sinnlicher Mann. Ich habe ihn dafür lieben gelernt. Beinahe ist es ein gemeinsames Ritual geworden, dass ich ihn sanft beiße. Und immer wieder murmelt er dann mit rauchiger Stimme in mein Ohr: „Ich beiße dich, wenn du mich beißt."

Das macht mich an.

Einmal habe ich Tom erzählt, dass mich das an einen alten Abzählreim erinnert. Nur dass er in meinem Kopf *»Er beißt mich, er beißt mich nicht«* heißt.

Gestern Abend kam er dann mit einem Strauß voller Margeriten heim. Er war eine Stunde zu spät, doch er lächelte dabei so schelmisch. Er sagte, ich könne gern die Blumen befragen und abzählen, ob er mich beißen würde. Ich müsste nur immer mit *„Er beißt mich"* beginnen.

Staunend hatte ich ihn angesehen und mein Vampir erklärte mir: „Ich bin zu spät, weil ich sie alle abgezählt habe. Dieser Strauß kennt nur ungerade Blütenblätterzahlen."

Toms spitzbübische Art, Schicksal zu spielen, hatte mich lachen lassen. Ich stellte mir vor, wie er im Blumenladen saß und einen Strauß Margeriten kaufte, jede handverlesen, jede abgezählt. Die Art, wie wir damit umgehen, dass er ein Vampir ist und ich nicht, hat sich völlig gewandelt.

Tom, der Vampir, ist für mich sexy geworden. Das Necken zwischen uns hat sich zu einem respektvollen Vorspiel entwickelt.

Es verheißt einen dunklen Kuss. Bittersüß und sinnlich. Wenn er eines Tages kommt, wird er uns beide in eine Welt führen, in der wir einander bedingungslos gehören, in der es kein einziges Vorurteil und keine Angst mehr zwischen uns gibt. Toms Lippen werden mich schwindlig küssen, egal was er tut.

Ich liebe ihn.

Er hat bald wieder Geburtstag. Und tief in mir drin kenne ich mein Geschenk für ihn.

ജ്ഞ

# ANNA WINTER

Anna Winter wurde 1982 geboren und lebt mit ihrem Mann und einer kleinen Tochter in Süddeutschland.

Schon als junges Mädchen war sie von Märchen und anderen Geschichten gefesselt, illustrierte Erzählbände für ihre Familie und begann, mit acht Jahren auf einer alten Schreibmaschine zu schreiben.

Sie hat unzählige Bücher gelesen und die Faszination für Worte nie verloren. Später schrieb sie Romane für ihre Freundinnen, die sie zur Veröffentlichung ermunterten. Inzwischen erfreut sich ein breites Publikum an ihren Büchern.

Sie schreibt bereits an ihrem nächsten Roman.

<u>Bisher von Anna Winter erschienen:</u>

„Lea – Untermieterin bei einem Vampir"

„Schattenherz – Fesseln der Dunkelheit" (1)

„Nachtkuss – Fesseln der Dunkelheit" (2)

„Tränenschloss – Fesseln der Dunkelheit" (3)

„Der Werwolf in der Badewanne – Eine Vollmondlektüre" (1)

„Die Hexe fällt nicht weit vom Stamm – Eine Vollmondlektüre" (2)

„Lucys Wunsch – Ein Winterroman"

# IMPRESSUM

Anna Winter
Mühlestückweg 7
79539 Lörrach

write@annawinter.de

16115266R00271

Printed in Poland
by Amazon Fulfillment
Poland Sp. z o.o., Wrocław